中国艺术研究院
基本科研业务费项目

中国艺术研究院学术文库
主　编　王文章　周庆富

柯文辉　著

枫林拾翠

北京时代华文书局

图书在版编目（CIP）数据

枫林拾翠 / 柯文辉著 . -- 北京：北京时代华文书局，2025.6
（中国艺术研究院学术文库 / 王文章，周庆富主编）
ISBN 978-7-5699-5183-7

Ⅰ.①枫… Ⅱ.①柯… Ⅲ.①杂文集－中国－当代 ② 艺术评论－中国－文集 Ⅳ.① I267.1 ② J052-53

中国国家版本馆 CIP 数据核字 (2024) 第 063533 号

FENGLIN SHI CUI

出 版 人：陈　涛
责任编辑：徐敏峰
装帧设计：周伟伟
责任印制：刘　银　訾　敬

出版发行：北京时代华文书局 http://www.bjsdsj.com.cn
　　　　　北京市东城区安定门外大街 138 号皇城国际大厦 A 座 8 层
　　　　　邮编：100011　电话：010-64263661　64261528

印　　刷：三河市嘉科万达彩色印刷有限公司
开　　本：710 mm×1000 mm　1/16　　成品尺寸：170 mm×240 mm
印　　张：22.5　　　　　　　　　　　字　　数：329 千字
版　　次：2025 年 6 月第 1 版　　　　印　　次：2025 年 6 月第 1 次印刷
定　　价：95.00 元

版权所有，侵权必究
本书如有印刷、装订等质量问题，本社负责调换，电话：010-64267955。

"中国艺术研究院学术文库"
编辑委员会

主　编　王文章　周庆富

副主编　喻　静　李树峰　王能宪

委　员　王　馗　牛克成　田　林　孙伟科
　　　　李宏锋　李修建　吴文科　邱春林
　　　　宋宝珍　陈　曦　杭春晓　罗　微
　　　　赵卫防　卿　青　鲁太光
　　　　（按姓氏笔画排序）

编辑部

主　任　陈　曦

副主任　戴　健　曹贞华

成　员　马　岩　刘兆霏　汪　骁　张毛毛
　　　　胡芮宁　（按姓氏笔画排序）

"中国艺术研究院学术文库"再版序

周庆富

由中国艺术研究院策划、北京时代华文书局出版的大型系列丛书"中国艺术研究院学术文库",历经十余载,陆续出版近150种,逾5000万字,自面世以来取得了很好的社会反响。这套丛书以全景集成之姿,系统呈现了中国艺术研究院新一代学者在文化强国征程中,承继前海学术传统,赓续前辈学术遗产的共同追求,也展现了学者们鲜明的研究个性和独特的学术风格,勾勒出我国当代文化艺术从理论研究到实践探索的发展脉络,对推进中国艺术学学科体系、学术体系、话语体系建设具有重要的史料价值和学术价值。

北京时代华文书局意将整套丛书再版,并对装帧、版式等进行重新设计,让这一系列规模庞大、内容广博的研究成果持续发挥它应有的作用,这无疑是一件好事!衷心祝愿"中国艺术研究院学术文库"再版成功!中国艺术研究院的学者们也将继续以饱满的学术热情,将个人专长与国家需要紧密结合,不断为新时代文化艺术繁荣发展,为文化强国建设贡献智慧和力量。

2024年12月20日

总 序

王文章

以宏阔的视野和多元的思考方式，通过学术探求，超越当代社会功利，承续传统人文精神，努力寻求新时代的文化价值和精神理想，是文化学者义不容辞的责任。多年以来，中国艺术研究院的学者们，正是以"推陈出新"学术使命的担当为己任，关注文化艺术发展实践，求真求实，尽可能地从揭示不同艺术门类的本体规律出发做深入的研究。正因此，中国艺术研究院学者们的学术成果，才具有了独特的价值。

中国艺术研究院在曲折的发展历程中，经历聚散沉浮，但秉持学术自省、求真求实和理论创新的纯粹学术精神，是其一以贯之的主体性追求。一代又一代的学者扎根中国艺术研究院这片学术沃土，以学术为立身之本，奉献出了《中国戏曲通史》《中国戏曲通论》《中国古代音乐史稿》《中国美术史》《中国舞蹈发展史》《中国话剧通史》《中国电影发展史》《中国建筑艺术史》《美学概论》等新中国奠基性的艺术史论著作。及至近年来的《中国民间美术全集》《中国当代电影发展史》《中国近代戏曲史》《中国少数民族戏曲剧种发展史》《中国音乐文物大系》《中华艺术通史》《中国先进文化论》《非物质文化遗产概论》《西部人文资源研究丛书》等一大批学术专著，都在学界产生了重要影响。近十多年来，中国艺术研究院的学者出版学术专著在千种以上，并发表了大量的学术论文。处于大变革时代的中国艺术研究院的学者们以自己的创造智慧，在时代的发展中，为我国当代的文化建设和学术发展做出了当之无愧的贡献。

为检阅、展示中国艺术研究院学者们研究成果的概貌，我院特编选出版"中国艺术研究院学术文库"丛书。入选作者均为我院在职的副研究员、研究员。虽然他们只是我院包括离退休学者和青年学者在内众多的研究人员中的一部分，也只是每人一本专著或自选集入编，但从整体上看，丛书基本可以从学术精神上体现中国艺术研究院作为一个学术群体的自觉人文追求和学术探索的锐气，也体现了不同学者的独立研究个性和理论品格。他们的研究内容包括戏曲、音乐、美术、舞蹈、话剧、影视、摄影、建筑艺术、红学、艺术设计、非物质文化遗产和文学等，几乎涵盖了文化艺术的所有门类，学者们或以新的观念与方法，对各门类艺术史论做了新的揭示与概括，或着眼现实，从不同的角度表达了对当前文化艺术发展趋向的敏锐观察与深刻洞见。丛书通过对我院近年来学术成果的检阅性、集中性展示，可以强烈感受到我院新时期以来的学术创新和学术探索，并看到我国艺术学理论前沿的许多重要成果，同时也可以代表性地勾勒出新世纪以来我国文化艺术发展及其理论研究的时代轨迹。

中国艺术研究院作为我国唯一的一所集艺术研究、艺术创作、艺术教育为一体的国家级综合性艺术学术机构，始终以学术精进为己任，以推动我国文化艺术和学术繁荣为职责。进入新世纪以来，中国艺术研究院改变了单一的艺术研究体制，逐步形成了艺术研究、艺术创作、艺术教育三足鼎立的发展格局，全院同志共同努力，力求把中国艺术研究院办成国内一流、世界知名的艺术研究中心、艺术教育中心和国际艺术交流中心。在这样的发展格局中，我院的学术研究始终保持着生机勃勃的活力，基础性的艺术史论研究和对策性、实用性研究并行不悖。我们看到，在一大批个人的优秀研究成果不断涌现的同时，我院正陆续出版的"中国艺术学大系""中国艺术学博导文库·中国艺术研究院卷"，正在编撰中的"中华文化观念通诠""昆曲艺术大典""中国京剧大典"等一系列集体研究成果，不仅展现出我院作为国家级艺术研究机构的学术自觉，也充分体现出我院领军国内艺术学地位的应有学术贡献。这套"中国艺术研究院学术文库"和拟编选的本套文库离退休著名学者著述部分，正是我院多年艺术学科建设和学术积累的一个集中性展示。

多年来，中国艺术研究院的几代学者积淀起一种自身的学术传统，那就是勇于理论创新，秉持学术自省和理论联系实际的一以贯之的纯粹学术精神。对此，我们既可以从我院老一辈著名学者如张庚、王朝闻、郭汉城、杨荫浏、冯其庸等先生的学术生涯中深切感受，也可以从我院更多的中青年学者中看到这一点。令人十分欣喜的一个现象是我院的学者们从不故步自封，不断着眼于当代文化艺术发展的新问题，不断及时把握相关艺术领域发现的新史料、新文献，不断吸收借鉴学术演进的新观念、新方法，从而不断推出既带有学术群体共性，又体现学者在不同学术领域和不同研究方向上深度理论开掘的独特性。

在构建艺术研究、艺术创作和艺术教育三足鼎立的发展格局基础上，中国艺术研究院的艺术家们，在中国画、油画、书法、篆刻、雕塑、陶艺、版画及当代艺术的创作和文学创作各个方面，都以体现深厚传统和时代特征的创造性，在广阔的题材领域取得了丰硕的成果，这些成果在反映社会生活的深度和广度及艺术探索的独创性等方面，都站在时代前沿的位置而起到对当代文学艺术创作的引领作用。无疑，我院在文学艺术创作领域的活跃，以及近十多年来在非物质文化遗产保护实践方面的开创性，都为我院的学术研究提供了更鲜活的对象和更开阔的视域。而在我院的艺术教育方面，作为被国务院学位委员会批准的全国首家艺术学一级学科单位，十多年来艺术教育长足发展，各专业在校学生已达近千人。教学不仅注重传授知识，注重培养学生认识问题和解决问题的能力，同时更注重治学境界的养成及人文和思想道德的涵养。研究生院教学相长的良好气氛，也进一步促进了我院学术研究思想的活跃。艺术创作、艺术教育与学术研究并行，三者在交融中互为促进，不断向新的高度登攀。

在新的发展时期，中国艺术研究院将不断完善发展的思路和目标，继续培养和汇聚中国一流的学者、艺术家队伍，不断深化改革，实施无漏洞管理和效益管理，努力做到全面协调可持续发展，坚持以人为本，坚持知识创新、学术创新和理论创新，尊重学者、艺术家的学术创新、艺术创新精神，充分调动、发挥他们的聪明才智，在艺术研究领域拿出更多科学的、具有独创性的、充满鲜活生命力和深刻概括力的研究成果；在艺术创作领域推出更多具有思想震撼力和艺术感染力、具有时代标志性和代表性的精品力作；同时，培养更多德才兼备的优秀青年人才，真正把中国艺术研究院办成全国一流、世界知名的艺术研究中心、艺术教育中心和国际艺术交流中心，为中华民族伟大复兴的中国梦的实现和促进我国艺术与学术的发展做出新的贡献。

2014年8月26日

目 录

大师离席的世纪
　　——柯文辉访谈（代序） / 1

文史拾穗

关于《语嵩和尚语录》 / 3

凤阳历史上的两位好县令 / 13

读《桐野诗集》 / 22

黄果树瀑布诗话 / 39

壮族女诗人陆小姑 / 45

诗人马君武 / 55

周浩的诗 / 82

吕碧城的诗词 / 93

与陆小曼的一面缘 / 106

读《还轩词》 / 108

保姆诗人徐亚筠 / 118

访美国人民诗人卡尔·桑德伯格故居 / 128

读《中国古代房内考》 / 133

《明中都研究》序 / 142

读刘传曾诗选 / 145

《竹林籍咸集》引 / 151

《咸阳宫》序 / 154

回归平凡真实的人性
　　——评《畸零人》/ 159

铁笛无孔流慧泉
　　——《菩提一叶》代序 / 167

时红军的哲理诗 / 171

隐忧与希冀
　　——《犁玹集》序 / 176

抗病的壮歌
　　——栾枣儿长篇历史演义《两晋风云》序 / 180

龙套喜歌

自序 / 187

以实求意
　　——关于北京人艺风格的独白 / 188

涩　进 / 201

我看于是之 / 205

赞美与惋惜
　　——关于刁光覃先生的沉思 / 211

凤巢拾翎 / 218

从周瑜到周萍
　　——谈濮存昕创造的两个人物 / 225

《海鸥》随想 / 230

《哗变》随想 / 235

目录

《李白》随想 / 243

宏伟酣畅
　——《虎符》的导演创造 / 253

关于《推销员之死》的通讯 / 256

"心象"说一源 / 260

《北京人》十难 / 262

跋《机遇加奋斗》 / 264

莫喜忠谈艺录 / 269

刘斌昆回忆谭鑫培 / 279

金少山轶事 / 283

无名剧作家王慧明 / 285

读《侯玉山昆曲谱》 / 290

许思言临终的请求 / 292

《铁弓缘》的改编与表演
　——给关肃霜的一封信 / 295

最成功的演出 / 299

提高与拔高 / 303

黄天霸与窦尔敦 / 306

《华容道》发微 / 308

谢黛林歌余漫语 / 310

山月映诗魂
　——评川剧《峨眉山月》 / 317

倡导试验"写意诗境剧" / 320

悼念黄友葵先生 / 327

童心彩梦小诗溪 / 330

大师离席的世纪
——柯文辉访谈（代序）

当年出洋的留学生，多数都没有完成汉文化基本教育

要理清20世纪的中国美术史，要有哲学家气质的学者。20世纪80年代以后的一些研究生、博士，只懂些洋八股。人在中国，说的却是西话。学院的教育方式，是把天才和无才者都造成中下等的画家。庸才循序渐进，天才则是跳跃性进步，但他们同在一个班级，按同样的教学进度，结果变成了冬青树，一样高。

20世纪所有的外来艺术种类，电影、版画、油画、电视，甚至包括体育，都只有名人和明星，但是没有诞生真正的学者。田汉被称为电影的保姆，也是个好诗人，但不是好学者。这是因为当时留学海外的那批人，只有两类：一类是富家少爷，如刘海粟。在国外游学，没读什么书；一类是穷学生，闭门读书，志在拿文凭，好回国当教授养家糊口。他们知识结构都有严重的缺陷。晚清的中国书画看似繁荣，其实创造力衰退，全靠五根柱子撑起门面。任伯年、赵之谦、虚谷、蒲华、吴昌硕五个，还有陆恢可以算半个。应该说晚清有五根半大柱子。所以我说晚清书画柱子比房屋高，柱子一拆，你看房子其实很矮。当时蔡元培、康有为主张学生到西洋学画，试图改变我们文化中陈陈相因的东西。可是当年出洋留学的学生，大都家境贫苦（如李毅士是木匠出身），没有国学根底。那些进了法兰西学院或英国皇家学院学画的留学生，如林风眠、徐悲鸿、潘玉良等都没有完成汉文化基本教育。只有李铁夫是个例外，他属于知识分子出身，中国文化修养较好，做到了学贯中西。可是不被重视，作品流失，留下的不到四十幅。

技术工匠摧毁了中国传统美术教育

话说回来,在当时的那种情况,也不能要求那些留学生放弃学院教育,在国外的胡同里乱转,或去找凡·高式的老师,都不现实,凡·高本人也未被公认。倒是刘海粟在上世纪20年代之初的《美术》杂志上,肯定后印象派塞尚、凡·高、高更的地位与作品,令人惊奇。多数留学生学术视野狭窄,埋头学习西方的技术,而不是以古希腊、罗马为源头的西方的文化,大半成了工匠。这批人回到中国当教授,又教出一批技术工匠。这些技术工匠又走进中国的中小学当教员,教出无数的徒子徒孙。终于把中国的传统书院曾经拥有过的长处,和父子、母女、师生相传的美术教育体系完全推倒。这一过程,典型地反映了殖民地急于西化带来的副作用。我说书院有长处应当肯定,并不反对改进提高,只是不宜一棍打死。今天重办书院并不难,可惜找不到马一浮、熊十力、蔡元培式的导师,奈何!

1923年,刘海粟提出用西画作为中小学美术教材,国画人才逐渐减少,国画不被人重视。民国年间的国画家生活清苦,像吴昌硕、任伯年这样的大师,作品主要依靠上海的一些买办和日本收购,勉强维持生活。其他画家的收入可想而知。今天是中国历史上国画价格最高、画家也最多的时期,同时也是没有大师的时期。

会说外文的人比懂文言文的人多几千倍

说说大师。我认为20世纪堪称书画大师的,有黄宾虹、齐白石、林风眠、刘海粟、徐悲鸿、张大千、关良、傅抱石、潘天寿、吴大羽。这个名单已经太多。事实上,只有黄宾虹和齐白石真正能代表中华民族的文化艺术。张大千的绘画过于聪明,藏巧薄于清新,有许多表演的成分。可以预言21世纪的前四十年不会产生大师。这是一个浮躁的年月,港台流行文化、戏说、言情之风盛行,中华民族的风骨无从表现,传统文化衰微。可以用一句话表达这种现状:会说外文的人比懂文言文的人多几千倍。可文学翻译高手又青黄不接(见《人民日报》专讯)。传统文化的大师已经没有了。有人反对此说,认为饶宗颐、季羡林是大师,斗胆敬答:他们是良师而格局不大,原创力和思想深度略输华彩。享有优越时空,对手弱小，无人挑战，或许二老会感悟到盛名背后的寂寞与空旷的忧伤。饶翁更扎实，会当如此！

我认为，未来的大师必须具备下面这些条件：1.提供前无古人的审美方式和审美内容；2.形成学派，在历史上有深远的影响；3.有经得起历史考验的作品，具有世界性威望。附带两条：一是反对复古，但知古、通古、出古；二是知西、通西、出西。还有一条，必须反映一个民族心灵深处的悲欢。

鲁迅、黄宾虹和关良——消化外来文化的两个半典型

所谓拿来主义，就是以中国写意文化为主导，吃掉了消化了西方，才叫洋为中用。如果还能看见西方的痕迹，那叫抄袭西方。罗汉是印度雕塑，汉代传入中国，过了八百年，就变成了真正的中国雕塑。汉唐这样异常强大的王朝，接受外来文化，都是吃掉消化掉对方，为中国人如何接受外来影响树立了典范。20世纪，中华民族没有汉唐的强大肠胃，又过分羡慕西方，有些人把向西方学习看成救国的路径，主体观念淡漠。再加上信息频繁，消化过程短促，在历史上挨打多了，穷怕了，胆子被整萎缩了，加上非艺术因素干扰艺术，艺术家浮躁和急于求成、热衷名利，等等，都影响了对外来文化的正确吸收。尽管如此，还是留下了几个典范。第一个是鲁迅。鲁迅最难懂最深邃的作品是《野草》，虽然有屠格涅夫、波德莱尔等外来影响，但却是100%的中国货，并一步到位，未经模仿变成世界经典。第二个是黄宾虹。用"明一而视万千"的方法，吸收了印象派对光的处理，但画上毫无痕迹。这是因为鲁迅、黄宾虹两位中国文化功底强大，足以消化对方。第三个是关良。从中国戏曲的肩膀上开步走，用重、拙、辣而非一波三折的传统用笔改造了西画的线条，写出了强烈的民族精神，在改造西画上取得了可喜的突破。他的风景画吃掉了后印象派三大师，野兽派的马蒂斯等，童趣稚拙，以少胜多，闪现老辣和自信。在画戏之外，开辟第二战场。但由于油画流传未广，尚未被画坛内外重视。关良的格局较小，量不多，算半个。我们也可以称他们为两个半。

历史告诉我们，吃文言文吐白话文的人成就最高

20世纪中国艺术的最高成就就是书法。这些书法家有如下共同点：1.他们都是19世纪诞生的；2.他们在碑学的晚霞中造就了自己；3.他们的代表作大多在抗战前就已经完成；4.他们从本质上记录了20世纪上半段知识分子的心路历程。代表人物有沈增植(我称他为王铎后"三百年来第一人"，此话被钱仲联先生引用和肯定)、康有为、于右任、弘一、鲁迅、徐生翁(一辈子待在绍兴，1960年死)、马一浮、谢无量、林散之、高二适、毛泽东等。书法为什么能够一枝独秀？因为没受外来干扰，传统没有中断。20世纪唯独高级(!)书法是文言文化，其他都是白话文化。历史告诉我们，吃文言文吐白话文的人成就最高，吃白话文吐白话文的人都没有世界影响。因为他们文化的根被割裂了。

将来，书法不会消失，但名利场上也不可能出现大书法家。将来的书法大师，主要靠学术维持，比如在大学任教。

中国抒情书法的五大高峰

抒情书法，有书家名字的书法作品，以《兰亭集序》为第一。因为它洞察了生命的短暂，顺应规律而得到解脱的人生智慧。山川秀丽，百姓疾苦，个人悲喜，都达到了完美的统一。第二个高峰是颜真卿的《祭侄文稿》。因为作者下笔时忘记了技巧，直抒胸臆，不知自己在写字。动乱、衰病、生死无常都同时喷射了出来，形成高度修养与即兴灵感的完美结合。第三个高峰是杨凝式的《韭花帖》，反映了明哲保身、苟全性命与良心的冲突，表层的玩世不恭与深层痛苦形成了二重唱。它共同咏叹了地球上古老的矛盾：做好人与过好日子的冲突，中外无异，可惜西方知音不足一亿分之一。第四个高峰是苏轼的《寒食帖》。天才与打击怒目而视，后来摔跤，天才险胜，在打击快要倒下时，看到老子、孔子、墨子、庄子、陶渊明、释迦的微妙笑容，"无奈"出场，拉开天才，双方保住了面子：而天才的千姿万态，已显露无遗，结局高于大获全胜。黄山谷说李白达不到此境，实话实说，公正且有远见。谪仙之才或胜坡翁，虽自伤不遇，真去救国，未必高于同时的姚崇、宋璟、张说、张九龄。幻想太多，也能误国。他的政治阅历浅，对民间疾苦同情，往往用仙人的望远镜去遥观，体悟不及苏长公深广。对统治者的认识也浅。苏做地方官治水等方面有经世致用的作为，抱负大，落差大，丰富了艺术。最后一个是弘一的绝笔"悲欣交集"这四个字最后又有了火气，当然与早年的火气不同。生命感悟，不听话的手，打破弘一体的僵局，萌出新机，凡人味十足(请参看《旷世凡夫——弘一大传》)。

我们只知道这场战争死了人，不知道对于中国学术和书法的严重伤害

这场侵略战争的罪恶，第一是把中国书法碑帖结合的伟大序幕扼杀了。上世纪 30 年代，开始了以马一浮、熊十力、梁漱溟为核心的中国哲学的组建工作。这种尝试有几个值得注意的走向：以易经自强不息的精神为主体，加上儒家的仁爱、自省，道家的清虚、冲淡、契合自然，佛家的破我、破执，禅宗的空灵，墨家的兼爱，提炼出东方辩证的精神为民族精神。由于抗战兴起，哲学建设中断，"五四"后的中国新哲学无从诞生；同时，引进来的外国哲学来不及扎根就枯萎了。一花独放的马克思主义并不能阻止中国封建意识造成的严重后果，未能从实践上真正指导生活。没有任何一个国家抛弃本土思想的精华，聘请外国导师而能诞生自己的哲学巨人的。中国哲学很高明，被日本人聘请去当导师后，日本一千五百年来没有贡献出一个世界级的哲学大师。所以外来哲学必须与本土哲学结合，生下根来。这就是日本侵略中国给中国文化造成的大破坏，从来没有得到清算。我们只知道这场战争死了人，不知道对于中国学术和书法等诸多方面的严重伤害。

| 文史拾穗 |

关于《语嵩和尚语录》

明末浙江宁波天童寺密云圆悟禅师为南岳下第三十四世，得临济宗传。高弟汉月法藏禅师受彼心印，名噪一时。后来圆悟发现法藏知见未臻玄奥，薄视师承，常以实法予人而为禅宗授受，乃力斥其非，著《辟妄》以开示正见，而法藏却著《辟妄求久》欲纠正师说。密云鉴于已成之势，乃密以临济法流转付破山海明禅师。破山避乱返蜀，于是禅宗法脉传入西南边地。破山传雪臂峦禅师，雪臂峦传语嵩和尚。

南明永历五年（1651，辛卯，清顺治八年）语嵩传裔禅师驻锡贵阳牟尼山报国寺，弟子们揖其上堂、小参、开示、机缘、法语、书问、颂偈为《语嵩语录》。

贵州开发较迟。清初善一纯如师撰《黔南会灯录》一书，称："吾黔宗风兴自明末，自燕居老人暨语嵩、云腹和尚三人入黔为破天荒。"略早于三人的尚有漏记的山晖行浣，初师灵栖拙和尚，后师破山师弟浮石通贤，著有《山晖浣语录》。四僧承前启后，注重贵州文明。如广建寺庙，提供幽静场所及图书供士人研读，遵义学者莫与俦、莫友芝、郑珍父子、首任驻日大使黎庶昌家四代十多位学人，皆曾在寺塾苦读，各有著作多种。僧人中有遗民诗人书画家不与清廷合作，人格高洁，言传身教，影响深远。加上造桥筑路、修建水利，僧人多宣导之功。

语嵩史料无多。

1931年5月，国画家桂百铸（字诗成，五六十年代热衷草创黔剧，惜未普及，今渐衰微）任息烽县县长，游西望山时，在榛莽中见到玉乳泉上塔寺遗址，访得语嵩碑塔，上刻钱邦芑撰塔铭，全文如下：

语嵩和尚，法名传裔，原籍四川重庆府巴县来凤乡，宋氏子也。生于辛亥五月二十五日。幼失怙恃，育于祖母。至二十三岁祖母殁，遂祝发出家，修忍辱行。师本农家，不识文字，亦不囗（习）宗教。苦行三载，一行脚僧悯其志，问曰："汝出家何为？"师答曰："欲求作佛。"问曰："佛岂可如是求？若欲求佛，当往见破雪师！"于是参破雪和尚，每有问难，同辈咸服其精勇。住六年，破雪化去，遍参诸方。丙戌同书云于重庆道中遇破山弟子长破杲和尚，印证相契，遂与书云同日得传正法。从此隐真安州铁村坪深谷中，拳石支庵，草衣木食，啸咏自得。己丑春芑巡徽事竣，由夜郎出黔水，道遇书云，始得师踪迹。辛卯芑弃官隐居敷勇卫之三潮水，适师来相访，遂同止焉。因请师住牟尼山上堂说法，宗风大振，从者如云。相国文安之、总督范矿、宗伯程原咸咨访焉。所亲授佛宗、佛海、佛智诸弟子咸得正印。癸巳入西望山隐居不出。庚子行脚入楚，众请住德山。适远庵和尚来德山扫塔，与师言论相契，遂有入浙之约。辛丑秋，师始至湘潭，众留住淡斋庵，与孝廉郭金台为莫逆交。甲辰秋，芑过湘潭，因同游南岳，瞻礼祖塔，上祝融峰，望苍梧，吊九嶷，后复转湘潭。芑谒师曰："今大道沉沦，公何不一出为群迷指点？"师叹曰："道自在天地间，我非有馀，彼非不足，何指点之有？且我门中近日以此为市，所至趋谒权要，曲意逢迎，依附草木，交游光宠，复假其嚬笑以簸弄士绅，欺诳愚俗，骄矜傲兀，是非颠倒，贪嗔自恣，恬不知耻，甚至掊师叛道，操入室之戈，立门户之帜。人情如此，吾惧斯道之将灭也，安可复扇其焰而扬其波乎？"于是仍隐淡斋庵，与芑闭门结腊。乙巳冬，吴门刘居士以舟迎师入吴，师欲至天童扫塔，因允其请。丙午夏五月至苏州，忽遇远庵，相见大悦，因邀上天童，礼塔毕，师遂病。至十月初五日坐化于天童寺之客堂[①]。临化，侍者请偈，师答："欲

[①] 丙午为1666年、康熙五年。据《巴蜀禅灯录》所载临终偈，自言"吴年五十七"。生年似在1609年，己酉、万历三十七年。岁有虚实，可能差一载。

击（系）便去，何须辞世？笑杀痴人，强我留偈。"遂端坐而逝。远庵和尚为起龛举火，偈云："泥牛海底行，石虎高插翅，人间天上尽无拘，古佛放光留不住。"化毕，侍者宗照、道开、照崇等负其灵骨以归。丁未夏四月，其大弟子佛海、佛宗、佛智等自黔来楚，迎归西望山，为师建塔，请芑为铭。铭曰：

昔从何来，今日何去？大地虚空，本来无住。

渊默龙雷，三昧游戏。石火电光，瞥然陈悟。

查《黔诗纪略》等书，知邦芑字开少，生于万历壬寅年(1602)，江苏丹徒人，1652年，明桂王政权任邦芑为贵州巡抚。次岁孙可望入黔，邦芑弃官退居余庆县薄村他山之下辟柳湖百亩，内有七十二泉，自号他山湖。结茅庐"小钱塘"，造桃源堤、宛转桥，容纳四方来投隐者。可望征索甚急，乃改所居为大错庵，剃度为僧，号大错和尚，知非居士。弟子随之出家者十一人。可望命人执送贵阳，钱以诗答劝降者："破衲蒲团伴此身，相逢谁不认孤臣。也知官爵多荣显，只恐田横笑杀人。"终不任清官。康熙元年在贵州遇吴三桂子应熊，出言不逊，应熊执以见父，三桂大笑曰："是欲辱我以求死所耳，吾儿正堕其计。"命放归。康熙十二年(1673)卒，有《大错遗集》行世。他未出家时与语嵩等方外交往甚密，《山晖浣语录》中有寄他书信，本书中有书问及诗寄邦芑，吟到人生感悟，有"若道知非早是非"之警言，怕良友自以为是。

明人善行草，王觉斯生前名家云集。语嵩农家子，又当过衙役，能写好字殊为难得。山晖有《见语嵩禅师题壁，因韵赠之二首》为证：

嵩公少未进钟王，此日翩翩远擅场。
禅海芳名君已达，惭予老去困污塘。
泄泄风流一代从，西山子弟鲜云龙。
溪山老我满头雪，尽日东峰学种松。

山晖还有寄语嵩一信：

  禅师不以万里行券，破暑转苏，顾我双塔，此法门念重矣。乃复灯前榻上嘱之如许。我岂犬马忘德者？盖梁山不仁，误听左右，燕居又强取我二子，敏老亦取我一孙，我故去之。虽遭物议，任之而已！嗟嗟！三十年法乳，岂恝然一斩乎？所以小隐古吴，盖实有去就良难之意。禅师爱我如此，我亟思之，不得已为隐焉庶几也。如再欲我还梁山，我则在汶上矣。禅师幸原（谅）之。

明末士大夫党社之争激烈，方外受波及。

梁山指破山所居寺院，俨然一代盟主，直接控制大西南佛门。崇祯十年左右，吹万广真自言得五百年前大慧和尚之传，不依附破山之师密云。崇祯十三年，破山撰文批驳《破山全录·佛道声价》时吹万已故，《吹万语录》中无反击之作。此后数十年波澜迭起。大雪著《锦江禅灯》一书，对吹万一派蜀僧不记。后破山徒燕居德由夺山晖弟子，上信言之切齿。如蕅益大师所论："为师者但贪眷属，为徒者专附势利，遂以虚名互相羁系，师资实义，扫地殆尽。"此种内耗于修德治学有害。

语嵩弟子中，眼石，俗姓黄，湖南邵阳人，以勇力入伍，崇祯十六年（1643）授千总迁四川守备。桂王立，授锦衣指挥。顺治十四年（1657）孙可望逼其受职，遂登西望山从语嵩披剃守厨房。一日语嵩过厨房问道："汝何不做官来此。"眼石答："佛尚不为。"语嵩惊异，命其司茶。眼石苦学质疑，几忘寝食。师一一答以偈语。一日去山谷运水，师突然以杖击之，水倒尽，眼石似有所悟。众弟子为申辩，语嵩命眼石与高弟醒闻论法，同栖俀宁集福寺。顺治十七年（1666，庚子）醒闻强授源流拂子与眼石。康熙十九年（1680）卓锡伏牛山，有一支清兵驻山下，农民四散逃避，将领谒眼石，眼石请勿扰民，数十里内皆得归耕。（《黔诗纪略》）

本书卷之三有赠郑处士一律二绝。郑逢元，字天虞，又称天瑜、平溪人。

天启年间侍郎熊明遇得罪太监头目魏忠贤谪放平溪，收郑为弟子。崇祯六年举乡试，十年后授副使加参政滇黔楚蜀粤五省监军。唐王即位，因擒获冒福王妖僧有功进太仆卿，晋兵部侍郎，寻加尚书左都御史，总督滇黔楚蜀军务。丁父忧，奉母归隐蒲村。孙可望几次起用，闭门八年。永历亡，削发出家，与钱邦芑至交，终年七十六岁，是一位民族英雄。

本书卷一，与邦芑同请语嵩入牟尼山的方于宣是一名小政客，先为孙可望修史，尊张献忠为太祖，可望降清，即驰书约邦芑同擒可望，邦芑鄙之。因《大雅》有句："维岳降神，生甫及申，四国于蕃，四方于宣。"故号神生。与破山、山晖有书信往来。语嵩有诗相赠，劝其"休恋途中风景"。晚年学佛，但不甘寂寞，《存信录》于永历十二年五月条下记载："廷杖方于宣，戍边卫。"次年三月条下又有"前孙可望伪翰林谪戍方于宣"语，大抵死于戍所。

语嵩去世，《锦江禅灯》记述与塔铭有异："病中示众：'吾年五十七，无补法门益。拜扫上天童，老病相催逼。示病原非病，此意许谁识？气岸幸不衰，筋骨有馀力。喝破岭头云，迸出当天日。光辉彻四维，烜赫照今昔。莫占众生塔，何须苦觅地。抛向大江中，鱼龙一饱去。'掷笔而逝。"

语嵩其人、其书逐渐鲜为人知。乾隆年间集中俊彦修撰《贵州省志》语嵩误作语松，评介寥寥数语。

清代道光年间大学者莫郘亭(1810—1871)，与"诗笔横绝一代，似为本朝人所无"的郑珍(1806—1864)合修成四十八卷《遵义府志》，史料翔实及文笔酣畅冠于西南地方志书，饮誉学林甚久。破山门下大雪与语嵩被后世尊为"宗门龙象"，志书为大雪立传，惟对语嵩语焉不详，籍贯又误写遵义，对其著作未加著录，可见博雅如莫郑二公，修志时尚未见到《语嵩语录》。

近代史学大师陈垣(1880—1971)字援庵，广东新会人，青年时在粤从事反清活动，后献身史学研究，历任教育部次长，北京师范大学校长，高教部长。长于宗教史，年代学、史讳，著有《二十史朔闰表》、《元典章校补》、《史讳举例》、《元西域人华化考》、《中国佛教史籍概论》、《明季滇黔佛教考》，后者征引古书几百种，尤精深而多创获。另一位史学泰斗陈寅恪先生作序说：

>即就先生所述是书言之，明末永历之世，滇黔实当日之畿辅，西神州正朔之所在也，故值艰危扰攘之际，以边徼一隅之地，犹略能萃集禹域文化精英者，盖由于此。及明社既屋，其地之学人端士相率遁逃于禅，以全其志节，今日追述当时政治之变迁，以考其人之出处本末，虽曰宗教史，未尝不可作政治史读也。

两大师心心相通，情见乎辞，对该书评价极高。援庵先生函请全国各大图书馆及著名古刹藏经楼，皆未找到《语嵩语录》。如语嵩寄钱邦芑诗二十三首，陈先生仅见四首于《黔诗纪略》。足证《语录》为海内罕见珍本。研索明清之际文化史，宗教史，特别是禅宗史者，将《语录》放回到原来历史氛围中，参照上引寅恪翁开示的方法和陈垣先生大著反复精读，无疑会获得启迪。

《黔南会灯录》谓语嵩弟子有嵩目佛宗、佛嵩、佛照、嵩眉、佛海、宗风佛定、修文知非、剖石佛镜、省贤（一作醒贤）佛智、嵩耳佛柱、牧水佛正、观煦佛灯、醒愚佛玄、壁林佛门、雪斋佛主、松斋佛洪、问月佛能、竹轩佛仁、慈让佛本、慈恩佛德、慈林佛妙、慈慧佛泽、醒闻、大树佛仇、章玉超定等，包括书中提出徒弟、侍者有宗照、道开、照嵩等，共二十七名。居士王弘（或作宏、洪）缔一人，《语录》一书编者十弟子，比陈垣先生考定的四人多出二十三名。

从本书所收致佛宗佛海二上座小笺看来，此书初刻问世时，作者尚健在，篇首无方于宣序（《黔诗纪略》谓方氏有序），亦不载塔铭及临终偈，语嵩去世后弟子们另刻有增补本，即是本书。

语嵩躬耕自食，偈中说："披云日日自耕田"，"日中牧芥子，雨后种油麻"。"病骨楞楞一老躯，顶天立地领参徒。驱耕夺食怎么去？个个英雄大丈夫。"他不因身在方外而淡化忧患意识，对佛门丑态除《塔铭》已有所述，本书里同样揭露无遗：败类僧人"到处作称知识，妄立宗旨，各党师门，互毁盟主，是非蜂起，不可解脱。因是之故耳，如是之流，一名破法妖魔，一名野狐种族，一名无爷之子。何以故？本无师承，不信真参实悟，不谒诸方明眼宗匠，妄执己见，轻自登坛,学拈搥竖拂,举古论今,胡言乱道,惑动聋瞽……呜呼!当知是人,害道非细!"他宣导禅律同修,寄望来者,用心良苦!这幅惟妙惟肖的漫画,是大明王朝末日社会腐朽,急于求财者不择手段的剪影,恶僧们的无耻无能无知才特别猖獗,正直如语嵩怎不痛心疾首!

清兵入关后五年,本书刻成,爱新觉罗氏王朝对永历政权恨之入骨,语录如实记载语嵩与南明大臣、遗民、地方官绅来往,继续使用永历年号,表现了突出的气节和勇气。跟趋附新朝的玉林、茅溪、木陈、憨璞等"名僧"冰炭不相类。1940年冯玉祥先生凭吊语嵩灵骨塔及道场,刻"民族精神,圣贤气节"八个隶书大字于石壁以颂之。莫郘亭晚年得此书于江南,《遵义府志》中之不足已无法弥补。他逝世前不久将书赠友人王介臣携归贵阳。

介臣字个峰,浙江山阴人,在黔中做幕僚多年。他在卷首作题记两则:

一

此系老友莫子偲(字)友芝临别所赠者。云:"因嘉庆(一七九六—一八二〇)间,瓮安赵君某宰上元(正月十五)时,金陵(南京)一老僧藏有是录,因内载黔中掌故,向求不允。未几,(不久)赵卒,僧往吊后,默坐半时,归送是书。赵氏归黔,渠向借亦不允。后得之荒市。"子偲之言如此如此,故宝藏之。

个峯识(读志)

二

后子偲卒于金陵,幸是书留黔,真可慨也。

个峯又识

民国初年流归普定任可澄(志清)密藏。任在20年代末短期任过北洋政府的教育总长,抗战前贵州修省志,聘任主持,任应桂百铸约观光到息烽西望山,向当地人士出示本书,惊为稀世鸿宝,乃委托素重地方文献的贵阳文通书局代印少数分别保存。历经种种天灾人祸,翻印本亦成凤毛麟角。

语嵩说过自负的豪言:"举头天外看,谁是我般人?"但在书信中很谦逊,他上破山师翁书说:"虽存语录数卷,悟浅学疏,未尽其善。……其中别字,非书记之过。孙原不识文墨,兼离本师太早,年来避乱,东走西去,不暇操履,适奉师翁教益,自觉猛省,精进向上。至于临机,自是当仁不让。"行文质实近乎口语[1],较之同时人语录确属当仁不让。偈语尤其空灵晓畅,境界遥深,显示悟性。桂诗成先生赞辞不虚。 (见《后续》)

我是个标准大俗物。清醒时每每为此自惭;糊涂时又以此自豪。骄愧同源,不思超越,是以可悲。真是:

空山明月千秋鹤,雾海孤帆一片云。
我厌尘缘缘恋我,蜃楼何处太阳城?

我对宗教从无研究,但盼在心灵保持空的空间,让本性觉醒,看事想事直指本质,一切化了装的东西,连同自我原谅自我欺骗的遁词剥得无余。然而办不到,因为没有根基与修持,迷了途……物质生活、精神生活不能替代灵魂生活。

曾经抄过一本禅家语录,请当代大学问家,精通梵、英、德、法、日等文字的徐师梵澄老人题签,先生无言。

小子初悟:禅是生活,要泡进去,方能走到思维高境。达摩不立文字,是怕受文字语言障碍。真悟道者借船渡河,决不扛船上山。对一切语录,无妨作如是观。

语嵩大师高明处在于忠告学人:无佛无禅,有即障碍也。若先哲有灵,当哈哈一笑,摩我秃顶而去……

评价、点校此海内外孤本,我无此能力,失误百出,全属正常。好在读者

---

[1] 如"者"读本音外,还作"这"字用;"争"字读"怎",用法如"怎";"作"有时代"做"或"怎",类似《三言》《两拍》。请读者注意按文理活用,不另注明。

自具慧眼，饶舌是多余的。再说不受时空制约、绝对完美的书并不存在。

80年代之初在贵阳花溪读此书，似乎听到历史回声几个淡远的音符，画面不尽清晰是自身联想力太差所致，空茫又实在的缘分奇而非幻。曾在废纸上写下绝句：

> 黄谷黍烁金，犁天一钵深。
> 塔碑均化土，日月惜菁英。

> 言纪游思迹，偈存棒喝声。
> 机锋如菊绽，香嫩沁心旌。

> 空不全空扫梦花，地歌天籁莽无涯。
> 南朝宴舞春灯醉，独向黔中育慧芽。

> 血祭春回花泪红，断鞭犹忆死元戎。
> 刀尖古寺稀灯火，鼎革山河泣草虫。

> 血浮龙椅康熙笑，复国路遥夜未央。
> 灭绝思维抽脊柱，谁醒傀儡变金刚。

> 禅学衰颓促派争，回声欠美但藏真。
> 躬耕传法苍凉老，雪掩绿痕赠后昆。

> 三百春秋一瞬间，塔灰未染寸青天。
> 人人下海海成岸，谁对明灯注此篇？

恳切感激华东师范大学出版社的努力，使尘封古籍有幸和知音们结缘。多

枫林拾翠

谢耐心打字排版的王社荣女士，设计书衣的小友江超，还有不愿我唱名致意的朋友们！

一九八九年五月写毕

二〇一五年春出书

凤阳历史上的两位好县令

袁文新与区田法

袁文新，字又曰，福建瓯宁（今称建瓯）县人。万历四十年举人，四十七年知凤阳县。是岁大旱，秋粮颗粒无收，树皮剥尽，人相食，民亡过半。为招抚流民，凤阳知府李枝秀颁下帖文十九条，视察凤阳，令在县治邻近的官路旁建置田庄，垦荒救灾。

为落实十九条，次年二月中旬，袁文新和县主簿江延龄入乡里，问民情，寻求救灾之法。走过几十里，座座村庄不见烟火人迹，不闻犬吠鸡鸣，家家使土坯砌上门逃去。逃亡原因有三：

一、田地瘠薄，少水源，靠天收粮，无抗灾自救能力。

二、耕作不科学，民俗不积粪，只贪图广种薄收，不知精耕多获。

三、时弊害民，人逃地荒，赋税还在，由未逃者赔纳虚粮。如逃亡者返籍垦荒，未逃的里甲长便向他们索取所代纳的粮食，因而有乡不能归。

袁文新为此十分忧愁。在这关键时刻，同窗好友柯仲炯来凤阳。袁文新深知他博学多才，精通农事，和他一同找出三弊症结，决定采用区田居民之法代替原来的土地制度，推行新的耕作技术。

一年前，抚院曾发下挑塘、牛耕、开建堡舍及招抚农夫银四百四十一两二钱七分，准备发给领荒人。袁文新上任后，发觉多是冒领得官牛，随即变卖，种子做口粮，从不开垦。他决定将这笔经费用以施行区田法。

袁文新又移书回闽，从家乡聘请二十位技术高明的亲友来凤阳指导。勘定在焦山（古名石山，今称赖山、赖石山）先作示范。此山位于中都城涂山门西南，为凤阳通往刘府咽喉要径。官道两旁有数千亩荒地，交通方便，离县城近，地势较理想。

万历四十八年(1620)三月,袁文新写下了附图的《申请开垦公文帖》,上报凤阳府。知府李枝秀批准了新措施。"久闻柯(仲炯)生素有大志,据图说亦甚有理,留之两月,使衍其教,凤(阳)从此有乐土矣。何虑无负耒而入钟离哉!本府为处两月供应银二十两以瞻之,并其制器等事,陆续申报,不妨次第修举也。"袁文新将田分为五份,四份为民田,称为农方;一份为官田,称为官方。此法不同于明代中叶以前的官民田土,旨在安抚百姓返乡开荒。

农方每户领田地五十亩,领抚院发放官牛一头。其中四十亩为民田(又称私田),为农户自耕自收,并无粮差;剩下十亩为官田(又称公田),由农户代耕,所得交官。

官方首先保证民田不受侵犯。官田第一年开古荒,由官方出钱雇工做活,同时解决种子、肥料、耕牛、农具等生产用品及经费。第二年后始由农户代耕。垦荒的第一年,农方住屋、使用的水井、池塘、沟洫、农具、水车、粮种均由官方投资解决。田成后,分给农家。

为了兑现以上条款,袁文新清查土地,除粮造册。他将试验区焦山附近的土地丈量弓口鱼鳞册。其东南一片约七顷三十五亩为古荒地,旧册不载,无用课额,等三年后另议开科。西北一片约四顷六十五亩一分土地,万历十一年(1583)丈册载有悬粮。欠粮米麦十四石九斗四升三合一勺八抄三撮,军饷马价银四两二钱一分一厘三毫四丝六忽。袁文新悉数免除。将所丈量的一千亩土地分为二十号(份),每号五十亩。其名称用日、月、光、天、德、山、河、壮、帝、居、太、平、何、以、报、顾、上、万、年、书二十个字代替。袁文新招抚农户黄应中、马加言等二十家,每家分一号土地。为了不许里排今后借以欺骗讹诈,私田既无吞并,官田可以永存,他还特为二十家备造除粮照册一本,再乞给印照帖二十张,付各户收执,使他们安心生产,获得了生产资料,免于流离之苦,官方亦由此获得了大批官田和赋税,发展了生产,增加社会安定因素,减少灾情,具有一定进步意义。袁文新总结说:"区田居民之法,四以予民,一以在官,立为定准。且勿论其寸地皆租税,而与其空于地,岁空于税,孰若实之民又实之官。民获其四,实之利不为多。而官已收其一,实之供则甚裕。且如二十家之中,家收其一，即二十家有二十收，得谷二十石，二百家可得二千石，二千家可得二万石，衍至二万家，而赋不能为之重，差不能为之烦。"凤阳大多为缺水源旱地。袁、柯二人认为，田家有八法：区田、围田、架田、梯田、涂田、沙田、代田、徹田。八法之中，能被旱田所采用者有区田、围田二法，区田法为八法之首。是"救贫之捷法，备荒之要务"。托为伊尹所创，因成汤七年连续大旱，故作区田。汉武帝末年，搜粟都尉赵过发展为代田法。成帝时期（公元前32—前7），议郎氾胜之总结经验，发展为还田法。三国后期，邓艾在淮北、淮南使用区田法获高产。

袁文新的家乡福建，为负山之国，而沿海一带田地广衍与凤阳相似。用区田法后野无隙地，田地无虚日，广种农作物与经济作物，蔬菜每月均有种植和收获。老幼男妇，风雨寒暑，时时在田间耕作，并重视积肥。故漳泉二州较富。

区田法，也叫"区种法"。把作物种在带状低畦或方形浅穴的小区内。遇旱时易于蓄水保墒。集中施肥、灌水，适当密植，保证全苗，并注意中耕除草。袁文新所采用的区田法具体方法如下：

按照一亩为六千平方尺计算：

长：十六步（每步五尺），计八十尺；每行一点五尺，共分五十三行。

宽：十五步，计七十五尺，每行一点五尺，共分五十行。

五十三行和五十行长宽相通，共有两千六百五十区。

区田法采取空一行，种一行的方法。所种的行内，还要隔一区，一种一区，除去空、隔外，一亩可种六百六十二区。

每区深挖一尺，用熟粪一升与区土相和，将种子均匀播种，用手按实，负水浇灌即可。苗出土后，看稠稀存留，要锄不厌烦。结子时，锄陇上深埋其根，以防大风摇摆。此法在山陵、倾阪、田丘、城墙上皆可实行。通常一户五口人可种十亩土地。

袁文新认真安排了种植作物及季节。当时，凤阳的粮食主要有稻、秋、粟、稷、三麦（大麦、小麦、荞麦）、五豆（黄、绿、黑、豌、赤）。种植季节：正月立春后种苜蓿，二三月种稷、山药、山芋，三四月种粟、黍、芝麻及大小豆，七八月种荞麦、大小麦及豌豆。不可贪多。凤阳蔬菜有五瓜（冬、南、西、白、黄）、四菜（青、菠、白、腊）、茄、瓠及经济作物棉、麻等。种植季节：正月垄瓜田，二月种茄、瓠、瓜、芥菜，三月种生姜、蓝靛、木棉、苎麻，五六月种萝卜、蔓青，七月种菠菜，八月种蒜、薤、葱、韭，九月种油菜。栽种蔬菜，不必牛犁，仅用锹锄垦地即可。

袁文新规定每亩掘一井，以代方塘，可用吊橰汲水浇灌。还规定在二十家门前兴修池塘，每家开塘半亩，五家相连，塘大二亩半。协力挖掘，一年挖一尺，十年后即可成深泽。再挖四通八达的小沟渠，旱时无患。

为了让凤阳人爱积肥，袁文新设立了管理积肥的"两总"。分别管理集镇和农村。集镇一总，下设"坊"，坊下设"比"，一坊辖五比。每五家合建厕所一个，集镇中心建厕所五个。在农村一总，下设"里"，里下设"邻"，一里管五邻。同为五家合建厕所一个。该组织仅管厕所，其制度是，如邻、比不修厕所，责任在于里、坊；里、坊不修厕所，责任在于总。少修一厕，罚谷一石。厕所的粪池规格：长宽各三尺，深五尺。

袁文新除推行区田法外，还要求二十家农户抓副业，种植树木，牧放家禽。凤阳一带有榆、柳、桑、柘、槐、松、柏等树木，梨、枣、杏、榴、李、桃、柿、栗等果木。袁文新指令二十家，每户用一亩土地专植树木。栽种季节：正月立春后修种诸果木，栽榆柳，二月接桑果，三月移石榴，五月移竹，嫁枣，种桃、杏、李、梅、核桃，六月锄桑种植树木，可辅助粮、菜，增加收入。其材可用于建筑、烧柴，种树之利仅次于区田之作。家禽副业一项，可在水塘中放置鲤、鲫、鳊、鲢等。每户还要养马一匹，牛两头及羊、猪、鸡、鸭、鹅、狗等，以增加收入。

袁文新还要求一家五口，各执其事：其年少者，如俊秀，可习文；果敢者习击剑。一人要学会百工技艺；一人要学会货贸买卖；另外身体强壮者二人终生务农。一家之人，各有其业，可利国利家。

区田法的要领在于"画界"（土地的种栽方法）；其保证在于水利，"要深开沟洫，疏泄雨水以备涝；多凿池井，引桔橰吊橰汲灌以备旱"，其收获的多少在于"广积粪壅，勤施耰锄"；"不拘一种，不责一收"。力求人尽其才、地尽其力，物尽其用。

袁文新"朝暮公余,必身亲往,督而治农";主簿江延龄"左右提挈,效力勤劳";省祭官张志信"奔走供命,早暮拮据,协力赞勷"。在县衙内的马如麟、丁文增等全部人马均参加了这项工作,而以柯仲炯为主帅。

焦山官田两百亩,官雇工佣犁耙,买粪,买种,买树苗,前后费用银共六十三两八钱六分四厘,全是袁文新私人出钱。从福建请来的二十人,其费用也为袁文新"捐俸薪催粮"。其收获的粮食,"或济催科之穷,或以备赈灾之具",不"私其毫发"。

当年七月壬寅,即将秋收之际,凤阳发生暴雨,淮水猛涨,陆地行舟,百姓房屋倒塌无数。实验并未受害,从四月到秋季的半年中,仅两百亩官田就收获早稻三十余石,晚稻约三十石,黄、黑豆约二十余石,总计八十余石。其中豆类亩产倍于平常之田。这些粮食除足够二十户农家一千亩土地一年的赋税外,尚余三十余石入仓贮存,待荒年备赈。

年底,焦山经验在本县淮北王庄、五铺一带(今属固镇县)推广,在这里,袁文新又招抚农户二十余家,垦荒地十顷,建庄房两所共二十四间,此外还开沟、凿池、濬井,在河岸插柳栽树。袁文新所实行的区田法仅八个月时间,所遇到的阻力,如官僚机构转动不灵,互相牵制,官吏贪暴,上面忌才,经济压力等等,远非现代人可以想象。取得的成绩很突出,垦荒两千三百余亩,修旧塘十二口,盖官民房八十余间,买官牛六十九头,籴进种稻一百零六石。

区田法成功的消息传开,参观者扶老携幼,络绎不绝。崭新的住房,平整的土地,满塘鱼虾,沟渠纵横,树木葱郁,满圈的鸡鸭牛羊,使参观者心中燃起了重新生活的火焰,五河,定远二县令也前来观看。知府李枝秀在袁文新第二份《申请开垦公文帖》中批道:"区田之法,即古井田之遗意也。安得古道之不可行于今哉,仰县永肩行之,其利自无穷矣,毋始勤而终怠,……"最后的结果如何,史志未作记载,也查不出袁文新究竟何年离开凤阳,仅从乾隆时刻的《梧州府志》中得知:他于崇祯十年至十五年(1637—1642)之间曾在广西梧州任知府五年,也有政声。

袁文新还于天启元年(1621)和柯仲炯等人编纂一部《凤阳新书》。记载了朱元璋的身世，明初凤阳功臣和名人的碑铭，中都城，皇陵，以及明代中期以后的土瘠差重、人民大量逃亡的史实，是宝贵的史料，体例不一般化，地方特色浓厚。书中虽有些谬误，因编纂时间太短，匆匆成于众手，随刊随增的缘故。

封建社会中有这样的父母官出现，全国罕见，应记入史册，垂之千古。

魏宗衡除包荒之累

清初，临淮凤阳二县，满目榛荒，人丁稀少，百姓流亡。尽快医治明末战争的创伤，恢复社会元气，促进经济发展，改变人民长期贫困的境况，是老百姓的强烈愿望，也是清王朝巩固政权解决其他问题的前提。

顺治初年，工部派人来临淮县，勘出无主古荒田地一千零三十七顷九十三亩二分九厘七毫。为此，在凤阳府特设兴屯道垦荒。

临淮的开荒一事自顺治十一年(1654)开始，一直持续到康熙九年(1670)，为期十六载。人民生活反而更加艰难。所谓垦荒原来是骗局，直到魏宗衡就任临淮知县时才被揭穿。

魏宗衡，江西省广昌县人，顺治十八年进士，康熙九年二月十三日上任后，查知临淮县内有九省通衢濛梁驿，大吏们来往频繁，官苦于迎送，民苦于徭役。全县的疆域为山水之区，平衍沃壤仅十二分之二。县境东南为山冈薄地，丰年仅获半收；东北虽为平壤，却时为淮水淹没；西南则有濛水危害，全县地产不足输课，较四邻各县最为凋敝。魏宗衡所经之地，"无主古荒，满眼荆棘"，人民"逃亡相续""遂至一甲全空"，"村庄丘墟"，"所存者仅为鸠形鹄面之民耳，然犹皆怀兽惊鸟散之意"。魏宗衡多方招抚流民垦荒，然而数日间竟无人响应，乃问当地群众，县生员王前筹、乡耆老徐天印、吴天寿等人此时向他泣诉了包荒之累。

顺治十一年，兴屯道覃楚大、同知鲍弘仁为了在上司面前炫耀自己的政绩，勒逼临淮知县安洪嗣速报垦荒数字。当时寸土未动，无数可报。安洪嗣为保乌纱帽，迫于权威，一夜之间，捏报垦荒地四百八十三顷十一亩七厘七毫。顺治十三年(1656)，捏报垦地二百一十六顷三十五亩五分。为后任知县做出了"榜样"。十四年(1657)，知县周帮祯虚报垦荒地三十三顷四十八亩四分四厘。十五年(1658)周帮祯又捏报二顷七十五亩。十六年(1659)知县蓝深捏报二十二亩二分。康熙二年(1663)知县宁林捏报十三亩二分。不到十年间，共捏报垦荒土地七百三十七顷六十二亩二分一厘七毫。

康熙三年(1664)，知县孙缵祖继宁林后上任，查出垦荒骗局，便申文上报："以卑职身为民牧，念切疴瘵，有关地方剧弊，敢不披沥陈情。查临淮为江北第一冲疲之区，而荒残又甲于十八属（即凤阳府所属5州12县）之首。灾黎困于包荒，有司因于追荒。"他虽未公开往昔虚报成绩之事，也算关心百姓。他还报出临淮一县尚有荒地八百一十九顷有余。凤阳知府害怕受到牵连丢官，对申文一事力加劝阻。安徽省巡抚正在厉行垦荒，命怀远县训导陈际泰赴临淮检查。孙缵祖受到强大压力。"喜功之心切而坚"，终于一反初衷，不顾人民死活，当年捏报垦荒田地一百一十二顷八分八厘四毫三丝。康熙四年(1665)，又捏报一百八十八顷十六亩九分九厘五毫七丝。这样，顺治初年工部派人勘出的一千多顷荒地，历经数任知县，终于在孙缵祖手中最后全部以捏报的方式"完成"。按清政府规定，垦荒地六年后征收钱粮，佥派差徭。这些知县们的捏报数字"前册甫报，后撤踵至"，荒地未垦，赋役已加。临淮人民不堪其苦，纷纷准备上诉。孙缵祖怕丑事败露，连忙将政府发下的垦荒牛分给百姓，以塞民口。但皆老朽不堪使役，还有些农户，牛没有牵到家就死了。孙缵祖在临淮县任职五年，贪污赃款，侵蚀银米近万斤。最后被革职。

由于百姓逃亡过半，知县们只好采用赔纳制度，将赋役摊派给里甲，里甲再摊派给未逃亡的各农户，这样使富者贫，贫者逃，不仅所谓的新垦土地仍生荆榛，就是连过去的熟田也变成了獐兔之薮。所以，临淮田地，名为"新垦"，实为古荒，名为起科，其实为包粮。无主古荒地竟增达两千余顷。以至于百姓"流亡相续，泥门堲户，竟至一甲全空。更遇水旱频仍，灾祲叠见，野无青草，犹纳包粮，家鲜斗筲，仍追缺额。有司迫于功令，灾黎逼于催科，往往鬻儿卖女，抛夫撇妇。子哭其父，弟哭其兄。比后数载，流亡无算……"

经过调查，魏宗衡了解到，历任知县虚报垦荒数字均有报册，都说经过清丈，并经过各级上司批准。有几位前任知县因"垦荒"有功而得以提拔。如果全部推翻，从上至今形成很大的阻力，甚至罢官。魏宗衡也明白"累民亦累官"的道理。包荒之累不除，临淮一县将成徒存版籍的无人区。魏宗衡站在贫苦百姓一边，不惧上司权势，甘冒罢官危险，"涕泣申请"，先后写下了《清除包荒详文》、《复驳包荒田地详文》，分析临淮县政府经济形势，地理环境，写下了自兴屯道厅至孙缵祖捏报垦荒的经过与恶果，并强烈要求上司依法罚处制造包荒的各级各任官员。魏宗衡喷出了蓄聚在临淮百姓胸中十六年的苦水！

凤阳府对于魏宗衡的详文反应强烈，极为震动，立即派出了五河知县李景云、临淮县丞路大用、典史方隽及乡耆百姓，到临淮乡村履步踏勘，从已有赋税额的土地中又丈出无主包荒田地一百二十九顷五十五亩一分九厘三毫，丈出水崩沙压缺额田地二百零七顷五十五亩六分四厘，连同以前捏报开垦荒土之数共有包荒土地一千三百七十五顷四亩一分三厘。超过全县土地总数三千九百九十二顷六十七亩四分的三分之一。

在此同时，凤阳府灵璧县也发生包荒之事。临、灵二县的包荒之累传到康熙皇帝玄烨那里，便降旨令安徽省巡抚靳某前往调查。靳巡抚单骑入临淮踏勘，逐亩蹉丈，结论与魏宗衡的详文相符。为此，户部下令，同意免除临、灵二县包荒田地的赋役。在《户部复免包荒田地疏》中写道："查临、灵二县捏报开垦田地，既经该抚亲身踏勘，实系荒芜，累民赔粮。取有道、府、县各官印结，并里民甘结等语，相应征收钱粮准其豁免。仍出示晓谕，赔粮小民，将豁过起存钱粮项款细数造册报（户）部查核。至于督垦捏报之兴屯同知鲍弘仁等一十七员，本当议过，事在屡赦以前，均应免议可也。奉旨依议。"真是官官相护，这十七名坏官仍在别处享福，不为自己严重的罪行付出丝毫代价。

临淮县在清朝存在一百一十年（1644—1754）共有三十五任县令，以魏宗衡最为杰出。他还写下了《请增红心驿马详文》。为红心驿增加了马匹及马价工料银两。他重视文化教育，在任期间，于康熙十一年（1672）编纂了《临淮县志》八卷。这是今天留下的唯一一部临淮县方志，为我们了解明末清初的临淮县提供了仅有的资料。后人称他"实心实政,不愧为人民父母"。

魏宗衡取得的胜利,是封建社会上升时期的个别奇迹,只能给老百姓减少痛苦,并不能触动封建制度的毛发。任何清官也无法从根本上拯救临淮人民,父老们仍旧挣扎于水深火热之中[①]。

---

① 文内材料见《明经世文编》、《凤阳新书》、《临淮县志》。

读《桐野诗集》

　　作古体诗要气壮格高，并且在识、才、学、阅历等方面均有过人之处，方称作者。王渔洋的神韵派，袁枚的性灵说，见之近体较多，从古体体现则较少。律诗中有一联出色，绝句中有一句点睛，其余句子加以推敲，可以成诗。古诗要厚朴沉着，贯彻始终。渔洋有见于此，选定古诗读本，沈归愚选《古诗源》，呼唤大手笔，继往开来。免得只工近体，容易流于雕虫，以一字一眼一句炫奇，难成大器。两选本风行海内，但作者仍寥寥。

　　桐野之诗古今体皆工，代表作当推七古，无局促之态，波澜开阔，存乎一心。应酬之作则很一般。大抵作近体以明丽天然取胜的诗人，未必有大气度。桐野能兼二者之长，运笔一往无前，以气摄神，佳句纷披，乃其余事。他来到湖北黄州东坡赤壁，登苏公亭，有两篇名赋在前，一般人写不出大文章，而桐野长歌，得大苏风骨，华妙响亮，确是好诗，恐怕吴梅村也要退避三舍。自从这块无名之地被苏长公一赋而名扬四海以来，论七言古诗，此作当列为第一流。

　　坡公天马行空，纵情挥洒，不管你是赤壁也好，赤鼻也好，他是按三国古战场来描写的。作者崇敬苏公，痛惜他大才而未能立功用世，几经贬谪，气节不凡。桐野"如此江山如此客"，不仅说前哲，也包括着自己。他何尝不希望像周郎那样立功，大苏那样立德兴言，他痛恨的二惇二蔡已与草木同朽，不见古人的孤独感，使桐野产生惆怅情绪，但是并不消沉衰飒。一切轰轰烈烈皆随浪去，柳外短篱人家相对永恒，是易于产生悲观的。他跳出这种格局，正是才高气旺的结果。在官场，以酒徒面目出现，也是看穿了身遭系縻，无所作为。本人受过谗言的毒箭，生于山国，久居古都，突然见到一泻万里的大江，想到千古不朽的人物和战役，在开阔的环境中郁郁不平之气化入诗歌，内心世界与外部世界互相促激，于是奔流出峡，狂飙在天，造化在手，余音袅袅，掬得江涛，注入我们心中，坡公形象呼之欲来，并且彻底被浪漫主义诗情所理想化。真情喷射，真诗的光芒自然要永照关山。公孙大娘舞剑器，不得而见矣，剑器何似，难以考索，当代画家干脆画成宝剑，未必妥当。怀素草书，犹有复制本可观。前年入川，路过此地，月光如昼，红叶满山，座旁有虬髯伟丈夫，电目炯炯，指点江景，先诵坡公二赋，继而朗诵此诗，使我无言倾听，雷奔电激，付于江涛作鼓声，余取茅台酒一瓶相赠，他略无客套，一饮而尽，掷瓶于月光波影中，为言桐野之诗得公孙大娘舞剑器之神，余醉于风景醉于赋及诗，难以为答。是夜，梦赤壁上有东坡草书二赋，《念奴娇》及此诗，字大如桌，龙腾螭惊，仪态万方，不可名状。梦里不知先宋后清，醒来不觉东方既白，摩崖历历在目。诗人入梦，梦实为诗，亦大奇事。

《宋砚歌为同年汪千波荇州兄弟作》多弦外之音，悲凉、朴素是语言的特色。高山为谷，深谷为陵是当然，是自然规律。砚之幸是侍候过欧苏文章灿烂如星斗。古人往矣，砚历劫犹存；其不幸是欧苏去后大作家寥若晨星，使砚与诗人也分享历史的寂寞。砚所侍奉的寒酸主人灰飞烟灭，砚同样为他们无才的文字而消磨去部分生命。这些写法不出一般今昔之感，但诗人最后由砚宕开一笔，论到南宋的积弱，终于国破家亡，陵墓丘墟，由物而及于江山，其实也是为明朝的灭亡发出轻轻的叹息，对蒙古侵略者，其实也就是入主中原的女真族贵族不无怨意。这种感叹、惋惜和怨而不怒都很微弱，在一般性的兴亡感慨中多了一点酸味而已。以砚比金银，世所不争身乃空的老庄意识，砚由不幸而幸遇新主人，对王氏兄弟的期望，虽见于文字，又都被江山易主的感叹和对文坛寥落的空虚感所冲淡。诗由小见大，由近及远，清波起伏，似淡而不能消失。

每人都会经历亲人的死亡，强烈的悲痛能使你的心空风云变色，脚踏的大地下沉，几乎窒息。但也会平静，出现霁色。而有些事情比之失去亲人，简直微不足道，但多年之后你依然会惆怅、微愠、会心而笑。这在逻辑上讲不合理；在情感上却说得通。对某些诗中颤动着的潜流，也无妨作如是观。

《明成祖〈华严经〉大钟》一诗，对明成祖朱棣的残忍，作了严厉的批判，因为论的是前朝，在龙椅上坐得很稳当的康熙皇帝并不神经衰弱到视为含沙射影，草木皆兵。他亲自看了《桃花扇》的演出，戏中表彰的史可法等忠臣，他知道无损于他的统治，虽然也搞文字狱，杀人毕竟比不上朱元璋、雍正、乾隆那样数以十万计，还有开国者的气魄。诗人指责八十卷佛经，一字忏除一个冤魂，"字少冤多除不竟"提出史书一个字比钟鼎还难磨灭，中间写到红墙碧瓦已倒，翁仲于荒湖衰草中泣秋风一段，你以为是对朱棣下场的幸灾乐祸，歌唱时光的无情么？也是也不是。诗人对朱棣后代亡国的哀痛，又寄予同情和怀念，似乎矛盾，却合乎情感发展的章法。

在清代诗歌中，说到皇帝残酷好杀，空铸金人却无用处的诗很少。在天子眼皮底下，在会打小报告的小京官圈子里写这样的诗，使我们从他温柔敦厚的个性之外，看到另一侧面。诗人性格不似水晶那样透明一色，值得回味。这是他诗集中为数不多的带有激愤之作。

把农民求生存的正义斗争，一律看为贼寇的，是封建地主阶级的政治偏见，周桐野也不例外，应当批判。是否贼寇，要看对生产力的发展，人民生活的改善，是否起到积极的作用。只有为老百姓的利益去斗争，才能看出一个历史人物的光彩和心术。离开这一条仅仅强调推动历史发展，不够全面。那样一来，秦始皇为巩固自己统治而修长城，杨广为自己享受而挖运河，长城对反对异族侵略，运河沟通南北经济文化的积极作用，将导致对两个皇帝给人民造成的巨大痛苦合法化。清代的改土归流，对巩固中央集权制，发展生产力来讲是进步的，但是七省经略鄂尔泰借此残杀少数民族的罪行永远不能宽恕。

《风氏园古松歌》，是一首哲理诗，开头几句画出松树"根如积铁柯青铜"长身螭屈，卧龙拿空，喷风播雨，碧影蒙茸。松涛情韵，可拟笙钟，从外形到作用，以经济的篇幅表现无遗。插入两句八言，散文句法貌似对仗，故意颠倒数的顺序，显得错落参差，增强了力度："其下可荫十步九步，盘枝偃盖清阴重，其上可容五人六人，箕踞狂歌竟日雄。"读来有点韩愈卢同的神采，并不拗口。中国诗书画，在理上大致相通。熟中存生，熟后之生以涩防流，以拙防纤、巧、滑、浅，以丑防媚，是共同遵守的一般规律，变局限为特殊表现手段，铤而走险破险，在失败的边缘出奇制胜，变疤为花，是大家的惯技，属于例外。末段自"吁嗟乎"以后的咏叹调七、八、九言杂用，近于六朝人抒情小赋的风韵，求论是手段，得畅是目的。最末句点明人从松得到启示，内容深化。

诗人称松为苍髯翁，把它拟人化，又把它推到历史的回流中去设想其遭遇，看出"拳曲其身以避用"的生存手段。"秦时当封竟不封"使观者不平，"匠石虽逢为不逢"点明不公正中的公正。这里，诗人并不是简单地教训人，要防止才华成为生存之累，招忌之源，也不歌颂为韬晦屈辱，为了同流合污，做邪恶势力的帮凶。而是通过外表的让步，形的偃蹇，"屈抑无妨迈尘土"，达到"精神特耸拔""正劲终必蟠苍穹"。这种理想，同损己利人，不可同日而语，拔高就会把古人现代化。优秀文学作品，总要欣赏者去配合，补充，想象，以扩大其容量。作者主观效果与客观效果不一定相同。一句诗，不同读者会引起不同联想。"举头望明月，低头思故乡。"一样明月，在山、在水、在城、在乡、在沙漠、在草原，在不同时间，唤起的想法不同。而"故乡"二字更因人而异，李白所思，与华侨在国外所思，欧洲人在中国读此诗后的所思，不可能一样。

《禹尚基画八瞽图》一诗，嘲笑人的生理缺陷，境界难高。画家诗人都具有敏锐的观察力，从"一盲背立不见目，有态却从肩际出"两句得到验证。诗的命意是谴责生理上有眼，精神上无眼的睁眼瞎，如不识刘邦的项羽等人，反不如晋国眼盲心亮的音乐家师旷聪明。这样，诗的味道就变厚。

就像杜甫关心过王昭君同乡的妇女们饱受风霜劳苦而过早衰老，以致难于出嫁一样，桐野写了山东姐妹们不幸的遭遇，古代那里出过很多美女，今天则是挑选芭蕾舞演员的苗圃。而在当时：

　　齐东妇，担荷能追健儿走。古时姬美今则无，尘埃满面飞蓬首。丈人刘青身在家，男驱黄犊女沤麻。向晚茅檐一欢笑，浊醪大饼非求赊。鸡豕养在西偏屋，卖豕纳官租税足。杀鸡祭神神降福，满院多收麦与粟，渠识黄金是何物。

这首七古有点元白新乐府的味道。

实际上农民对生活的要求比诗人想象的还低,"浊醪"是节日才喝的奢侈品,拌着糠菜的杂面饼能吃饱,衣不露体,于愿足矣。人与禽畜同处更是司空见惯,并且认为"鸡飞猪叫狗摇尾"是兴旺的气象。"赊"相当于"奢"。黄金非所求,纳税不惜卖猪,只求官不逼民反而已。诗中写了劳动者健康质朴的形象,写了夜间无事稍稍喘息时的天伦乐趣,但没有把农民写成田园诗中的隐士,而是真实地记录了生活,作者摒弃了清新工丽的辞藻,直书其事。女同胞有几个不爱美?租税加上神的重轭,没有经济条件与时间去装扮自己,打扮毕竟是温饱之后的事。正如鲁迅先生指出的那样:农民只有暂时做稳了奴隶与求做奴隶而不得的两种时代,诗中写的是前者,遇到天灾人祸,战火纷飞,就连这种生活也成了最美好的回忆,在封建势力刀尖下挣扎之苦,今天的孩子们是无法理解的。

在《良乡道中》,桐野看到:"年深,官道控下二三丈,甚不良于行,两邑有司例骄惰,莫有修治者,作诗记之。"

"例骄惰"三个字,是封建社会基层小吏的画像,堪称传神妙笔。"例"说明积重难返,举国皆然。小吏的法宝是"拍、压、推、拖"四字箴言。两县交界,互相推诿,谁也不肯负责。推不掉时一拖了之,以不变应万变,他们业已精通官场关节,利用法律,如鱼得水,达到自肥的目的。路,是全国吏治的缩影。盛世尚且如此,末世季世,难以想象会腐烂到什么程度。这种例子连周某这样不折不扣的老爷都看穿了,草民的日子如何,有了坐标就易于类推。骄是对老百姓,是压字的一部分,是怒的前奏。见到上司一敛骄容,如李莲英见到"太后老佛爷",柔如猫,摇尾乞怜如哈巴狗,掩口工谗若狐。老爷打个喷嚏,他们可以升级加码,形成巨雷,借以牟利。桐野所见只是少数,天下失修路太多,惰吏太多,他们的呼吁"修治亦是有司事,莫使人悲行路难"是兑不了现的。道路陷成池塘,"马埋人陷安可知","夏愁沮洳冬愁寒,何人到此衣裳干?"这种夸张的漫画手法:"更一百年一百丈,行人腊炬朝相向,古言京国号天衢?须从地底升天上。"在别人的诗中很少运用,把悲剧性事件,处理为喜剧镜头,画面怪诞，仍是真实的。直到20世纪40年代，女作家萧红作《呼兰河传》，写到水坑，依然与桐野诗中的介绍相去无几，可以看出社会发展的缓慢。

忠奸斗争，大体上是善恶之争。奸是恶并无异议，忠君，如果是出点子镇压老百姓造反，加强搜刮，就未必是善，要根据时间地点去作具体分析，所以只能说"大体上"。君民利益是对立的，仅仅在受到异国异族侵略的时候，这种矛盾才有所削弱。封建社会中启蒙的思想家们批判君权，要求限制君权，不可能提出取消皇帝。有皇帝就有忠奸之争。桐野属忠良，恨奸佞的正义感，表现在好多首诗里面，而以《题汪五轮修撰〈看剑图〉》为突出：

> 翰林腰横三尺水，肝胆轮囷插天起。
> 莫教唤作一条冰，比较清衔恰相似。
> 人间万事摸床棱，谁忠谁奸分何曾。
> 匣底湛卢何所用，牛头夜见寒芒升。
> 披君画图良有意，高欲倚天狂砍地。
> 时平且逐闲身闲，峨峨橱具公卿问。

郁郁不平气来自现实，只是自明爱憎而已，并不能起到锄奸扶忠的作用。诗中寄托一种理想，高于醇酒美女歌功颂德之作。近似的主题还有《放鹰》一诗，句法学杜甫，内容是呼唤如鹰猛士，"人间有鸾斯有枭，逐残去恶冤气消"。二诗参看，互相启迪。

桐野善于在诗中造势，关键地方，寥寥几笔便气韵横生。说道黄山"黄山高高云沉溚，云流夜作惊涛响，散为灵液满丹壑，琅玕芝草云中长……""他山秀以肤，黄山秀以骨，三十六青峰，远插朝天笏……"写道泰山更妙：

> 从旁看岳岳如行，当面看岳岳如坐。
> 峰峦簇拥推虚空，正当一面青天破。
> 日观影落沧溟深，天门手接飞星堕。

>江河向前横两线，日月当头旋二磨。
>……

  黄山空灵，泰岱雄稳。语言选择，尽量符合山的个性，锦幡开处，遥见英雄，由远而近，出形入神，层层写之，天女散花花铺路，势足不求颜色似。有时候结尾来一段议论，一个跌宕，余味荡胸，出人意表。《李苍存后圃种菜图》歌颂了甘于清贫"曾吐好诗不茹肉"的种菜高士，以蔬菜宴客之雅，而结尾说："吁嗟乎！闾阎菜色人枯槁，腹负惟闻达官饱。当门拔薤岂无人？种菜英雄今已老。"说到英雄抱恨而老死圃中，不能济世报国，诗的内涵就深化了。

  关于诗歌创作的体会，桐野有长歌二章：《春日偶抄李杜韩苏四家诗作》与《寄答襄城刘太乙》。从历史谈到本人，娓娓叙来。

  李白、杜甫、韩愈、苏轼四人作品，日月经天，江河行地，天才勤奋，达于兼美。他人纵是五丁力士，也难辟新途。涂鸦猎凤，晕碧裁红，刻意求工，失之于巧，终欠自然。而伪体横行，大雅不作，蚍蜉撼树，蛙蛤聒噪，对前人不是盲目模仿，便是随意攻击。桐野认为这种现象不正常，都是由于肤浅造成"傍人生活蚕依蟹"，不能用这种方式去渡银汉，过弱水，更不能满足于数量，而要得古人精髓，不袭古人形貌。前人成就，靠千锤百炼。诗人觉得自己是"蠡窥自愧观澜少，绠断馋知汲古难"。受当时尘俗之见干扰，不是把自己放到同时代人之上。诗中指出的现象是有的放矢。前后七子复古余波未平，公安竟陵强调小品，体现个性，但缺少博大精深的眼光，开创一代新诗风，还要扎扎实实地努力。古诗忌排偶，怕流于轻佻小巧，这首诗是发议论，用了一些排句，并不牵强，还是用形象来表达，并不是散文化的韵文评论。

  寄刘太乙诗很长，比较透彻地讲到诗歌史上的几种现象。雷是天音，风是地籁，鹃啼蝉嘶，感于气候而发。"石窍本无声，水行殊泞洄"，相击成声，自然合律。"人声得精微，寄兴尤恍惚，中心良雾郁，冲口自风发。但伸所欲言，豪圣莫能屈。"人与虫鸟都要受大自然制约，受外感乃发而为声。"正声本无恶，文士自争夺。特起求名径，真诗乃沦没。"宋前诗人之间有学术争论，并不闹宗派，"犹未事倾轧"。明代七子尊杜而割截百家，"遂钳万人口，攘臂称渠帅"。嘉靖隆庆之后，"同流合泾渭，仇雠分吴越"。操刀相杀，批抹古诗，称霸一方。到了清初"借口爱古人，其实事剽窃"。刻舟求剑，揠苗助长，真声稀少。

桐野肯定了刘太乙的诗："字字纸上话。直如排霜筼，曲似拗劲铁。"自以为"我诗但意造，天文空直质。本乏求名心，信口无爬柿"。而争名夺利之辈"颈涨面骓热"，读书不明道，语言即或工整，已失根源，"盛气凌前人，何曾跻毫发"？这些看法，比较深刻。

诗要有感而作，无病呻吟，学病呻吟，必然钻入牛角尖。派系斗争，是封建意识的产物，以利害代是非，以好恶代尺度，顺之者生；逆之者死。封建割据的头面人物，往年是官僚，台阁体倡导者杨氏兄弟更是大官，派系与权势一结合，谬种流传，更加荒唐。元明清三朝大诗人不多，不能与唐宋抗衡，原因复杂，派系斗争，一派得势，一种主张飞扬跋扈几十年，求同灭异，泯灭是非，把一般士人脑子搅昏；新的人物出现，往往矫枉过正，另入极端，折腾不止，也是主要原因之一。桐野未见到大规模的文字狱，到雍正乾隆时期大开杀戒，绞杀一切生机，除经书之外，一律打入冷宫，中了翰林，不知道《公羊》为何书之类笑话更多。桐野把自己看法写了出来，对历史还有责任感，关心祖国文化的发展。

五古重火候，以浑涵为好。桐野一支笔，可华可朴，华丽的清秀处易为人赏，厚朴宽博处不惹人注目。如刻画世态的"蟏蛸悬网待，蝙蝠约宵行"，"坚藩任羊触"，质朴含蓄，确是好诗。像他那样聪明的人，极难洗去铅华。唐后学陶渊明的人很多，孟浩然、王维、储光羲、柳宗元、韦应物、梅圣俞、苏东坡在文学史上都是有地位的人物，储光羲在唐代诗人的行列中稍弱，梅尧臣比不上另外五大家，毕竟是开宋诗风气的先驱，倡导现实主义精神，反映人间不幸，写日常生活题材，用词接近口语，化奥衍奇峭为平淡，功力内蕴，为宋代一流大手笔。王维、东坡才均高，襄阳清癯，并不枯涩。这些人学陶都获益很多，都学不像，唯其不似，才更成功。依样葫芦不仅办不到，办到也是木乃伊而不是活人。

桐野的个性，气质，才调，可以从高启、苏轼上溯李白，学陶并不合适，但是他学得很不错。此中甘苦，他并无长文表白，只能将他不同风格的诗作加以比较，才能悟出端倪。请看《题李苍存〈秋获图〉》：

田父操豚蹄，所说但篝车。若论东作苦，此顾良非奢。
策士浪游食，反以资笑哗。何如野田雀，腹小意无涯。
飞飞入太仓，罗罥不能遮。仓庾足官司，玉食恣奢华。
与雀因同类，弹丸安得加？宁知我妇子，晓夜躬犁耙。
我耕出膏血，官用为泥沙。屡见沟塍间，父老死催科。
君今得耕趣，翻以图绘夸。君言耕者乐，乐于钟鼎家。
春夏信勤劬，三冬无怨嗟。租税但毕官，浊醪何待奢。
面目虽黧黑，身心不疵瑕。那知朝市间，平地千褒斜。
君家淮南村，读书仍种瓜。门外十顷稻，门中千树花。
我乃抛田庐，束带趋朝衙。野性未使习，冠裳困麏麚。
不嫁三百廛，取禾非不嘉。不由力作得，味少惭汗多。
子信能知田，我亦能田歌。横流今已荒，不归当奈何。

《小农诗》太长，不录。

在俄罗斯文学史上，出现过忏悔贵族的形象，那自然和1789年法国大革命所标榜的自由、博爱、平等有关。中国并不曾出现过类似托尔斯泰思想的贵族，也没有人写出过涅赫留道夫式的人物。士大夫阶级对农民的同情，像李绅那样的悯农诗，已达极峰，自宋至清代，并没有超过。桐野生长在乡村，接触过农民，知道一饭一丝来之不易，能意识到不劳而食值得羞惭，味少汗多，说得率真，并不矫饰，多少有点忏悔情愫，不可多得。这里要说明的：第一，他的同情于农民无益；第二，他向往解职归田，是回家当绅士，可能参加一些劳动，但不是躬耕自食，在《赵北口》一诗中说的"我生自奔走，尘埃满中袂，八年五过此，了不关身事。畿南烟水阔，稻田亦易置，何必沧江湖，翛然乃遗世"。置田一语，可为注脚；第三，要把他放到同时代，地位类似的历史人物中去比较，不是凌空要求，这样正反相差，才能得其仿佛。知道农民"身心不疵"的人不多。

尽管《秋获图》中描绘的，是欢愉的田园牧歌画面，既有知识分子厌弃朝市而加以美化的一面；农民在天灾官祸面前，生活如同海边沙滩上的草棚子，经不起风吹雨打，但画家是参加田间劳动的，才能说出耕者乐于钟鸣鼎食之家，体验过官以百姓膏血为泥沙的实况，见过父老死于催租，还愿意劳动，画农民，是诗人所羡慕和钦佩的。原图虽不得见，不会与诗的内容背道而驰。

桐野的思想很矛盾：厌恶随班应卯、官场是非，就思乡、思月、思隐，崇拜陶渊明。他写到陶公故居，充满向往：

此邦若准严光例，城郭山川合姓陶。
先代不知刘氏腊，居民能说义熙朝。
菊逢秋雨偏垂泪，柳爱春风已折腰。
乡俗不随尘世改，素心人恐属渔樵。

意舒身不舒，陋巷颜自适；身舒意不舒，秦憾阿房窄。
我爱陶渊明，饥来但乞食。只谋一醉饱，余事不挂臆。
归榻北窗眠，窗风应鼻息。身乃羲皇人，榻是华胥国。
一身据一国，敞庐成广莫。窗外岂天风，市儿营百役。
黄农与叔季，乃被一窗隔。嗟哉广厦人，屋凉心自炙，
营营都不已，百年会有报。我获此清凉，而彼有何获？

一方面"故山因梦有时登"；一方面"长说归田却未曾"。他毕竟不是陶公，所以不能"百年高隐归三径，一柱狂澜砥六朝"。（笔者幼年见父亲蔚青公题陶渊明画像两侧联语，不知谁作？后闻周怡惺句，无书可查，记不清了。）原因在《小农诗》后面透露了消息，诗的前半段写了农家之乐，然而"高车与大纛，不载田家儿，万谷量牛马，何如青史垂……"（这在当时是大实话，不足为奇。）他舍不得功名富贵，这样矛盾无法解

31

决，所以唱彻念家山破，难赋《归去来辞》。他对友人送子还乡务农表示支持，希望孩子牛角挂书，报效朝廷，表里如一，写来明白如话，从真切中溢出诗味，无熟媚作家气，筋骨尚健。

　　文字运用熟练，才思敏捷，使桐野在近体诗的创作上露出头角。他擅长对仗，佳句接近高青邱的清丽，行云流水，举重若轻：

　　一堠马前出，群山天外沉。

（《大雾发青驼寺》）

　　晚露人衣湿，危桥马步艰。

（《蒙阴县》）

　　筛月闲庭醉，梳风午榻眠。

（《竹》）

　　爱此珊瑚质，宁知江海心？

（《朱鱼》）

　　金屋何劳贮，雕笼不是恩。

（《鹦鹉》）

　　长空鸟没天涵镜，村舍人归树隐庵。

（《燕子》）

　　草绿裙腰波染翠，山衔日脚树争红。
　　茅草亦能教蝶醉，娇花不解背人开。

（《重泛西湖留作》）

　　孤峰积气为天色，高树流云作雨声。

（《望太行山》）

　　生憾龙蛇同起陆，晚弢弓甲听吹箫。

（《望铜雀台》）

　　寒花映日将何待，老树迎风渐不平。

（《立秋南麓书屋小集》）

腐儒挫折休言命,浮世功名不在书。

（《和汪川东咏怀》）

人归画扇离如故,春去山姜叶似秋。

（《德州感怀田山姜先生》）

狂来骂座真无谓,乱后全生故已艰。

（《武昌怀古》）

桐野送族叔宣子任邵武县令的四首五律,既未写别离的痛苦,也没有应酬的祝贺,而是勉励长辈清廉爱民,在送别诗中另有面目,不衫不履,以刚直见亲热:

家世久衰落,今逢振起人。一官何足重,宿志此当伸。
车后千山雨,怀中万户春。他年郁林石,归路不羞贫。

忆昔家居日,为农兼读书,儒风真素有,民瘼比何如。
身贵亦常事,士心当念初。赢余定无益,家有旧田庐。

地是无诸国,途经黯淡滩。闽商富荣荸,越女竞箫兰。
水课征渔户,香色问橘官,传闻通海舶,奇异不需看。

第四首稍弱从略。除去"千山"、"万户"一联外,作者并不讲究对仗,纯以气行,将古诗写法入律很难。再如五古《山塘舟中》只有八句,境地素美,倘换韵作对,反而会破坏淡彩水墨画的效果:

维舟绿树中,岸草浓于发。吴姬擢素手,摇弄山花发。
虎丘空翠来,隐映斜阳没。花地独夷犹,十里山塘月。

读来不像词《生查子》。除去斜阳殷红,其余都是冷色,花草翔舞,光虹飞动,含笑村女,都很活脱。

在一组咏物诗中,《斗鸡》很豪壮:

自叹机心在,晴窗畜斗鸡,尔应思裹革,吾亦比闻鼙。
一怒看尘起,专场憾日西。将军息衰志,回首忆凄迷。

这诗出语有军事家气度。咏物诗不能远离物,更不能限于被咏之物,总要有所寄托,方能辟境遥深,有广大余地供人发掘。此诗初看是将鸡比作马革裹尸的将士,如果更进一层,王者争霸,军阀夺城,那些为偏见驱使而你死我活的厮杀工具,也无妨包括那些王者军阀在内,在史家眼光中,不都是一群斗鸡吗?

作者近体中以七言最擅胜场。五言排律有试帖味。六、八言平平。五绝极少,乏代作。没有乐府诗,反映生活的面窄。

诗人用典少,这是一大长处。律诗之中武昌金陵两组怀古诗却用典很多,虽然不像评论家说的"运典浑脱,一气呵成",也还自然,并且增加了一点历史感,造成一片登临的气氛。宋后诗人强调"无一字无来历",讲究出处,掉书袋,远离生活,造成偏枯,对艺术的发展有害。

《金陵怀古六首》第一首前三句,用的便是"金陵王气已全消","潮打空城寂寞回","旧时王谢堂前燕,飞入寻常百姓家"句意,并不新鲜。由于清兵过江前后,福王朱由崧的政权曾经活动过一段时间,马士英、阮大铖、钱谦益降清,史可法扬州殉国等等往事,还活在人们记忆中,有的人还健在(如毛奇龄、冒辟疆、吴梅村都活到八九十岁)。这些陈迹写在诗中,就有天宝宫人说玄宗的作用,其感染力是今天读者难以想象的。文学作品永恒者少,即使传世者也不见得能保持高峰时期的魅力,书中的环境不是史家画家学者的绘画描写可以再生的。请看:

睹墅风流误后贤,屡朝狎客递当筵。
官车惯入鸳鸯寺,台阁新翻燕子笺。

> 千载埋金悲故国，十州熔铁铸当年。
> 停云歌歇行云散，断送繁华尺五天。

　　这里用了一些典或事，鞭挞了小朝廷偏安江左，在清兵刀尖上歌舞升平，幻想从清兵战马扬起的征尘中修宫殿，终至国破人亡。扬州十日，嘉定三屠，清兵杀人如草，罪行令人发指，使得诗中对前朝的追念，惋惜，不同于普通的怀古幽情，在斯时斯地斯人身上出现，哪怕是微弱的民族意识，表现出来也是珍贵的。这种情思，见于十多首咏史之作。今天强调民族团结，但用这种尺度去量古人，就会把洪承畴吴三桂施琅之流美化成促进民族团结的"英雄"，连气节是非都不要，并不符合历史唯物主义。

　　《土木驿》一律远述宋辽战争中的坛渊之盟，近述明英宗复辟杀害民族英雄于谦的故事，也有典故，有感慨。烽烟虽尽，战场犹存。诗中的人和事太多，又止一首，不如前诗透彻，笔墨稍嫌分散，但爱憎不含糊，对辽、蒙古族侵略者的反感；自然也把女真人包容进去。悼念崇祯帝朱由检思陵的绝句，可作为上述民族意识的注脚：

> 金床玉阙满烟尘，一统河山七尺轻。
> 至竟却无埋骨地，墓田终借泪官人。
>
> 长江天堑古今同，豚犬何因得奏功。
> 泉下若教评往事，项王终不过江东。

（三首录二）

　　诗人称项羽为睁眼瞎子，并不善战，这里借李清照的说法，显然是指崇祯不该死，过了江会比福王有出息。

　　诗人羡慕不食周粟的伯夷叔齐，"人间独有真豪杰，抛得公侯作饿夫"；"以君偏律人间世，千古清流有几人"？把诗人对钱谦益的批判对照起来一看："千载青山递歌哭,一时红粉兆兴亡。南朝江令依然在,空有情诗纪断肠。"作者的襟怀就暴露出来了。

思想不能离开艺术而独存。作为抒情诗人,他有些作品写得比那些议论诗更有生命:

> 桂露松风清有余,绿阴常护一床书。
> 满空仙乐涛相应,入座繁香麝不如。
> 最爱雪中梅掩映,更怜月下影萧疏。
> 便抛桐野三间屋,来伴先生结草庐。
>
> (《题张天农读书松桂林图二首》之一)
>
> 晓起山光绿向西,出城幽鸟傍人啼。
> 阑珊杏蕊红千片,浅淡梨花白一溪。
> 林际有风烟漠漠,路旁无草麦萋萋。
> 游人点缀春如画,醉后垂鞭上柳堤。
>
> (《郊游即事》)

故园之思,生活情趣的活脱,信手拈来,都有美感,有点闲适,并不颓放。人总不能日夜不停地劳作,江山之美可以陶冶人的心胸,领略人生情趣,做大自然的儿子,是正当的享受。

> 宝带桥边昨夜雨,绿烟和水向东流。
> 怪来山翠船窗重,傍晚风吹近秀洲。
>
> (《秀洲》)
>
> 城中抬频见青山,寄兴飞鸿落照间,
> 烟霭滞人行不进,楝花风里棹舟还。
> 天边明月光难并,人世西湖景不同,
> 直把西湖比明月,湖心亭是广寒宫。
>
> (《西湖六首》之二)

> 古木千寻杂雨声，画中风景似彭城，
> 可堪兄弟连床夜，一点寒灯万里情。
>
> （《题刘陂千〈夜雨对床图〉六首》之一）

这些诗清纯，有真意，无矜饰，易记，上口，音节和谐，比较通俗耐吟。

以清新求含蓄，是神韵派的特点。周诗有雄健的一面，也有似不着边际而富于潜台词的手法，神韵派的影响颇明显。"垂柳渐浓"，"画卷初舒"，是被人用滥的书面语言，莺燕是常见的鸟，诗人用"莺识路"、"燕知家"，多少赋予一些不背物性的人情，诗人难识归路，眷念乡土，人不如鸟的意思就很清楚。有了余味，老词汇就不落套。

画面要动，意思要深沉，必须句、字有不尽之意，才能传出精神、韵味。"起眠杨柳受风多"，"一篙翻动五湖春"，"卷舒曾不定，分合自为容"。或像西湖之秀，或写舟行，或以云动喻人聚散，动中有情。"长年最喜花迟暮"，"青山一发大江横"，"马足踏开明镜路"等等，都是似淡而苦心经营过的句子。

从古人作品里去翻新意，是一件危险的事。高才如王安石，把"野渡无人舟自横"，翻弄成"野水无人渡，孤舟尽日横"。实在多事。"杏花消息雨声中"，被陆游化为"小楼一夜听春雨，深巷明朝卖杏花"。乔吉翻为"杏花，春雨，江南"。无愧原作，方成名句。桐野把杜牧的"春风十里扬州路"，徐凝的"天下三分明月夜，二分无赖是扬州"，翻成"十里春风千里恨，二分明月八分愁"。并未出如来佛手心。欧阳修的"春风疑不到天涯，二月山城未见花"，被改造成"春风吹客到天涯，每对东风便忆家"，也只平平；"山重水复疑无路"是放翁名句，桐野改为"路无涯"，无"疑"味减，此非桐野之长。

妙喻见才思，也很不易得。但诗要看整体，看深度和境界。袁枚说："断句入心，有终生不能忘者。写景则周起渭西湖云：'直把西湖比明月，湖心亭是广寒宫。'"语见《随园诗话》。查为仁作《莲坡诗话》，引此诗开篇，传诵一时。此亭近三潭印月，为什么别的诗人就无此联想呢？这正是桐野的过人处。这类诗不应贬低，确能给人以美的享受。但是周诗佳处是多方面的，诗人是立体的人，诗是立体的艺术，以面代整体，总是易偏，其中妙处，见仁见智，各人自己去探索。评论如果不是拦路虎，也可能是路标，绝不是车子。

愿引郑珍（子尹）诗结束此文："贵州数家诗，有明推雪鸿。国朝二百年，吾首桐野翁。雪鸿宦不达，桐野寿未丰。天欲文西南，大笔授两公。谢诗春空云，周诗花林虹。吾以两公较，尤多桐野雄……"

附录：

赤壁避风登苏公亭放歌

浩浩长风吹万弩，箭镞漫空洒飞雨。波声撼塌郏子城，涛头径射白龟渚。犹似周郎万骑横江来，千艘撇辟闻犗雷。咫尺南北不可辨，际天烟焰纷成堆。舟人系缆垂杨陌，忽见峭壁嵌空势崩坼。髯苏去后青山闲，使我今朝散轻策。崔嵬亭子江之滨，壁上二赋犹光新。江山好处要文字，熙丰之际来天人。劲骨峥嵘与世迕，诗不能茹洒不吐。人虽欲杀天怜之，遣作黄州风月主。东坡黄桑手自种，废垒犁锄亦亲举。平生食饱爱闲行，挥洒龙蛇遍氓户。武昌樊口丹枫稠，载酒还作凌云游。清波白月迁人世，素心孤鹤横天浮。忽忆美人思魏阙，自惊流落天南州。我拜遗像荒山陬，严桂惨淡枝相樛。悲风入座髯飕飗，大江茫茫东注愁。二惇二蔡俱山丘，惟公大节古今留，当年欸吐惊龙虬，洞箫呜咽闻中流，长啸一声烟潦收。如此江山如此客，纵无词赋堪千秋。思公不见余空返，楚塞萧条白日晚。柳外人家竹篱短，明月正照黄泥板。

黄果树瀑布诗话

黄果树大瀑布不但是中国一绝,也是誉满环球的壮观。

"感谢"旧中国交通和科学技术都十分落后,居于幽谷怀抱里的大瀑布因此得福。没有受到发电少而后患无穷的技术改造,也没有受到洋泾浜的殖民地文化毒害,保存了她自古以来的本色,不至于面目全非,无疑是得天独厚的奇迹。也是由于同样的缘故,她每天都要在寂寞中白白地浪费了很多的美。明代以前,没有大学者大文学家来为瀑布树碑立传,一唱三叹的文化积累不足,没有像样的碑林和名画启发读者的遐想,使我们感到遗憾。

我历来主张平分秋色,各具生命,反对把质量都不相同的东西,去作生硬的对比。有时却忍不住为山水风景的遭遇而感叹!庐山香炉峰的瀑布,论高不如天柱山的瀑布,论壮阔和黄果树瀑布确有猫虎之别,只因地理条件好,遇到了李白、白居易等大手笔,享名比黄果树早得多,大得多。我们为香炉峰瀑布庆幸,不必抱怨历史不公。黄果树更是豁然大度,几百年在她眼里算不了什么。

有实不患无名,明代末年伊始,吟咏黄果树大瀑布的诗词增多,如果把这些作品比作一缕细流,汇聚在一起,也可以成为一条飞瀑。

先谈一点文献。

大旅行家徐霞客在 1638 年 5 月,来到贵州关岭县,当时叫永宁州,他在游记中写道:

> 遥闻水声轰轰,从陇隙北望,忽有水自东北山胁泻崖而下,捣入重渊,但见其上横向阔数丈,翻空涌雪,而不见其下截,盖为对岸所隔也。复逾

阜下半里,遂临其下流,随之汤汤西去,还望东北悬流,恨不能一抵其下……心犹慊慊。随流半里,有巨石架桥水上,是为白虹桥,其桥南北横跨,下辟三门,而水流甚阔,每数丈辄从溪底翻崖涌雪,满溪皆如白鹭群飞,白水之名不诬矣。度桥北,复随溪西行半里,忽陇青亏蔽,复闻声如雷,余意又奇境至矣。透陇隙南顾,则路左一溪,悬捣万练飞空,溪上石如莲叶,下复中剜三门,水由叶上漫倾而下,如鲛绡万幅横罩门外,直下者不可以丈数计,捣珠崩玉,飞沫反涌,如烟雾腾空,其势雄厉,所谓珠帘勾不起,匹练挂遥峰,俱不足以拟其壮也。盖余所见瀑布,高峻数倍者有之,而从无此阔而大者,但从其上侧身下瞰,不免神悚。

夏天,大瀑布用他沁彻人心脾的冷气,招来更多避暑的游客,如果雨量充足,水势奔腾,澄空一碧,骄阳杲杲,两点钟之后,角度适宜,溅珠折射阳光,从犀牛潭上吐出虹霓各一,七彩绚烂,仙桥并列;生出神话般的奇幻之美。观赏大瀑布而未遇长虹,只算看到了琵琶半掩面的半景,未免遗憾。

孙可望原是张献忠养子,云南贵州联明抗清的首领。一度野心勃勃,想过一下皇帝瘾,顺治十四年(1657)投降了清廷,是义军营垒中一大隐患,不知道在某些史家眼里可能算统一中国的"功臣"?如果不是秘书代笔,这位叛徒颇有文采。并且选胜为亭,以备临眺,又在石壁书"雪映川霞"四个大字,确实很雅、除去自称为"孤"、"驻跸"之类字眼很使人厌恶之外,并不像白鼻子,可见人之复杂。

夫水以瀑布名者多矣,顾皆出于绝壁,令人仰观,或见其为输泻倾注之状,驰走震荡之势,以为奇绝。乃观白水则不然,依危石,临大渊,竞竞欲坠以居上水,挟势任态,殊觉从履下起,且凡坠而复起,而散落复振者皆再见。至其中之为翔、为斗、为粉、为结、为薄、为怒、为横鹜斜趋,为履空梯影,为蹉跌跳跃者,盖不可胜数。噫!水之变幻尽之矣,兹又岂非幻之变者欤!

若夫壁下之为潭,潭深蓝色,潭中心为悬水之所冲,亦沸而为白,高数丈,然后坠其外,湛如也。人言中神犀潜焉,故常变光景,出云雨,屡屡征异。

传说吴三桂兵败后,向潭中掷下一些珍奇之器。据田雯《黔南志略》记载:"孙可望见水中有神物,欲涸水以索之,而潭水绝深,屡期日不可竭,乃止。"

王昶任云南布政使时,路过黄果树,写到周围环境,有"丛篁修樾中,目对银河,倾泻江山"之句,"过此皆土山载石,石拔地起,率一二丈或数尺,色如水墨,玲珑削峭,无一圆刓者"。

江阴人陈鼎记了一条传说:"相传潭中逆变时,解饷官弃金十余万于内,人多垂涎之。有善洇者没水以求,一犀熟睡波底,绕身皆珍宝,逐择巨者攫之以行,犀觉,逐至岸,洇者与之斗,力竭掷还,犀始退。类《齐东》之语,然山阴吕黍,名士也,作歌以记其事,摹写极工,好事者书于庙壁。姑妄听之耳。"

现存而又易得的咏黄果树瀑布诗词多达几十首。最早的是正德十三年(1518)任云贵按察使的胡琼所作,诗颇平庸,不录。

贵州第一位受到全国珍视的诗人是谢三秀,同一代名流汤显祖、王稚登都有过交往。他的才气高,是黔中开风气的人物。

写的是七古:

众流赴壑疾如梭,泻作层潭千尺波。素影空中飘匹练,寒声天上落银河。兀兀孤亭坐清樾,征夫到此思超忽,隔川溅沫湿衣裳,面对惊涛竖毛发。君不见黄河万里愁吕梁,又不见夔门五月戒瞿塘!由来叠水亦太恶,石湍幸不通舟航。吁嗟可畏宁尔耳,浮世人心险于水。

首句有少陵"群山万壑赴荆门"的痕迹。下面有李白咏庐山香炉峰瀑布的影子。"黄河之水天上来"也被消化在其中。李诗清逸,大部分写黄果树瀑布的诗,都要带上那些名句的色彩。这跟旧时代文人讲究出处有密切关系,封建势力不会欣赏有个性有真情关心人民疾苦的文艺作品。只奖励试帖诗,千人一面,陈陈相因。真正的创造，反而遭到非难。敢于接受新风格就是离经叛道；违背了温柔敦厚的诗教。明明是"作"也只是戴上"述而不作"的面具。谢诗先极力铺陈白水河之险，来衬托人心更险，诗的骏马飞驰。突然一勒缰绳，已入另一天地，景是自然写照，上升到世态风习的感叹。诗的质产生了飞跃，不愧为才人笔墨。

吴维藩的五律，以"薄雾笼晴雪，斜阳射晚潮"一联较为可诵。潘德征的"鼍（音陀）窟蒸澜气，蛟涎泠石胎"两句；邹一桂"天绅长垂不可卷"；阮芸苔的"如驱万鹅群，鹤鹤鼓翅飞"；陈文政的"乍疑巴雪涌日流，忽惊素云从龙起"；佚名的"翻山漫拟桃花浪，逐水全无柳絮风"；赵德昌的"欲挽狂澜思砥柱，甲兵百万蕴胸中"；赵藩的"快如练甲衔枚走，轻若兜罗飘缕缕"；杨应枚的"剑影横天挥石裂，涛头出海压山隤"……真是争妍斗胜，笔花彩雨，各显神通。

贵州诗人，以郑子尹的艺术成就最高。他的作品写到母亲和大自然，接近口语，感人至深，一谈到学问，带有经师气味，奥峭冷隽，功力深厚，掉下书袋，不免为盛名之累。胡先骕称他为清代第一，有些溢美。同光一体作者，多从宋诗追踪杜甫，以沉厚质拙救性灵神韵二说浅露浮滑。子尹吸收韩愈手法，纵有晦涩处，瑕不掩瑜。他忠君勤学，憎恨贪官，同情人民的不幸，但对农民及少数民族起义则斥之为"匪"，表现了时代的局限。关于黄果树瀑布的七古，在同一题材中是上乘佳作，空灵而深厚，为他人所不及：

> 断岩千尺无去处，银河欲转上天去。水仙大笑且莫莫，恰好借渠写吾乐。九龙浴佛雪照天，五剑挂壁霜冰山。美人乳花玉胸滑，神女佩带珠囊翻。文章之妙避直露，自半以下成霏烟。银虹坠影饮镁錾，天马无声下神渊。沫尘破散汤沸鼎，潭日荡漾金镕盘。白水瀑布信奇绝，占断黔中山水窟。世无苏李两谪仙，江月海风谁解说？春风吹上观瀑亭，高崖深谷恍曾经。手把清冷洗凡耳，所不同心如白水。

美人、神女奇喻，化俗为雅，是大手笔。幻想，现实，历史，三者交织；游仙，怀古，洗心，各尽其妙。色彩很浪漫，并不神秘。

诗贵含蓄，含蓄必须通过明朗来体现，否则会成诗谜。

藏露，虚实，浓淡，轻重，进退，恰到好处，需要火候，方能险处求平，凡中写真。以深动人，相反相成。

情，理，景，在子尹诗中相映生辉。

源于自然，高于自然，妙造自然。

九言诗向少佳作，同我们语言的规律可能有些不协调，诗人田雯的尝试有待于大家的评论：

我生嗜好与世殊酸咸，独于高山流水心馋贪。匡庐瀑布天下称奇绝，何如白水河灌犀牛潭。银汉倒倾三叠而后下，玉虹饮涧万丈哪可探？声如丰隆奋地风破碎，涛如天孙织锦花鬖髿。溅珠跳沫行人衣履湿，云垂烟接山奇峰峦尖。小犊出游太真所不照，乖龙结队古冶岂能歼？半红半黑飞斗大蝴蝶，千章万株森十围松杉。玃猱熊狸须髯爪牙古，鼋鼍蛟螭昼夜风雨酣。安得十日五日坐潭上，二三酒侣看月凌朝暹。头脑冬烘郦道元未注。屐齿逼塞谢客既多惭。解衣磐礴箕踞于其侧，青天搔首我歌曲水岩。

文贵气势。从我当过编辑的职业病出发，每句删去两个字并不难，可能比九言原作更不成功。改出来只能是另外一首，真动手难免出丑。

杜甫以广厦千万间来居大批寒士的梦想，引起后代读书人的强烈渴望。诗人刘大琮是湖南宁乡人，1894年后知永宁州四载，他的七古就承袭了杜甫的想法，虽然不够新鲜，作为清末的地方官，想到贫苦的读书人就可贵：

飞瀑奔流壮大观，浩浩声似鸣急湍。中有蛟龙起不难，苍苍天雨气为团。我今意欲挽狂澜，盟心虽白矢心丹。水之有瀑势何宽，我之有政愿与尔同弹。羡尔悬崖喷雪如露薄，取尔润泽不竭之般般。似布非布且弥漫，非布似布洁于纨。安得裁为千丈裘万端，衣尽天下寒士不号寒。

寒士无衣少食，养活士人的农民与兄弟民族只能更苦！他要挽的狂澜，是摇摇欲坠扼杀民族生机的清朝贵族政权，丹心自然是献给皇上和那拉氏的。有这种封建意识，又能惜士怜贫，实为矛盾统一。诗还是有生气的。

七言长歌，也许就是诗中瀑布。

瀑布气质，也许近于七言古诗。

写黄果树，五古及近体就差些，内容决定形式。

词以长调较工，小令无惊人笔墨。试录一首遵义黎兆勋写的《迈陂塘》，作为一脔：

  雪初晴，瀑声涩涩，流欲去还住。明珠万斛冰绡缀，织尽断霞千缕。翳复吐，问底事，潇潇尚自吟风雨。白云如羽，似暗卷涛来，凌虚欲涨，又化碧烟去。　忆前度，掣电轰雷飞舞。白霓倒吸烟雾。岭猿峡鸟迷昏晓，不放夕阳西渡。重来误。即更见，百重树杪泉鸣处，尽教冰洹。幸袅袅晶帘，玲珑透月，犹挂隔江树。

晚清词坛上，缺少黄钟大吕的壮歌，比较衰飒。黎兆勋不算大家，他给大瀑布留下了一副侧影，自己的情怀也织进了雨丝飞泉，使人在惆怅中充满对美好光景的流连之情。

人在风景中，可以把自己化作客观世界的一部分，而真正的感受，很难表达。

出于无限依恋，我和一位挚友在瀑布的脚下兀坐一宵。古往今来，在这种时候来看她夜妆的人，该不会太多吧？

不知道是瀑布的雄歌，还是我的心在漫吟，一时胆大，在顶礼之后，记下了大瀑布激起的心声，寄给正在远方思念着我的亲友们。

黄果树！您本身就是一首读不完的长诗，我向您稽首，向您献上朴素的心，让它化作一滴水珠，溶入星宇间的合唱！

壮族女诗人陆小姑

偶然翻阅武缘诗人韦丰华著的《今是山房吟琐记》，有一段话很惹人注目：

吾郡僻处边陲……女儿能读书知吟咏者恒不多见。自来有以诗名见称于世者，惟宾阳陆小姑一人而已。

稍后又读到《峤西诗钞》，其中有陆小姑的老师滕问海赠她的一首诗：

满城眷属尽神仙，花坠重茵亦偶然。
冬岭乔松原自秀，不随桃李斗春妍。

问海字巨源，一字廉夫，乾隆末年广西崇左县（当时称太平府）府学贡生，后官宾州训导，其子滕楫亦工诗，享名当时，诗人张鹏展曾刊出问海的著作《梅溪山人诗稿》六卷，《杂言》四卷。久索不得，可能散失。从诗中看，老师对女弟子的遭遇感到爱莫能助的不平，勉励她学习乔松，莫羡桃李，在人格上努力自我完善，兼有劝她守节，从一而终，虽被遗弃，不必再嫁。"花坠重茵"句用《南史·范缜传》典故："竟陵王萧子良盛招宾客，问范缜曰：'君不信因果，何得富贵贫贱？'缜答曰：'人生如树花同发，随风而坠，自有拂帘幌坠于茵席之上，自有关篱墙落于粪溷之中。坠茵席者殿下是也；落粪溷者下官是也。贵贱虽复殊途，因果竟在何处？'"相信人生际遇是偶然，比富贵在天的宿命观总要进步。长者的安慰，未必能减轻女弟子的哀伤。而对陆小姑其人更加关切。可惜找不到资料为她立传。

据久居广西的诗人梁宗岱前辈对刘海粟老人说，陆小姑的诗《紫蝴蝶花馆吟草》，新中国成立前南宁的省图书馆尚有抄本，因为年代较远，人事变迁，现已找不到下落。这自然令人惋惜！但在选本《三管英灵集》、《峤西诗钞》中，在地方志书中还能找到十几首，也算不幸中的大幸。地方编印一些选集、类书、方志，对传播文化的功绩不能低估。

　　从现存的诗中看来，小姑生于小康之家，从小读书，懂得诗文，这对乾隆末年的一位女青年来说，是不幸的根源之一。敏感的神经总是要寻求看重与理解。而在封建社会里，这一切都是海底明月，梦里仙境，无从获得。她嫁与一个没有文化的丈夫覃六，他需要的是一个奴隶，为他日操井臼，生儿养女，侍奉公婆，敬畏丈夫，并不需要一个咬文嚼字的才女。智力的悬殊造成女诗人终生的孤独凄哀，在二十七岁的大好年华遭到丈夫遗弃，四方冷眼，六面窃窃私议指手画脚的围攻，使她成为无辜的罪人。如果她目不识丁，对命运也就由冷漠而麻木，逆来顺受，最后由死神来超度，千万年来，亿万姐妹不都是这样熬过了辛酸单调的岁月么？她不能抗御愚昧的血盆大口，又不甘于俯首跪拜地被吞噬，就把诗歌当作倾泻感情的唯一的闸门。这倾泻也是有分寸的，拘谨的，人不能脱离生存氛围而独立。

　　诗人的不幸往往又是诗歌史上的大幸。就才情、见识、心胸而言，她无法与李清照并肩。但在广西文学史上，得到空前启后独秀一枝的地位，是生前给她无穷烦恼的才华。

　　没有胆识，她连识字看书的勇气也会丧失，顶住偏见袭击，需要信念的七层铠甲。开风气之先的拓荒者，大多生长于寂寞之中，每天品尝的苦酒，不光来自外界，还有几杯是自己灵魂酿造出来的。

　　诗人的命运不是孤立的，她是广西壮族妇女大海中的一朵浪花。妇女解放的程度，是衡量社会进步程度的标尺之一。诗人如此，比她更贫贱的人如何活着，就不难猜测。现在，陆小姑的悲剧性时代过去了，她的艺术并没有被时光冲刷而黯淡。她出生得太早，和我们祖母的祖母的同时，这不是诗人的罪过，虽然她受到了惩罚。一想到她的诗魂栩栩如生，那些折磨她的人早已灰飞烟灭，对后代来说，也是一个安慰。

诗人在孤寂之中，情无所羁，便怀念古代的末路英雄，吹箫乞食的伍子胥，自沉波涛以死谏君的屈原，丹心不能自明，明珠竟委尘埃，古人酒杯，恰好用来浇自己胸中的抑郁。她虽未曾乞食，但在娘家婆家吃的都是嗟来之食，农民叫"愁眉食"，拌泪哽咽，粒粒是冰块；她虽未跳入江河，在精神上又自杀过多少次？个人哀怨比起忧国忧民的前哲不免渺小，但是比无声好得多！

  潜行载橐走重关，陌路箫声惨客颜。
  云涌楚江双鬓白，月沉吴市一身闲。
  英雄易老风尘里，愁恨难销旅食间。
  无限牢骚凭几曲，不堪回首泪痕斑！

——《伍大夫乞食吹箫图》

  续命丝缠重午天，《离骚》读罢泪潸潸。
  由来枭舌工倾覆，如此蛾眉竟弃捐！
  一片丹心沉碧水，千秋角黍奠长川。
  冤魂到此无从说，浩浩湘潭起暮烟。

——《五月怀古其一》

  唾沫星子淹死人，她的生活要求很低："淡饭粗茶随分足，吟成七字是金丹。"对任何人也无妨碍，为什么被"枭舌"所"倾覆"呢？长着枭舌的也不见得都是坏人，她们往往以正义的化身自居，要裁判天下事，构成可怕的流言市场，从维护纲常开始，而以不见血的方式杀人告终。被杀者哀哀无告，无法申辩。杀人者也被自己的善良与正直所陶醉，对于同胞们灵魂被凌迟，真情被压抑，妻离子散，家败人亡，一向无动于衷，从来无人忏悔。人肉宴席日日夜夜开下去，食客含笑而来，被食者无泪而逝，直到鲁迅写出《狂人日记》，才使我们对熟视无睹的事物猛然一惊，人人憎恨"积毁能销骨"，人人又不能摆脱。"枭舌"的土壤是封建势力的偏听偏信，奴才的人身依附，见了强者纳头便拜，受尽欺凌，不敢言也不敢怒，专找弱者去肆虐，强暴加昏迷，无所忌惮，无所不用其极。"枭舌"的肥料产生于生活的单调无聊，只好拿别人痛苦加以玩赏，以揭发人隐私来证明自己的优越，于是二三有闲者领唱于前，张家长，李家短；"三位大嫂对面坐，不出当天准有祸"(淮北农民谚语)。接着茶余酒后，知音者凭着残忍的想象力，把主题加以发挥、变奏、传播，由蚊子哼上几声，迅速变成锣声，最后交响而成为惊雷。谣言发展过程，就是结论形成过程。众口一词，甚至平时互相敌视的人，在合唱中可以达到高度一致，非常和谐。无怪女诗人脆弱的神经难以忍受。对于滕先生不怕男女授受不亲的礼教，敢于接触无助的弱女，他虽然深受封建意识毒害，不能给后辈指出一条羊肠小道，那人道的同情心，在古老的南中国，已经起到一盏明灯的作用，不能再多求。

　　古人不可得而见，诗人又把一往情深寄托在传说神话的主人公身上，借人们理想的人物，来表达自己高洁的诗怀：

　　　　仙女依稀别玉京，骖鸾来此寄幽情。
　　　　泉为宝镜梳头出，月当花钿贴鬓生。
　　　　思妇何年同幻化，望夫终古欠分明。
　　　　唯余一片坚贞意，石阙衔碑不作声。

　　　　　　　　　　　　　　　　——《仙女石》

　　　　仰看月魄恨偏多，圆缺光阴一梦过。
　　　　人寿几何半孤负，年华廿七竟蹉跎。
　　　　亭亭倩影空相对，皎皎冷心永不磨。
　　　　料想蟾宫无匹侣，乘风欲去伴嫦娥。

　　　　　　　　　　　　　　　　——《望月》

　　二诗当作于她刚刚被遗弃之后，第一首表明尽管丈夫对她不好，她对他依旧忠贞，盼望着破镜重圆。意真语切，分明人间事，偏作天上吟。"骖鸾""幻化"的神话色彩，使泉为宝镜月为花钿之类比较熟俗的词汇产生了一点新意。"衔碑"与"含悲"同声双关，是六朝民歌中惯用的手法。诗人明知望夫石白白望了千年万代，但又不愿说出绝望的话，宁可"欠分明"，没有结果，而仍然顽强地望下去。我们就不能简单地斥为封建奴隶道德。没有出路是历史的吩咐，她无法超越。在穷乡僻壤，贫贱的弃妇不坚贞以老，又能遇到什么知音来爱护她呢？再嫁一个肯定比原来的好吗？何况再嫁也非易事！美白白地荒废着，恰好说出了封建时代的冷酷。这些坚贞的自白，就带有凄厉的意味，咀嚼之后，悲酸油然而生。

自己居于大寂寞中，还能想到"嫦娥应悔偷灵药，碧海青天夜夜心"。推己及人，在诗之国土里，她把爱扩大了，觉得自己可以伴嫦娥无愧。浪漫的梦不能改变现实，醒来之后反而更加哀伤。诗的力量也在于寄沉痛于遐思，人的品格也就跃然纸上。

鸟也成为诗人寄情的对象，请看《留来燕》：

畴昔春风暖，翩翩绣幕来。乍惊秋意动，欲去竟谁催？
人事异凉燠，物情无忌猜。何如依故垒，稍待菊花开？

诗人处于劳役之中，没有热气的日子一天等于一月，一月等于一年，一年等于一生，毫无变化。春花凋谢，秋月转圆，事不关己，何曾萦怀？韶华催燕去，冷雨送霜来。明知故问，才似凡而奇。虽未作答，答案已经事先推到我们的心幕之上。将物比人，燕子不会歧视打击奴役诗人，无炎凉之态，无猜忌之心，可以和睦相处，无事相安。她从燕子那里得到的东西是周围的人不能给她的，人总要干扰她。她虽然深恐燕去巢空，自己孤单，但也为燕子着想，并不挽留它过冬，诗人知道它们过不了冬天，菊花开后，还是送它们到温暖的地方去。有要求又有节制，使诗人的情操美好。她没有谴责别人，社会风貌，大部都在诗外可以求索。

在诗人眼里，除去有生命的鸟之外，对物也视若良朋。《瓶笙》写的是烧水将沸时，蒸气喷出瓶嘴，奏出的雅乐：

> 云冷烟疏月满庭，笙簧微度煮茶瓶。
> 高低火候均商羽，清浊松涛辨渭泾。
> 雀舌苦吟金索落，龙团香进雨淋铃。
> 悲丝急管由中发，未许筝琶俗耳听。

这个题目，大诗人苏东坡写过，没有点胆量和把握，未必敢动手。

苦难的弦不可能从睁眼直到入睡都绷得铁紧，总会有松弛的时刻来加以调节，暂时的忘却也是难得的享受。何况在短短的瞬间发现了美？灵性才会产生音乐的耳朵。人与物的隔膜打开了，在交流中达到了高度默契，诗中展现的不是闲情逸致，无所事事，而是紧张中的舒缓，人对生活不可遏止的热爱。瓶笙本无所谓悲喜，听的人悲者自悲，喜者自喜。难得的超脱、自慰，同顽强的身世之感怒目而视，都想压服对方，谁也不肯屈服，只是后者眨了一下眼皮，吸了一口凉气而已。《金索落》、《雨淋铃》之类曲牌都带着哀弦。诗的构思巧而不薄，虽然还不算沉着痛快，精深博大。出于弃妇手笔，实在难能。

《秋兴》一诗中，诗人对诗歌庄严宣誓，乐于以身相殉：

> 料理残编当女功，清香一炷绛帷中。
> 眼憎鹰隼欺枯草，身逐鹬鹋避大风。
> 谈鬼忽惊灯惨绿，呕诗何害血殷红？
> 回头自适茑鱼趣，付与玄机海上翁。

鹰隼、大风，代表压迫她的邪恶势力。她只是不堪一击的枯草，鹬鹋。王维《观猎》中有名句"草枯鹰眼疾"，草枯则雉兔无处藏身，难逃鹰爪。《国语·鲁语》云，鹬鹋栖鲁国城东门上，三天不去，人以为神妖，其实只是为了躲避海上大风。她居于母家是避难，无路可走，并非不祥之物，渴望别人把自己看成人。农民迷信的说法，凡鬼来则灯光变绿，这里谈的鬼，可能还是迫害她的人。灯绿只是形容气氛，心悸不已，是心理状态去看物，物蒙受诗人主观色彩。尾联说的玄机是强迫自己超脱，反而衬托出哀怨的深重。宕开一笔，着墨更浓。为诗而呕心沥血的人不可能忘记，现实对她的制约太残酷。

回家既久，幻想破灭，诗也随之哀切：

> 二十年来倩女魂，愁怀凄切向谁论？
> 一家偏我为休妇，百岁输君作淑媛。
> 秋月春花如梦过，哀蝉凄雁半声吞。
> 还余到死难明意，垂泪伤心不忍言！
>
> ——《与嫂氏夜话》

> 岁岁荣枯感不禁，别来南浦总伤心。
> 夷陵山上秦灰冷，云梦陂前楚雨深。
> 何处蘼芜重缱绻，旧时兰芷半销沉。
> 愁看短短如余发，历乱飞篷直到今。
>
> ——《秋草四首之二》

有话无处说，遇到诉说的机会，怕触动自己的伤疤，也不顾倾听者难过，欲说还休，又难以自禁，泪流不止，在嫂嫂面前服输，因为她没有遭到摒弃。普通人的饮食劳作休息，清贫的生活，家庭的温暖，对诗人来说都是可望而不可即的仙境。死亡，战争夺去亲人，可以有杜少陵的《新婚别》、《垂老别》、《无家别》，那种巨大创痛摧肝裂胆，但还可以痊愈，还有微茫的希望。陆小姑没有那么大的悲愁，她处于冰窟底层，连欺骗自己的幻想也都乘风飞去，没有具体经历的人，很难体会"人到无家更恋家"的悠长岁月，多么难以忍受而又必须忍受！饥饿的心灵不是诗歌可以喂饱的。对亲嫂嫂尚且没有谈心机会（有很多机会谈心则这首七律也都不会产生），对外面的人就更只能沉默。身受天伦之乐的人，不会理解无告的悲酸！

秋草不仅似愁人搔短的白发，也是诗人命运的缩影。"上山采蘼芜，下山逢故夫"的事她未必亲历过，鸳梦重温的先例也没有见到。泪眼观物，物皆垂泪，均蒙上诗人主观色彩。无景非情，情景水乳交融，诗才出现。

律诗难在老辣浑凝。小姑的胆识、学、才都无法达到那一步，眼界、心胸，总是局限着人的成就。她是少数民族，用汉语作诗，遇到的困难比大家闺秀、文风极盛地区的妇女要多。当时她周围的人多说壮语，接触汉语和古典文学作品的机会很少。只有设身处地看到这些阻力，才能客观地评价陆诗。

五古要气厚境深，淡中含有耐得咀嚼的主味，读来如饮醇酒，冲和而有后劲。清代诗人长于此体的，比工律绝者少得多。小姑的老师不长于律绝，而能吟出五古，或用错纵句法造势，或高屋建瓴，一气排宕到底，叙事不隔，传情畅达，在壮族诗人群中可称高手。这对学生不无影响，请看《残菊》，明白如话，似婉而怨，气也旺盛：

> 残菊与春兰，品格非有二。春露与秋霜，惨舒则有异。
> 荒园几枝菊，篱落手自艺。分栽盆盎间，或者失位置。
> 菊固淡如人，无喜亦无恚。终风安且暴，阴风飒然至。
> 朝如红颜宠，夕若白头弃。不如夭天年，未开早憔悴。
> 胡为恃微芳，草草弄金翠？行将萎蓬蒿，残英尚虚缀。
> 人生有荣枯，八九少如意。君看楚灵均，异代悲贾谊。
> 陶然渊明翁，日枕南山睡。菊乎尔何伤，晚节永无坠。

灵均见逐，贾谊痛哭，怀才不遇，身世皆如残菊，在罡风劲吹中保持晚节。陆小姑以菊自励、自慰，表示出她的自信，不会投入汨罗江，不会短命郁郁而死，而是要像陶潜那样不落俗流。"不如夭天年，未开早憔悴"二语悲愤难言，是自语还是质问命运呢，生不逢辰，生而何欢？但结论并不消沉。她和菊交谈，说古道今，不即不离，人与花心心相印，息息相通，分开是姐妹，合是一体。对花的议论，便是小姑的内心独白。

五言排律易染科场气，歌功颂德，四平八稳。没有才华便捉襟见肘。对仗失之自然，露出人工斧痕，天趣全无。小姑的代表作《七夕》凡二十韵，作于四十七岁,头有白发,胸余青春,至情流露,未加雕饰,是一个人的血泪控诉,也是广大妇女在漫漫长夜的呻吟。真挚、恳切,层次井然:

碧落三秋迥,银河一线横。有人当此夕,无处问前生。
白首甘抛弃,红闺忆誓盟。溯从谐凤小,长愿戒鸡鸣。
展庙容初敛,宜家句载赓。灯前闻促织,雨里听催耕。
砧冷衣频捣,葵香手自烹。暮挑蔬半亩,晨汲水双罂。
质悴烦忧集,劳多痼疾成。霜欺兼雪虐,絮弱更尘轻。
中道郎恩断,罡风妄梦惊。不教栖紫燕,真个打黄莺。
转石余赊望,呼天竭至诚。眼枯空涕泪,心捧未分明。
人去惭旧壁,于飞托佩琼。已难收覆水,只为怒翻羹。
娣姒色凄凉,亲朋笑谑声。逐臣千古恨,思妇廿年情。
薄命聊终老,微躯以罪行。仳离何所对,遗误是诗名。

这是一篇情见乎辞的回忆录,从合婚、迎娶,日常劳动,小事反目,到幻想死去,承认薄命,铺而不散,由衷而出,看不到一丝逞才使气的痕迹。这是被压缩了的戏剧,上承《古诗为焦仲卿作》,人情世态,刻画得入木三分。诗长,气不衰竭,技巧较为圆熟,驱字使句,不炼而炼,不工而工。她的神形,都具象立于我们面前。

我们不知她生卒年月,《七夕》一诗已属老年人口吻。读完这篇精神上的自传,情绪上的自祭文,或自作墓志铭,就不难领悟她为什么提前进入垂暮之年。

继陆小姑之后,还有女诗人张苗泉,武缘人,父亲张献廷,乾隆四十四年举人,授阳朔学正,携女赴任后,教诗书,嫁与"宫族"苏姓。不久,父亲调离,丈夫去世,苗泉历尽艰辛,四十岁时才返武缘探亲。父母均已辞世,弟弟是个穷秀才,衣食维艰。她教蒙馆糊口,直到儿子长大才回阳朔。她著的《吟余小草》已佚,幸而她的姨侄韦丰华在《今是山房吟琐记》中录存了两首七律:

此次原非梦里回，家童翻讶客何来？

只缘久隔乡音换，更为多愁面色衰（读摧）。

千里谁怜携幼苦，双亲自悼抚灵哀。

生离死别般般恨，稳结愁城拨不开。

——《归宁感作》

言告言归原不虚，未亡人返旧时居。

椿庭训寂三冬半，萱堂香销十载余。

弱弟但能歌在泮，孤儿何幸藉充闾。

回肠九结愁恨满，利剑难为一扫除。

——《悼怀》

　　二诗情感饱满，半生经历，依稀可见，以本色见长，功力似嫌不足。用词较熟，前诗二三四句有贺知章作品影子，流畅而少回味。两位诗人一生坎坷，她头顶封建巨石，尚能留下歌声，已为少数民族妇女运动的历史提供了珍贵史料，丰富了祖国的文学史。在艺术上，陆小姑老成黯练，举重若轻，苗泉是刚刚起步，未离稚弱，但都是不幸者的哀鸣。我们都要关心她们的遗著，希望有那么一天，会奇迹般地出现，让我们看到全豹。

附记：

　　查《正始集》，著录有陆小姑诗，说她丈夫是覃六。道光六年(1826)丙戌汪云任刻陆诗并作序。卷首有王笠航（衍梅）作小传。除汪、王有题词外，尚有周濂、吴楷、耿备修、阮其新等人品题。诗八十九首，署宾州陆媛著，附常煜跋文。序中说"小姑名字不著，诗稿亦未有标题，以其咏紫蝴蝶花见赏于滕司训，故以名其集"。

诗人马君武

在两广人士谈论到现代教育时，素有"北蔡南马"之说。蔡元培先生在革命史和教育史上的地位高于马君武先生，而后者的功绩也不可磨灭。在他辞世之际，周恩来的挽词称之为"一代宗师"，朱德、彭德怀称颂他"教泽在人"，可以看出马先生影响广泛。

1881年6月22日，即光绪七年（辛巳），君武先生生于广西恭城县署。与鲁迅同岁。原名道凝，字夏山，十七岁时改名同，字君武，十九岁时又改名和，仍字君武。旧名遂弃而不用，仅以字行。

先生祖籍湖北蒲圻，世代清寒，高祖马云台，夫妇二人做豆腐为业，省吃俭用，供独生儿子丽文随县城名士吴先生（佚名）刻苦读书，进步甚快，使老师颇为惊奇。中午放学，出去片刻就回到塾中继续攻书，先生计算时间，觉得不可能回家就餐，有一次就远远尾随，想看个明白，只见丽文没走多远，就在小摊上买少量粗点心充饥，吴老师大受感动，从此每天中午留他和家人同食。道光年间，丽文中了进士，由主事留京任福建道监察御史。君武中年时代，和友人李时杰谈起家世，李说："在我的故乡沔阳一带至今尚有人唱道情纪念百年前的知县马青天，即郁斋先生马丽文。"

丽文公关心国事，曾上书参劾鸦片战争中误国的琦善，遭到媚外势力打击，外放为广东高州知府，颇有政声，又调广西思恩府，不服烟瘴水土，数月而殁。身后萧条，灵柩无力运回故里，葬于桂林北门外义地，可见其清廉。丽文公擅长书法，得褚遂良笔意，端凝老健，跳出了乌方光亮的馆阁体，流露出的个性是耿直和蔼。现仅见一联的照片，原作40年代之初尚存于君武先生家，现在不知下落，此外书迹都毁于火灾。先人奋发读书的史实，经过祖母言传身教，在君武心中留下很深印象。

丽文公生前，将长子留在蒲圻，次子光英本欲过继给年老无儿的恩师，取名即有纪念意味，后来未果，光英公流落桂林，穷愁潦倒，又多病，著有《短笛集》，这部诗稿遭火灾，没有刻成书。这年，君武父亲衡臣公才二十出头，迫于生计，君武祖母吴太夫人对他说："你干点什么事好呢？捐官无钱，投考无籍贯，也无川资回湖北，还是学幕吧。"这样，衡臣就拜临桂县衙李申甫为师学习"刑钱"。此后一直当幕僚，娶诸淑贞为妻，生三子二女，君武居长，三子早夭。淑贞舅父陈允庵是巡抚署第一幕宾，在同事中有较高威望。

君武四岁，全家随衡臣公到了平南，县城极小，住屋坐落衙门西北角，十分简陋，前有榕树一株，晨昏之际，都有许多八哥绕树欢噪。出门西行，有一片荷塘，南头小屋里住着县令曾纪平家塾师阳先生，教曾公子念书。由于祖母的请求，君武得以附在馆内就读。

曾纪平应衡臣公之请，为君武"发蒙"。按照惯例，先教《三字经》中的四句话："上致君，下泽民，扬名声，显父母。"衡臣公不让儿子读这本小书，希望君武先知道历代兴衰大略和一些小掌故，选《历朝鉴略》和《龙文鞭影》为启蒙教材。曾纪平就教了四句《鉴略》："越自盘古，生于太荒，首在御世，肇开混茫。"孩子根本不知所云。

县衙围墙被大雨冲开个缺口，无形成了出入的大门，使得君武一家与菜农有了来往，时而送来些青菜，逢年过节又赠一两只鸡，祖母也回赠些东西，相处得很亲切，与衙门里以利害为标准的人际关系不同。君武五岁离开平南定居桂林义街，后来乘船去南宁时，也无机会上岸。等到1922年5月，也就是三十六年之后重游旧地，除去古榕巍然独存，别的房舍，都已破烂不堪。

君武和朋友谈到往事时，常常说到父慈母严，原因之一是衡臣公去恭城等候就业谋生，只有年底回家住上二十天左右，带回恭城柚子柿饼，荔浦芋头，都是儿女们喜爱的食品。教育儿子的重担，多亏读书知理的母亲（当时即使是贵族豪门也不给女孩上学，妇女识字者极少）。母亲常说："铁不打不成好钢，孩子不打不成好人！"

边城小县作幕，月薪三十多元，衡臣公留下几元度日，要寄三十元到桂林，维持他母亲、兄嫂妻儿侄男侄女仆役十多人的生活费用，租用三开间两进半房屋，用费五元，米每担一千五百文，猪肉九十六文，仆人工资一千文，并不难维持。

君武六七岁时，祖母送他到关帝庙汤荫翘先生处念书，有一天老师出了三字对上联："鸡唱午"，君武对以"鸟鸣春"。老师加上双圈送给衡臣公看，此语与韩愈"以鸟鸣春"的句子巧合，惹得二位前辈称道不已。

祖母性刚烈易怒，发火时只有儿子一语而解，她爱读《水浒传》、《今古奇观》、《三国演义》、《聊斋志异》，几部旧书总是放置床头，君武八岁便开始翻阅，老太太并不加以制止，为时一久，也就慢慢看懂了。

君武九岁（光绪十六年五月九日），衡臣病故于马平县，八九天后，君武堂兄道铨一身孝服回家报丧，全家痛哭，得的是泄泻，吃药太杂，脱水而终。

祖母请来陈允庵主持丧事，停棺于万寿寺，草草葬毕，陈老又宴请亲友求助，还清欠债，尚余百元。后来每月由亲戚凑到五六元，生计艰辛。君武舅父诸嵩生外出就馆，就请君武母亲带着他弟妹到先人故宅去住，祖母不愿寄人篱下，依赖亲戚，便带着君武住入大白果巷伍宅，伍老太太是祖母义姐，有几位孙子请了赵健卿先生教他们读书，使君武有上学机会。后来君武去广西大学时，特聘赵先生去当学校秘书，恭谨相待，不亚儿时。

一年不到，李申甫的儿子九叔笃念旧谊，将君武和祖母接去同住。九叔是临桂县秀才，家中除讲八股文的《小题正鹄》一书之外，没有别的典籍，君武对此十分奇怪。跟这位八股家读书，味如嚼蜡。

母亲看到祖母处境困难，就将十一岁的君武接到五美塘。祖母难舍，也无可如何。母子五人，靠给成衣店缝衣边，给爆竹店插爆竹引线勉强生存，用一点咸菜送饭。母亲害怕荒废儿子学业，送他到通泉苑廖先生处读古奥的《书经》与唐诗，夜间要背给妈妈听，她一边缝衣，手边放个竹板子，背错一个字就在头上打一下，像《盘庚》、《蜀道难》挨得最多。

不久，四岁的妹妹因营养不良，患"瘸"症无钱医治而死。

舅父诸嵩生从陆川回来，兄妹相见，悲喜交集。看到君武书法不俗，就将他带到阳朔去读书,从而减轻妹妹负担。

君武帮助舅父抄录判词和公文,又跟嵩生读经书,学习案例,阅读《大义觉迷录》(雍正帝为吕留良文字狱作的训词等)、《东华录》、《大清律例》。舅父有教他学幕之意,但孩子心不在焉,照顾他的老仆阳贵年过花甲,精力衰疲,跟他同住在公事房后面,专等舅父一走开,他就爬山,采取植物回来观赏,遇到李子摘下就吃,吃足还携回住处,园主人看在他舅父面上,十分客气。有一次误摘桐油树果啃了一口,苦涩不堪,败兴中遭到人们嘲笑。

舅父所居院里有一棵沙田柚,不等成熟,他就悄悄摘下来吃,舅父怕吃了酸柚会闹病,严加呵斥,并写信告诉寡居的妹妹。

起初,他坐在山冈上俯视碧浪,躺在草原上仰望飞云,饱享幽然意远的逸趣。后来同书童们一起抓蟋蟀,还和小听差们一道打牌赌钱,被舅父知悉,勃然大怒,特命阳贵将他送回桂林,交母亲严加管教。

母亲接到舅父长信,找到一根粗重的大棍,给儿子一次空前绝后的痛打,打得他遍体是伤,躺在床上几天不能动。大妹劝他:"哥哥学好吧,这样使母亲怄气,成什么话?"君武泪流不止,决定拼命读书,立志做人。伤痕稍愈,便下床随戴毓驯先生读袁了凡著的《纲鉴》、《圣武纪》,上学放学时也边走边看。

儿子的用功获得母亲的谅解,表舅陈志捷见他聪明可爱,送他到西门街张善庭家塾师事伍连城二载,日习《瘗鹤铭》及《映雪堂法帖》,作八股成篇。祖母去南宁二伯爷家就食,会君武弟死于白喉,思丧孙愈切,乘舟返桂林时在古勇滩触礁遇险。年丧二口,母亲痛不欲生,舅祖陈允庵怜寡母孤儿衣食无着,许君武去其所居怡园与诸表舅共读藏书,此后三年,读完《史记》、《后汉书》、《三国志》、《晋书》、《宋史》、《金史》、《元史》、《明史》,知古代兴亡大略。十六岁初晤桂林灌阳唐景崧先生,唐翁曾任台湾巡抚,割让日本之前曾准备抗日,被选为伯理天德(总统),黑旗军首领刘永福为副,台湾沦陷,唐翁返桂林读书养志。君武诸舅平素尊崇唐翁,累为君武述其往事,即见,唐翁奇其高才博学,寄予厚望,君武终生受翁鼓舞。又晤南海先生弟子龙泽厚(积之),常去请益。

1897年,康南海讲学桂林,登诸山,泛舟漓江,与弟子龙泽厚、况仕任、龙应中诗酒甚欢。君武时去听讲，受南海《大同书》影响，更名同，始为桂林《广仁报》撰文。

次岁，戊戌政变，谭嗣同等六君子死难，康南海、梁任公亡命海外。

1899年，义和团起义山东，国势日危，广西巡抚黄槐森聘唐景嵩先生兴办体用学堂，君武以第一名入学。唐校长勉君武留心西学，乃苦读英文、化学，从利石文先生习数学，志在救国。

翌年，君武经广州去新加坡拜康南海为师。南海重申变法，呼吁慈禧太后还权光绪帝。武汉唐才常、广州迟进弥起义，南海命君武返桂林策应。

君武现存诗稿，始于是年。

诗坛很寂寞，一如梁任公所浩叹："千载诗坛靡靡风，诗魂销尽国魂空。"在北京，樊樊山易顺鼎风流自赏，陈散原、郑孝胥落叶哀蝉，工整衰飒，气象格调两不足。黄遵宪诗中具域外情调，通俗易解，丘逢甲在台湾时作悲痛豪语："四万万人同一哭，去年今日割台湾。""最恨有人甘婢仆，可怜无界别华夷。"南社诗人还未到收获期，清末民初诸诗人当中，君武自有一席之地，二十岁便有这样起点：

> 茫茫今古观天演，剧烈争存遍地球。
> 匹马远乡怀故旧，孤灯深夜读离忧。
> 弥漫朝野真长夜，破碎山河又暮秋。
> 游罢南溪思故里，有亲白发欲盈头。
>
> （《归桂林途中》）

传统的教育使他在列强瓜分的威胁下，面对积重难返的社会弊病，"长太息以掩涕兮，哀生民之多艰"的屈原，处于王朝末日精忠报国之情愈挚、"山河破碎风飘絮，身世浮沉雨打萍"的文天祥，都是当时青年士子仿效的导师，西方意识的东来和普及，还要岁月。被内忧外患的重压激出的愁绪，也是一代人的忧愤。古人诗作引起的共鸣有了新的内容。

哀乐能与绝大多数同胞息息相关，是历史对时代骄子的垂青，个中幸福足以使诗人万死不辞。

黑暗、丑恶的官场，被敲骨吸髓的黎民，使得风景甲天下的漓江也失去了秀色。君武"痛哭荆榛沦祖国"，"郁郁徒居何所为"？一时找不到思想出路，所闻所见毕竟不尽是史书上写过的现实。唐才常起义遭到镇压，神州大地暂时沉寂。家中一场大火，烧得君武无处存身。他只好奉母顺漓江而下，大自然也失去了国色天姿："断岸凄风扑扑吹，远村群犬吠声悲。夜深短艇思往事，茫茫前路我何之？"

广州也非乐土，朋友汪千仞家很穷苦，有处存身，无力供衣食。君武入法国教会学校丕崇书院习法文，时以烂芭蕉果腹。贫苦使早衰的母亲在儿子眼中渐似儿时见到的祖母，日夜辛勤做针线，也是杯水车薪，无济于事。又教人说普通话，换点菜金。庚子年八月，八国联军入京，无恶不作，慈禧及光绪逃奔西安。君武心情压抑，在繁重的法文课之外，看过几本佛家典籍，诗中有所反映，如"身家小比蚁蝼卵，世界近于恒河沙，重重叠叠古今法，生生死死春秋花"（《身家》），宗教不能帮助他解脱，也不应当超然事外。

早岁诗作，才气纵横，不讲究格律。上述二诗皆不合平仄，无妨视为古诗。为了存真，后来付梓时未加润色。

签订丧权辱国的《辛丑和约》时，君武已由广州去上海法国人办的震旦学院读书，始译《法兰西革命史》、《代数学》。年底得友人资助四十多元购三等舱船票一张去日本东京，生活极困难，乃撰文投各汉文报馆。4月流寓日本的梁任公创办《新民丛报》半月刊，鼓吹资产阶级启蒙意识，介绍卢梭、孟德斯鸠，宣扬君主立宪。见到马君武的文字有新意，聘为撰稿员，发表马译达尔文名著《物种起源》数章。

3月，和章太炎先生在东京组织"支那亡国二四二年纪念会"，为日本警察阻挠，改到横滨举行，君武寄宿于横滨大同学校，与马一浮、谢无量合编《世界月刊》，译载西方学术著作，发表排满文字。

梁任公去美国，君武赠诗以壮行色："千古两箴言，四海几同道？神州风云恶，祝君归来早。"不乏惺惺相惜之情。那时梁任公报章体文字风靡一时,锋利浩瀚过于他家。君武用《后汉书》"闻羽书告急之声,心灼内热,四体惊悚"典故,高度评价梁文:"抚剑惜青锋,饮冰(指《饮冰室文集》)息内热。志士多苦心(用陆机《赠冯文罴》句),临岐不能说。"言外有意。

1903年春节,留日学生千余人在东京骏河台留学生会馆举行新年团拜。君武与革命家邹容发表排满演说,影响强烈。6月《革命军》一书出版,作者邹容及《苏报》负责人章太炎被捕,震动国内外。7月,君武考入京都大学工艺化学系,两月后由友人宫琦寅藏引见孙中山,交谈甚欢,大受器重。他在《新民丛报》上发表《论赋税》及评述黑格尔、约翰·弥勒及圣西门专文。寒假返沪探母,畅游西湖,谒岳坟及绍兴禹王陵,年后复至扬州晤谢无量与王毓仁,看过镇江金山、焦山、扬州瘦西湖与梅花岭,然后回京都大学肄业。

标榜新意识,给诗歌中带来一些新词汇。

黄遵宪、谭嗣同已开先河,南社诸公继起,虽与诗的质量无关,也是时尚。君武不能例外。请看《杭州拜岳武穆王墓》一律:

西湖杨柳映明霞,自结花圈献岳爷。
国会冤刑苏拉第,敌军威慑汉尼巴。
君王昏聩河山耻,父老遮留将士哗。
正气销沉君莫问,黄龙今日属谁家?

颔联前句指苏格拉第,古希腊著名哲学家,下狱后以反对民主毒害青年罪被毒死;后句汉尼巴,公元前247年生,迦太基名将,屡胜罗马军,后败于西庇阿,在叙利亚服毒自尽,终年六十四岁。这些洋典故一般读者不甚了了。颈联嘲弄满族统治者,主题很明确。禹王陵上一绝,诗人又将大禹比为古希伯莱圣哲摩西。

1905年8月20日,孙中山先生联合兴中会、光复会、华兴会,在东京成立中国同盟会,君武参与筹备,在成立大会上被选为秘书长,兼机关报《民报》

主笔，与宋教仁、陈天华共同起草《同盟会总章》草案及文告，发表《帝民说》及《甘必大传》，宣传民主革命。

次年，《民报》二、三、四号上刊出《德意志革命家小传》，介绍了马克思，摘要刊出《共产党宣言·总纲》，接着发表《欧美社会革命运动之种类及述评》，十四号上印出俄国革命者流放于西伯利亚的照片。写了七律《京都》：

山深三月犹微雪，林密长宵觉峭寒。
图籍纵横忽有得，神思起伏渺无端。
百年以后谁雄长？万事当前只乐观。
欲以一身撼天下，须于平地起波澜。

从眼前的书本，身外的景物，想到百年后的祖国，空间时间上的跳跃，显示出乐观、自信。尾联说明献身于革命，平地波澜，为期不远。只有成为大波澜中的一条浪花，方能实现夙愿。赤忱的情绪，壮美的风格，朝气蓬勃。

唐贞元五年，正乾禅师在福清黄檗山传六祖之法，史家称黄檗宗，宋朝盛行之后衰落，明末复兴。顺治十一年，隐元和尚随黄宗羲东渡日本，请兵复明，为初建江户幕府的德川所拒绝，但在京都木幡村建黄檗山万福寺请隐元住持，为日本黄檗宗鼻祖，圆寂后葬于寺侧，终年八十二岁。君武向往抗清复明的志士，曾携菊花清酒致祭于大师骨灰塔，作诗两绝。其二说："可异申胥事未成，中原豺虎遂纵横。荒山拜墓我来晚，俯仰乾坤愧古人。"借古明志，寄托遥深。

6月29日，章太炎出狱抵东京，负责编辑《民报》。日本文部省应清政府要求，遣送一批留学生回中国，君武任纠察，主动回国，开展革命活动。

经过许多周折，君武创办的中国公学在上海开学，他任教务长兼理化教授，亲自谱写校歌：

众学生，勿彷徨，以尔身，为太阳，照尔祖国以尔光，尔一身，先自强。
修道德，为坚垒，求知识，为快枪。

众学生,勿彷徨,尔能外之地位是大战场。尔祖父,思义黄,尔仇敌,环尔旁,欲求尔,祖国亡。尔先自强!

歌曲中提出富国强兵的要求,是近代教育史上的文献,反映了当时的认识水平。

这所学校"其高材生如熊克武、但懋辛、胡适、任鸿隽等皆及门焉。其间十九属同盟会,不独为留学生自建之学府,抑亦革命党长江下游潜势力之所托也。其为清吏属目,夫何待言?未几,党人刘静庵、胡瑛幽絷武昌,孙毓筠、杨霖囚戮金陵,清廷畏党人如虎,侦骑四出,牵连君武,两江总督端方密令收捕之。君武闻变,以告(校长郑)孝胥,且述游德志愿,孝胥遂介之西林岑公(云阶),慨然电端方缓颊。复电广西巡抚张鸣岐资遣赴德"(文见《马君武先生纪念册·故工学博士马君武少年轶事》邓家彦作。括号内文字是引者所加)。郑孝胥的事也不必因他后来当了汉奸而抹煞。

积极劝君武去德的还有友人杨笃生及高啸桐兄弟俩。第一步是回到上海。

马母自光绪二十九年迁沪后,马相伯先生为她在徐家汇找到一处房屋。那片居民多信天主教,马母也受洗入教,并设女学一所,招生授课,征收学费,尚可度日。她要儿子出国前与基督教会所办的裨文女校毕业生周素琴结婚。周女士擅长钢琴,君武爱拉小提琴,时常合奏。新婚之别,赋诗为赠,不尽依依:

结缡六十日,送我适南溪。故国托慈母,他乡盼好音。
殷勤事问学,劳苦理家庭。今重复相见,和声奏素琴。

1907年,君武第二次出国,去柏林工业大学留学。成代表作《去国辞》五首,郁勃愤懑,渴望祖国新生,以情御词,虽有典故,当时通用,不算冷僻。诗人对社会的解剖很锐利,在技巧上总结了过去经验,气旺境阔,雄而不粗:

九天蒙气郁层层,无数沉冤厉鬼魂。

暗翳愁看天子气，蹉跎未报国民恩。
屡闻朝市兴文祸，痛哭新亭啐酒樽。
行矣临流变一叹，泠泠哀瑟奏雍门。

文采风流惊四座，眼中竖子遂成名。
某山某水留踪迹，一草一花是爱根。
休矣著书佚赤鸟，悄然挥扇避青蝇。
众生何事干霄哭？隐隐朝廷有笑声。

富春江上夕阳微，那有闲情理钓丝？
神女何归洛水绿，圣人不作海波飞。
斑玞得意明珠怨，筝笛当场锦瑟悲。
莫向瑶池更回首，旧日楼台已成灰。

黑龙王气黯然销，莽莽神州革命潮。
甘以清流蒙党祸，耻于亡国作文豪。
鸟鱼惊恐闻钧乐，恩怨模糊问佩刀。
行矣高丘更无女，频年吴市倦吹箫。

廿纪风云诸种战，凌欧驾美是何年？
诸姬淫佚麟潜泣，大厦倾颠燕孰眠？
万里旅行辞祖国，百年戎祸笑伊川。
男儿生不兴黄祸，宁死沧浪作鬼还。

这里有人子之情，眷恋着祖国慈母。

这里有对历史焦灼的呼唤声，希望狂飙早至，一洗万马齐喑的黯淡局面，实现与欧美诸国并驾齐驱的美梦。

诗人揭示黑暗，并不绝望，揭示本身就是信念的鼓舞。

这些诗歌的出世，足以说明屡兴文字狱的小朝廷极其虚弱无能。能痛骂皇族和"诸姬""党祸"，诗人还是比较幸运的。否则"大恩似海狐自负，人肉登场鬼正肥"（《赠虞君》）之类句子，也要"秋波浩渺失离骚"（鲁迅句）了。

如果说《去国辞》以政论热情烫人，《惜离别》五首情感色彩更浓烈。陆女士何许人，缺少史料来证明，不敢妄议。但知她为诗人典当首饰，掩护他脱险。是一位有胆识的诤友。马先生的抒情诗可以此组压卷。

有陆女士式的人物，君武才有那样感受，生活从不薄才人！他俩也不是一般朋友：泪眼相对，从诗外能嚼出一丝甜味。

惜离别，再见恐无期。旅馆冬深云漠漠，吴天沉醉雪离离。是与君，初见时，客里只余愁万斛，冬深劝进酒一卮。公私涂炭，有情难论，又恨识君迟。

惜离别，再见恐无期。自营土室藏张俭，尽兴典金钗，遣要离。是与君，重见时，鹤唳风声惊恐夜，含愁为我理琴丝。灼灼花容，棱棱侠骨，祖国一骄儿。

惜离别，再见恐无期。白巾乌帽相招处，汽笛呜呜声最悲，是与君，相别时。悠悠前路一宵话，了了心情数首诗。不定惊魂，无凭虚梦，仓卒送君归。

惜离别，身世总茫茫，早岁结婚难嫁国，十年修学更为强。赠君语，君勿忘。故人次第为新鬼，祖国依稀认夕阳。落落晨星，吾徒稀少，万事一身当。

惜离别，我又适天涯。燕子呢喃身是客，落花飘泊故无家。莫回首，夕阳斜。春花秋月迷归梦，剩水残山有暮鸦。往事模糊，前途遥远，努力爱春华。

昔日别离，别后梦魂相牵。今朝再别，人世茫茫。嘱咐珍重，无话之话，余复何辞？五首诗伤今忆昔，叙事抒情，无所粉饰，不求辞藻，真魂跃出，信手写来，坦诚可读。

诗中有点朦胧的爱情，但很克制，发乎情，止乎德，不否认，不炫耀，不渲染。歌颂嘲弄皆可不必，以现代道德标准要求八十年前人物，又在社会巨变之后，就不实际。"五四"前后反包办婚姻，另觅新欢，难以计数。时风使然。爱情永远是考验人品德的明镜。

诗人路过业已割让给日本的澎湖四十七岛，"感慨乘桴意，模糊属国图"。言有余痛。途经英国时，看到"百族共释血，庄严饰帝都"。而"地老煤将尽，民穷富正肥"。前一联诗谴责殖民剥削，后一联有自注："英本国地属数千地主，多不种植而牧牛羊者。"观察异邦暗影，目光不俗。

入校后，专攻冶金学，课余译出《平面几何学》、《矿物学》寄回上海中华书局出版。

1909年，中山先生到比利时，君武与诸同学专程去迎接，赠孙先生五律一首：

黍离怀故国，烽火老先生。天意殊未定，人权久不平。

葡萄一杯酒，玫瑰十年兵。又是他乡别，英伦重此行。

第三联从黄山谷"春风桃李一杯酒，江湖夜雨十年灯"化出，用英国贵族战争典故，自然而有弦外意。

是年，梁任公倡导《开明专制》一说，为君主立宪张目："敢有社会革命有他种革命并行者，其人即黄帝之逆，中国之罪人，虽与四万万人共诛之可也。"君武从革命立场出发，他尊重老学长的学术成就和文章，但真理高于友情，作《自由》一律，气象开阔，言出肺腑，表达了革命派的心声：

西来黄帝胜蚩尤，莫向森林问自由。

圣地百年沦异族，夕阳独自吊神州。

为奴岂是先民志，纪事终贻后史羞。

太息英雄浪淘尽，大江呜咽水东流。

当俄军侵入奉天，酝酿日俄战争前夕，诗人作《从军行》，写出一位母亲，丈夫战死边城，她守寡十年后又送子出征的岳母式人物，她通史书，爱祖国，明大义，是传统诗歌中罕见形象：

北狄寇边郡，飞电羽书急。军人别慈母，整装赴前敌。
母亦何所恋，母亦无所愁。生儿奉祖国，岂为家室谋？
儿父战死日，生儿未十年，不辞教养劳，望儿成立贤。
教儿读历史，往事足歌泣，祖国岂不美，世界昔第一。
教儿练身体，丈夫之本领。周处杀三蛟，项籍力挽鼎。
教儿习射击，典钗买枪剑。刺肌戒爱国，隐隐尔可见。
儿今年二十，投身是戎行。父志现已继，母愿亦已偿。
北狄吾世仇，膺惩今所急，祖国尺寸地，不许今人失。
母亦无所愁，母亦无所恋，不望儿生还，恐儿不力战。

此诗有白居易新乐府余韵。人物是作者理想的体现，现实中很难找到。诗的语言还可以精练些。

《贱如蚁》是七言长歌，前半首与上诗略同，后半首写儿子当了新兵后，受到老兵的排挤，警吏的毒打，未曾报国，死在自己人手中："总监怒，提督惧，惧为新兵罢官去。屠杀新兵如牛豕，新兵二人枭于市。""国家律例等废纸。生杀但凭提督意，提督之意即律例，提督红顶贵无比，新兵之命贱如蚁。"这样结尾，由理想高度回到严酷事实，格外可信可愤可哀。读了此诗才能明白鲁迅在电影上看到同胞被杀，观众麻木，弃医习文艺的道理。作者怒斥官僚们"群群同是寄生虫，忽忽乘机遂一逢"，爱憎分明。

他在柏林所译的《机械学》、《立体几何学》、《化学原理及有机化学》、席勒的诗剧《强盗》，歌德小说《少年维特之烦恼》、托尔斯泰的《心狱》及拜伦、雪莱的诗歌先后问世。

这年11月,柳亚子、高天梅、陈去病、黄宾虹在苏州虎丘雅集,成立著名革命文学团体南社,君武是社员。他论诗文字极少,有二绝寄给同人。"辛苦挥戈挽落日,殷勤蓄电造惊雷",是他对诗友们的希望:为革命服务。在形式上则提倡化旧翻新,不拘陈格,反对仿古:

唐宋元明都不管,自成模范铸诗才。
须从归锦翻新样,勿以今魂托古胎。

故土在思念中更美好。辛亥六月,诗人毕业前夜,做实习地质旅行,有诗怀乡:

故人次第殉宗国,万里投荒剩此身。
太息吴门悬鬼目,仓皇楚市起狐鸣。
眼看绿树随山尽,心逐浮云向日行。
百亩新桑五亩宅,故乡容我去归耕。

末句着意在归,还不必理解为躬耕自食。

诗人学成返华,辛亥革命爆发,他欣然参加,负责起草临时政府组织法。

1912年,南京政府成立,君武任实业部次长,主持部务,还被广西选为参议员,参与起草《临时约法》。

4月,南京政府撤销,袁世凯上台,君武返桂林,改"共和促进会"为"中国同盟会广西分会"。革命果实被篡夺,使他很痛惜。离开广西时赋《别桂林》抒怀。这些诗比较深沉,乡土情趣、忧愤和希望都同时存在,文字比前作圆熟。

莫使行舟疾,骊歌唱未阑。留人千尺水,送我万重山。
倚烛思前路,停樽恋旧欢。漓江最高处,新月又成弯。

> 最古桂林郡，相思十二年。浮桥迷夜月，叠嶂认秋烟。
> 同访篱边菊，闲乘郭外船。为寻诸父老，把酒说民权。
>
> 万里生还日，六洲死战时。莫悲已失马，犹是未醒狮。
> 日黑人肝熟，山青鬼眼窥。莫登独秀石，风景使人悲。
>
> 辛苦造民国，栖遑别故乡。鹃啼知宋乱，道茀泣陈亡。
> 大匠石填海，名医肉补疮。凭君马上治，容我去投荒。

风景写得清淡，带着漓江群峰的韶秀之气，前二首额联尤具晚唐风神。

孙中山先生卸任后主持全国铁路公司，任君武为秘书长，10月下旬同去九江视察。

1913年出版《马君武诗文集》，在序文中自称"鼓吹新学潮，标榜爱国主义"，符合事实。"自兹以后，方将利用所学，以图新民国工业之发展，殆不复作文矣。"后来很少歌唱。

7月，由天津乘太古公司盛京号海轮返上海，因为二次革命，铁路中断运行。同舱是中华书局创办人，绰号大头先生陆费逵。

陆费逵先生说："你是文学家、工业家，我国应该做的事多得很，我主张本位救国。你的脾气不适合作政治生活。何不去做本行的事业呢？"

君武说："我也知道不宜于从事政治活动，想去德国读书，可惜经济所限，不能成行！中华书局现在出版八种杂志，如果每月让我译作四万字，给我两百元，一半送我家中，一半汇德国，三年为期，你看可行？"

大头先生一口答应，四日后即达上海，让君武同中华书局签订了合约，按月寄稿付钱，忠实履行，其中包含着友情的成分。

10月，出版《微分方程式》后，再赴德农科大学留学，兼波鸿化工厂总工程师。次岁译出《实用主义植物学教科书》及《实用主义动物学教科书》等书，陆续出版。

1916年归国，编成中国第一部《德华字典》，在陈独秀主编的《新青年》上发表译作黑格尔氏的《一元哲学》。这年写了一首借古讽今的绝句《读史杂感》："破家亡国始干休，揽镜呼谁砍此头，自有狂言慰幽独，留芳遗臭总千秋。"他已大体上看出袁世凯的下场。

1917年，广东军政府成立，孙中山被选为中华民国大元帅，君武长交通部，兼广州石井兵工厂无烟火药工场总工程师。第二年译出卢梭《民约论》。

1919年，君武去上海与伍千仞等组成"改造广西同志会"，译完达尔文《物种起源》一书。

次岁回广东重整军政府。冬，孙中山被广州非常国会推选为大总统，君武任秘书长。所译黑格尔著《一元哲学》及菲里波维的《农业政策》二书由上海中华书局出版。

中山先生谋北伐，以桂系土著军阀为后顾之忧，乃命粤、滇、黔三省军队讨伐。

1921年夏，桂军败，残兵星散，鱼肉乡民，向背不一，变化无常。三省客军居功自大，委任官吏，任意收税，骄悍横行，百姓有虎未去而狼又来之忧。中山先生更觉不安，便命君武返桂任省长兼管军事。君武先不应命，孙中山先生再三敦促，君武请吕一夔为财政厅厅长同行。

抵广西后，有职无权，听命者仅李宗仁、马晓军二人，其余将领各自为政。君武坐斗室中对灯兴叹，愤愤不已。他督导各县修公路，设督学局，兴办学校，垦荒开矿，为时九个月，大多流于形式，客军调出后，桂军死灰复燃，形势险恶。为避陆荣廷，决定迁省会于梧州，想靠中山先生较近，可以稍有作为。吕一夔提出长途跋涉，安全无保障。君武说："吾以诚格人，人岂余毒，何虑为？况君武我且不避，难更无足畏，知其不可为而为之。"遂行。

四月初六，君武乘轮船去梧州，携军五百，次夜抵于贵县，驻军统领李可栋，帮统俞作柏以为君武多资财，携部下劫掠资财枪支，杀卫士十多人，伤二十余人。君武爱妾彭文蟾，广州人，擅长粤剧及洋琴，颇明事理，以身掩护君武，不幸中弹而亡。君武逃匿舱下，得以幸免一死。被扶持至县署禁锢三昼夜后，李宗仁将军赶到，相持而泣，君武获释后，只身去梧州。

君武辞职来到上海，遇到了大头先生陆费逵，慨然说："政治生活真不是我所能过的，悔不听你的话。此次种种危险，种种损失，我都不在意。唯对死难部下和彭文蟾内疚不已。此外，数千册心爱的图书、许多未刊行的诗文译稿，完全丢了，实在令我心痛！以后我再不从事政治生活了。"

他在彭夫人照片上写了一副挽联：

归我三年，如形影相依，那堪一死成长别；
思君永夕，念精魂何处，未必来生得再逢。

彭文蟾薄葬于贵县郊外，1931年，他去广西大学时，迁葬于蝴蝶山。柳亚子在君武去世后写有一首悼诗，评论此事，并向史家提出要求：

卅五年前投赠诗，伤心重检泪涟而。
论才黄叶终同调，入海红桑换旧枝。
晚节喜能年少重，高名留遗史家知。
朱颜碧血牺牲泪，碑碣端应有怨辞。

诗后有注文说："……虽金钗阿杜，有乖平权解放之箴；而汉殿档熊，颇凛至死靡他之烈。其愿撰君碑传者，勿轻为讳饰也。"现在本着亚子先生遗愿，如实写出。

诗人定居上海杨行镇经营果园，中华书局为他出版译作《工业政策》、《商业政策》、《交通政策》等书。

1924年任上海大厦大学校长，在章太炎等的《护党救国公函》上签名反对孙中山三大政策。11月，冯玉祥约孙先生北上商议国家大事，孙先生与君武同行，不计签名之事。次年3月12日，中山先生去世，4月君武受聘为北京工业大学校长。出版所译《收入及邮递员政策》。

1926年2月，被国民党第二次全国代表大会开除党籍。许世英组阁，君武出任司法总长。三一八惨案发生,刘和珍等同学殉难于铁狮子胡同,全国震惊,内有三人系工大学生,君武亲自迎回烈士遗体,称他们是爱国青年。学生会负责人熊士超等要求印发特刊,开追悼大会,将三烈士葬于校园。3月底,北洋政府调君武任教育总长以取代章士钊,熊士超劝他不必就职。君武表示:"我决不会丧心病狂地压迫同学,干对不起同学的事情,请放心!"次日即辞职返上海大厦大学教书。冬天,贾德耀内阁拟任君武为教长,不就,并辞去工大校长一职,故抵沪时学生们热烈欢迎。诗人感慨万端,忽忆故乡田园风光,吟成一绝:

斗鸡山下豆麦黄,訾家洲外稻荷香。
百亩耕耘五亩宅,先生何不归故乡?

四一二政变,熊士超在沪被捕入狱,君武奔波营救脱险。得广西省主席黄绍竑请创办广西大学于梧州,因得罪军事教官吴函弼,吴向白崇禧告密,说马君武破坏军训,从而受到排挤。翌年粤桂战争爆发,君武奔沪执教于大厦大学。1930年任中国公学校长,主讲《世界文化发展史》、出版《达尔文》及《中国历代生计政策批评》。又一年,复广西大学校长职,路过贵县,作诗吊彭文蟾:

四面枪声蓦地来,一朝玉骨委尘埃。
十年始洒坟前泪,万事无如死别哀。
悔不能填唯有恨,人难再得始为佳。
难心渐与年俱老,买得青山伴汝埋。

生离死别大痛的回忆,豪壮之气渐少,但到了祖国遭受侵略时,热情迅速回升。

1932年日本侵略上海,"一·二八"后,迁都洛阳,君武去电痛斥当局:"对内面狞如鬼,对外胆小如鼠!"堪称传神妙笔。出版译作《人类原始及类择》(达尔文名著)。第三次赴欧美考察,计划从空气中提氮肥。回国后继续任广西大学校长三载，曾写一绝勉学生梁智：

> 守身严似犬防贼，治学勤如蜂筑巢。
> 但使每年增一尺，到头终比万山高。

严格要求，殷切期望，长者慈爱，跃现诗外。

1934年第一次赴欧购置教学设备，第二年办植物研究所，寒秋游雁荡。12月29日，在沪参加南社纪念会。

雁荡行七首诗描述风景，亦有议论，举第三首为例：

> 小径经南郭，飞泉坠此坑。溪流都曲折，山石自峥嵘。
> 木叶经霜落，茹根耐旱生，老农勤稼穑，向晚尚冬耕。

抗战爆发前，君武任广州培桂中学校长半年。秋天，回到桂林。

清末唐景崧先生息影家园，仍不忘关心地方文化，写了很多桂剧剧本，大力提携桂剧，迨民元以后，桂剧渐趋于低潮，演员只好学唱京剧，每夜加演一二出以招徕观众，大有为京戏取代之势。君武受唐先生影响，也爱好家乡戏，他召集地方文化名流共商改进大计，想借桂剧用本地方言，唱流行曲调宣传抗战，以适应时代。此议一出，从者颇多，君武被选为广西戏剧改进会长，做了很出色的工作：

> 首先向会员募集资金得桂币三千元，邀请优秀演员，提高艺术水平，组成底班，借用南华（后被焚）桂林、国民等剧场演出，卖座极佳，得桂币十多万元，自建剧场一座，富丽冠于全市。

同时开办成人教育班，提高演员文化，亲自上课外，又约友人义务去教学，不久，演员即能看报及通俗书籍。

君武通乐理，记忆力强，桂剧曲调大体了解后即改良剧本，将《抢伞》一剧改编为《乱世婚姻》，加入抗战内容，久演不衰。又请欧阳予倩任顾问，予倩写的《梁红玉》一剧，君武以小楷抄录一遍，非常热心。他搜集到的剧本有几百之多。他与新文艺工作者田汉、焦菊隐等先生建立了友情，田汉有诗赠他，亚子称为"极美"。

诗人的注意力还集中在抗战上。他草成《抗日纪事诗五首》，情浓辞壮，忧愤深广，论人用事，不见斧痕，又明白如口语：

卢沟桥外寇氛深，又报倭军逼宛平。
主将未停麻雀战，敌方已动铁鸦兵。
六千子弟齐殉国，廿四钟时已弃城。
赏罚分明军令在，斯人何不处严刑？

固守经年漫自夸，忽然一夕弃京华。
五朝文物移新主，百万人民失旧家。
事敌汉奸春后笋，储才学校雨余花。
门头沟外奇兵起，种豆于今反得瓜。

难得的是歌颂了门头沟奋起抗日的义军。"主将未停麻雀战，敌方已动铁鸦兵。"句法颇有电影蒙太奇风味。"赏罚分明军令在，斯人何不处严刑？"反映了庶民呼声。

1938年，应竺可桢、李四光约协助当时的中国科学院迁桂林，买得水源岭一带土地为院址，关心科学发展。

广西大学改为国立，第四次出任校长。他要求学生拿笔拿锄拿枪抗战救国。君武工书法，白崇禧送来宣纸求书，愤然拒绝，其他非权贵者索求，来者必应。1940年7月17日，广西大学师生为他庆祝六十大寿，他在致答词中说："堂堂正正做人，清清白白做事。"可以看作公正的总结。

8月1日，因胃溃疡去世。这也是战时旧中国医药条件太差所致，令人浩叹。

冯玉祥先生写了挽联：

  大雅云亡，击铎临风思国土；
  寇氛日亟，挥戈洒泪哭先生。

李济深先生的挽联说：

  立德言功为不朽；
  通天地人谓之儒。

程潜挽联说：

  鹓序共丹墀，珥笔久钦刘祕监；
  雁山空绛帐，传经惊失马扶风。

于髯翁挽联道：

  一代宗师由苦学；
  弥天风雨忆同盟。

卫立煌挽联是：

  挺秀桂林，绛帐春风遗化泽；
  衔哀梁木，素车薤露哭儒宗。

马一浮先生挽诗曰：

初服纷共佩,隤年独桂丛。干戈绿竹外,山水乱离中。
高议金门远,游车下泽同。只今悲宿草,谁与诉回风?

叶恭绰(誉虎)挽诗云:

亲交日零落,今夏一星沉。寂寞千秋事,萧条异代心。
云雷销短驭,宇宙掩垂阴。独唱今难和,吁嗟八桂林!

马先生的墓由保之卫之两公子一手建成,至今完好,居正先生写的碑文,明晰可读,其中对于马先生的个性,有两段写得很生动:

闻孙先生名,往谒之,披沥所见,深蒙器许;退而语人曰:"康梁者,过去之人物也,孙公则未来之人物也。"而其时同盟会尚未萌芽……

民国五年(1916)国会复活,先生以参议员出席,政府提议对德宣战,本党反对,先生在议场中大声疾呼,或有挠之者,则以杖击之,虽犯议场之怒而气不少馁……

最后在梧州创立广西大学,一木一石,一瓦一椽,一几一席,悉心擘划,手胼足胝,虽在疾中,未尝少息。又尝兼任梧州硫酸厂厂长,改良出品,视德人为佳。人皆笑先生,不但为工程师,工学博士,大学校长,直是一杂碎工头、劳动苦力,先生亦笑而颔之……先生性廉介,居官不妄用公帑一文,俸薪所得,则节约储蓄,以从事于生产,故其兴农场,办工厂,皆刻苦自励。

以马先生的地位,能做到这样,在贪官污吏横行的时代,实在难得。今天我们读到这些史料,也受到深深的感动。

先生与李四光交谊极深,提议在雁山建立马君武命名的植物园和小学,来纪念这位教育家。

刘海粟先生说："回忆1927年，康师病逝于青岛，君武及梁任公等先生同在先师上海故宅哀悼，对于一代学人寂寞而死，大家都呜咽难言。我曾提议成立陈列馆保存遗物，为此陈书教育部部长蒋梦麟先生，蒋先生自有难处，不了了之。先师身后欠款多达万元。君武先生惧藏书流失，曾商请广西当局黄绍竑先生，为康师还欠款数千，将全部遗书运至梧州广西大学集中保存，其中珍本孤本不少。尚有学生听课笔记数册，实为康师未完成之著作，尤其珍贵。诸学长怆然而别。此后人事匆匆，君武先生1932年欧游过沪，1935年南社纪念大会，皆仓促一晤，谈话无多。在诸同门中，任公及先生文章教泽，四海同钦，非侪辈所及。我一向尊之如兄，视之犹师。先生去世垂半纪之久，物改星移，地覆天翻，南海遗物是否尚在人间？每每念及，心如火焚。若尚幸存，望有明家研究，毋使淹没散佚！"

君武先生通日英德法文字。早年译作，功在启蒙，自著述不多，《中国历代生计政策批评》等书，尚可加以研究，不没开拓者业绩。其文中有史料价值者，尚可选编出版。诗较少，得谭竹、刘志坚、邓云飞三先生作注，广西民族出版社发行。所附年谱，勾稽史料，用功甚勤。唯与注文略有重复处，尚可稍作精练。在校勘上亦还须努力，如梁任公卒年1929误作1920，《偕谢无量游扬州》诗注，"渊"误作"洲"，"刊"误排为"刑"，24页"共诛"误为"共殊"……再版时可加以修正。我还盼望三位先生能写出一本传记，使前人功过彰然，为后世所借鉴。

附记：

《去国辞》之二，见于林子青老先生所著《弘一大师年谱》，列为大师诗。后来大师各版诗文集多收有此诗。查民国二年《马君武诗文集》，列此诗为《去国辞》组诗五首之二。当以君武先生自订诗文集为准。拙著《旷世凡夫——弘一大师传》一书中未引此诗。前人写他人诗每不注明作者，容易误抄。前年有抄杜工部句为徐悲鸿先生诗者。智者千虑，必有一失，是习见的正常的事。

梁任公先生作《饮冰室诗话》，说在《新民丛报》排字房见到破扇上写有此诗，共数首，潦草难认。事实是1901年，汤觉顿写信由君武携去晤梁先生，此后即成文字交，任公赴美，马先生代主笔即在次岁。而《去国辞》作于1907年赴德前夕，任公在东京见到此诗，不识扇上君武先生笔迹，亦有难解处。谨记如上，愿子青老人及读者、专家赐教。

附：
追念君武先生几件小故事
李四光

仿佛在年假的时候，日俄战争正在我们东三省剧烈地进行。有一天在街上遇着宋遯初先生（即宋教仁，后改号渔父）他笑嘻嘻地说："来，今天我要介绍一个朋友。"我们比肩而行，走到一座二层楼的下宿屋（即公寓），地点在日本东京种田区锦辉馆附近。随着遯初先生走到二层楼上一个六叠席的小房前，遯初先生推开门，便看见一位穿着洋服，身材和神气，现在追想起来，一半像马保之先生一半像马卫之先生的人，正在清理书籍。我们相对微笑，点头，坐下，烤火，吃花生，闲谈，这便是我第一次遇见君武先生，那时候他大概有二十几岁。

在一个小饭馆吃晚饭，有一位朋友低声地说："孙先生已经到了，决定明天在赤坂区开会，你晓得吗？"这位朋友又说："好，我明天邀你一同去。"翌日他如期而来，我们一同坐了很久的电车到赤坂区某处（详细地名未能记忆）一座日本式的小房子。我们脱鞋入室的时候，已经看见有二三十人在座。这房子前后有两大间，侧面有二小间，中间有小花池，规规矩矩，是一个日本中等或中上等人家的布置。在座的除孙先生以外，黄克强（当时都呼为庆午）、宋遯初、田梓琴、居觉生、刘揆一、刘道一、曾亚伯诸先生，宫崎滔天和一位头发向左分的日本人（姓名未悉）也来与会，其余许多人中仿佛君武先生亦在其列，这一班朋友大半已经脱离了这个世界，有的姓名尚可勉强记忆，有的简直姓名和面貌都一齐忘却了。这是同盟会成立的第一天，分为执行和组织两部。公推黄克强先生任执行部部长。孙先生领导同人，各个在小房间宣誓，并发会员证书。誓约上有"岁次乙巳……驱除胡虏，恢复中原……平均地权……"等语，大家慷慨激昂，兴高采烈，经过大半天，会开完了。仿佛是同君武先生一同出门，一同到小饭馆

诗人马君武

吃饭。这是第二次和君武先生在一道的纪念。

经过了若干时候，同盟会开正式成立大会，地点又是在赤坂区，这次的会所，是一座木头做成的洋房，到会的至少有一百多人，其中许多生面孔。孙先生讲演，极为流畅，极为透彻，先生说："……什么是革命？就是造反，反者是反对清政府，我们现在力量还不够，是要大家造出来的……"许多人相继发言尤其极力抵斥当时渐渐萌芽的君主立宪议论。说到革命的实行，辩论更是纷纷，大有秀才造反之势，先生终是秉着和蔼沉默的风度，不赞一词。忽然有人提出质问，他问："我们是要排满革命，假如有满人要加入同盟会，我们怎样办？"一座为之哗然，都以为这位朋友，说话太无意识。在嘻嘻哈哈嘲笑的时候，君武先生站起直截了当地回答，他说："我们是反封卖国亡国的满洲政府，如果满人中有与我志同道合的，我们当然欢迎！"全体鼓掌，孙先生也鼓掌。闭会后，我和君武先生一同出街，走在路上，不意遇着留学生监督李宝巽（汉军旗），他开口便说："你们小孩子不读书，在外面干些什么，我都知道，再不要胡闹！"我们转背便走，我和君武先生开一个玩笑，我说："你去请他加入好不好？"君武先生："哈哈。"

日本政府的文部省（即教育部）要"取缔"中国留学生，闹出大风潮，留学生纷纷返国，君武先生曹亚伯先生余简斋先生等，都被选为回国纠察员，中国公学之产生就是这次风潮的结果。君武先生对中国公学，如何的热心；后来又到德国去留学，是大家都知道的事实，在此不必多述。

辛亥八月底，革命军在汉口打了败仗，黄克强先生在汉阳支持正吃力的时候，冯国璋用大炮隔江轰击都督府（即湖北咨议局）的某夜，宋遯初先生和我们几个朋友在咨议局旁冯某（当时都呼他为冯矮子，好像号少宙，是杀革命党杀红了顶子的一位先生）公馆闲谈。遯初先生说："汉阳恐怕难支持下去，不过不要紧，听说孙先生已经回了，南京已经到我们手中，我想明天到南京组织政府。程德荃的态度不错，不管他来不来，我想我们硬要他做内政部长，觉生做次长，主持其事；蔡鹤卿（当时称蔡孑民先生为鹤卿）做教育部部长；张季直不管他干不干，硬发表他做实业部长，不过还要找个次长来管事，你们想有什么人相宜？"我随便答道：孙先生果真回国了，君武必定也到。我想最好是请君武；如果君武还没有到，请衡青（石瑛先生）也是一样。遯初先生立时说:"我竟把君武忘却了,该死!好,得了孙先生的同意,我们就这样干。"

清室逊位,南北和议告成,黎朱卿先生要我和一位朋友到南京去接洽恢复武汉的市场。到了南京,最初看见觉生先生,翌日,到实业部去看君武先生,他穿着黑呢的德国式厚大衣,天并不甚寒,我们握手以后,我感觉着他的手和冰一般的冷。虽然许多年不见,并无多话可讲,我向君武先生说:"你为什么这样的冷?"他答:"昨晚译书译到两点多钟,今早起来,哪能不冷?"

项城野心暴露,孙先生的铁路事业自然干不下去,君武先生也就随着先生再负起革命的担子。吴淞炮台被我们拿下了,觉生先生在吴淞主持,君武先生和陈英士先生,钮铁生先生以及其他许多人,向各方奔走。一天,我们坐了手推车到吴淞去看觉生先生和君武先生,刚到炮台中一间小房坐下,外间炮声大作,炮台也还击,打了一阵,才发觉外间开炮的是一只德国兵船,他放的是入口式的礼炮。当时革命的武力,是何等样子,可想而知。觉生先生三天晚没有就寝,君武先生也无从找到,搭莺而返。

力量不够,造反不成,一肚子的秽气,计算年龄还不太大,不如再读书十年,准备一份力量,承稽勋局的冯先生(名字现时不能记忆)不弃,公费送到英国读书。出发前费了一整天的工夫,在虹口找君武先生谈谈过去和未来,虽然找着楼上楼下两间小房是君武先生的寓所,不幸他没有在家,又是搭莺而返。从此相隔半个地球,消息隔绝了。有人请吃饭,在寒风飒飒的晚间,一间标准北平式的小房间中一炉红光之旁,居然遇见了这多年不见的老朋友,穿着厚布棉袍,脚穿广西粗布鞋,并系着鞋带。这时候,他是北平工业大学的校长,他的神气虽然与昔日相似,可是他的面容上已经露出饱经风尘的样子。最初他不多说话,他更不愿提起昔日的故事,也不愿说工业大学如何长短。吃了两杯(酒)以后,他只是穷诘:"中国没有泥盆纪的地层?""寒武纪的地层,在中国北方发展到如何程度?""中生代以后,中国有无海水侵入?"他热心地质学,到这时候我才知道。沈阳事变发生,举国沸腾,南京忍辱负重,一般人都相信应付不了广田三原则,战争终究是不可避免的。战争爆发以后,要长期保守沿海及滨江的重镇，在事实上恐难办到，国际的形势何如，我们不能预测。将来长期抗战的根据地，定在内地，我们应该早到内地去做准备工作。蒙李德邻先生赞许和君武先生的同意，议拟在梧州广西大学内设立一个科学实验馆，招纳技术人才，从事种种战时必需的物资器材的研究。议论未定，事变发生，不久君武先生几乎已病至不起。长江流域风云紧急，我们随着大群人马到了广西，多年不见的君武先生，又在一间小屋里会见了。见面的时候，没有俗套寒暄，远望着对河的峰林，他开口便问："这些石山是属于哪一个时代的？""广西地质图还差多少？"我简单地回答这些问题以后，便说："从来不是避乱，是要想旧话重提，在广西办一个科学馆，你还记得吗？""哪能不记得，走，我们去看黄主席和绍园他们。"我们立刻拿着帽子便走，黄旭初先生和省政府的诸位朋友，也即刻表示赞成，于是推君武先生为常务委员。广西大学改成国立了。有一天下午君武先生匆匆地跑到我的房间，因为房间坐着客人，他招我到院中谈话，他说："我要到广西大学去了，你看如何？"我便问："你大病以后，身体究竟怎样？非有一大堆人帮忙，恐怕够你吃苦了。""有的学生望着我哭，我哪能不去？"君武先生自言自语。

虽然住得很近，大家都忙，见面的机会甚少，有一天听说君武先生生气，我便打电话问他为何生气，他答："李先生，我不生气，你看好不好？做了校长哪可以生气？我不生气，你看好不好？"我回答："阿弥陀佛，最好是不生气。"

夏天的早晨，我到他校长公舍里去，他拿出一包新买的土烟和一壶鹿洞茶，我们一面吸烟，一面闲谈，他说："到广西大学一年，我的胃病发了三次，每次痛得要死……有人当面骂我两个钟头，我总是赔不是……现在已经有了头绪……"他送我到门口，精神似乎不差。这一天大约是星期五，三天以后听说马先生又病了，晚间到他病房去探视，门前寂然，只有马卫之先生在家，他轻轻地说："家父的病状已经稍稍好些，不感觉十分痛苦，大约睡着了。"如此大家安心。谁料到第二天下午六点多钟的时候，时昭涵先生来报讯"马先生过了！……"从此将近四十年来的旧事，和着眼泪在脑海中翻来覆去，既不能忘，不如借此机会付诸笔墨。

周浩的诗

周浩字少衡,光绪七年(1881)闰七月初二生于贵州省遵义县尚嵇区毛栗山底水窝。少年颖悟,和大多数同辈的知识分子一样,既痛恨贪婪的官吏和僵死的八股文,又未找到革命出路,只好应付求官,中了最末一科秀才。有一次乘马出游,马头被下乡县吏乘坐的轿子所撞,便翻身下马,拉出县吏,举棍便打,痛斥道:"无耻的狗官!老爷还不坐轿,你凭什么要坐?老百姓被你们欺凌够了!当心你的狗命!"县吏抱头窜回衙门,报告县令,下令缉拿。周浩闻讯避祸入京,方知上层腐败甚于州县,乃去日本早稻田大学政治经济系读书,图谋救国途径。1905年经章太炎先生弟子平刚介绍认识孙中山先生,并加入同盟会。1907年,奉孙先生命回国创《东陲报》于哈尔滨,建立革命据点,准备起义,事泄,为总督锡良逮捕入狱,报社被查封。经上海日报公会营救脱险。狱中有一律书怀:

逮捕仓皇狱吏訾,云封此固感黍离。
存亡一息谁遗溺,恩怨百年自忍饥。
不信明时疏贾谊,岂怀旧雨窘张仪。
豪情未许随空尽,且傍铁窗读楚辞。

周浩入关至上海,为《民主》、《天铎》两报撰文鼓吹革命。辛亥革命爆发,入黄克强军出谋献策。清帝退位,他任第一届全国国民大会贵州省代表。袁世凯登台,他辞职返沪与戴传贤办《民权报》,揭露袁贼野心,为中山先生所器重。他以"役役百年身,义当膺重寄"的质朴句子,表达自己的革命热情。1913年讨袁事败，他被通缉。袁贼身亡，入京任总理府编译局长闲差。1923年云南唐继尧"靖国军"进川，周浩应中山先生信徒六师师长石青阳聘入川任涪陵县知事，次年以军败去职。1927年出任江宁县县长，县署是明代的建王府，时南京特别市长刘继文借口扩建首都，强令拆除，周浩力阻无效。他痛感"苍生疾苦知多少，说到治安策总疏"、"四海劳民皮已尽，两年作吏骨犹存"。只好弃官居于古庙。幸而住持以礼相待，并赠川资，他的幻想又活跃起来，"尚复遇钟期，堪弹伯牙指"（《孤桐》）。于是南发广州访胡汉民、陈济棠，接着又风尘仆仆地入故都会晤林森、居正、商震等达官。这些居要津者对诗人皆无推荐之意，幻想随之破灭，"空怀晁错筹边策，竟乏留侯借箸谋"（《感事》）。"飘零书剑走天涯，轮铁消磨岁月加，辛苦长途嘶羸马，凄凉古驿噪寒鸦。不甘埋没思毛遂，终愧逢迎作易牙，弹铗狂歌君莫笑，肯将心事述琵琶。"（《客中》）诗人"情多最恨花无语，愁破方知酒有权"（《新年》）。不觉动了乡愁："白崖最胜是秋光，曲曲疏篱短短墙。"（《忆故乡秋菊》）"乡梦有时回枕上，客情终日在眉头。""济时心已冷，长欲灌园蔬。"他又幻想"瓦钵香泥栽虎耳，砂锅微火煮鸡头，典衣入肆收残籍，置饵临渊理旧钩"（《秋日思月》）。1936年回贵州，住在贵阳毓秀里提将湾，迫于生计，只好卖字度日，故友平刚为他写了扇面，是当时的生活实录：

南渡诚草草，长沙慰艰难。终风霾八表，夜半失前山。
远公香火社，遗民文学禅。虽非老翁事，幽尚亦可观。
松风自度曲，我琴不需弹。客来欲开说，筋至不得言。

故乡也非桃花源，"更见民间催赋急，吏来惊走午啼鸡"（《壬申黔书所见》）。当年坐轿县吏阴魂未散，诗人连杖责的气力也没有了。田荒屋塌，与倦游时所思的画面大异其趣："故家池馆今何在？月上空梁燕子知。"（《回里过故家宅》）旧友财政厅厅长王征荧见他几乎断炊，托人为他挂个省参议空名，从不去开会。吴鼎昌入黔任省主席，拉他到省府举行一次"祭孔会"，让诗人作陪祀官。老同僚将他忘却，新权贵脸色也不好看，贫病交迫的诗人回到遵义，住于洗马滩旧友田举卿家，数月后病转重，迁居团溪外甥聂仲彬家，未及半载，病益恶化，移杨焕章栈房就医，1939年10月去世，终年五十九岁。

周浩遗稿原名《飞埃集》，共收作品六百八十七首；包括五言古体二十九首，律诗五十九首，绝句三十一首；七言古体四十九首，律诗一百六十首，绝句三百四十九首。经著名学者赵乃康校定作序。因作者故居离白崖很近，在书法作品中又自号白崖居士，乃更名为《白崖诗存》，当年由文通书局印制百余册，赠送亲友，经过战争和四十多年的风雨变幻，早已毁坏殆尽。多谢遵义田景卉先生，持来一册。还有周浩晚年自书《杨花曲》定稿，与流传抄本颇有出入，至今珍藏景卉家。百劫文物，风采未减，虽是行书，暗寓隶法，畅中有涩，面目脱俗，不难想象写作时痛定思痛，管役于情的画面。遵义市修文物志时，对手书作了重点介绍。

周浩生前，在贵阳及遵义享有诗名，但是当年能读到《白崖诗存》的人极少，影响的面不宽，在贵州已经不为人所知。有缘见到孤本，是值得庆幸的乐事。

逝者往矣，生者总有责任使遗著流布。景卉退休前在故乡执教鞭垂四十年，早岁又从事过文学创作。希望他对诗作些注释，我相信这位为于髯翁所赏识的诗人，总有与读者们重新见面的机会。热爱地方文献的贵州朋友们，也会力促其成。

赵乃康先生评周浩的诗："其婉转含蓄抑扬激壮之处，多似唐初盛之间，于回味相近。""吾乡中能诗者，固当为屈一指也。"赵先生校印过很多乡贤遗著，治学谨慎，不会妄评。

我们读过《黔诗纪略》及其续书，贵州诗人直到明末，才跃上诗坛，与兄弟省诗人平分秋色，各有千秋。谢三秀、杨龙友发轫于前，经周渔璜至郑子尹而达高峰。郑诗在清代堪称一流大家，在发展昌黎、孟郊一派诗风上，在以白描手法广泛表现人民疾苦方面，高出同辈。虽有丑化农民起义军之处，掉书袋之处，流露经师头巾气之处，瑕少瑜多，应当给以准确历史地位。后来继起者虽多，皆不能称为大家。在比较歉收的解放前三十年中，对于诗人不能滥捧凑趣凑数，乱送桂冠。周浩并非大家，甚至也称不上名家。在诗的内容上新境不多，形式上也未创新格。就反映与他同一阶层知识分子的思想感情而言，有一定代表性，提供了一个可供剖析的标本。持平看待郑子尹去世之后一百二十年来的贵州诗作，放在周浩前面的名字不算太多。所以，他会占有一席之地。我们不必用浮名为标准去读诗，更不因名气不大而给以势利的冷落。决定名声大小，显然还有诗外的因素。

周浩的五言诗不及七言。五言，尤其是五古与五律，更需要气厚力浑，淡比腴难，平比险难，真正的回味，需要火候修养。

周浩才大于气，去险去浮，力求自然，花过很多劳动。谈到《学诗》的甘苦是：

欲学诗中旨，须从山水寻。高山不喜平，流水有清音。
学诗如学画，淡处见精神。不在多颜色，端贵得其真。

所以，白描成为他主要的手法。送儿子周桓入学的嘱咐明白如话，无意间给自己留下了正直安贫的剪影：

昌黎示儿贵，利禄不去口；渊明责子愚，笔墨不在手。贵者欲所为，愚者欲有守。今我异古人，因才为启牖。与其干公卿，何若归田亩。儿贵宜自尊，勿作牛马走；儿愚亦何羞，且与鸥鹭友。

这段话发自内心，是"磨残宝剑不逢时"的过来人语。他的出身、交游、处境、精神状态，只能对儿子讲出这些话。往昔鲸跃鹏抟的梦想，在淡淡哀愁中留下了苦味。

官场失意，功名心退居三线，为了安慰旅怀，抒发"千古浪淘人物尽，万重山写客心孤"的感受，一一诉之于诗，解脱处表现在：

水急云自迟，心闲形不役。放浪天地宽，一笑千山碧。

（《登山运眺》）

古寺稀人迹，斜阳隔翠微，四山空碧合，云外一僧归。

(《游羊城西樵寺》)

偶沽春酒醉流霞，十里烟波过白沙；
收拾清明三日雨，我来放眼看梅花。

(《过蜀东白沙》)

播州城外雨潇潇，翠绕羊肠路转遥。
几树芙蓉夹杨柳，一僧持伞过溪桥。

(《播州城外即景》)

断桥残雪独游时，一径清幽景最奇。
别有会心人不解，半探梅讯半寻诗。

(《山行》)

花影迷离窗外转，杏花一帘红不倦。
鸟声啄木似敲门，惊吠竹间黄耳犬。

(《春日独坐》)

茶烟青锁读书楼，帘幕沉沉懒上钩。
鹤梦自闲人自瘦，一篱花雨酿新秋。

(《里中养病》)

小泊浪江渚，微风弄晚晴。乾坤舒醉眼，书剑寄离情。
水浅流沙白，山低落照明。断桥疏柳外，一抹暮烟横。

(《赤水河中晚泊》)

爱向西窗坐，朝朝看落霞。庭前百年树，篱下一秋花。
近逼钟声晚，远疑帆影斜。来去最相熟，历历数归鸦。

(《西窗晚眺》)

微雨纷纷下，寻幽到草亭。桃花红缺处，一角远山青。

(《微雨》)

除掉《里中养病》是较为衰飒的后期遗作之外，都是一些色彩明朗，带有静趣的风景小品。五律追寻晚唐神韵,轻清中见用功处。人的情感,渗透在景中,主客观的交流,一斧无痕,多少能唤起人们向上的生活情趣。有些静境,并不萧索。这大都是诗人心情舒畅时的产物。就像他游画泉时所歌唱的那样:"野色压驴背,携来诗满囊。一山一流水,半雨半斜阳。"使我们莞尔微笑,分享一丝喜悦。

现实世界不可能老是光风霁月,诗人以同情的笔触,唱出了人民的哀痛:

种稻二亩余,灌溉良辛苦;卖入王侯家,粒粒喂鹦鹉。

(《老农叹》)

乱山残雪大江干,竟有渔翁把钓竿。
不信玉人妆阁里,拥炉闲坐尚嫌寒。

(《雪景》)

忽闻贫者乞声哀,风雨更深去复来;
多少豪人方夜饮,合欢未许暂停杯。

(《夜闻行乞声》)

空园独坐久,日暮行人稀。城中女儿折花去,田家女儿采桑归;折花为插髻,采桑忧蚕饥。田家女儿箔上蚕,城中女儿身上衣。

(《采桑词》)

蓬头稚子学垂纶,侧坐苍苔草映身。
连声借问唯低首,最怕惊鱼不应人。

(《野游见稚子垂钓》)

停午农归饭熟时,盘餐门外聚妻儿。
老牛舐犊情何切,不向林阴啃豆萁。

(《田家即景》)

这些画卷与杜甫、白居易、聂夷中、李绅、杜荀鹤的悯农伤时之作,有一定师承联系。"朱门酒肉臭,路有冻死骨",一千多年过去了,生活的艰辛,并没有发生天翻地覆的巨变。封建主义仍然用它的惰性,拼命阻挠历史的前进,使我们读来感到沉痛。最后一首虽是一张风俗速写，对母牛的怜悯中未必没有人道主义的弦外之音，用不着拘泥。这些诗上口易记，是周诗中的上乘之作。

旅人生活并不愉快，对那些为微官薄利而离乡背井的人，这些诗也有一定代表性：

幽窗一夜最萧条，风撼梧桐雨泼蕉。
读罢离骚眠不得，孤灯人影可怜宵。

(《秋夜不眠》)

饱餐风露耐寒侵，似与骚人伴醉吟；
窗外秋虫灯下客，未知秋思是谁深？

(《蟋蟀鸣》)

一肩行李一囊诗，客里清寒只自知。
典尽征衣还仗友，磨残宝剑不逢时。
贾生上策原非幸，李广封侯未足奇。
人到穷途多泪落，我今惆怅欲何之？

(《旅中感事》)

豪情未减气横秋，慷慨扬鞭续旧游。
岂有经纶纾远略，还凭山水寄离愁。
知交半属云中凤，身世翻如海上鸥。
谁倚戍楼吹画角，万方多难我为俦。

(《留居贵阳秋至有感》)

岁暮仍为客，扁舟去住难。鹊喧残雪树，牛曝夕阳滩。
潭影鱼鳞活，沙声鸭脚寒。风清浑如画，偏在异乡看。

(《冬日客怀》)

离人眼中景物殊，何况所写不限于景物，内涵怀才不遇的埋怨，对那些不念故旧的人谴责又有何益？诗人在乐府体中指出：

不唱阳关曲，不折霸桥柳，赠君青铜镜，此意君知否？愿君得意归来日，当年面目仍勿失。临江送别指江水，富贵相忘有如此。

(《古别离》)

他渴望友情，在同一题中借男女之情朗吟：

但愿舟无帆，但愿车无轮；使我同心侣，不作远行人。

另一首小诗《访孟颜不值》也有余味：

之子天涯去，西风长绿苔；小园无客过，黄菊为谁开？

《良弓庄》是咏史诗，对于屈死的功臣感到不平，也暗含着自己有功未受禄的幽恨。两句四言，则有点格言意味：

饿钓台，饭漂母；陷钟室，烹走狗。危哉淮阴侯，生死出之妇人手！射虎则能，射雉则否，咄咄良弓复何有！

诗人认为亡国与妇女无关，他在姑苏台为西施申辩道：

姑苏台上沐恩时，歌舞春风昼夜宜。
漫把亡吴怨西子，当年亡越却因谁？

这类感慨是否为咏史而咏史，有待于方家的考证。如果仅仅为了翻故纸堆，论点不算新奇，古代善于翻案的能手很多，翻出如来手心，确不容易。硬去发掘微言大义，又易流于穿凿附会，也大可不必。有些诗比较平淡，也毋庸讳言。

关于《杨花曲》这首长诗的本事，序中已有详述。

杨翠喜是悲喜不由己的牺牲品，比起饥寒交迫的奴隶，她是另一种不幸。献美求官，二千多年间老调重弹。这幕话剧不仅仅说明王公大臣的贪财好色，段芝贵利禄熏心的丑恶嘴脸，以及大臣之间的掩饰丑闻，官官相护，把王朝末日下流的本质揭示无遗。曾经是剽悍不可一世的女真贵族，衣食无忧，舒舒服服地被改造成为糜烂不堪的废物，失去生存力量，谈不上创造物质或精神财富。朝廷腐败的顶点，便体现在这件丑闻上。

杨翠喜很有艺术才华，李叔同先生是老票友，大行家，对杨的表演很称赞，他们有过交往，李先生还有词赠给翠喜，本来在艺坛很有前途的杨花，经过狂风暴雨的摧残而过早地凋谢，我们深深地惋惜。几千年间被封建势力压成粉末的又何止一个女演员！这样看待一个人的毁灭，就超出了艳史轶闻的狭小囚笼。

中国的叙事诗一向比抒情诗少得多，即使是叙事，也不在于描述事件的经过。过分具体，容量既小，诗味也淡化。诗人们极善于借事抒情，粗述骨架，抓住风光、细节、人物的精神世界来做文章。感染读者的不仅仅是所叙之事，语言之美，还有诗人情感放射出来的冲击波，能起到微妙的作用。《孔雀东南飞》、《木兰诗》在文人写定之前，经过口头流传，非一人一时之作。等到白居易出来，才以叙事诗在文学史上取得了个人的地位。《长恨歌》谴责了李隆基的贪色误国，同时又讴歌了爱情，在作者看来并不矛盾。诗人告诉我们：皇帝越爱妃子，越多方满足她的需求，就越要刮地皮；越刮地皮越招致老百姓的怨恨，结果反而给军阀作乱提供了缺口，加速了妃子的死亡。细细一想，惊心动魄，皇帝保江山性命第一，对杨玉环之死未尽全力保全爱情的描绘便有讽刺味，白乐天未必想到这一点。佳句林立还在其次。

韦庄的《秦妇吟》因为诋毁了黄巢起义军而长期遭到冷遇，诗格与技巧也低于白香山，作为带着缺陷的历史画卷，近年开始有施蛰存师评价。它长而较散，不可能传诵太广。

清代只有反映"三军一怒为红颜"的《圆圆曲》，长期享有口碑。后继者有限，名篇无多。周浩的修养、气与格，都比不上吴梅村，《杨花曲》只是直书其事，诗味欠浓，好句子少，带着世纪末的暗影，所以史料价值高于文学价值，能帮助我们认识清末的现实，给人们的艺术享受不多。

今天的青年读者，对于清末民初某些革命党人，标榜艳遇，自作多情，难以理解。孙中山先生虽然一生奔走呼号，倡导"天下为公"，强调要做大事，不要做大官，而对革命营垒之内的思想改造，没有机会去深入进行，自己也纳过妾。反清革命者，带着才子佳人思想，升官发财意识的并不少见，所以革命不能彻底，后来腐败，退出大陆史镜高悬。懂得这个道理，对周浩便不会作脱离实际的要求。

杨花曲（并序）

天津府城，有女伶杨翠喜者，娇艳善歌舞，高期自许，视荣利泊如也。数违鸨儿意，触忤贵人，独乐与予周旋，禁之不能得。予时少不更事，落魄无归，翠喜所以慰藉之者甚至。光绪丁未夏，朝议改东三省官制，河北道员段芝贵，厚结贝子载振，辇巨金买翠喜以进，致有逾分之求。其初事密，不使翠喜知，涉行欲与予言别，已觉势有不可。载振为庆王奕劻嫡嗣，父领军机，子为农桑部尚书也，炙手炎炎，故得请于朝，以布政使衔加芝贵，擢抚黑龙江。命下，舆论哗然，御史赵炳麟，据以弹劾。西太后初震怒，张之洞力为解免，仅削芝贵新职，未予严谴。振亦退出农桑部，于暮夜遣翠喜还天津，虽任其飘零，而歌舞之场则绝迹矣。未几，予在哈尔滨得翠喜书，亟入关相晤，历道其事之始末，予不胜太息，为赋杨花之曲，将以作诗史现，故于词句间不涉予之私情焉。

东风吹绿满天津，杨花点缀绮罗春，落絮沾泥飞不起，遽化美人薄命身。美人娇小绾双螺，青瞳流转剪秋波，真娘能作拓枝舞，阿软工为水调歌。王孙年少轩眉宇，信陵门第子鸾府，拍板天潢有旧传，东皇部下风流主。春风猎色打花围，小队青衣拥马飞，西邸宾朋皆肉相，津门草木竞腾辉。召集梨园翻乐谱，河山落日任歌舞，台上风吹玉女箫，筵前雨点花奴鼓。杯盘狼藉玉沉沉，丝竹凄凉亡国音。不下铜驼卧荆泪，惟存金屋贮娇心。

开帘惊睹芙蓉面，一串歌喉太婉转，莺声字字摄生魂，停杯不饮垂痴盼。
河间王邸列群芳，家花争似野花香。小字有心题玉册，机为人测启诪张。
座中共叙旧苗裔，手合名花开并蒂，还为天孙筹聘钱，焜耀妆奁腾玉币。
香车宝马配双鬟，比肩载得玉人还，北里争夸郑举举，东朝尽识唐安安。
消受章台一枝柳，人天好事感良友，昆仑肝胆押衡心，欲议谢媒不在酒。
阿翁亲手揽朝纲，亲笔诏书代玉皇。白山黑水开新府，头衔一旦发奇光。
物议沸腾谁主宰，拥旄须备缠头采，方将富贵倚冰山，不信风波扬孽海。
多事青骢赵御史，弹章再拜奏天子，太息深宫抚玉床，预人帷薄竟如此。
江河日下挽狂澜，严旨欲申胆亦寒。白发龙钟老宰相，护持亲贵费周旋。
冰人失计抱冤痛，十万金银空绣凤。最是忧谗复畏讥，功名片刻黄粱梦。
海棠春雨泣残红，夜半甘泉别小东。可怜白象真无罪，强说玉珠未入宫。
宦海情天多诡遇，君臣同被美人误。杨花依旧趁风飞，荡作游丝收不住。

吕碧城的诗词

碧城原名贤锡，字圣因，别号宝莲、遁天、芷清、倍芳、晓珠、词侣。祖籍安徽旌德庙首，世代开典当及米行。父凤岐，同治年间进士，任过山西学政，告老退后居安徽六安。原娶蒋氏夫人，生子贤铭、贤钊，蒋去世后续弦来安严氏夫人，在北京生惠如美荪二女，于太原生三女碧城，《吕氏三姐妹集》便是她们合著。幼女贤菊生于六安。二子均在六安夭折，使凤岐悲痛不已，课女遣愁愁难遣，碧城年十二，父亲即中风死去。侄儿们争遗产，女儿无继承权，迫严夫人携孤女们回到来安母家寄食。后来碧城在樊樊山来信后跋道："自父亲去世后，因析产而造成家难，我当众声明，分文未取。"

碧城的舅父严凤笙曾随黎庶昌出使日本治洋务，归国后任塘沽盐运使，姐姐惠如夫妇随舅父住在官邸，母亲命二十一岁的碧城随舅父秘书方小州夫妇北上投靠，方夫人在天津《大公报》任职，与碧城迅速成为莫逆之交，1903年春节后，方夫人约碧城同去参观北洋女学，舅父闻讯痛骂，宣称如出盐署一步，即撵出门去不许同住。碧城一怒逃出舅父家，空手抵天津，住在客店驰书向方夫人告急，信为《大公报》负责人英敛之所见，称为奇才，托方夫人聘碧城为助理编辑，住在方宅。起初舅父不肯罢休，正好碰上自己被劾去职，只好不了了之。后来碧城感激"舅氏一骂之功"造成自己独立。她的才气迅速为同事发现，英敛之陆续在报上发表她的诗词，首先是一首《满江红》：

晦黯神州，忻曙光，一线遥射。问何人、女权高唱，若安达克。雪浪千寻悲孽海，风潮廿世看东国。听清闺挥翰发狂言，君休讶！　　幽和暗，如长夜，羁与绊，无休憩。叩帝阍不见，愤怀难泄。遍地离魂招未得，一腔热血无从酹。叹蛙居井底愿频违，情空切。

若安达克，即圣女贞德，现在多译作达克·冉，曾领导法国人抗击英国侵略的民族英雄，后来被怀疑有巫术而烧死。

这首词不成熟，比她中年后所作差。但是一腔热血，使得"男装梳髻，长身玉立，双目炯然"的鉴湖女侠秋瑾（名片写作"秋闺瑾"）自北京专程来访，密劝碧城去东京从事革命。碧城自言"予持世界主义，同情政治改革，而无满汉之见。彼在东京所办女报，发刊词即子署名之作，后因此文几同遇难。待成仁人史，亦有天数存焉。"中国女性，她是第一个世界公民，具全球眼光，民主意识堪称凤毛麟角，未见有并肩者。事过多年，作《过秋女侠祠》一律，有未能同死愧独生的哀痛。

松篁交籁和鸣泉，合向仙源泛舸眠。
负郭有山皆见寺，绕堤无水不生莲。
残钟敲断今何世？翠羽鸣珰又一天。
尘劫未销惭后死，俊游愁过墓门前。

1904年，碧城与女友们创设北洋女子中学于天津，被推为总教司。二年后设师范科，她为1909年毕业生同学录作序，勉励学子"绩学储能，各出所得，宏教育而回景运。此当引为己责，不容一隙自宽者也"。

她的教育思想，带有民主主义的启蒙性质："中国之大患，在全体民智之不开，实业之不振，不患发号施令玩弄政权之事没有人干。譬如钟表，内部机轮金属窳朽，外面指示针则自多乱动。时髦学生不求健全内部之机轮，争作表面的指示，这是舍本求末，国家更加纷乱了。"对病理解剖，颇能一针见血，说到治疗方案，难免疏空而实行余地甚小。碧城能够全心去办教育，开发民智，精神可贵。拓荒者不一定很完美，从洋务运动到五四运动，许多人介绍了西方的东西，在学术思想史上获得了一定地位，今天看来，大多数著作都较芜浅。而历史功绩，不能泯灭。在农民多是文盲的旧中国，就改善农民生活推动生产力前进的实效而言，这类著作的意义更有限，人民的贫困无权如故。也许，这正是碧城及其同辈志士们悲哀的所在。

辛亥革命成功，她赋诗欢呼：

莫问他乡与故乡，逢春佳兴总悠扬。
宝瓯永奠开天府，沧海横流破大荒。

碧城少年由母亲做主许配表兄汪某，家道中落后，姑母悔婚，她虽不喜欢表兄，自尊心却为退亲而受到伤害。抵天津后闻名大噪，袁世凯次子寒云也是个风流人物，工诗文，善演昆丑，与碧城酬唱后，曾经求爱。碧城厌恶军阀，又素知寒云放荡，凛然拒绝。袁世凯称帝前后演出的丑剧，使她对北方的好感逐渐淡化，"点金幸有麻姑爪，散尽天钱去复还"。她目光敏锐，做了几笔生意，赚了一些，决定赴欧美游学，便于1916年南下，卜居上海南京东路20号，进修外文，"醉倚胡妆羽衣舞，闲招斑管蟹行书"。生活豪华，所戴金戒指，脱与盲丐。樊樊山说她"巾帼英雄，如天马行空，十多年来自立于社会，手散万金，毫不介意"。大抵实情。由于年事渐长，见人日多，并无称心如意者，岁月蹉跎，她只好独身终老，本非素志，环境使然。樊增祥赠她一绝说：

香茗风流鲍令晖，百年人事称心稀。
君看孔雀文多彩，赢得东南独自飞。

老诗人称赞她的同时，不无沉痛之感。

这段日子，她畅游东南，作诗较多，参与南社活动，与柳亚子等诗酒酬答，亚子说她"足以担当女诗人之名而无愧"。在《信芳集》中，留下不少佳作：

谁更临风草落花，村头新绿自交加。
春回大野销兵戟，雨湿芳塍足苎麻。
几辈闻风闲绁马，千秋湖水独怀沙。
软红尘外天沉醉，愿祝余晖驻晚霞。

春阑杂树未凋红，胜境留人似桂丛。
云意远涵疏密雨，岚光高受去来风。
移文早勤北山北，避地何劳东复东？
棋局长安浑不定，只应都付烂柯中。

（《游钟山和省庵》）

琼楼秋思入高寒，看尽苍云意已阑。
棋罢忘言凭胜负，梦余无迹认悲欢。
全输转动知难尽，碧海量愁未觉宽。
欲拟离骚赋天问，万灵凄恻绕吟坛。

（《琼楼》）

笛声吹破古今愁，人散残阳下庾楼。
强笑每因杯在手，俊游恰见月当头。
空谈色相禅初证，思入风云笔自遒。
沧海成尘等闲事，看花载酒且勾留。

瞥眼韶光客里过，心期迢递渺山河；
茫茫尘劫诸天暗，袅袅秋风万水波。
山鬼有吟愁不尽，菩提无语意如何？
欲探丽方兴亡迹，残照觚陵宝气多。

（《次韵和南湖二律》）

玉龙喷雪破苍烟，蹑屐人来雨后天。
不惜风霜劳远道，珮环同礼九嶷仙。

仙源不让武陵多，珠雪才抽十万柯，
色相窥来消未得，心头常贮玉嵯峨。

笔底春风走百灵，安排祷颂作花铭。
青山埋骨他年愿，好共梅花万祀馨。

征衫单薄冷清秋，徒倚疏芳且暂留。
后夜相思应更远，一襟烟雨梦苏州。

（《邓尉探梅》十绝录四）

翠拱屏嶂，红逦宫墙，犹见旧时天府。伤心麦秀，过眼沧桑，消得客车延伫。认斜阳，门造乌衣，匆匆几番来去？输与寒鸦，占取垂杨终古。

闲话南朝往事，谁踵清游，采香残步？汉宫佳蜡，秦镜荧星，一沩秾华无据？但江城，零乱歌纷，哀入黄陵风雨。还怕说，花落新亭，鹧鸪啼苦。

（《汨罗怨·过旧都南京作》）

捷足贞娘气亦雄，笋舆高架耸危峰。
浮生半日销何处？尽在暮云翠筱中。

末首《道中偶成》有感于抬轿的多是妇女而作。诸诗清健有骨，不强调脂粉气。唯"杯在手"，"月当头"一联半用古人成句。"思入风云笔自遒"可看作夫子自道，并在实践上基本做到其品类轶伦，见识有同时代人未到处。博大，睿智，自尊，心灵上与男人平等，比我的思维早熟一世纪！

1918年,她任《时报》特约记者,游南洋、欧洲,到美国,见自由神巨像,赋《金缕曲》,为当时他人词集中所无!

值得黄金范。指沧海神光离合,大千瞻遍。一点华灯高擎处,十岳九渊同灿。是我佛慈航舣岸,系凤羁龙缘何事,任天空海阔舒卷。苍霭渺,碧波远。　衔砂精卫空存愿。遍人间红愁绿悴,东风难管。华路艰辛须求己,莫待五丁挥断。浑未许春光偷赚,花满神州开天府,算当时多少头颅换?座右铭,此殷鉴。

美国的一切,不可能都如愿。五四运动的风吹到海外,她就"应悔问迷津,蟾影盈亏知汉历,桃源清浅误秦人"。等到1920年,她买舟返国到天津,遇到一女友惨遭丈夫遗弃,形销骨立,使碧城同情,郁郁不欢,寄一绝,又赋无题一首:

又见春城散柳绵,无聊人住奈何天。
琼楼高处愁如海,未必楼居即是仙。

挽臂相将蹴麝尘,舞衣新试六铢春;
昙花连理原弹指,且向华灯写梦痕。

这件事情的刺激,坚定了碧城独身终老的信念。人世无常的空虚之感,逐渐地把她引向禅关。

为了摆脱忧思,她登上居庸关长城凭吊由白骨堆成的人间奇迹。但国势衰危,列强虎视,政权腐朽,唯知屠杀热血儿女以换取外国后台老板好感,苟延残喘,她怎能不长歌当哭?

摩天拔地巉巉,是何年月来人间?浑疑娲后双峨黛,染作长空两壁山!飙车一箭穿岩腹,四大皆黝幽难烛,石破天惊信有之。唯凭爆炸迁陵谷。

万翠朝宗拱一关，山巅雉堞长蜿蜒，岹峣岂仅人踪绝，猿鸟欲度仍相还。当时艰苦劳民力，荒陬亘古冤魂集。得失全凭筹措间，有关不守嗟何益？只今重泽尽交通，抉尽藩篱一纸中！(时中日协约已告成)金汤柱说天然险，地下千年哭祖龙！

这年10月，她再去美国，为了报答神州，提出"百折千回志不销"的豪言。

1922年春，游加拿大及日本，返沪后住过威海卫路及同孚路八号。

1926年冬，碧城赴美过春节。

次岁2月游巴黎，参观各大博物馆。从此过了二年多的漫游生活，将所见景象，写成《欧美漫游录》，分别揭载于北京《顺天时报》及上海《半月》杂志，为同胞们导游。

这是在巴黎写的《解连环·埃菲尔铁塔》：

万红深坞，恐春魂易散，九州先铸。铸千寻，钢网凌空，把花气轻兜，珠光团聚。联袂人来，似宛转蝶丝牵度。任云烟缥渺，远供海风，吹入虚步。　年时战氛重鼓，记龙蛇起陆，流血漂杵。望铜标犹想英姿，问吒莱茵河，阿谁盟主？废苑繁华化梦影，凄凉秋雨。更低烟纸波青月，美人甚处？(同游者美国唐麦生君已返纽约)

《信芳集·鸿雪因缘》载："铁塔为巴黎特有之建筑，位于河岸之右，介于鲍登乃及瑟佛伦二路之间，前为霞莫马广场。建于1889年，高940尺。有电梯升降，可纵览巴黎全城之景，因全体为镂空铁网所制，大风时且摇曳微颤。"

碧城游踪所至，如瑞士、(西游)意大利的罗马、威尼斯、奥国维也纳、德国柏林、英国伦敦。最后定居瑞士莱蒙湖边，阿尔卑斯山下，直到抗战爆发，才返回香港，大片国土沦陷，在悲凄中等待着抗日战争胜利。1943年1月24日病故，遗命火化后将骨灰和面为丸，投入海中，与水族结缘，遗著有：《晓珠词》四卷，(包括早年的《信芳词》在内)《香光小集》、《吕碧城集》、《欧美纪事》、《欧美之光》、《文史纲要》、《鸿雪因缘》、《美利坚建国史纲》等。

1927年，她在伦敦看到印光法师写的传单，便皈依三宝，曾将《华严经普贤行愿品》、《法华经普门品》等佛经与《净土纲要》等佛学著作英译。她交游甚广，身穿拼金孔雀翎大衣，主张素食，反对杀生，呼吁禁屠，参加了法国佛教会，在英国出版《何为佛学——西方意见的解答》一书，普及佛教知识。《欧美之光》是介绍西方佛教流行的情况。

佛教在欧美一度盛行，同第一次世界大战之后人们精神痛苦有关。吕碧城目击欧美社会制度的不合理，想以佛学来作为抵制西方功利主义的武器，渴望人我平等，甚至认为耶教讲博爱而不戒杀，宗教战争，死人无数，如信佛教，便不致为帝国主义者利用，可以弭兵祸于人心，树立世界和平的根基。这只能是善良愿望，第二次世界大战的爆发，惊醒了碧城乌托邦式的幻想。她的佛学著作，在中西文化交流方面有一定的意义。

在国内，她拒绝参加政治活动，可以看出她不肯与军阀政客同流合污的品质。1929年5月她在维也纳受国际保护动物协会委托，发表废屠演说，连解剖学也要禁绝，这就太不符合实际了。由于憎恨帝国主义者，她反对战争，但进而反对一切战争，把日本朋友的名片投入海中，则把官方与老百姓一锅煮，同样失之偏颇。

她的返国，是爱国行动。

综观吕碧城的一生，从一位反封建的启蒙主义者，民主主义者，地球公民，环境保护生态平衡事业先驱，最后成为佛教徒。她的道路同弘一大师不无相同之处。大师在1942年9月去世，她写了挽诗，十分虔敬：

  大哉一公，浊世来仪。磨而不磷，涅而不缁。轧轧群伦，是优波离。昔为名士，今天人师。须弥之雪，高而严洁；阿耨之华，淡而清奇，厥功圆满，冈世隐遗。土归寂光，相泯圭畸。公既廓尔忘言兮，我奚能复赞一词？

在世俗的眼光，他们是消极行为，而他们自己则以为是积极的。我们为他们绝代才华没有为人类做出更大贡献而悲痛。

他们认为宗教比艺术高出一层楼，冷却的过程即沸腾的过程，衡量事物的标准与功利世俗人不一样。

中国妇女受的压迫比男人更重。作为破落贵族出身的吕碧城，在人世白眼前能巍然独立，遇到的艰难，远非我们所能想象。她的身上，可以看到历史折射镜下的罕见标本。

战士的出路不外是前进，如秋瑾及其精神上的儿女们；一些人逐渐失去早年的反抗锋芒，或像张态（音明）先生那样躬耕终老，或像太炎先生那样退而传播学术。

历史是用极为复杂的色彩写成的。

弘一大师出家后，除去编写《清凉歌集》，为厦门市第一届运动会谱的歌曲是他人拟稿，地方官请他改定，利用他的清名装门面，他考虑到寺庙安全虚与委蛇，算不得创作。碧城自1927年研究佛学之后，在填词一道上仍在前进，留下了珍贵的遗产。

早年的代表作可推《祝英台近》，樊樊山以为"稼轩'宝钗分，桃叶渡'一阕，不得专美于前"。父执的鼓励，不免夸张。作为青年人作品，文字熟而不俗，练不伤神，师法李清照而又不落套，确实不易：

> 绾银瓶，牵玉井，秋思黯梧苑。蘸渌搴芳，梦堕楚天远。最怜娥月含颦，一般消瘦，又别后依依重见。　　倦凝眄，可奈病叶惊霜，红兰泣骚婉？滞粉黏香，绣屐悄寻遍。小栏人影凄迷，和烟和雾，更化作一庭幽怨。

旅欧之后，词的题材扩大了，表现的内容前人很难以想象，异邦景色，故国之恋，交织成一片新境地，比起早日闺秀式的哀愁，显得开阔，相对也明朗一些。

请阅《破阵乐》：

欧洲雪山以阿尔卑斯为最高，白朗克亦堪伯仲。其分脉为冰山，余则苍翠如常，但极险峻。游者必乘飞车，悬于电线，掠空而行，无轨道也。东亚子女子倚声为山灵寿者，予殆为第一人乎！

浑沌乍启，风雷暗析，横插天柱。骁翠排空窥碧海，直与狂澜争怒。光闪阴阳，云为潮汐，自成朝暮。认游踪只许飞车到，便红丝远系，飙轮难驻。一角孤分，花明玉井，冰莲初吐。　延伫拂藓镌岩，调宫按羽。问华夏，衡今古，千万年来空谷里，可有红妆题赋，写蛮笺，传心契？唯吾与尔省识。浮生弹指，此日巘青，前番白云，他年黄土，且证世外因缘，山灵感遇。

玲珑玉
阿尔伯士雪山，游者多乘雪橇，飞越高山，其疾如风，雅趣也。

谁斗寒姿？正青素、乍试轻盈。飞云溜展，朔风迥舞动英。羞拟凌波弱步。任长空奔电，姿汝纵横。峥嵘，诧遥峰时自送迎。　望极山河幂缟，惊梅魂初返，鹤梦频惊。悄碾银砂，只飞琼、暗履酆觳佣抽选？

齐天乐
吾楼对白琅克山，晨观日出，山顶赋此阕。

曜灵初破鸿蒙色，长空一轮端丽。霞暖熔金，云苏泻玉，蓦发天硎新砺。冰峦峻倚，更反射皑皑，银辉腾绮。尽斗寒暄，素韫飞弩恼神罴。　鹃声残梦唤起，绣帘先自卷，偏愤凝睇。光满瑶峰，春溶碧海，慵顾姮娥梳洗。羲鞭漫指，怕渐近黄昏，短英雄气。影恋花枝，断红共谁系？

全新的景色，东方后羿射日，嫦娥奔月，羲和鞭日之类老牌神话，交织在一首词中，也是千秋罕见的大好机遇，个人闲愁，家世的哀叹，都扔到九霄云外，神与物合，心与天游，这种气度是巾帼无双，须眉罕见。没有一定的笔力、眼力、打破时间空间界限，不可能作出这样雄放的词。

多丽

大风雪中渡英吉利海峡

海潮多，彤云乱，拥逶迤，打孤舷。雪花如掌，漫空飞卷婆娑。瑶簪妆残龙女，挥剑舞团天魔。怒飓暗鸣，骇涛澎湃，骞槎无恙渡星河。不在此列，追想阿瞒佳句，对酒且高歌。休辜负壮观如此，雅兴云何。　　同伊谁，探梅故岭，灞桥驴背清哦。玩良辰，舟浮锦鹢。吟寒夜，盍挹红螺。迢递三山。闲关万里，浪游归计苦蹉跎。待看取晦霾消尽，晞发向阴阿。将舣岸，蜃楼灯火，射缬穿梭。

这种境地，难怪作者也感到自豪。出婉丽而走向刚健浑朴，又不流于一览无余的霸悍、粗放。过去的教养，环境，仍有所反映，健朗遒劲，又不失女性敏锐的观察力，不过火，不矫饰，值得我们佩服。

但是人很复杂，洒脱过了头又流于空寂。同样的环境，在诗与词中表现出的境界也有很大差距。《信芳集·鸿雪因缘》中谈到拿波里火山，描绘生动如画：

火山山顶作莲花形，火井居中，恰如莲实。白烟滚滚，如晴云喷吐不已，隐现红色，若于夜间观之，必透明全赤，纯然火也。体积甚巨，直冲天际，数十里外皆可见之。山头唯熊熊烈焰及巉巉焦石，绝无植物。吾人行处，沙砾松动，着履即流。攀登莲瓣形之尖顶，其处较火口犹高，愈得纵观。

我们看她用同样题目写的词与诗：

绛都春

禅天妙谛，证大道涅槃，薪传谁继？世外避秦，即有惊心咸阳燧。飙轮怒辗丹砂地，弄千丈红尘春嚣。倦飞孤鹜，几番错认赤城霞起。　　凝睇，铸冰饮雪，指隔埠迤逦，瑶峰曾寄。火浣五铢，姑射仙人翔游袂。流金铄石都无忌，认世态炎凉游戏。任教烧蜡成灰，早干艳泪。

庄子的薪传，屈原的《招魂》，列子说的"仙衣"，项羽的烈火，李商隐"蜡炬成灰泪始干"的情绪，印度的大涅槃，摆在一起，形成一体，并不芜杂，自具一番消化的功力。将诗比词，宗教气息浓烈得多：

玉井开莲别有山，无穷劫火照尘寰。
年来万念皆灰烬，待与乾坤大涅槃。

晚年作品中原有长处仍在，只是多了一重苍凉沉劲的味道，并没有变成偈语变文，比较厚实。她在《晓珠词》卷尾，道出了自己心情的矛盾——佛学与填词的冲突：

慨夫浮生有限，学道未成。移情夺境，以词为最。风皱池水，狎而玩之，终必沉溺，凛乎其不可留也。

理智的警告，不能战胜强烈的非宗教的创作欲，不但留身词国，还在"沉溺"！才写出中国诗词向来未到之境，华而实，大而深，古境西意，拈来天衣无缝，进退自如，为己所用。这样的词不留下来，多么可惜！请看后期代表作：

陌上花

木棉花作猩红色，别名烽火树，和榆生教授之作。

丹砂抛处，峰迥越秀，茜云催暝。绚入遥空，漫认霜在枫冷。长堤何限红心草，犹带烽烟余恨。又花凄蜀道，鹃魂惊化泪销痕凝。　料吴蚕应妒，三军狭纩不待娇丝缲损。脸晕浓醒，艳锁猩屏人影。鄂君绣被春眠暖，谁念苍生无分？待温回黍谷，消寒同赋，绛梅芳讯。

作为咏物词，妙在不即不离，不限于物，借物喻情。她带着"烽烟余恨"，祝愿苍生不再涂炭，盼望捷报早日传来。词人看到海日将沉的奇彩愈烈，想到欧洲雪山观日出之作，写了一阕感慨很深的瑞鹤仙，龙榆生先生选辑《近三百年名家词选》用以殿后，不是没有原因的。作者何尝不想自己的余年能和落日一样射出奇彩！她在宗教方面，保护动物方面没有做到这一点，在词的创作上基本达到这种火候：

瘴风宽蕙带。又瘦影扶筇，楚香闲采。登临感情快。对层云曳缟，乱峰横黛。褰裳步隘，正雨过湍奔石濑。战松林，万翠唱秋，迸作怒涛澎湃。　凝睐，阴阳弄暝，愁近黄昏，屋华催改。明霞照海，渲异艳，远天外。伫丹轮半弹。迅颓羲驭，哀入骠（平声）姚壮采。渺予怀，此意苍凉，更谁暗解？

碧城还有些未发表过的手稿，不知可还在人间？

安徽省博物馆穆孝天兄说，合肥有刘序功先生正在研究吕氏三姐妹的史绩和作品，希望他能精选注若干，附上传略，以惠读者。

与陆小曼的一面缘

1963年的秋天,我要去上海。

恰好朋友得到一张山水画,有"小曼"的款识却无印章,也不知真假。要我顺便找一下陆小曼看看能否补个印。

我去文史馆打听她家地址,杜镜吾先生对我说:"你不要陆小曼陆小曼的,要叫陆大姑或陆先生,陆小曼不是你叫的!"我说:"记住了。"

我带着画去找陆小曼——陆大姑。

陆小曼与徐志摩的爱情故事是他们那个年代传颂的佳话,上海滩的十里洋场谁不晓陆小曼诗才与艳名。

但是"青山遮不住,毕竟东流去"。不过,徐、陆的故事仍为人们私下艳羡,据说,毛泽东还打探过陆小曼,说她在画院的工资太低,于是陆又被市政府安排为参事室参事。可惜文献无证。

我一路胡思乱想着。

不知不觉,到了四明新村,一幢又老又旧的小洋楼。

门开着,一位瘦弱的老妇人怀抱一只老猫悠闲地坐在屋里,阳光慵懒地照在她的身上。我想,这或许是陆家佣人。

"请问,陆先生在吗?"

老妇人懒懒地抬起头,朝我瞥了一眼。我这才发现老妇面色苶黄,眼袋低垂,一嘴焦褐的牙齿,还残缺不全。

"你找她干吗?"老妇人一张嘴,娇滴清亮,宛若少女,正恰似"兀生生燕语明如剪"。

我略抬头,看见老妇人背后的墙上,挂着一张大幅的照片,一位二十来岁的少女,扎着一根粗黑的短辫,那才真叫明眸皓齿、面若桃花,女子身着旗袍,恬静地抱着一只白色的小猫。我想,这便是陆小曼吧。果然千娇百媚,绝代佳人啊。疑疑恍恍,忽然觉得那刚才的声音莫非出自这照片上的少女之口?

我揉了揉眼,醒过神来,赶忙说道:"我这有幅画,是陆先生画的,没盖印,想请先生补盖个印章……不过,也不知道是真是假……"

老妇人又说:"谁做她的假画?又不值钱。我看看!"

我小心翼翼地将画打开。老妇人看了一眼,说:"你等着,我拿进去。"

我愣愣地站着,又依然注视着那张照片。

少顷,老妇人佝偻着腰走了出来,"盖好了,你拿去!这画用笔构图受到贺天健老师的影响。贺老气旺,长松千尺,鹤舞九霄。她的气质婉秀,至多是东篱一枝小黄花,弱得太多了!"说罢一段行家话,停止了莺啼百灵啭,又抱起了猫安静地坐在大照片底下。我想,陆先生的风采还没见着呢!

我看着照片。又看看妇人。她慵倦地却很优雅地抱着那猫。忽然间,我心里一怔,这老妇人和照片上的少女之间隐隐地有着一种内在的联系,那闲静的神态,那端淑的举止,竟然一模一样,只是上面是一位少女,下面的是个老太太。莫非……

若非岁月在捉弄,那照片上少女,那曾经令多少人神魂颠倒的美人,像徐志摩诗中所说的那样曾经淡淡地来又轻轻地去了吗?而照片下的这位老妇人或许正是美人小曼家的外婆或奶奶吧!

我一边想问清楚,一边又怕问出谜底太杀幻景,便道谢而去。

——2004年9月12日,一个叫东方芥子的大胡子老人在九鹿朝阳馆给大家讲述了这段往事。

美人迟暮。

(许宏泉笔录)

读《还轩词》

时间：1985年9月5日下午5时。

地点：花溪精舍高阳台一角，远山烟横，近树蓊郁，瀑布哗笑，晚霞在天，林鸟竞鸣，牧笛远和，满溪鹅鸭。

对话人：刘海粟（简称海翁）

本书作者：柯文辉（简称文辉）

海翁：这些鹅鸭使我想起黄山白鹅岭上你填的那首词，很有灵气，来客就要念一遍，有人根本不感兴趣，我也照读不误：

　　鹅儿岭上鹅儿杳，岭前唯见鹅儿草。雪瀑颤瑶琴，千鹅拍翅鸣。　　风来松探手，思抱丹青友。山醉欲人扶，扶山入画图！

词比你的诗好得多，比较一下，就很清楚地显露出来。让我举昨天你为杜雪松题的七绝为例：

　　黄山自是秋光美，翠雨排空卷绣帘。
　　愿化此身三十六，云峰座座住经年。

有奇想，驾驭文字能力不错，但是功力不深厚。你的认识有偏差，不相信这些东西是艺术品，写过就扔掉。要留下多和朋友交换意见，反复推敲。我比你勇敢，虚心，欢迎人改。要珍视你的感应能力与基础，树立自信心，自信不是骄傲!

文辉:正如摹仿诸乐三老师而去追踪吴缶庐不可能成功一样,从陈迦陵、刘改之去追踪苏辛也一定失败。我连迦陵的皮毛未得,欣赏也只到苏辛的境界,离姜白石还远呢!

海翁:这话未必能为文学史家所接受,可能错误,但是说得很聪明。白石能比苏辛高吗?

文辉:我要申明:这评语是内心的话,不是做学问的结晶,我也没有学问,做不成学问。苏辛都有极婉约的词,豪放只是主要倾向。少年无病呻吟,往往心仪婉约之词,青年中岁,由血气方刚而年富力强,人世心切,愤懑多,才高气旺,多喜读豪放之作,晚年又化绚丽奔放为平淡,又归于婉约,但是螺旋上升,变了一档,不是简单的反刍。婉约不等于不爱国。词只有成功失败之别,不必过分从派别出发。有主见、有是非、突出个性,不是平分秋色。但不宜过分偏激,实事求是。

海翁:我作画时的确婉约不了,由性情决定。但读词无门户之见。你前天送我的《还轩词》,就是当代婉约词人中第一块牌子。我欣赏,还想同赵朴老交换愚见,设法出版。论才,你我比丁宁君逊色多矣!读她的词,实在惭愧,像她这样把词当作终身研究的对象,身体力行,全国无几。要为被埋没的人讲话!江苏有这样人物,令我自豪!你知道她的身世吗?

文辉:丁老名宁,字怀枫,祖籍镇江市,身世悲凉,寥落哀凄。父亲当过清代裕宁官银局经理,原无子女而略有资财,族人皆欲必得而后甘。旧社会"不孝有三,无后为大",便纳一婢为妾,1902年,在扬州生下丁宁。不久,生母被害死,刽子手正是对丁宁有养育之恩而且怜爱备至的夫人。丁宁感激养母,写了三首长诗来追念她。充满至性至情:

> ……自儿初束发,至儿如母长,朝朝明镜下,日日复如常。连朝秋风起,二竖肆其狂,阿母老更病,困顿守医床。儿闻母呻吟,中夜起彷徨。晨夕吁慈云:佑母寿且康。……灵丹服三剂,遍体生清凉。身轻思倚枕,

口渴呼羹汤。唤儿近榻前，倦眼徐徐张。引手抚儿顶，儿发何鬖鬖？儿年已三十，修洁慎毋忘。母病未两旬，儿状胡悽惶？命儿整梳栉，一一为取将。飞蓬结不解，腕弱力难强，停梳长大息，额汗出如浆。道儿憨惰甚，他日怎离娘？儿闻阿母语，寸心痛欲僵。低头伏母怀，泪下百千行。阿母见儿悲，无语泪沾裳。热泪滴儿颈，利剑穿儿肠。儿恐母伤感，病体添新创。改容具甘旨，拭泪泥母尝。但得母心乐，儿心得何伤！

海翁：好啊！日常小事，从天天梳头，到扶病梳头，情感饱满，层次清晰，明白如话。后来哭母诗，闻邻居为母祝寿怀母而作长歌，诗人的情太真挚，太汹涌，不能无所寄托，在养母身上移植了对生母之爱，她太善良！

文辉：然而，她又不能忘记杀母之仇，两次编印集子，三诗全部被删，大约同这种仇恨有关。真正的诗人，才能写得如此真诚，然后又真诚地删去。她九岁读唐诗，至十二岁，积稿盈寸，都是小诗，因格未高，全部弃去。十三岁时，父亲死在叔伯侄儿们手里，还是为了夺取遗产。

海翁：明白了。在丁词中艺术水平不算很高的《临江仙》忆及了这些往事：

入世旬三萱荫失，北堂笑色难温。福教五女聚衰门，赔钱常比货，如鼠变堪嗔。　酿就百花成大错，萧墙风折灵椿。早居绣屋暮荆榛，麻衣皆血泪，虎视尚纷纷。

我出身于封建大家庭，懂得彬彬有礼背后的虎眼狼牙！无所不用其极。

文辉：十六岁嫁纨绔子弟黄某，次年生女文儿早殇。丁老求离婚，因黄某吃喝嫖赌抽大烟，举手就打妻子，实在无法共处。母命丁老跪在父亲遗像面前，请族人作证，宣誓终身不嫁，方许离异。"往事游丝牵弱絮，欲解还粘，没个安排处。"这种痛苦如巨大的暗影，终生笼罩着她的词，欲休还说，呜呜咽咽。

海翁：艺术总是生活的反映。王公大臣写不出乞食诗，乞食者不会作富贵语。婚姻痛苦是最普遍、最伤己而又不能利人的痛苦。一般人三年两载，便获得解脱。

而她从哀痛自己的不幸开始，后来离开哀痛，反而不习惯，甚至喜欢自己独特的遭遇，这就和她的气质，情感有关。环境造就了她！

文辉：也淹没了她！

海翁：一鸟两翼，不可分割。"从今尘梦不关情！"一回遭蛇咬，十年怕井绳。诗人自绝于爱情，换得喂养她词作的孤独，从我们旁观者看来，未必是不幸。身在此山中，没有经过大的风波，心弦又太敏感，轻轻一弹，就嗡嗡地响个没完，这种不幸的幸福，幸福的不幸如影随形：

金缕曲

病中闻隔院有唱催眠歌引小儿入睡者，音韵凄婉，极似余儿时所悉闻，感赋。

市远繁声歇。峭寒侵，凄凉病榻，旅怀愁绝。何处歌声春样暖，唤起伤心叶叶。想绣褓，花枝交缬。慢抚轻怜珠在掌，绕回廊、数遍花砖缺。伟大爱，无边热。　　半生碌碌乡关别。更那堪，南陔梦醒，鬓丝如雪。魂断庭闱何处是，未语柔肠先结。空梦绕，青林冷月。梗泊萍飘三十载，了枯禅、弹指沤灭。漫回首，倍呜咽。

作于 1940 年的《摸鱼儿·蝉》：

绕池亭、翠荫重叠，泠泠知在何处。幽居已是拼憔悴，清梦几回都误。空自苦，叹销尽宫魂，鬓影偏如许。伶俜漫数，怕执翳狂蚌，徘徊引颈，叶底正偷觑。　　斜阳树，弹指鸣弦换谱。冰笺陈恨慵赋。断肠一曲清商怨，掺入暮天砧杵。谁可语，剩余响流空，不与吟蛩伍。休嗟倦羽，试领略炎凉，荒柯暂寄，相伴有风露。

这个魔影到她年过古稀之后，仍然时有时无地绞着她的心。二十岁前，学

佛三年求解脱,也是"满船空载月明归"。请看她全部成熟后的力作《金缕曲》:

> 揽镜添新雪,那更堪惊心腊鼓,岁寒时节。一寸芳签无限意,往事千回百折。清昼永,帘波如缬。插架琳琅三十万,老书城不羡黄金阙。猿鹤意,久消歇。 十年憔悴江南别。剩无情东流溺水,助人呜咽。扑面缁尘家何处?身世秋风一叶。梦不到江南烟月。也识此行犹未已,甚鼠肝虫臂争偏烈。何日理,北舟楫。

借物抒情是祖传的老办法。墙外一曲儿歌,树梢几声蝉鸣,书中一纸10年前的旧签,在一般人心目中并不算一回事,在丁宁身上竟引起轩然大波。言外有意,打破时间空间,联想成串,读来固然感人,经得起反复品味,只是我们的词人真太自苦了。我们怎能不深深地同情,由衷地惋惜!又怎能不忆起诗人刘传曾在浩劫中写的佳句,就像为她写的序言一样:

> 千年幽愤积胸臆,铁铸冰崖化不开,且喜诗情春水绿,源源跃向纸边来。

文辉:海翁记忆力真好,听过传曾兄为拙诗所作一首序诗,多年后还记得。这件事令我忆起丁老。1964年我去向她请教,谈了两小时,临行,她问及我的诗作,我念了二首,依依而别。十二年后她患白内障,眼睛处于半失明状态,我站在门外向她问好,她刚问一句:"你是哪一位?"我咳嗽两声说:"还是这些猫在伴随您老人家啊!"她双手一按床沿站起身来,前行两步,一摆右手,亲切地说:"我知道你是谁,快坐下。"接着就一字不差地背出我的两首劣诗,使我震惊了十多天。她说:"'有谁堪语猫为伴,无可销愁酒当茶',三十年前旧句。陪伴我的两只老猫都不在了,是神奇的猫啊!六一年春天,灾情严重,猫像两个孩子,同我相依为命,朋友要我送到郊外去扔掉,不忍心让猫分吃我为数很少的一点口粮。我向刘夜烽同志求援:'诗肠早共酒肠枯,懒写平原乞米书,为问青溪刘季子,可能分惠一囷无?'他送来了粮票,还是不够吃呀。两只猫一天到晚守在豆叶池边，顺着风势和浪花，在那儿抓鱼，抓到不论大小多少，一律送到瓦盆里，等我下班回来烧好，我也得一分，给多少吃多少，从来不肯多吃，也不吃另外一只猫的东西。春节晚上，我省下两条鱼分给它们，一齐乱叫，就是不吃，我忍不住流泪了。它们充满着人性啊！哎呀，老糊涂了，忘了给你倒茶。喏，茶叶，那儿有开水，自己动手，给我一杯，看不见了。有诗吗？"我握着老人的双手，慈祥的泪珠热乎乎的，滚落在我的手背上，给我心中送来一股暖流。在十年悠长的阔别中，我到过合肥一次，却没有去看她，也讲过她是活着的文学史上的人物，一位大词人，毕竟对她关心得太少，没有做过一件"为长者折技"一类小事，能不愧怍，远不如猫么？

海翁：唯丁老才能养出这样的猫，猫比她厌恶的鼠肝虫臂之流更有人味，丁老与猫儿何幸！可惜我画不出来，没有亲自感觉过，别看我流泪，心里很甜！猫不是替你给老人弥补过某种缺陷，难道是物质可以代替的吗？

文辉：要求一个人脱离自己的遭遇去吹进军号，即使能吹响，也不是至声妙音，更未必能传世。老诗人臧克家先生，在60年代之初为几位青年诗人的选集作序，普遍地提出这种要求，他自己成功的作品，也不是进军号，后来政治上大有进步，诗已不能打动读者，也是无可奈何的事情。婉约不必提倡。尤其不能在青年人中提倡，但以十亿人口之多，有一位带有感情色彩无法挣脱记忆中暗影的词人，于中国何损？失去这样一位词人，于祖国何益？谁又能代替她？海能容乃大，何必那样狭隘？接触一下丁老式的词人，对于我们理解李清照、周邦彦、姜白石、吴文英、张炎、蒋捷式的人物，有好处。历史慷慨地把一个古人的活标本送到我的面前，不能欣赏，该是终生遗憾了！

海翁：李易安、姜夔也不是一味婉约，两位也和过稼轩的《永遇乐》。易安绝句，极有豪气，看人要全面。如果以自我为尺度，凡是我不喜欢，我未见过，我不懂得的东西，都在扫除之列，势必变成一匹冲进瓷器陈列馆的驴子，将会把最好的东西当作废物加以破坏。后果如何，历史已经不止一次地作了回答。我的朋友！不能传染上健忘症！受过虚无主义毒害否定一切的人，对左视病并不能免疫，我们都要警惕！做人，应当像丁老的名句："阅尽流波香不灭"，愿与大家共勉！

文辉： 丁老为人刚正不阿，对祖国文化做出了一定贡献。抗战爆发，上海、南京成了古书的集中之地。许多珍本，由于主人逃难，流落坊间，成为商人牟利的工具。她平生讲究气节，鄙薄汉奸。而自己两袖清风，无力收书。恰好伪江苏主席陈某成立泽存书库，她便应聘代为收书，尽量使古籍不流入日本。利用陈某嗜古爱书癖，保存文化遗产。抗战胜利，陈某自杀，书又成了争夺的目标，通过曲折的斗争，总算没有散失。解放战争中，这批古书准备运至海外，她大义凛然，宁死不交出钥匙，再次挽救了许多古代名刻本。无独有偶，十多年后，红卫兵们来到安徽省图书馆，索取古籍部钥匙，要焚书破"四旧"。丁老平生嗜书如命，家中珍本书颇多，乃几十年间节衣缩食，集腋成裘。平时倦极展卷，是她最大的快乐。为了保存国家财产，她毅然拒绝了某副馆长交出钥匙的命令，宣称："我家'四旧'最多，欢迎小将们去烧书！"心血被孩子们毁去，这不是惊天动地的精神么？

海翁： 她热爱故乡扬州。"十里垂杨笼翡翠，一溪香雾湿胭脂"，直逼王渔洋"绿杨城郭是扬州"。"轻露凝香萦蝶梦，嫩寒和雨涩莺声。"三十出头就这样成熟，当代罕见！

"海棠莫说霜寒重，犹有梅花雪里开。""秋来尽有闲庭院，不种黄葵仰面花。"战火中，义愤出诗人，她的小小庭院万卷书香的宁静生活一去不返。个人、国家、民族都处于炮火硝烟之中。对故园的思念，便放射出爱国主义的光焰："满月烽烟思故国，茫茫何所适？""家家户户，流离知在何处？故乡惯说苹州好，谁料故乡非故。今日去，问如此江湖，怎寄闲鸥鹭？""日日天涯望国门，斜阳销尽未归魂，诗成离黍情愈苦，舞诀莱衣泪尚温。""萍能无住依然绿，花到将残不肯红。""愁堪破寂何须遣，梦可还家不易成。"这种乡愁就不是个人独有的情绪。"问鲁戈何日振灵威，骄阳挫"，骄阳，侵略者插在沦陷区上空的旗子。鲁戈指的是中国军队。

文辉： 刚才您提到李清照和辛稼轩的《永遇乐》一词，丁老也有一首爱国热情勃发的《金缕曲》，通过友人送她汲古阁毛晋刻的《谷音》，想到书中宋代遗民诗百首，情不能遏，矢志自励，兼勉友人，气度开阔，洞箫般的哀音，换成了雄歌：

抚卷增凄切，甚当时残山剩水，竟多高节。渺渺苹花无限意，长共寒潮呜咽。算今古伤心一辙。搔首几回将天问，问神州何日烟尘歇。天不语，乱云叠。　　未酬素抱空存舌。更那堪苍茫离黍，斜阳似血。惟有君家壶中世，销尽泉香酒冽。再休道沧桑坐阅。好展平生医国手，把屠夫旧恨从头雪。金瓯举，满于月。

词人对于独夫民贼，也没有忘记口诛笔伐，对于40年代后期的现实，也有史笔，请看《金缕曲·题醉钟馗横幅》：

进士君休矣，想生前触阶不第，几多失意？死后遍教传异绩，颠倒三郎梦呓。诗妙笔又逢道子，写向人间图画里。入端阳，绿艾红榴队。如傀儡，同魑魅。　　早知饕餮非常计，悔当年希荣干禄，自残同类。鬼国纵横千载久，弱肉浑难胜记。到今日独夫群弃。五鬼不来供使役，对满觞未饮先成醉。掩两耳，昏昏睡。

词人是孤寂感伤的。但不是超脱现实的隐士，20世纪40年代没有陶潜，陶潜在古代也还是"刑天舞于戚，猛志固长在"。对钟馗的讽刺出自温柔敦厚的丁老笔下，尽管不是她的代表作，同样应当受到珍视。"自残同类"者，必然是"独夫群弃"。说得像判词一样坚决肯定，她有胆识！

海翁：丁老的温和，不是没有是非。五七年写的《菩萨蛮》是无题词，细细读来，还有所指，对于革命营垒内部的斗争，伤害了有生力量，使她不安。她表现了但求自己平安，便念阿弥陀佛的愿望，这种精神状态未尝没有代表性：

螳螂扰扰鸡虫得，循枝执翳无休息。饥雀莫徘徊，隔林惊弹来。　　迷阳还却曲，莫再伤吾足。何处问归途，牟尼百八珠。

抱着"迷阳迷阳，无伤吾行"（《庄子·人间世》）的善良欲望，委婉地表达了一点声音，在这段岁月中出现，可谓凤毛麟角。除去这位女词人，我孤陋寡闻，还没有读到过类似词作。不必仅从技巧来衡量作品。大多数人心中所有而笔下所无的东西，应当给予公正的评价。

词人不仅"岂忍隋珠轻弹雀"，痛惜"连朝急雨繁英落"。还写了一些色彩明丽心情开朗的作品："众芳如海绣神州，满汀晴雪秋光好，莫指芦花笑白头"，"转眼群峰迷雪浪，拂衣轻雾散冰绡"，"怅望遥天，密云红似醉"，"清啸一声天地阔，东山又见红轮吐"。这些句子词中有画，并不悲观。

金无足赤，人无完人。对于前人，不能过严，不要为了常见的短处而忘记他人罕见的长处。

我反对复古，复古是牛角尖。朱竹垞是词坛功臣，浙西词派："家白石而户玉田"，张惠言扬帜于前，周济推波助澜于后的常州词派，强调"变风之义，骚人之歌"都值得总结，都不能适应于今天。发扬光大词学，还有待于来者。对丁宁，深幸有一，不望有二。对其他人的词作，均可作如是观。

文辉：说到清代词学上的两大派，丁老都下过工夫，但就气格而言，她的早中年作品更接近于蒋春霖。陈廷焯《白雨斋词话》称春霖深得南宋之妙，"竹垞自谓学玉田，恐去鹿潭尚隔一层也"。蒋才雄气旺，而境深语婉，隽快之处易达，虚浑处固难。谭献称他的作品是"词人之词"，丁老的词亦然。为了比较渊源，更录鹿潭《琵琶仙》一阕，写他愁羁江北，有家难归，偕黄婉君（蒋去世后被友人逼令自杀殉情）泛舟黄桥，黄以箜篌歌之：

天际归舟，悔轻与故国梅花为约。归雁啼入箜篌，沙州共飘泊。寒来减，东风又急，问谁管沈腰愁削？一舸青琴，乘涛载雪，聊共斟酌。　　更休怨伤别伤春，怕垂老心情非昨。弹指十年幽恨，损箫娘眉萼。今夜冷，篷窗倦倚，为明月强起梳掠。怎奈银甲秋声，暗回清角。

丁老爱诵《水云词》，她个人的风格十分突出，接近不是摹仿，摹仿不是艺术。蒋词面目更非一首可以代表。

丁词反映的生活面较窄，气象颖异，风神疏秀，友人冯其庸兄也称她的词为艺苑精品，安徽名家刘夜烽、宋亦英、徐味，评论家章嘉乐、徐寿凯、吴万平对她也很敬佩。她的身后并不寂寞，书若出版，也会拥有更多知音。

作为版本学家，她著有《师友渊源录》，还与友人合著《安徽文献书目》,《室名、别号索引补编》，都是有用的工具书。

丁老1980年秋天病故，弥留遗命将残存藏书千余册捐赠国家，念念不忘《还轩词》稿。她说："一生心血，总想给人看，又怕情绪不健康，给读者带来不良影响。说真话，想出啊！"

这部稿子1957年曾由华东师范大学周子美教授校印，施蛰存教授作跋，评价极高。后经卓孟飞先生油印，安徽省图书馆重印，数目不过几百本，流传未广。其中收有词二百一十三阕，诗十首，篇幅不多。1981年我在上海见到周、施二教授，对丁稿关心备至，殷殷寄望，愧我爱莫能助，今得海翁呼吁，愿为龙套，再助助声威。真正的明珠，不会被埋没。我们期待着！

原载一九八四年八月《东南文化》第四期

保姆诗人徐亚筠

旧中国的妇女，处于神权、族权、夫权等等封建势力的压迫之下，周旋于锅台、井台、磨坊之间，读书机会少，聪明才智往往得不到发挥。辛亥革命之后，这种状态并没有得到彻底改变，五四运动的冲击波主要限于城市，妇女的处境虽然有了很大的好转，封建意识并未受到致命打击。所以妇女跨入文坛，比男人要难得多。从文学界学史上看，这一点很突出。

鲁迅先生曾经慨叹过从小康跌入贫困之后可以看到炎凉的世态，徐亚筠也走过从贵族跌到贫苦底层的道路。她原籍浙江萧山县，1912年生于沈阳，世代官宦，叔父中过榜眼。这个独生女儿才三岁，父亲见背。她自幼爱读诗词，家里请有老师专门授课，对古典文学打下了扎实基础。"九一八"事变后，从沈阳女师转到北京，先后在东北大学、俄文法学院、燕京大学及北京大学教书。"一二·九"运动，她和爱国学生们一起参加了示威游行，稍后即赴日本明治大学专攻经济，抗战爆发后愤而归国，流亡到桂林，经越南、海防、河内、昆明到重庆，1941年母亲病逝沈阳，她未能扶棺一恸，心情异常沉郁落寞。

同天才相处往往是很痛苦的。她们情感腾跃的幅度大，对外界事物特别敏感，对环境（包括心理环境）要求很高，往往脱离实际，对书本和艺术了如指掌，对于身边的陷阱则反视而不见，在幻想中驰骋时是巨人，应付实际生活的能力往往为赤子之心所累，越是内向开掘的诗人，这种特征越显著。亚筠的丈夫虽然受过高等教育，进过中央交通研究院，任过郑州车站站长等职，但热衷功名，对于妻子的精神世界并不了解。气质不同势必同床异梦，家成了一种责任和事务上的负担，没有女诗人渴望得到的浪漫主义的强烈爱情。1947年，全家返京。

1948年她到《绥远日报》任编辑，摆脱了家庭，积极工作。新中国成立初期蓬勃向上的社会风气，给她一个宏大的新世界，这段岁月同宋词中描绘的美学世界发生了距离，停止了笺箋。1952年她返京手术后不久，丈夫因历史问题被捕，留下五个小孩无人照顾，她一再续假。后来只好离职照应儿女，从此成了断线风筝，远离现实，逐渐又回到古典文学中去找安慰。

郭沫若先生《百花齐放》问世，激发了她的创作欲，也写了一百首七绝，并无挑战和答之意，只是抒发自己的看法而已，她无意做诗人，生前身后的名利，不是她梦寐以求的东西。

代替大跃进"共产主义指日中"（亚筠句）的幻想，是三年重灾中的忧国忧民之情，重新参加工作，也因丈夫的株连和年龄渐大而排除了可能性。她不甘于做个庸俗的小市民，在手边只有一本《辞源》的困难条件下，决定点点滴滴写出一些札记，来修订补充刘毓盘先生著的《词史》。偶然借来名著，她一边为儿女做饭，一边吟读，用略带东北风味的京音吟唱起来，邻人们认为她精神失常，却并不怎么干扰她的思考。可惜的是这部未完成的《词史》和两本诗词稿都在"文革"中付之一炬。

她写过关于《红楼梦》的论文，同周汝昌先生有过酬唱；她带着女儿到协和医院去捡煤渣和泥凿石，做成大型盆景《蝶梦山庄》，被邻人笑为"疯子"。诗人的天真笑容一直未从两腮消失。

"文革"中，她被赶出首都，只好去丈夫刑满就业的吉林镇赉农场当家属，同丈夫一起被视为专政对象，夫妇感情破裂，终日找不到可以交谈的人。草原落日，栅户夜风，成了她的心灵伴侣，那诗魂又跃动起来了。

原上草，使她想到自己的身世，梅花寄托她理想的风标。接着，在农场也不能安身，夫妇被遣送到梨树县落户，安家费被生产队里用去，孩子们多方告贷，才盖成一间小庵子，她已正式被"提升"为专政对象，她知道申辩无益，她不屑申辩，安之若素。1974年六月初六，给她带来过许多烦恼的丈夫去世，她扛着锹和孩子们一起挥泪将他"软埋"（未用棺材葬尸入土）了。

生活驱使她来到北京，一度，有几位年轻人请她到洛阳去悼白香山墓，参观龙门石雕，关陵碑刻。在垂暮之年，另一缕晚霞来自青年画家赵文量、杨雨澍，形成忘年之交，相濡以沫。她爱后辈的画，更爱朋友们的心灵，文量的母亲已八十多岁，双腿因肌肉坏死锯掉，长年卧床，文量任劳任怨多年如一日。这一切使她深受感动。他和朋友们在艰危困难中的奋斗精神，也给诗人增添了生活的勇气。

天安门事件在北京爆发，她每天都去英雄纪念碑附近看诗，抄诗，也写了诗词，可惜都散失了。身处贫困，衣食无着，却为国家萌发了新机而兴奋不已，她说：这是千年难遇的大好事，苏联和东欧都没有过这种伟大的群众运动。她笑望国旗，热泪横流，新生活的跫音，被诗人敏感的心灵听到了。

这种情绪感染了在天安门前拍过大量历史镜头的画家赵文量，尽管有人不断来回穿梭侧目而视，他还是为诗人作了油画像，总算留下了鸡鸣早看天式的侧影，那透视人生的双眼，人世沧桑刻下的皱纹，对中华民族前景的自信，恢宏的气度，飞扬的笔触，民族形式的装扮，都极为传神。悲痛愁苦被青年沸腾的热血冲洗尽净，惊雷贯耳，诗浪扑胸，神游华夏万里锦绣江山，心逐轩辕子孙五千年闪光的历史，侧映出时代气息。——诗人对祖国明天的渴望，同广大父老兄弟姐妹们呼吸脉搏的一致，使她得到成为怒海中的一滴水珠的幸福！一个平凡女儿受到慈母爱抚的幸福！这种阳光、空气、水一样重要的东西，对她来说是何等的珍贵啊。评这种画，不能从一笔一条线去找优劣！

经过离乱流徙，高傲的亚筠不得不当保姆糊口。最后请诗人当保姆的是一对青年夫妇，喊她伯母，对她很尊敬。在品质上比另外几位雇主高得多。然而，这对善良的人怎能理解诗人广阔的精神天地呢？有一回，她抱着孩子，正在捅炉子，嘴里念念有词，推敲着一首词，男主人回家来讨安全帽，推门太重，"咚"的一声，老太太火钩子掉在地上，词句也忘了。她怒不可遏地叫道："蠢才！"主人异常忸怩不安，连忙认错，老太太忽然记起了自己的处境，不觉哑然一笑，笑自己不该忘我地发怒，她凝视着手足无措的男青年，如同看着儿子一样地抚着他的肩头说："孩子！你们为什么这样没有知识，这样愚昧呢？天哪！这样下去，我们的国家怎么办！"将主人推出门后，她为了下一代的虚度岁月，失去求知机会而哀哀痛哭。这是什么样的心胸情操啊！

四人帮垮台不久，她便得了脑血栓，记忆力衰退，从此结束了没有户口，到处漂流，四海无家，连保姆也当不安稳的岁月；枯坐床上，用不听话的手写下往昔不敢留稿的诗词。可是提笔忘字，笔笔艰难，即使有重复句法也来不及修正，1977年1月16日深夜，诗人在寂寞中永远停下了诗笔。四害清除后的欢欣，她也没有来得及分享，叫人怎能不悲痛呢？

这种哀痛使我想起她的一生，为她写下了并无文采的挽诗：

> 喜怒无端哭亦歌，墨枯笔折痛蹉跎。
> 云天漫漫无巢雁，报国丹心死不磨！

孟子说："天将降大任于是人也，必先苦其心志，劳其筋骨，饿其体肤，空乏其身，行拂乱其所为，所以动心忍性，增益其所不能。"亚筠经过了孟子所说的炼狱，达到了她自己所能达到的完美。没有大智大勇，在那样环境中怎么能写诗？对她，不能和那些环境优裕创作条件良好的著名作家相比，必须用另外的尺度来衡量。我们都有责任为明珠拂去灰尘，把她介绍给广大读者。亚筠献身艺术的精神，百折不回，是中华民族优良品德的具体体现。

我们重视大家、名家，无疑是对的；但对无名者、无地位者持什么态度，也是检验一个人品德的重要方面。珍珠太难得，践踏她太容易。祖国母亲对有缺点的儿女同样怀着深深的爱，给予同样是精神乳汁与衣食之源，能允许儿女各有其貌，我们兄弟姐妹之间就没有权利苛求一律。对骨肉的缺点要做历史的分析。

昨晚看到电视中介绍湖北出土的编钟，那样古老，使我想起在绘画上中国有散点透视，有老庄哲学发展起来的以少胜多、无色为大色等等很高级的美学观点，可以假设，音乐上一定有高级的立体交响的东西失传了。仅仅是慢悠悠的齐奏，不需要那样复杂的乐器！文化的流传有百劫不断的顽强性；也有偶然行为造成千古遗恨的脆弱性。莎孚的诗，李清照的东西大部散失，金昌绪只留

"打起黄莺儿"二十个字便是例子。编钟那么大的一套东西可以失传二千年,一张纸的寿命不能比铜。想到毕生心血付于一炬的志士,心真感到一阵阵揪痛!

亚筠的欢乐与痛苦都来自诗词。她以苦为乐。净化痛苦,随遇而安,是中国人独有的高远宁静之境,同苟且偷生、自欺欺人的奴才哲学有本质上不同。贝多芬尝遍人间苦果,才达到类似的境地。咽下泪水,以笑声抚慰人们,只有莫扎特才稍稍具有冲淡的陶渊明诗歌般的天赋。继承韧性,远离名利得失,勤奋治学,对后代没有多大的坏处,有几个书呆子式的副产品也用不着怕。我不是说亚筠具有泰山崩于前面不变色、大海啸于侧而不变声的修养。立论限于一个人,就太局限。海是无数滴水珠组成,每滴包含海的全部元素,却都只是海的局部。

亚筠的情调不能称之为开朗鲜健,她的作品具体记录了她这样一个人物在四害横行期间的具体感受,是极罕见的"这一个"。她的词中颤动着两条弦:一是用清真、李易安以至秦少游、朱淑真的韵味,清越哀婉;一条是接近稼轩、放翁的豪放宏音。对宋词过分熟悉,损害了她对活口语的吸收消化,有些古典味而失之陈,幸而真情救了她,就化旧为新了。

她的诗比不上词,但都真切可诵。

如五绝咏停云轩:"停云何必住,云飞自快哉,故人多忘我,今雨不须来。"咏月形石说:"石白圆如月,岩下波如雪,碧海青天望,清光永不绝。"人品诗品都很清俊。描写百花,寄托遥深,尽量把个性溶化其中。《紫罗兰》语言流丽,有如珠转泉泻:"不颦不笑不痴憨,不白不红不是兰。不即不离神自若,不深不浅紫罗衫。"说及凌霄花,她为趋炎附势者作了漫画像:"心含毒汁志凌霄,腰腿纤纤只望高;倚树倩人方得志,攀龙附凤显妖娆。"又如爬山虎:"野草闲花不自安,几分颜色误人端。一生不愿居篱下,窥户爬墙处处钻。"讲到藤萝,又有一番议论:"纤纤弱质倩人扶,步步高升架上舒。引得满园芳草望,翩翩得意自为殊。"这些话不是无感而发。

对于花的内涵之美,诗人也唱出了由衷的颂歌:

惺惺自古惜惺惺，香国之中香祖清；
郁馥报君君子味，幽谷风姿胜世人。

(《兰花》)

窃得秦宫弄玉粉，霜娥素女种银盆。
瑶台月下团团影，化作神灯照世人。

(《绣球花》)

淡淡衣裳皎皎姿，香甜心事女儿知。
千红万艳皆为色，未若易安半卷诗。

(《栀子花》)

也有翻案妙喻，并不牵强附会：

亭亭玉立女儿家，罗袜轻轻洛水夸。
理学先生情矫甚，强言君子是莲花。

(《莲》)

七夕年年怜夜短，缠藤连葛织牵牛。
银河非比长生殿，万古之情永不休。

(《牵牛》)

一笑开花花自盈，身如柳絮性多情。
心中自有温存意，非我寒衣做不成。

(《棉花》)

她吟咏别人很少注目的水花："此花虽是不娇艳，能驶车船万里行。"颇为奇特。对于鸡冠花却表示鄙薄："只为耀日不啼晓，尘海一枝孽海花。"

也有少量绝句写得比较概念：如《月月红》："生产高潮竞赛中，争先恐后出英雄，工农兵里多旗手，跃进时期月月红。"有当时特色，现代年轻人已难理解。

亚筠的律诗不如绝句，仅录二首作为比较，就构思和语言来说，都比较陈旧。

柿熟枝头点点红，路头翁仲泣秋风。

当年巧造寝陵道，今日人游地下宫。

莫惜帝王弃白骨，也曾富贵号金龙。

千秋美梦皆如此，只有青山似旧雄。

（《十三陵地下宫》）

大江屏障繁华地，诗客英雄各有权。

气节千秋史可法，风流一梦杜樊川。

琼花留得精神在，杨柳徒将名姓传。

二十四桥明月夜，依然歌舞伴繁弦。

（《扬州怀古》）

我国著名的学者、《人民文豪鲁迅》一书作者李平心教授在十年浩劫中含冤逝世，亚筠寄了悼诗，痛哭知音："焦桐焚断怎为琴？辜负当初班马心。岂是文章憎命达，却因魑魅把人侵。京门别去云相望，海上传来星已沉。苦雾西州何处吊，天涯老病泪难禁！"第二联虽用杜甫旧句，然感情充沛，哭人自哭，调子沉厚可诵。

女作者很难写得壮美，亚筠也有稼轩式的雄健奔放之作。请看《念奴娇·易水怀古》，我想刘改之、陈同甫也会欢迎的：

沉沉易水，无波浪，不是当年激烈。千古伤心遗恨事，漫向东流呜咽。冷雨潇潇，寒风阵阵，古渡行人绝。凄凉此地，曾经多少人杰？　　匣里人将头颅，渐离击筑，匕首图中叠。怒发冲冠千百客，慷慨悲歌声灭。燕赵而今，难寻屠狗，谁洒秦庭血？悲今吊古，抬头只见明月。

这词作于1947年，她希望有40年代的荆轲去消灭暴政，由于她看不到人民群众的力量，寄厚望于游侠，但词却填得悲凉慷慨。无怪王森然先生说她是女中丈夫，符合事实。

在她忆写的旧作中，为时久远的少女生活得到了再现，虽然用的多是书本语言，还是留下了婉妙的侧面剪影。

请看二首《蝶恋花》：

  春梦无凭春思乱。眼底分明，又是当初见。欲拨琵琶心暗颤，低头无语情无限。 一曲清歌两意款。流水高山，但恨相逢晚。多少相思春不管，从今目送天涯远。

  难道相思能掷去。月夜花晨，却是何情绪。杨柳绾情千万缕，清明又是黄昏雨。 心事深深深几许？传遍栏杆，何日西窗语？漫漫草原千里路，回头不觉春光暮。

旧式的文学教养，给了她丰富的知识，和一层很厚的茧壳，使她的命运蒙上了悲剧的帷幕，并非偶然。囚禁在狭小天地中的小姐，表达初恋的诗意，同古人并无多大差别。从这个意义来说，她又是旧文化的殉葬品。谁能帮助她自拔？在指出这一点时就充满着歉意和沉痛。

长调比小令浑成，巧的东西削弱了，余味要醇厚些：

  多少桃花皆薄俗，今日一株边塞独。不争万艳上林春，甘心只在天涯宿。琵琶弹几曲，带来春色草原绿。破荒凉、婆娑灿烂，一醒旅人目。 解我穷愁千万斛。相对佳人醺醺醁。芳菲谁与此花同，醉中只觉花如玉。兰草栖幽谷，牡丹红芍宜金屋。别群芳、可称冷艳，一幅入梅竹。

这阕《归朝欢》所咏的桃花形象有些新意。花的品格全是人们长期审美活动中赋予的，这种后天的性格，又影响人们的审美情趣。词中的桃花一枝起到报春使者的作用，也就点俗为雅，化薄为清了。

即使在乌云压城的1973年，在她心田一角，仍然挽留着春光，一有触发，便产生共鸣，来吟味生活中的美，并且指出客观美和"闷楚"的人心是如何的不协调！请看《永遇乐·重游北京动物园》：

> 几日重来，冻冰正解，春霭烟树。杨柳丝柔，池塘涨绿，春意轻轻吐。水里鸳鸯，笼中鹦鹉，相对盈盈细语。说东风，虽然料峭，却喜相近正午。　　春山隐隐，芳草微微，遥望天涯路。曲曲回廊，深深院宇，别有风光处。寒销将暖，欲晴还雾，多少游人闷楚。须晴日，山河壮丽，自然气煦。

词中渴望晴天，渴望早日寒消雾散，就不能仅仅看作自然现象，她还寄托了历史更新的朦胧意愿。这些情愫，同女词人"春去秋来，暴风狂雨何妨"的壮语是统一的。

综观她残存诸作，黄钟大吕的进军号极少，落叶哀蝉的挽歌占有一定篇幅，这和她的环境是分不开的。许多身经百战的壮士，在十年浩劫中并不曾留下多少抗争义愤的名篇，在沉默的长夜中，一声虫鸣也是珍贵的[①]。改变主观世界、认清客观世界都非易事："只缘身在此山中。"

如果设身处地为亚筠想想，她的悲剧是祖国母亲大悲剧中的一个小插曲。如果她生前享受到三中全会的阳光，变悲为喜是用不着怀疑的。单从文字功夫来说，即为我望尘莫及。我们不责难高尔基、鲁迅、茅盾没有写出红军战斗英雄，不责难列宾没有画十月革命。保皇党巴尔扎克写的优秀现实主义小说，亡国昏君赵佶的画，吹捧太监魏忠贤的无耻之尤张瑞图的字，阮大铖的剧本，王觉斯的草书存在，可供专家读者研究，为什么对亚筠求全苛责呢？如果对亚筠的遭遇没有一点同情心，未必能读懂诗词。

安息吧！社会主义中国的亚筠公民！我们含着热泪在呼唤你！虽然我不是

[①] 曾在渡江战役前，携小分队过江侦察，英勇机智，被大众视为老英雄。"文革"中被批斗，当场作诗："身经百战愧无功，断头台上不装熊。千古同悲三字狱，岳飞原不怨高宗！"作为工农干部出身，第二句不合律，用典欠妥；但气贯长虹，敬录于此。

评论，只是个非常普通的中国人！

亚筠！亲爱的姐妹！在你最艰辛的岁月，我们深深地愧恨没有援助过你，无缘得识庐山面，幸从残稿见幽兰。忏写此文，于逝者无补，于正在精耕的人，也许会浇上几滴露珠！

亚筠！不要害羞，不要缩回沾满书香与泥土的手，站到前台去吧，您是当之无愧的！

访美国人民诗人卡尔·桑德伯格故居

2006年9月9日，儿子朴淳驱车两百公里伴我到北卡罗来纳州访问卡尔·桑德伯格故居。卡翁盛名，家喻户晓。我们在三十公里外向加油站工人问路，他们指点后说："把国有三百多公顷山林公园辟为诗人纪念馆，美国史无先例。国内外巡礼者多得让咱们自豪！"

故居没有大门围墙，被森林环绕。外围不到十户人家，特别幽静。从山麓步行一公里，花旗松、阔叶树高过十丈，宛若巨笔直指蓝空。根部酒杯大的蘑菇，红黄蓝色齐全，像童话王国矮人们靓丽的小帽子。谷底小湖约一千平方公尺，水色暗于黄河，微风拂来，抖动如绸旗。养的黑鱼长达八十公分，游弋时滞缓的绅士风度，不妨害它们将小鱼尽饱口福。

门亭九平米，我草草翻阅四开本游客登记簿，仅我用中文签名，国人来此地者实在太少。门的左右各放青布垫椅子两张。我头回在树枝上见到比蜻蜓稍大的蜂鸟，嗓音圆亮。

接待室里陈列着诗人三十五种著作、照片及手稿复印件，供游人选购。西南专室放映影视片，介绍卡尔的生平和作品。观众看得津津有味。

1878年6月1日，卡尔生在伊利诺伊州，人口三万的格斯柏格镇。父母从瑞典迁来，他是长子，有一姐姐。读书八年，成绩平平。为养家退学送牛奶，至农场铁路打工，亲近劳动者，走过全国许多名城僻镇，开拓襟怀。赖背熟《劳动法》保护自己与工友们的权益。二十岁参加美国对西班牙战争，短期后还乡就读龙巴德学院，次年得西点军校入学通知，语法数学复试落榜，返学院编院刊，任篮球队长。受一位教授勉励倾心练笔。1907年再次退学卖三维幻灯，用笔名"克莱姆森"给地方邮报撰稿。参加社会民主党,十分活跃。处女作《马马虎虎的狂喜》被支持他的教授发表。

其妻莉莲·斯德臣1883年5月1日生于密执安州汉考克市,1908年,卡尔对她一见钟情,莉莲嫌他貌丑,幸在社会改革、维护工人权益上有共识而成婚。妻爱称他"卡尔",遂废"查尔斯"原名。他对妻昵称"波拉",稿酬足供温饱。1913年生长女玛格丽。次岁有一首诗入选《辞汇》杂志所编诗选,公认为当年最佳诗歌。三年间生次女捷纳特,小女儿赫尔加,不断替《芝加哥新闻》供稿。出版商阿尔富莱特·哈考特赏识卡尔才华,主动交往,印行了《芝加哥动乱》(1919)、《如塔巴夏故事》(1923)。卡尔连年关注历史,热衷亚伯拉罕·林肯事迹,认真追寻已故总统游踪,积聚资料,访问史学家。1926年《亚伯拉罕·林肯在复活燎原之年》两册问世,以传记作家闻名,不再写新闻稿。1927年由莉莲设计,建屋于密西哥湖畔乞卡尼镇,一住十八年,潜心著述儿童读物及传记。莉莲经营小牧场有方,通过羊的遗传及杂交优势,羊奶增产,受用户青睐。

1939年《亚伯拉罕·林肯在战争年代》即全传三四卷面世,学术性文学性俱强,荣获普利策历史著作奖,当选美国文学艺术院院士。哈佛、耶鲁等名校颁赠荣誉学位。

1945年,他六十七岁,迁居北卡州,二十二年间写出十多本书。

故居占地百多平米,连地下室四层,木板墙,杜绝豪华,与普通民宅无异,无愧为人民诗人。二楼东方小客厅,大钢琴占掉六分之一,上面摆着他常用的吉他,他每年到农牧民集居地采风,收集民间故事与谣曲的录音、曲谱,领着大家说说唱唱,如鸟儿飞进了树林,陶醉在友情的温泉里。那时北方人不赏识乡村音乐,他出版多种歌带,打破冷漠,功在口碑。民间歌手诗人时常带着作品和他一起鉴赏评论,共同提高。北墙下两只平人膝高的大陶罐中插着四十八根手杖,竹木藤条制成,其中一根是华南罗汉竹,伴随主人出门机会多,光洁油亮,我伸手一摸,似乎还残留着他的手温。诗人至老游兴尤浓,炽爱生命和泥香。我在十二岁拉过京胡,琴杆与此杖长相类似,为我送来他乡遇故知的欣悦。平我胸高的木架顶端,能看到两根旱烟袋,竹色泛灰,烟锅外部生出黑锈,由我正宗同乡中的老华工携到北美洲。阳光从窗口射到卡尔小憩的木床上，平添了暖意。床头和东墙贴着两张画，面积小于两平市尺，汉字签名让我双眼一亮。小柜上部，镜框装着四张六市寸对方的册页，紫袍乌巾的明代人物高仅寸半，眉宇传神，衣纹飞动，背景青绿大树和赭色石块，半工半写，熟而不俗。观众听我说画内情节跟达·芬奇同时，一一和我握手，很敬佩中国传统文明。

书库占二层楼的五之四，目录装满四只铁柜，登记为卡片一百零八抽屉，超过万册。书架逐层按开本藏放，极少空隙。大部书的环衬、扉页、空页、书眉，均有主人批注。可见他手不释卷，一目十行（指阅读速度快于正常人十倍，十行同读，不能成文）。诗外功夫惊人。他的诗歌全集厚约千页，吸收大量千辛万苦提炼过的口语，通俗流畅，造境遥深，替缺乏表达能力的美国普通公民代言，却不流于浮泛，获普利策诗歌奖，历史传记金奖及多种奖章。他漫游全国演唱民歌，发表演说。1959年国会林肯日休会的讲演尤其出色，并作为文化代表访问了莫斯科。

书房条柜上展出一只小鼓，直径二十公分，高七公分，印第安人所赠。但鼓面凤画，跟凤阳凤画艺人作品略同，或系老华工带到美国的乡土纪念品。

1960年开始，诗人协助好莱坞工作四年，出版电影剧作一部。国际诗人联合会给他荣誉奖。因如实写出芝加哥历史，为社会平等奋斗一生，得总统荣誉勋章。他谦虚谨慎，订阅杂志五十五种，七份报纸，勤奋如初。费时十三年修订一百一十余万字的《林肯传》印成修订版五大册，广为流传，白宫把林肯使用过的桌子（桌面140公分×60公分，无抽屉，下面有30公分宽的踏脚板）及雕像送给卡尔，奖掖方式新颖。铜制头像大如真人，沉着开朗，似笑未笑，若有所思，院体刀法，持重圆净，奔放不足。东墙另一头像照片高一米，额角鼻唇眉间轮廓清晰，手法浪漫夸张，更近于原生态。桌面堆着几叠书刊，桌子仅仅是桌子，无特殊待遇，视为平常家具，是卡尔可爱处。与他暮年接近名流媒体的红尘味合一，体现人性的复杂。他的寝室在三楼东南。备有一套烧饮咖啡用具，浓咖啡里总加些鲜羊奶，是他好用的饮料。他爱动手，去羊舍喂草，到地下室制奶酪，皆是一乐。工作间小案上放一台旧式打字机，他与打字员对坐记录口述文稿，几番增删，才肯付印，可谓一丝不苟。至今劳作气息浓烈，像是他刚刚到山腰看望羊羔，或者小坐湖边放松一下思维，半小时内打字机仍会叮当响起。那平民化的亲切身影常在书海泅泳。东邻是莉莲卧室，占十六平米，陈列着两小架书，深色衣橱，青灰色卧具，无脂粉气。床边挂着瑞士种母羊照片，日产奶十二公斤，雅号"全球冠军"。房中小榻枕头很高，宽仅六十公分，1967年7月22日，卡尔躺在榻上停止呼吸。讲解员说："他走得安详，坦然，没有痛苦和痉挛。"自由地说出所思的人，行为即是长诗，可以无憾。他用独创的诗告知人类：什么是美国，包括她的光荣、梦想、朝气、自信、开拓力和生产力，富饶与贫乏，浅露的文明与童心未泯的粗野，高唱民主、科学、人权，包揽世界事务，巨人与庸人拥抱，希望跟遗憾握手的新大陆。是好莱坞明星、比尔·盖茨，比富兰克林、惠特曼、霍桑、爱伦·坡、马克·吐温、杰克·伦敦、爱默生、福克纳、奥尼尔、爱迪生知名度更广的青春国度。大众的爱与悲欢，新事物分娩的阵痛，都是诗歌通向公众心底层的精神隧道。连日全国哀悼，遗体葬于格斯伯格，留下五个孙子，继续放羊。莉莲卒于1977年2月18日，享年九十三岁。许多人猜测：多吸入新鲜空气和饮羊奶，是这对夫妇长寿的原因。

绿天笼罩的一块巨石上有一把靠背椅，卡尔爱坐在这儿迎接灵感，推敲字句，跟土地星月谈心。他讲过：人时时有必要跳出自我，立于体外吟咏孤独。要常常像画家高更那般自问："我是谁？从哪里来，往何处去？"我视这独白为给一切知识分子的遗嘱。告别草原，特请朴淳儿向我恋恋不舍的椅子，朗诵他为诗人中译的两首佳作，前一首1916年发表立即成名，四十年后在芝加哥开过纪念会。

幸福

我问讲授生活真谛的教授
问过统辖千人的老板："什么是幸福？"
他们向我点头微笑，
似乎我把他们当傻瓜。
一个星期天下午，

我漫步戴斯小盈斯河边树林

看到了匈牙利流浪汉,

女人们啤酒瓶和手风琴!

想家的念头

碧苔伴着海礁,

红莓伴着岩松,

你伴着我的记忆。

说吧,你有多想我

告诉我:时间走得多么漫长迟缓。

告诉我:你心中的牵扯。

告诉我:你像被铁拖住腿的永日。

我知道时间空空,

像雨天乞丐讨钱的空锡罐,

像断臂战士的空袖筒。

告诉我……

读《中国古代房内考》

中国历史纸上忌讳太多。历史的脚步终究会踏破永久的封闭。

中国的历史并不都写在纸上。纸上忌讳太多,至多留下一些现象与鳞爪。

凡统治者处于对社会矛盾较有调节能力的上升时期,很少号召百姓们禁欲。凡属统治者风雨飘摇全无自信之际,每每自身纵欲而强迫黎民禁欲。这境况不仅见之于好些代王朝,连太平天国的领袖天王洪秀全也未能跳出。

只要世界观健康向上,掌握古代人性生活的历史,总结出若干条规律,丰富知识宝库,指导现代人的性爱,也该算是享受正当的幸福吧?懂得这点浅显的道理,代价很昂贵,似乎也太晚。虽说时代在前进,晚懂比永远封闭好得多。

这部书不是中国人所写;

外国人能写成此书;

中国人终于能看到此书,都是奇迹。

第一个奇迹说明封建礼教势力的成功,才使我国在生产力上长期落后;

第二个奇迹是中国人弄通古文都很难,一个外国学者掌握汉文就更难。懂汉文,又能去日本、印度,掌握这三个国家学者都不易见到的材料,勤奋,机缘皆几千年来第一次,又能从绕开到自觉关心这一课题谈何容易?

第三个奇迹的诞生是时代的进步。严肃地研究性爱,是科学家应尽的责任。五年前关于人体绘画的创作与展出,我说过"细水长流莫成灾",被一位学者讥为守旧。对于性史性学的研究,我仍持这样观点。

有了第三个奇迹,才能打破第一个奇迹,超越第二个奇迹,创造别的奇迹!

饮誉世界的汉学家，从源远流长的中国文化中取一瓢水，即可知其博大。

高罗佩 1910 年 8 月生，于荷兰海尔德兰省的聚特劳，原名罗伯特·汉斯·凡·古立克。来华后自取汉文姓名，字笑忘，寓笑忘百虑之意。号芝台，斋号吟月庵、中和琴室、集义斋、奠明阁、犹存斋。1915 年随父亲（军医）迁东印度泗水，次年定居巴达维亚（即印尼首都雅加达）迷上了华侨演出的皮影戏，11 岁写成有关专著，长两百页。同华侨交往。父亲收藏的中国文物多而精，引起他对中国强烈的好奇心。1923 年全家返荷兰奈梅亨，高罗佩上中学，幸逢退休教授雨伦贝克，始习梵文、中文，六年级毕业时师生合编《英—黑足（北印第安人）词典》，显示语言学才华。他向往担任外交官，遂考进荷兰莱顿大学和乌德勒支大学攻读法律及东方语言，二十五岁从事印度、中国西藏和远东马祭研究，获博士学位。此后长期担任外交官，在东京、重庆、南京、华盛顿、新德里、贝鲁特、吉隆坡等地活动，最后当了驻日本大使，1967 年去世。他写成《中国琴道》一书评述琴学古籍，在渝时追随古琴大师叶诗梦，著录了《东皋琴谱》、《音秘旨》、《广陵散谱》等名作，论证了明末清初古琴由华传入日本过程。自画插图多幅。又与于右任、冯玉祥、徐悲鸿等共组天风琴社。与沈尹默、郭沫若等同去钵水斋为苏渊雷祝寿，在北京时又与齐白石有过交往。常常临池习大字，爱穿长袍，睡硬板床。收藏过傅抱石的画（现存北京故宫博物院），买过一架紫檀雕花古床，过了一番"落叶满床，图书满架"的瘾。今已捐给荷兰博物馆。又购得漆画屏风一架，今仍藏于他的故居，此件文物引发他的怀古之情而写出一部公案小说。

他任黎巴嫩、叙利亚、约旦巡回大使时，恰值黎爆发内战，妻儿上山躲入防空洞，仅他一人坐在大理石面的桌前写作如常。驻新德里时，子女所在学校不开设希腊文拉丁文课，他自任教师，督课甚严。

在东京、重庆时，荷外交部同事称他为"古董店里的外交官"，他爱同古董商人及店员谈天，学习文物鉴定知识。他不求收藏稀世珍宝，价廉物美的名瓷碎片、古籍均是重点。曾啃几个月干面包买一尊古瓷观音，乐在其中。书法流畅，喜用偏锋。偶弹一曲《高山流水》，饶有古意。在日出版小说《中国钟谋杀案》用裸体封面。商人以为他好此道，送来许多春画，对他的研究有益。

他精通汉语及日、德、法、英、梵等14种外文，主要译著有：

《砚史》，宋米芾著，译成荷兰文时二十八岁；

《中国琴道》，三十岁时著，荷兰出版；

《琴赋》，晋嵇康著，译荷兰文时三十一岁；

《明末义僧东皋禅师集刊》，三十四岁编撰；1944年，重庆商务印书馆土纸刊本。全书倡导气节，威武不屈，促进抗战。

《狄公案》，三十九岁时译成英文，理由是"此类书希若星凤，皆是线描"。西方评论家称之为"中国的福尔摩斯小说"。他受到鼓舞，决心搜集唐代社会生活史料，细读《旧唐书》，《新唐书》，唐代传奇小说，以及为数颇多的戏曲曲艺刻本抄本，民间故事传说，自1950—1960年呕心沥血，用英文写成有关狄仁杰中长篇小说十六部，短篇故事八章，展现他丰厚的学识和对中国文化的倾倒。此书多达140万字，问世后东南亚华文报刊连载，译文发行百余万册，高氏名闻中西。可见通俗畅销小说比学术专著更容易为大众接受。我国翻译家陈来元、李蕙芳、胡明、赵振宇合力苦干五载完成中文译本，电视剧接踵播出，较之前几年颂扬皇帝的热潮冷却了许多，总算满足了高氏生前遗愿。

▲ 高罗佩先生

▲ 《狄公案》插画："狄仁杰和他的三位夫人"

高罗佩画

《春梦琐言》，四十岁著；

《秘戏图考》，四十一岁著，他在自作文言文序言的末段说："首册所辑乃中国房术概略，自汉迄明，并记春册源流。中册手录各代秘书十种，并撮抄古籍中记房事者附之。下册《花营锦阵》用原版印成，俾留真面。盖本书不必周行于世，故限于五十部，不付市售，仅分送各国国立图书馆，用备专门学者之参稽，非以供闲人之消遣。海内识者，如有补其缺遗并续之以明末以后之作，固所企盼，而外国学者据此书以矫正西人之误会，则尤幸矣……"

《棠阴比事》，四十六岁著。

《中国绘画鉴赏》，四十八岁著，近六百页，附中日纸原样四十二种；他精于鉴赏、常常摹古画。

《中国古代房内考》，五十一岁著；

《中国长臂猿》，五十七岁绝笔。为观察入微家中养猿四只，作者与之亲近游戏获得交流欢趣。书赋猿啼录音盘，助解唐诗意境。国内未见译作。

高于1943年完婚，夫人水世芳原籍江苏阜宁，生于北京，毕业于慕贞中学，再入西南联大前身——长沙临时大学。最后入齐鲁大学历史社会学系。时任外交秘书，婚后会烧川菜，如"元盅腊肠"，很地道。现居西班牙南方。她说："让过去的过去吧，我不写回忆录，只知道高先生是中国人！跟他到处走，光在海牙就搬十回家，但不后悔。"世芳父钧召，曾任驻彼得堡外交官，带去行李四十五节车皮，光厨师即有四十人，后任京奉铁路局局长，天津市市长。高罗佩长子威廉任莱顿图书馆馆长，研究法学，1971年莱顿大学毕业。妹在巴黎市，后去美国学医。高罗佩的藏书已赠莱顿图书馆。

使作者饮誉世界的名著当推《秘戏图考》与《中国古代房内考》，前者以有心人保存稀有文献，拓宽了中外学者视野。后者"无论自取材或立意言之，皆为无价之宝"(美国《历史中的性》一书作者坦纳希尔语)。此书与英国李约瑟先生的巨著《中国科学技术史》皆表明中国文化的博大。由于士大夫阶级的著作家对经史子集的偏爱，忽视具体经济生活及科技资料的记载，但毕竟历史悠久，西方学者取材角度一变，即见成果。我国赴日留学生数万，有财力与机会买到《花营锦阵》

之类册页的也不乏其人，见识也不会低于初到东京任使馆参赞时的高罗佩先生。这两部书必须"出口"转内销，自然值得我们深思。现在出国大潮方兴未艾，这批人当中也有少量能阅读古籍的学者，带着祖父辈不同的胆识与感受去闯练一番，在温饱安居之余，必将开拓出新的领域，神州沃土等着成功的响箭！

管窥中国古代房室之私，可见中华文明之一斑。徒事藏匿及肆口诬蔑均属失责。

作为伦勃朗的后代，从小对绘画受写实主义熏陶，能进入写意的审美高度，需要一个"脱胎换骨"的过程。只要看看西方人三百年来学习中国画的成绩欠佳，再想想从西方留学归来以写实来衡量中国绘画遗产的西画家们，同写意如何格格不入，使我对汉学家高罗佩氏的学养深觉难得。此公在古书里泡久了，自己在文中称中国为"海内"，承认"《易》论一阴一阳，生生代代，其义深矣"……又说："余搜集各书，除《修真》、《既济》二种外，殊可谓有睦家之实，无败德之讥者。可知古代房术书籍，不啻不涉放荡，抑亦符合卫生，且无暴虐之狂、诡异之行。故中国房室之私，初无用隐匿，而可谓中国文明之荣誉也。至于《花营锦阵》、《风流绝畅》等图，虽是轩皇、素女图势之末流，实为明代旧版之精粹，胜《十竹斋》等画谱强半，存六如、十洲之笔意，与清代坊间流传之秽迹，不可同日而语。外国鉴赏家多谓中国历代画人不娴描写肉体，持此册可知其谬也。"作者憎恨西方的性虐待，性变态，表彰中华文明，即驳斥了西方肤浅论客的歪曲（如说中国的性堕落，性变态等等）。这差误自有其历史地理宗教多方隔阂造成，不必苛责。以三言两语嘲弄孔子老子的就有黑格尔，他们总把欧洲当世界中心。高氏无此偏见，他对中国文学、艺术、服饰、建筑、家具、风习、宗教等方面的知识，为不识汉字的黑格尔（笔者无意贬低这位哲人，高氏不具黑氏之长）、识些汉字的芥川龙之介（此公胡说中国人爱吃笋乃取之跷然挺拔似男性生殖器官）所远远不及。

高氏指出：两千年前的中国人，其性生活是健康正常的，无犯罪感、无负疚感地享受人类再生过程中的各种快乐，由肉的结合到灵的爱。性是人类对宇宙再生过程的对应物。女人次于男人，如地次于天，月次于日。他还运用《礼记》，说明男人对于妾在五十岁前的性生活也要负责：

"故妾虽老，年未满五十，必与五日之御。将御者斋、漱、浣、慎衣服，栉、绒、笄、总角、拂髦、衿缨、綦屦。"

"男女授受不亲"始于何时，高氏认为北宋人言谈不避性生活，房中秘书流行不衰。理学家言行不一，一般老百姓并不把他们的话当金科玉律。我想起1197年御史沈继祖上书弹劾朱熹时写道：

……建宁白米甲闽中，而熹不以供母。乃日籴糙米以食，其母不堪。尝赴乡邻之约，归谓熹曰："彼亦人家也，有此好饭！"闻者怜之。……又诱尼姑二人为宠妾，每之官则与偕行，家妇不夫而自孕，诸子盗牛而宰杀，谓其齐家可乎？发掘崇安弓手父母墓以葬其母，谓之恕以及人可乎……

打小报告的话未可全信，也不尽子虚，查出诬告也有后遗症。朱氏辑注了东汉道家魏伯时的《参同契》一书，视为阐解《易》学佳作，而高氏却指出此书与房中术有关。卷中讲炼丹术，也讲交媾、受孕、生育。将观察自然现象所得纳入综合体系，见朱熹所未见，发八百余年来人所未发。

作者认为：蒙古骑兵南侵，烧杀奸淫，妇女才被隔绝于内室，禁欲主义得势，也有新意。明代后期几位昏君皆好色，献春方者得大贵（鲁迅《中国小说史略》中有论述），上梁不正下梁歪，市民意识抬头，手工业发达，经济在南京、苏州、扬州等地活跃，文人写下极多淫书，流布甚广，而房中术专著《素女妙论》、《紫金光耀大仙修房演义》（皆保存于日本）仍有人写印。高氏把性生活放到大的文化背景中考察，对"三寸金莲"、元杂剧中女性生活及精神状态、西藏密宗房中术如"秘宗大喜乐禅定"、"双修法"，赵孟頫的春画，《饮食正要》等书中有关性的笔墨，都作了认真论述。

高氏读史，着重帝王、儒道两家，一般文人，普通百姓，对性的态度，清代以后，大防日严，对性避而讳言，遮遮掩掩，西人不解，疑点丛生。高氏指出："一则徒事藏匿；一则肆口诬蔑，果谁之罪欤？"可见他并不袒护西方学者。

《中国古代房内考》突出的三大贡献，对高氏书中画论的褒贬。

高氏此书最突出的贡献有三处：

第一，保存稀有古籍：全文抄录了从天地阴阳之道；性交前的爱抚动作，性交技巧和姿势；性交的治疗作用，性伙伴的选择及孕期护理、胎教优生、调节性功能的药方食谱，材料翔实。他又将从日本《医心方》第二十八卷辑得八世纪成书的《房内记》，与《洞玄子》作了比较，辑录了上书所无部分，如性生活禁忌等。这些书要求男方重视女方性高潮，男女双方要有精神准备方能使性生活和谐，高氏给予很高评价。《房内记》显示古代性学家突出的观察力。高氏将这段文字与金赛所著《女性性行为》(1953年，费城、伦敦同时出版)加以比较，结论一致，他将性交治病说视为虚构及巫术考虑，指出纵欲之害，正常性生活对男女健康的益处。在评述了《千金方》、《玉房秘铁》、《素女经》、《大清经》等书而外，评介了保存在巴黎的敦煌文献《大乐赋》，日本保存的《纯阳演正孚佑帝君既济真经》、《紫金光耀大仙修真演义》，色情小说《绣榻野史》、《昭阳趣史》，堪称洋洋大观。有些禁书，明代中期已难见，《金瓶梅》的作者也把国产房中术看作番僧传入的进货口。

作者将色情小说如《金瓶梅》、《隔帘花影》与淫秽小说分开论述。前者有色情描写仍有人物，情节作主导。后者专描写性交无艺术可言，包括李渔的《肉蒲团》、《株林野史》。从介绍小说史而言，治学态度很严谨，无淫秽引文。书中插图人物至多脱掉上衣，妓院介绍，用明人木刻，无淫荡镜头。

第二，对中国、印度古代的性神秘主义作了对比：印度真言乘发展到后期，以大乘教为中心，对印度教、佛教兼收并蓄，揉进土著巫术崇拜，发展为金刚乘，强调"人体乃是认识真理的最好媒介"，内含"生命的火花"。通过入定加以点燃，使修行者在虚空中成为非男非女，神人合一、法力无边的金刚。(不可摧毁的空)"金刚"一词广泛运用于神名、书名、哲学术语，一切金刚乘的教义与实践活动中。人体有双性，存于脊柱左右经络中，为"男脉"(代表太阳、父、精、男性创造力，升华为悲与方便)，"女脉"(代表女性创造力、月、母、卵，最后升华为空和般若)，双方使人陷入轮回，不得成神。修此道者先要从女性配偶获得刺激以形成精滴(由地、水、火、风、空"五大"构成)，开出无性的新脉道，最后上升到莲花顶，达到空与悲，般若与方便合一，即涅槃或极乐之境。女性地位与男人平等，甚至更高。658年(唐显庆三年)中国和尚无行在印度见过真练的流行。此后密教徒善无畏于716年(唐开元四年)到达西安，三年后金刚智随不空金刚到广州。首批密教语书籍当于此时流入中国，被翻译传播。但该教经典《楼陀罗问对》卷十六却说梵天之子瓦西沙，是在中国学到的修炼方法，一是有寓言加工成分，二是为传到中国时减少阻力，对经籍也有所删改。迎合士大夫爱说的"古已有之"。高氏认为道家房中术西传入印度，逐渐发展为密宗佛教房中术，从共同使用的"止精法"，"泥丸"（垣）这些术语可以证实。文化交流虽不一定对等，也不一定是只进不出。十二世纪后，密教在印度消失，传入西藏，大有建树。由西藏而蒙古，变做元代君王们的信仰。高氏不太懂中医经络学说，认为"回精法"不合解剖而否定。房中书的禁绝，使明代人把出口转内销的房中术当成进口货，不足为怪。明代史家把元代君臣"双修法"仅仅看作淫乱，是以儒家礼教立场去看密宗，未免过于简单。密宗到日本发展为"东密"。只有立足点较高，统观历史发展大势，方可对中、印、日密宗及房中术来龙去脉加以表述。没有句句是真理的一家言。高氏享年偏低，未尽其才。学术突破，自有来者。

第三，高氏研究明代春画、发挥学识及收藏优势，有幸前无古人，后启来者。他对中国古画鉴赏写过专书，笔者无缘拜读。仅从此书论画片段综合观之，颇有特色：

他继承了我国古代画论重写意、求意境的优良传统，首重线条内涵情绪、格调，从整体氛围推察作者修养。气韵为先，以意统领造型构图，未限入重工艺制作的匠艺魔障而得其大（此魔限制日本艺术及学术发展，使得一个精通赚钱哲学的民族无法向人类贡献一位世界级大哲学家，世界哲学史与他们几乎无关。得耶，失耶？从书画方面看，他们还未到太明白的境地！）

高氏部分接受西方近代史学方法论，把绘画文学内容，和对社会生活的认识，放到具体历史环境中综合考察，求得其细与相对的全。他看出中国人不相信有永恒的封建王朝，"异族局部或全部占领下的中国或四分五裂的中国，仿佛一夜之间就恢复过来，在极短的时间内就又变成具有统一文化的、统一的独立国家。""这一现象使外国观察者颇感惊异，但却从不会使中国人惊奇，他们认为这是理所当然。"专业美术评论家未必能得出这类结论。他评定《胜蓬莱》、《风流绝畅》、《鸳鸯秘谱》、《繁华丽景》、《江南消夏》五种套色春画刻本，心平气和，持论公平。又列出用百分比统计性交姿势来证明中国人性生活的正常，则是西法。

他把版画印刷刻版的成就放到世界印刷发展史中去看，对中国书籍艺术家由衷的崇敬绝非偶然。这些评论使我感到有两点不足：

一是他见过许多明末清初刻得极精的古书，如果他上联写实宋画，下接徽派版画（文学书插图等等）综合研究，春画的承前启后，在线描、刻版方面的贡献将更清晰。

二是春画及版画成为日本浮世绘发展的化肥。未必是很精绝的中国年画、浮世绘流到欧洲，装饰风味使克里木特，和高氏的荷兰同乡大师凡·高大为震惊，有助于他们风格的铸炼。背景深远，论点也将更有说服力。或许是受到气韵生动理论的武装而对克里木特兴趣有限，但高氏写此书时凡·高已是大享盛名的巨匠。

译者在序文内对高氏有关中国古人性生活的总体评价略嫌笼统，线条比较简单，前五章欠丰满，这是对的。但想再深入也难。高氏对《汉书·艺文志》内佚失的房中术内容作了猜测，根据近年长沙马王堆出土的帛书《养生方》、《十问》、《合阴阳》、《天下至道谈》，也大体正确。

中译本装帧豪华，海内无多。书的印刷装订都达到大陆最佳水准。造价在刚出书的1990年是太高，但为挽救出版社的经济贫血病，可以理解。与今天出版物相比，他们对书价上涨有"预见"，已不算刺眼。面对有钱人不买书不看书；看书人买不起书的现实，不敢发牢骚，不是怕言者有罪，而是闻者不能戒，戒则损及盘中餐，奈何？

本书译文质朴流畅，涉及梵文、拉丁文、日文、德文、法文，幸得巴黎、罗马、北京诸地学者慷慨相助。一书出世，多少人付出了心血！老专家胡道静先生通读把关，关心后学，令人敬佩！该书第296页作者说"石龟一向被用做碑刻的趺坐"，其实碑座不是龟，传说龙生九子，其一是赑屃，爱文，爱负重，故作碑底座（见《历代诗话》）。"私生子"当是"私生女"之误。《李笠翁一家言》、《闲情偶寄》误为《李氏一家言》、《闲情偶集》，愿再版时订正！

一九九三年端午节于不通斋
同年《新华文摘》转载

《明中都研究》序

一

处于上升社会的人间往来，如王勃所咏："海内存知己，天涯若比邻。"在"文革"中本来可以成为挚友的人，因害怕政治株连而对面不相逢。想起我与王剑英先生的关系，至今充满着内疚与悔恨！

剑英先生在凤阳举目无亲，听当地文化馆的朋友说，安徽农学院凤阳分院畜牧场的老柯，是从省城来的"右派"，很会养猪，便来找我。所问尽是喂猪的实际问题，如：预防猪瘟、猪丹毒、猪肺疫所用的"三合一疫苗"到何处可以购得？母猪压死仔猪、偷吃胎衣、乳水不足如何预防？公猪被咬伤后，大面积溃烂如何治疗？说到公猪好斗，容易咬伤时，我还作了示范：先拴个活绳套，套住公猪的上颚，再拴在钢筋圈门上，最后用自来水钢管套住公猪獠牙，一一折断。让他试拔时，只见他手握钢管，臂腕发颤，轻声自语："多疼呀！"结果掷管在地，黯然告辞，难过得眼圈儿都红了。剑英先生的善良与当年那些欣赏游街、批斗的嗜血观众相比大异其趣。

剑英先生还听说我也读过几本书，有点文史常识，便找我交谈，解除寂寞。他试探地向我提起了明史："朱元璋杀人太多，胡惟庸、蓝玉案枉杀大量无辜……"

"蓝玉是什么人？恕我一无所知！"我把心灵的门关死，切断了对话，生怕由此产生"政治问题"，更怕自己身上的政治杆菌，殃及这位善良且又多灾多难的学者。我语气残忍，不但没有歉意，反为我能爱护他而"自豪"，其实是不折不扣的自私、短视，是被扭曲的心灵所分泌出的冷酷。

二

什么是英雄？我常常在星空下的池塘边问自己。历史上有几十种答案，都不能完全说服当下的我。剑英先生送我一册《明中都城考》打字稿，匆匆读后得出一个不见经传的结论：

当大多数人活得艰难的时候，英雄不失人格地活着；

当大多数人无所作为的时候，他为父老姐妹做成几件有益于后代的实事。

而剑英先生便是这样的英雄。他做的事并不惊天动地，甚至称不上伟大杰出，但全国极少有人做成类此之举。他证明了在七亿人跳忠字舞、唱语录歌、看八出样板戏、吟三十七首诗词的岁月，还有人保存了治学意志，默默无声地打破窒息人思维的大一统，兀立于千人一面之外，不肯丧失良知与自我。

当剑英先生听完我阅读此书的感受后，异常惊愕地摘下眼镜，反复打量着我，仿佛我是从月球上来的怪物似的，倒抽一口凉气，连连摆手说："我是被改造的臭老九，跟英雄沾不上边，从今往后，千万别再提起！"

后来他还来过凤阳，我已去上海，彼此失去再见机会。此番谈话竟成永诀。

我在凤阳十八年，全家吃下凤阳农民种的粮食万余斤。剑英先生做成的事我非但不曾动过手，也从未想过该去试一试。相比之下，怎能不羞惭自责呢？

三

作为文字狱副产品的清代考据学，到了抗日战争时期，随着国学的上楼休息而苟延残喘，再未出现过凌越千古的大师参与引领世界学术。偶有翻案文章多昙花一现，远离老百姓而关注者极少。为这一现状不安者未必都是忧天杞人，他们生存的土壤几乎荡然无存，孤枝何处托？

剑英先生是我国考据学派最后的亮星之一。有关明中都的考定诞生于万马齐喑的年月，填补了空白，让"明中都"这一概念在学人们的脑海中死而复生，使我们对凤阳古都的建筑、人的生活状况、人文气息、典章制度，有了立体而又鲜活的完整概念。既说清了明初一段史实，又为当下文化遗产保护规划提供了科学依据，并将影响明天。在这一选题上，他是开山者。他使用的史料在明清并不罕见，却无人问津。先生的目光、胆识、行为，冲破当年笼罩全国的"大批判"、"影射史学"的牢笼。剑英先生的风骨更让我们敬佩！

四

今天，原创史学远远不及"剪刀浆糊"、人云亦云的"皇皇大著"多产，鱼多龙少，泥沙俱下。前几年检查中学历史课本，专家发现差错竟达几百条，让人吃惊。有的专史作者站在女真贵族立场，斥责汉人不该抵抗清兵南下，大言"扬州十日"、"嘉定三屠"是自食其果，持不同意见即"破坏民族团结"。种种高论，使愚昧的我读来头昏眼花，自叹浅薄。而读剑英先生著作则一目了然，平实质朴，言必有据，让史料和知识说话，侧映出作者谦和谨慎、尊重读者的美德，一点不浮躁，沉着自信，凡中见奇。其学风、文风值得赞誉。

这次由中国青年出版社印行此书，图文并茂，在当代出版史上值得写上一笔。

编者校勘文稿，认真负责，让作者辛勤劳动能为更多有心有缘者接受，并从中为中国文化打捞史料，功莫大焉！

好书不会为历史的灰尘所淹没。但古往今来被淹没的书，亦浩如烟海。著作家每每有幸有不幸。近岁出版的《凤阳县志》优点甚多，但书中大事记、人物传记缺先生姓名，总是憾事，说明先生遗著有人为遗忘的可能。今日先生专著得以出版，明中都文化得以流传，故对编者、出版者深表敬忱！

我不通史学。编者盛情，要我写几句话介绍此书。顾炎武说："人之患在好为人序。"故只敢写出比较"拿手"的自我检查，而真诚却无法掩盖学术含金量是零。罗老哲文有序在前，谨向读者专家鞠躬请罪！

读刘传曾诗选

一

我有幸坐在刘传曾兄家的小过道间谛听他读过十来首诗。乡音苍而微带沙哑、恬润畅和、造型力突出，书味泥香交织，逸韵悠远，印象极深。时届"吟罢低眉无写处"（鲁迅句），一语遭举报，无限上纲便能灭顶破家。而今迷恋网络的青年读起刘诗来声画微茫，连我几读从腹稿录出的打字本几经磨光，毋庸讳言，震撼心灵的魅力褪弱了。

二

孔子说："好之者不如乐之者。"

诗人灵气，学者苦耕不辍的宏毅，调动丰厚阅历蒸馏成的胆识，加上带有原创性的诗歌思维，情有所钟，方能化传统遗产为自身血肉。把古今好诗读透，长于文字表达者可作诗文。传曾兄是中级水准的诗人，这已是很高的评价，否则置屈原到聂绀弩等作家于何地？

他有坚定自信，唯恐辜负塑造诗人的现实。不断参悟，强化人品诗格，听从良知吩咐而外，无名利占有欲，自觉创作，无倦无悔，永持恒温。即使不写诗的后辈，踏踏实实，乐于为父老姐妹做些有益的小事，学得他的敬业精神，也将获益匪浅。

他的诗运用口语自然，遗产的乳汁显著又废除用典，本不难懂。读图与媒体的过分发达，使年轻人懂些外语的人比熟悉文言文者多万倍，疏远了传统诗词，不必大惊小怪。有小众接受便圆了他明丽严峻的梦。苛求于读者，何益于诗人？

读不懂明白如话的诗词不是诗人的过错，说不定是读者们另类的幸福。为夜歌流泪的人越来越少，恰好是诗人殷切的期盼！

倾吐是为了放下。行者无疆。也许等不到人性绝对完美，地球老娘就被若干代儿女们欲望毁灭！关心大地存亡，宇宙间还没找到第二个可供人类栖息发展的所在！为此节制贪婪，以爱给予同胞是最壮丽的诗篇！

三

对 1976 年天安门诗歌的评说，传曾的"红梅千丈雪，长夜一声鸡"是不该为国人忽略的一联。曾如杜甫名句："初闻涕泪满衣裳"那样使我们荡气回肠，豁然境开。后来重用，若酒比水，降格很多。此诗明艳庄穆，脱口而出，回味甘醇，画意生动，浓极成淡，独运天机，引发很广的共鸣基础。"江湖同白发，又挂一帆霜"，帆从上一句"风来棚似舟"拓展。少年夫妻老来伴，沧桑看惯，两心神会，越过得失，真情不改，爱在升华。"采芝驴背滑"古意与村野风情融合，芝雅驴俗，"滑"字不易用好，新不尖脆。"红重怜枝瘦，霜浓叶未衰。"上语化重为巧，下句转巧为沉厚，变换自在，隐去斧迹。"山静如太古，日长似小年"，宋人唐庚力作。传曾翻新"山静诗添味，泉温体转轻"。前句有人感觉到未必说得出。后句老年心得，青少年难咀嚼出浴后的身轻。"寂静心如水，朦胧景似诗"，止水，源头活水，两种解说相反可通用。朦胧突破了清晰，凡中得奇。习见与罕见换班，各得其所。烟柳得风而动，萍绿是朴茂，活力。"窗浮萍绿柳摇烟"两动词使物象占尽春雨夏岚。飞机上视角阔大，才有"絮铺千里白，天剩一弧青。""海水痕留石，春花红上楼"，"山气鲜于乳"，"肺苏朝露湿，梦稳午窗凉。"静游中提炼出常见景象中雅味，近于天籁。"随缘亲丽质，何必故园栽？"天天作客，处处故家。旷达，自慰，自得，自解，有缘无缘皆是缘，圆融减烦恼，活出了体验，诗材宏富，柳暗花明，善于发掘。积学是舞台，技巧是娴熟的表演，洗尽脂粉，本色风流，脱颖鲜健，是为上乘；化妆让人看不出来方为高手。情景水银泻地，无孔不入。

质重于量。"二句三年得,一吟双泪流。"古哲语从实践来。然改动过多,破气伤神。增一分太长,减一分太短。辩证把握,适度便佳。

四

炼意在全局,炼句重诗眼。

"盆菊过冬至,枝头才绽黄。迟迟如有待,抖擞作春光。"首句叙述,介绍;次句掀起帘幕,三句造悬念,末句主角登台,主题亮相,金鼓齐鸣。由小而大,言花及人,通俗上升脱俗。叹老、悔无成就而流连光景,乃至不服老,尽是司空见惯。欢呼后来居上的生命觉醒,点燃希冀曙色,给大家振奋的惊喜,遐思纷繁,余味萦怀,秀美烹调出壮美,飞跃在焉。

诗人一位老弟说:"首句可否改为'冬至惊盆菊'?枝头多,一枝春集中,唐人有美谈可启示。'才''绽'字不重复而意叠见,改为'一枝绽嫩黄'可行?"诗人拍手叫绝。当年未记,如他咏健忘老态:"读书云过眼,说话水牵丝。"可发一噱!逝者如斯生者老,雁飞未必尽留歌!

"汉末悲离乱,千秋尚感人。可怜来邺下,丽句唱生平。"此作乍读平平,实则谴责邺下诗人只记宴游、颂功德。曹操自己说过"千里无鸡鸣",白骨横野的状况。无人咏及,曹兵一再屠城,罪恶滔天。有美无刺,背离现实主义。故在小记中说:"诗可怜,诗人亦可怜!孔融族灭,连一个九岁的男孩和一个七岁的女孩也被追捕杀绝。"揭示曹阿瞒作为诗人、普通人,可以对战乱受害的无辜死者叹息;作为一心想做周文王,让儿子曹丕做周武王姬发,去灭汉夺江山的拥兵军阀政客,必然视生灵如草芥,二者不似一人,仍系一个形象阴阳两侧。曹操是否大奸臣、大英雄,不在讨论范围,从略。

"骨冷樱花雨,涎流灶突烟",春天有撒秧寒,插秧寒,多雨。大跃进挑圩工地的口号是"有雨大干,无雨拼命干"。棉衣湿后,虽在樱花怒放时节,也冻得发抖。夜二时半起床用餐,四点到水田,天未亮。九时后远眺烟囱煤烟,盼望早送午餐,田头可以小憩半个钟头。对仗工整,成长于温饱中的人会不知所云。传曾配享受考验，走出书房、教室、编辑部，直面真实是幸运。他早先经历单薄，半数以上诗的原始素材大大出乎他的想象。有一卷诗，在大野划了一条细线从人海消失。不同于砂粒，生死两无声。

《五羊新风》表彰广州市平地深葬骨灰盒七百七十六件，上种树苗，碧发摇波，生机勃勃。"魂安百花间，风雨清荫护"，"可以垂千古"。绿化与追远两不误，他主张推广这一创举。此作在刘诗中不是上乘，眼光可嘉。上两段拙文平庸，肤浅，但从一片树叶，一个年轮说明：是诗人不论被投置于什么地方，温寒、远近、顺逆，诗句总会奔向他的腕底，开出诗之花，展示人与诗的光焰与弱项。雨露冰霜作用各异，塑造人和诗皆是不可缺少的因素。

五

"诗无达诂"说较极端；诗具多义歧解是实情。他富于正义感，尊重历史，热爱中华文明，视百姓为衣食父母，教书认真。离休后义务参与编《安徽吟坛》，逐字选稿，作者来信亲笔复书，口碑良好。他早年毕业于无锡国学专科学校，师事唐文治、陈衍、朱东润、马茂元等著名学者。1982年评他为讲师，有诗律己甚严："已无牙一颗，白发满头生。何德何能寄，深惭赐职称。"诗受称道，他答："衰残哪配作诗人？全是天公玉琢成。""自问'鼓呼'无胆识，白头终觉欠人多。"（用彭德怀"我为人民鼓与呼"说）肺腑赤忱。

剖视社会，千人千面，各为典型。个人遭遇及作品必然代表特定时空里的若干人，产生认识生活（史料）和审美双重价值。能否为有心有缘小群体发现认同，不寄奢望，乐于埋没，以免失落，高于把一粒稻种盲目夸为明珠。

人性弱点，历史烙痕，客观存在。传曾兄及他的诗有瑕疵，他的儿女们不习文科，试印此稿广求意见，为正式出书减少失误，孝心让我感佩！论及学识才华，传曾兄应该有更多好诗。现存作品未尽其才，值得惋惜的何尝仅他一个？有胜于无，尤其是史料性实录。年老多病的他已尽全力！

文学史巨筛昼夜狂摇，精选把真话说得尽善尽美的传世杰构。人为抬高贬低，

刘传曾

刘祖甲画

"可怜无补费精神"（王安石语）！

"文革"出门极少，偶遇以平等待我的弟兄，对视片刻即说尽千言万语而别。有时路过故人门前几度徘徊，能一晤侧影，或听到两句响亮的语声，怕来去匆匆增加他的伤感，或碰上造反者节外生枝，不想离开，只能迅行，沿途品味他们健在的大欢欣，获得生的勇气与温暖，古老神州的脉搏顽强地在我耳边朗朗大笑，炽烈从容，刻于心版。

传曾兄离休后，又避强势邻人寻衅，携嫂夫人飘泊南国两年有余。我末回造访，彼此说过几句身边亮色信息使对方高兴，都知道水分不少，心照不宣，怕捅破泡沫。相对四小时，满足于无声交流。诗歌家事全未涉及。午夜握别，想不到竟是永诀。公交车早停，行人绝迹，寒风呼啸，路灯半熄。独行两个钟头返回南郊弟弟住处，围被倚墙而坐，双腿半瘫如木棍，眼似火燎，倦极失眠，鸡叫两遍，装一脑袋奇怪的麻木、苦辣酸甜百味休眠。傻瓜一般仰望天花板上，远离逻辑的无画之画持久地出没闪动……

放笔之际，对那晚独一无二的况味与极少入梦的诗人，有说不尽的思念。

《竹林籍咸集》引

一

  理论家将诗分类，可以有数十百种。我以门外汉分类只有两种，即给人看的与给自己看的——浅陋是肯定的。前者包括应制、试贴，广义而言，病态文体如二三十年代的要人通电，后来用尽人间好话的致敬电，都可以算进去，并且十分难能，甚至登峰造极，成为人类文化史上奇观，使一般的颂扬盛世与表态发言的韵文黯然失色。后者是面对世界和历史，自知渺小，蜂歌蚁步，自生自灭，无传世幻想，写来轻松，内容虽偶有"留心千古兴亡事"，更多的是"注意四时冷暖居"。无非小小百姓的喜怒哀乐，有点温柔敦厚的呻吟而已。不能小看，人们乐于敢于以诗自娱，也是无数先行抛头洒血的成果，是时代的显著进步。因为衡诗者比失业的文字狱专家们高明得多，懂得人要宣泄，牛也有不听话发犟脾气的时候，无妨它甘心献出力量于生前，又献出皮、肉筋骨和牛黄于死后，全身无废物的真诚。一两回嫌水浑草少，应当理解，哪有一根反毛？

  写诗是难事，一代名家的艾青、臧克家、贺敬之写起传统诗词，往往在声韵上不能自如，而又少直言者批评，发表之后效果可知。格律对大师来说非但不是镣铐，而是一种特殊表现手段。以格害意，大可不必；漠视格律未必是好诗。合理突破，我也赞成，一点不保守。

二

  乡贤吴静修翁，擅岐黄术，名闻枞阳、桐城、庐江诸邑。救死扶伤以千百计。避世廿余载，无口不碑，光焰不熄。翁读书过目成诵。时时以临床渐悟参证而得顿悟。惜乡土情浓，未入通都大邑以广其能。虽成就过人，如大画嵌入小框，难尽其硕才博识。翁自幼嗜太史公雄文，岂不思囊括山川，吞吐万象？盖少贫乏川资，弱冠负家累，冯唐易老，尽敛锋颖。同行以"骄傲"、"清高"视之。"文革"中被逐出杏林，生计维艰，时受无赖训斥。忧民忧国，唯天可表。四凶滫除，翁已患癌症，闻之欢欣雀跃，卧床吟哦，喜不能禁。死亡迫在眉睫，亦不顾也。人生几何？受此于民族、乡邻无益大苦痛。责其未能振翮九霄，孰忍言之哉！

翁久居底层，诗思泉涌，只得自我抑制，恐留片纸只字而祸延家族，岂敢披肝沥胆，高歌遏云而无所忌？暮年忆存，大都遗忘。稍有刚骨诤言，不愿录存。故今所刊诗稿不足以凸现翁之全貌；然非此吉光片羽，更无以识翁之高洁诗心。"秋波浩淼失《离骚》"（鲁迅佳句）非翁一人。慰情聊胜于无，以一井之天想象星空，一斑之毛思豹全貌，乃不幸之大幸。翁诗接近口语，用典少，情真意挚，火炬低垂，不失明丽。诗在，明家宝之，何劳不才饶舌？

三

老友吴拯心善肠热，安于平凡，处处忍让，又仗义快口由衷，才思敏捷。嗜书如命，几番抄家，夜不能寐，束带如狂，无声大叫，眉欲竖，目欲裂，耳鸣怒雷，口衔黄连，其巨大哀痛非常人可知。兄生命顽强，屡受掊击，复能挺直脊梁，颈硬如树，膝坚似钢，姜桂原性，崇善忌恶，肝肠沸腾如钢水，忘身家安危。急助人难，慷慨不让其购书。其貌至凡，如村塾夫子；其品至奇，岸然伟丈夫。三世儒医，兄继家学，又遵静修翁训，吸收西医药之长，无门户偏见。虽不克摩顶放踵，但尽心尽力，视患者如亲人，为贫苦者义务出诊，乐善好施，人多奇之，兄淡然一笑而已。

他是上下之资，起步迟，精研一代一家的功力不足，对诗之源的《诗经》、《楚辞》根基稍弱，结出中等之果，自学时间百分之九十为非艺术因素（他主要精力放在研读岐黄为人疗病上），鲸吞蚕食，然节衣缩食购书。兄寻缝插针，苦读勤抄，辅之以沉思，见之于实践，一灯静对，顷刻忘机，不觉雄鸡三唱，两足如冰。即碾药时手仍持卷，垂六十年，滴水成河，医文诗史，触类贯通，气质健雅，永无倦容。有此造诣，已经不易。

兄诗甚多，入选本书仅四百余首，重质不重量。字秀句厚，怡然自得，不趋时髦，一气领先，余韵袅袅。集句更擅胜场，天衣无缝，如自灵台汩汩流出，时人仰慕。

兄为人写诗合一：人即是诗，诗亦是人。无矫饰，有回味。唯畅多于涩，熟后回生，铸境遥深，迸发英光劲采，潜力尚大，吟友寄予厚望焉。

我序吴兄诗作本不相宜，因为我还不会作诗，仅仅因为在炼狱中受过共同的超度，使我们睁开了天真的眼（睁开之后仍短视，那也比闭上过一生好），在一天十六小时的繁重劳动中流过相同的汗水；在船尾共披一件雨衣；在东至昭潭山村共卧一块门板，满脚打泡，夜间用针穿上一根头发穿过，再滴上煤油打成死结，第二天仍是九十华里行程的接力运输，肩扛一二百斤重的木头，全心诚意地破坏生态环境，不由自主地陷入愚昧的泥潭。后来在合肥见面热泪横流；安庆重逢又如隔世。

兄笃友情，施恩尽忘，受恩则反复感德五十年后仍赞美不止。1957年初入农场，妻奉命离婚，兄痛不欲生，诗人彭拜正色厉声相责，乃幡然悔悟，放弃短见。去岁聚首北京，历历绘声绘形，怆然涕下如赤子，予甚钦佩。时兄已耳聋四年，彼此对坐，各说各话，皆能神会，绝无阻隔，后辈大奇，谓平生仅见。为诚能通灵一例，易人则不可行。以我与兄学历原可成文盲，他以顽强求知欲，拯救自己，比我坚忍而勤奋。写此小文，充满愧疚。

正是：

诗供己读浮辞少，箭自亲来隐痛深。
杨柳枝头春雨足，天涯到处有知音。

一九九八年八月二十五日于北京

《咸阳宫》序

"刘琨一死无奇士，独对荒鸡泪满衣。"幼年读陆游这两句诗，只觉得放翁报国无门晚景寂寞。将近半个世纪之后，读林鹏兄以毕生知识储备写成的《咸阳宫》，恍然有所悟。若将刘琨英名，换成以自身灭亡象征百家争鸣时代死去的吕不韦更为恰当。吕不韦在林鹏笔下洗去尘垢，恢复了（其实是创造出）思想家政治家的本色。我以为这两句诗很符合作者在漫漫长夜中纵情挥洒，俯仰古今于瞬间的意境。

林鹏有深到骨髓的历史癖，酷爱研究英雄辈出思想界万马奔腾的春秋战国史，如醉如痴，老而弥笃。他以赤子之心的爱国热忱告诉我们，如果先秦诸子的民主意识，得到充分的发展，封建长夜不会延续两千多年，中国将是科学文化最为发达的一流强国。林鹏兄从前是个小八路，一生坎坷，历尽艰辛，后来发愤读书，三十年如一日。待到花甲之年，忽然写起历史小说来。如此长篇，率尔操觚，洋洋洒洒，居然左右逢源。阅读书稿时，我很激动，思绪万千。吕不韦确实了不起，就把本书题为《吕不韦》，不为过。吕不韦继承了先秦诸子的各种优点，柔刚兼具。他的柔的一面为张良继承，先后都胜利了，当他发挥刚的一面时，就失败。而林鹏兄只得到他的刚的一面，在仕途上只好做个失败者；然而在思想上，尤其在文化素质和艺术造诣上，他必是胜利者。他的思想常常闪动着罕见的微光。就像萤火虫的光亮，同繁星相比，其中容或有不甚恰当或说不甚成熟的地方，但都是燃烧生命的产物，又久经流年冲洗，拓展提炼，不断升华。林兄是个急于要倾诉胸襟的人，他终于尽情地倾诉了。我认为，值得珍视的正是这倾诉本身。

无论张良多么伟大，他没有留下片纸只字，而吕不韦却留下来一部完整的《吕氏春秋》。这正是刚的一面在起作用。伟大的理想主义，阳刚正气，永远激励着世人。而林鹏正是以《周易·乾坤》"终日乾坤"，"自强不息"的精神艰苦奋斗，默默耕耘，对于一切无故飞来的迫害、摧折、白眼和冷落，根本没有在意，终于获得了几乎"旁若无人"的坚劲意志。我认为，他在《稿本自序》中写道：进入老年以后，他常常用伍子胥的话激励自己，"日暮途远，吾将倒行逆施"。写作《咸阳宫》时，叫作破坏性试验。这种越老越拼命的毅力，特别令我敬佩。林鹏兄也是从战争年代和历次政治运动中走过来的，他同那些经历相仿的老同志相比，得到了大量知识，结出了巨大的成果，肯定地说不在于天才，而在于勤奋。

本书所描绘的只是在秦王政（登位后的秦始皇）举行冠礼前后不到一年的事情。此前，吕不韦忙于编撰《吕氏春秋》，太后和她的面首嫪毐把持朝政，并且有篡弑的阴谋。王弟长安君成蛟得知这一阴谋后在屯留前线举行起义，扬言要打回咸阳消灭嫪毐。嫪毐在阴谋败露后发动暴乱，企图一举消灭秦王政、成蛟和吕不韦。秦国的宗室大臣们一向认为吕不韦游说异人继承王位是杀嫡立庶，而《吕氏春秋》的公布，使他们认清了吕不韦的真面目。他们暗中支持嫪毐反对吕不韦，并且进而发动了驱逐客士的运动。秦王政多病而且多疑，只怀疑成蛟有篡弑的阴谋，却突然落进了嫪毐的陷阱。秦王政在依靠吕不韦消灭嫪毐之后，为了适应宗室大臣们需要又下了逐客令。后来逐客令虽已收回，却罢了吕不韦的官，随即又令其自杀。这中间还穿插着蔡泽、朱亥、茅焦、燕太子丹、朱英、樊於期、韩非、李斯、尉缭、赵高等人的活动。他们都是这段历史中的真实人物，加剧了这次历史斗争的激烈程度。如此众多的人物，思想性格不相同，变化开阔，井然有序。其中有轻生死重然诺的侠士，有满腹锦绣口若悬河的策士，有肝胆照人的豪客健夫，有玩弄手腕工于心计的政治家群像。作者试图把历史家稽古钩沉的功夫，小说家传神摄魄的艺术手法与政治家的侃侃长谈熔为一炉，从而创造了一种新的文学样式：史论小说，群而有像的评传小说。书中有许多评论，比较现代，比较深沉，证明历史小说正在向历史哲学靠拢。

枫林拾翠

　　艺术样式本无定则，她随着文艺史的发展而不断创新，不必强求一律。只要自然，有可取之处，便应该受到尊重。创新之作，未必一定成功，所以也就不必求全苛责。本书较为独特，虽然不会使人人感到可贵，却是一部难能的拓荒之作。极强的理念（是人物，不是概念！）增强了本书的厚度，同时也相对冲淡了形象的塑造。然而这正是本书的特点。它不是鲁迅所说的充满烦琐考据的"教授小说"，却承载着丰富的历史知识。作者似乎不大注意发挥自己所具有的写人造境的超乎一般的能力，不屑于描写琐碎事物，画卷浩瀚，底气健旺。几番打破辛辛苦苦铸造起来的历史与艺术气氛，突然自己跳出来发一通题外的"空论"，然而仔细阅读这些"空论"，读者会发现在一把豆子里藏着两颗珍珠。喜悦的心情比起在满把珍珠里发现两颗豆子要高出不知多少倍。这使我感到，原创之作极容易受到非难，因为它确实存在着缺点或说弱点。然而仔细想来，作者写此书费尽一生精力，编者审校也费数月之劳，读者读来不过费两三天时光，难道读者能发现的缺点，作者和编者在长时间的琢磨之中就不能发现吗？当然不是。发现问题比较容易，解决问题却很难。拓荒新作，是新思维方式的产物。虽然发现了弱点，当局者却无法跳出比较凝固的思维定式，只能故作如是我云。我相信有阅历的读者一定会赏识他。这些人和本书一样，具有常见的缺点和不易遇到长处，彼此成为知交。

　　书中的吕不韦，无疑是一位伟大的思想家和政治家，高度觉醒的哲人。他太爱秦国了，所以要限制既得利益集团的膨胀，这样反而遭到秦国保守贵族的放逐和杀害，他在死前不久对张良说："你不要过于钟爱你自己的东西，尤其是你所创造的东西。"这话非常发人深省。从吕不韦的悲剧结局，有些地方像屈原。当然这只是相似而已。在才气、地位、见识、文化素养和历史条件上，他们绝不与任何艺术形象雷同。林鹏认为，吕不韦的个人悲剧，不仅是具有先进思想的三晋客士们的悲剧，而且从历史的深远影响来说乃至整个中国的悲剧。这同从前也有人把屈原——楚国——中国的命运打着等号。当然，作为浪漫主义创作方法倒也无可厚非。历史的真实情况是：什么样的百姓，出现什么样的政权；什么样的政权，造就什么样的黎民！

《咸阳宫》序

林鹏对吕不韦是自杀、赐死抑或自然死亡做出了新的解释，我为这种新解释而击节，书中有许多新见解，有许多艺术个性较强的构思。当我读得很兴奋，同时又感到不满足：觉得怒涛从天而降的高潮没有到来，潜力还有发挥的余地。这种遗憾是源于对本书的爱。书中不缺乏精彩段落可称神来之笔，读者一读便知。书中的主要人物，如秦王政、吕不韦、嫪毐都写得很好。即使一些次要人物，如李斯、韩非等，也很精到。林鹏的叙述，对原有的文献根据做了自己的阐释，如《李斯的性格》一章，把李斯的自私心理写透了。文字不多，点到即可。林兄熟悉秦文，对李斯的《谏逐客令书》的评价独具慧眼。不过，如果把这些话让书中人说出来就更好了。作家不断发出议论的急风，惊落了自己巧思的蓓蕾。这是由于用笔过疾，沉涩的笔触和细腻的表现显得少了些。这又涉及另一命题：表现与叙述的矛盾，东方伟大的写意传统与西方写实主义表现的矛盾。读者在读林鹏这种文字时，如果心中想着西方文学大师们的写实主义模式，会感到略少饱润。超脱一点说，遗憾也是一种艺术效果。

表现与叙述，或说咏叹与宣叙，都是叙事文学必备的元素。成功的叙述与表现，都是高级艺术品。二者本无高下之分，但又确实存在本质的不同或对立，常常使作家为难。中国古代小说，从先秦到汉唐均以叙述为主，贴近我国的史传文学。他们不强调在表现中叙述，而善于在叙述中表现。这就是通常所谓的写意。我想在此着重指出：写意乃是中国艺术的灵魂，尤其中国的绘画，那种空灵而深邃的意境，让白雪和翠荷响起复调二重奏，从根本上打破了时空界限与写实主义的艺术原则。王维的手迹已不可复见，但是我有幸从著名画家宋文治兄家里，借阅过查士标的《荷塘梦雪图卷》，是造境抒情杰作，但从西方人的审美观点来看却同写实相违。西方的文学大师们善于在表现中叙述，却不善于在叙述中表现，单纯的叙述会使他们的文字变得沉闷而松懈。只有罗曼·罗兰的《约翰·克利斯朵夫》一书长于此道，百余万言如长江大河腾泻。他的叙述虽然精妙，但仍是写实的，同中国古代的史传文学相比，仍然有些逊色。丰富多彩的汉语汉字，惟妙惟肖，传情刻骨，相当于中国画写意中的笔墨功夫，生动而有韵律。西方的艺术家们总有一天会认识中国传统美学原则的妙处。那时候他们会恍然大悟，豁然开朗。我非妄自尊大，也不妄自菲薄。近代以来，西学东渐。要知道，近代的中国，已经不具备汉唐时代那样消化外来文化的好肠胃，毋庸讳言。从西方传来的新思想新艺术，在中国所起的积极作用有目共睹。但这些洋东西，洋形式有很大的局限性，它使中国固有的传统艺术渐渐萎缩，妨害我们公正地对待自己的文化遗产。懂古代文章书画的人日益减少，新的经学家、史传文学家难以出现。这一切都值得深思和扶持。

林鹏兄是中国大地上生长得普普通通的儿子，自学成才，读过不少从外国翻译来的文史哲专著，以及"五四"以后的新文学作品，但他用力最勤的却是中国古代的典籍，有许多新见解，通读本书便知。《咸阳宫》的写作，有东西方伟大文学给他的丰富养料，终于获得了不容置疑的民族个性和东方气派。长期的生活实践，深入的比较研究，以及北方乡土的芬芳，使他在艺术的原则性上绝不比同类小说差。这是应该肯定的贡献。小说再现两千多年前秦国的生活场景是多么困难，读者的要求各异。充分理解作者探索艰辛的知音，不会很多，但会逐渐增加。有些书争论许多年，才能达到相对一致的看法。林鹏自谦为渺小，却是强有力的。《咸阳宫》的长处与开掘精神，证明了中国古典文艺传统强大的生命力，依然闪烁着耀眼的光芒。

1991年4月初，我拜会了林鹏兄，作了相见恨晚的长谈。他说："当时一面工作一面写作，想到哪里写哪里，仿佛要说的话很多。顾不得描写生活琐事。写完以后仔细一看，粗糙不堪，简直就是一张草图。"我说："那就增加一个副标题：《悲剧草图》，如何？"林兄拍手称善。我写得太冗长，请读者打开小说，你已经站在历史与艺术双重冲击波的轴心，峨冠博带的吕不韦带领他的群僚，正在洞开的时光门庭迎候着你。

一九九一年四月六日于北京
《咸阳宫》北京出版社一九九四年九月初版，
二〇一五年六月人民文学出版社重版

回归平凡真实的人性
——评《畸零人》

精神与物质生活深广无涯。艺术家带着胆识、特定时空给他的视角与情感，让他有所强化有所筛选地创造艺术品。现代思潮涌现出的主义已超过半百，作家出发点与表现力各异，从普通自然主义的镜子到放大好笑局部的哈哈镜，无奇不有。但告诉我们的还是两句老谚语，都源于奇而不奇的现实：

"阳光下没有什么新鲜东西。"强调不变或少变。

"月光下没有永恒的东西。"强调时空变动不息。

我们从丰富到单纯、有限到达无限，仪态万方九九归一，让欣赏者感动的，只能是作品中和他们心灵有无形隧道相通的内容，孤岛没有触须的虹桥伸到海岸，就与大家隔膜。

中外经典名作浩如烟海，人活千岁也看不尽，广泛为人们喜爱的只有几十本书。说的话仅三句：

"人应当怎样活着？"

"人不该这样活着。"

"他只能这样活着。"

两读《畸零人》，还在随手不断前后翻阅，感慨良多。限于表达能力，因说不尽反而说不出，为一群不该这样活着的芸芸众生咀嚼挥之不去的抑郁。我没有悲悯的资格，从万米高空的飞机上遥望人间，自己小到连蚂蚁也不够格。而抑郁正是艺术冲击波的后劲，早该仰天大笑，我多迂啊！

以四百〇七年前出世的堂·吉诃德为排头兵，到五四后小说、散文里的淡淡哀愁，"多余的人"排列成了百里画卷，以他们含泪的微笑换得几车皮同情和批评文字。该得的、多余的、忧喜参半的各呈本色。画中群体的道德身高和文化体重升降浮沉，目不暇应。十月革命后颂歌响彻九霄，高大全英雄占领了所有文艺作品。史诗《静静的顿河》中的葛利高利，《日瓦戈医生》一书的主角，跟普希金到阿芙乐尔一声炮响前的《罗亭》(屠格涅夫著)、《奥勃罗莫夫》(冈察洛夫著)的主人公差别很大，但不排斥仍有丝丝缕缕的关联。悲剧潜流、民族个性、作家气质偶有闪现。流亡欧美的梅列日柯夫斯基、布宁、纳博科夫的小说里更见蛛丝马迹。1949年后，中国多余的人似乎少极了，乔章儿孙的核心美学找不到适合胚胎，欠缺生的才华，而退出文艺作品的殿堂。"文革"中的跳楼者，近来的商业破产者，躯壳均较单薄，幽灵们削尖脑袋也钻不进两种人的皮囊，借不着还魂的尸体。他们也许浪费过分贝太低不入耳的叹息，也曾振作精神顽强地改变思想语言习惯，按估计行将走红的角色反复修改化妆，油彩用完来不及定妆，那预计出现的人物已趋于过剩，他又多余。安顿方寸不赶时髦，吃一份龙套的盒饭，有流汗机会就拥抱了希冀啊！

　　对作家而言，把多余的人请进作品，化验到个性内核，多余立刻转化为罕见。小人可恨，小人物却很可爱。后者缺点实在颇多，大人物就完美如神吗？如若调换视角，尊重孔夫子说的"观过知仁"，缺点又涌射出长处。写什么固然重要，怎么写更重要。写好了，写活了时代本质就能传世。

　　乔章是个多余的畸零人，本书跟西方文化无血统关系，乃独立创作的标准国货，填补了八十多年来同题材小说的空白。乔章拿到了出生证，就是文坛比三十年前宽松的实据。"文革"时的青年们今天事业有成，地位显赫者不乏其人。就长篇历史小说创作而论，未必有几人比本书作者高。坦白承认：我无学识才气写成此书。处于潜龙卧虎的无名大师尚未亮相。有名大家行列中能驾驭这一题材达到骄人的成就，文化大省中找得出三两人吗？愿专家学者教诲我！

　　翻一翻阿英的《晚清小说史》，和几本资料丛抄，就能看到民国前夜文学创作数量很大，大浪淘沙，而今还拥有读者的，百不存一。刘鹗的《老残游记》小序短而弦外之音袅袅，阅世很透，行文如明湖居听说书是不朽的美文。铁云先生反对革命维护清廷的立场，给书的思想高度打了折扣，揭示清官酷吏刚愎自用，言前人之未言。遣词如"秋山红叶，老圃黄花"，炼句有些过头，书卷气比本书浓，都是不争的事实。类似《说书》、《武松打虎》(《水浒传》)、《舌战群儒》、《铜雀台射袍》(《三国演义》)、《黛玉葬花》、《焚稿断痴情》(《红楼梦》)等名段，本书暂付阙如。也许还能亡羊补牢，作者有此能耐。

曾朴名著《孽海花》成书晚些，把眼前事演义，人物生动，往往近于影射，笔力未达遒劲处略见活报味而降了格调。继两名著再写这段岁月的小说，李劼人先生的《死水微澜》秀出一枝，婉讽市井人物原生态的笔触老到，地方风味美如川菜。战争、政治运动无书不可批判，作者心有余而力不足造成歉收。梅翁本着"小说被认为是一个民族的秘史"(巴尔扎克名言)，大胆尝试，敢接过前辈的笔积极进取，需要见识和勇气，更期盼着理解与批评。有了发电厂，灯泡方能放出光。

熟知两地或多地历史沿革、风习人情者我几次遇见，但深悉消逝百年的帝都、河南官绅商民各色人物鲜活生态的作家，仅梅翁一人。他写此书的艰辛连我也觉不可思议。1900(光绪二十六年)至1916年(民国五年)两朝两地社会，不可能亲历。他没有文凭，在工厂靠做体力活养家，下班回家疲惫乏力，史料多是难懂的文言文，又无名师指导，考订口述材料真伪偏颇，全赖水滴石穿，持之以恒，找缝插针，化零为整，先通主要脉络，长期储存的人际关系感悟以今鉴古，推己及人，设身处地为乔章、英诚剖析环境与自我，时时严格审问自己良知：此事放在我身上会有何疑虑、方法、后遗症、连锁反应，是是非非，一一落实到人性，找准行为和言词(心理动作)再落笔。起稿之初计划庞大，节制不够，又是处女作，缺从容不迫的雍和气度，结构密度不尽准确，偏详偏略随笔适性。能称职地完成文本，交给时间去考验，认为此书前途一定乐观悲观都失之片面，耐心的有缘者细细品味，或可引发洞幽烛微的遐思，见智见仁，得些美学愉悦，不会空网而返。其实，从深层感化了二三凡夫，书就没有白写。读者排队去买，一印百万册的书也能成为明日黄花，世界名著印几千本二十年没有买卖的事也不足怪。写作，走自己的小路，过清静余年，毁誉不计才是汉子。

笔者行将就火，怀着无能者的清醒竖读史册，横读大地，世上最难办的事莫过于让人潜能的发挥、德才的健康成长。诱惑太多太多，构成过眼云烟的万花筒，种种非艺术因素有效地旋转它，加上我们心底层人性弱点片刻不停地躁动，成功、失败、荣誉、仇视者特别是至爱亲人、师友后生们并无恶意、仅仅是聪明的愚昧作怪，横加误解、打击、嫉妒，滋长才人的自大、自馁、自我怜悯，分散精力——忘却生命有限，看不到死神的警示，毁过多少仲永，连王安石那样的叹息也来不及听到，原创力就停滞。或者被过头的名利麻醉，心灵休眠，剩下蹩脚的外壳，把失败当成就来放大表演，架子猛烈扩张，让一个可怜的人不认识自己是谁的喜剧史不绝书。我知道作者的坚忍与软弱，"劳其筋骨，饿其体肤"是上天对他的厚爱，他应当克服两分腼腆走到大吊灯的一侧来感激默默无闻的知音们！对读者最佳的报答是搞好健康，延缓思维和体力的衰退，广泛听取建设性的建议，使本书再版时笔墨更集中、精严，改成一条袖珍的山脉，每章有高峰，全书谢幕前有旺盛生命力，用笔代指挥棒，让登场人物协力吼出凡人们对后代的大爱，呼唤珍惜生命，创造"爱地球，爱人类"、见大忘小的最强音。此后便从一切热闹场中消失，欢天喜地，被人遗忘。再替父老姐妹家人做些力所能及的小事就更完善，做不成也不强求。做好一个普普通通老汉，理得心安。兄弟，你已经完成了力所难以企及的工程！

　　作为实大于名的印人书家，你可以为书中人随手写出符合角色教养身份的诗文；可以像法学史家那样谈论清代刑律；可以像掌故学家那样写出太监们讨债鬼似的索贿而念念有词，行板如歌；可以不算门外汉那样倾诉验证主人公的遭遇佛学要言不烦；可以了如指掌地介绍京豫美景，用色清淡，巧媚不着。至若论诗品画拍曲，为书中人物特需作布景，三言两语，百字之内，继承《水浒》、《红楼梦》的闲笔不闲，来不惊人，退场无痕，为人的活动添点味精。官场利害，大人物的无能无知无耻，地方黑势力的活跃与沉寂，不卖弄，不冷场，墨尽意未销。目不揉沙的冷漠与两肋插刀的义气碰杯，大体真切。诸多侧面与插曲服务于主题，为此书夯实了墙基，展示了毫不张扬的优势。

　　本书主角让作者费心最多，给予他几分怜才而伯乐不常见的同情，洞察他许多罕见却只能坐冷板凳的长处。

他天资聪明，观察世事有独到的敏锐大胆，每每以招人艳羡与厌恶的直言，或一语中的，或寥寥数语从正反侧三面揭示事物的真相，或引经据典，剖析透辟。无论自我解剖或忠告亲友弱点，都直指痛处，不留情面，却恰如其分。书中比比皆是，就不一一征引。

他跟屠格涅夫塑造的罗亭同样能言好辩，却没有罗亭为革命死在战场上的好结果。屠氏不理解革命，写不成壮烈牺牲的战争场景，只是在屠格涅夫独有的结尾中作了一句交代，毕竟使形象和空谈家拉开距离。正义感与直言使乔章成为黄豆地里一株孤独的高粱，官僚商人都不能容忍这类显著的异己分子，性格决定命运，畸零成了他逃脱不了的归宿。

乔章喜欢女人，他不具备贾宝玉那样锦衣玉食的上层出身，似乎见一个喜欢一个，但又不尽然，他对二妞儿一见钟情，她的终身不嫁，喜欢缺点成串的乔章是主要因素。这对自己与对方都构成折磨。男方受的折磨又是她某种痛苦的快乐，作者对此种男女心理揣摩合度，和弗洛伊德学说无涉，是勇敢钻掘人性的发现。大乔章一岁的芸香是友人文弼送给他的小妾，他对芸香的美丽很动心，后来还是下了决心托媒将她作为表姐嫁给高举人填房，办过此事，他又后悔，忘不了芸香的秀美。她回来看望他表示甘心回来作妾，他又断然反对。这些跌宕起伏丰富了乔章的性格。妓女素君、圆房的陪嫁丫头巧儿、被他单相思过很久的憨妮儿，狂想中几度销魂都当是真等等，一个女性一盏灯，照亮了他诸多侧面，立体若浮雕。道德、理性、法律均系一定文明条件下不断完善的产物，逐步削弱了人作为动物生理本能欲望，创造了爱情。透视一个常见男性频频发生的性爱冲动，比颂扬装腔作势的假道家更真切。马克思说过："每个男人都梦想过多妻。"一生仅仅对一位异性动过心的人几乎不存在过。文明的自觉，法的保障，才制止一回回幻想，在客观上找不到出路时只能秘密地让它枯萎。恩格斯说过：爱情是一种最崇高最个人的痛苦。也是透视人品质的神镜。被皇帝们奉为圣人的孔老夫子也想见见南方美女南子，何必苛责另一时空里的乔章呢？乔章同二妞儿、芸香没有床笫之乐，可见还有所克制。他爱二妞儿又明媒正娶县令之女李蕙儿为妻，感情良好。婚姻与爱情的统一对他很遥远。

友谊是枯涩人生长途中不可缺少的润滑油。管鲍之交、诤友、益友、良友、生死之交，不断受到赞颂。利害冲突，意见分歧，朝夕共处与几十年阔别，恒温如故，总是人们的向往。英诚学识渊博，重视婚姻，从不拈花惹草，玉树临风，情采翩翩。他与皇帝同宗，跟上层大臣有来往，颇得信任。他和乔章交往贯彻全书，两个艺术形象相互映衬，彼此受益。当中有过矛盾争论，如明末袁崇焕名句所咏："欲知肝胆同生死，岂为安危定去留。"英诚被革命志士炸伤、去世前后，是书中最具吸引力的文字。深沉、哀婉、饱润、长歌当哭，内力充盈。不因英诚忠于爱新觉罗氏而被作家漫画化，他对乔章的豁然大度，乔章对他不计得失，亲逾骨肉，有声有色。英诚之死说明任何禀赋优异、才华横溢的人，只要依附一个不得人心行将灭亡的没落政权，一到除旧布新的大更替，和英诚同类型的大才，只能为清王朝殉葬，做不成利国利民的壮举，惋惜不能改良他的命运。说他的死加速了清王朝土崩瓦解过于夸大，对本书而言，英诚之丧悬念急转直下，尾声虽乏异峰突起，读者对不算拖沓的结尾会失去阅读耐心，感到审美心理的疲倦。主角的性格没有发展余地了。

作者触及义和团事件的前因后果，参与者都写作凡人，不像封建史家一味丑化；也没有给这群人脑后添个光圈，用红大闪亮的手段无限拔高。着墨少，处处求真，符合心平气和的读者群的想象。

写北京风云或日常生活，用洗练的京片子，畅而不滑，活泼庄重，摹儿女口吻尤其传神。如二妞儿去卧室之前，"将一样东西塞进乔章手里，'给，拿着。要是洋兵进来，您用这捅死我，我喜欢！'说完跑了。乔章手里是一把匕首，他愣在院子里。"纯粹的深情，视死如归，交代得轻松，看得出姑娘的教养与尊严。

故事的舞台移到作者故土河南，从母亲接上了农村地气，亲戚朋友言谈的浸泡，叙述概括了易懂的方言，刚中寓柔，果断干净、脆响，是陈素贞、常香玉祖父辈说的话，不花哨，色彩鲜明，听来亲切。首都之外，篇幅超过一半的乡村，泥香味浓，书卷气少。二者衔接见不着斧痕刀印儿，转换得自在。秀才、族长，跟农民、混吃佛爷饭的和尚，声调口气，紧扣处境；丫鬟、小媳妇、老太太、小店主妇、江湖豪客、商匪一体，因人用语，从不一锅煮。

万事起头难。相当壮观的小说主体达到了多方成就，遗憾总在所难免。主要人物除乔章、英诚两家，豪气逼人的三爷，有点阴鸷而重江湖侠气的弟子文弼，精细多谋金盆洗手想跳出三界五行的徒孙孙布筹，老实并不简单，办事妥帖面面俱到的另一徒孙刘云轩，把这批人写活，便趋丰满，因事设人，事过报废，后面不再出场，没有行为，读者印象浅，姓名记不住。李渔编剧强调立主干，去旁枝。吴承恩让玄奘带着三个弟子上西天，沿途少找临时工。如乔章去憨妮儿家，接待由孟拂尘出面，三个儿子后面无用，最好略掉。老举人还可作为族长再露面。大凤有父韩老根，小凤夫妇可以割舍。乔章吊表兄之丧，介绍九个客人是赘笔，留一麻面对话，此公中可在庙里抄经，与郑彬合并，日后在京可同事，上八大胡同一行可重逢……由此类推，大大收缩编制。

生、死、爱是永恒主题，作者起肩时挑的筐太大，沿途投放入一些次要人物，后来嫌重，一路上又捡出一些扔在路旁。减负的办法之一是死人，若死一人对生者性格有所推进的感人篇章。如李斗焕、英诚的死亡不可删除。刘云轩、文弼之死起不到同样作用，总觉得把地犁浅了。仇杀之事当时豫省常见，争权夺利，草菅人命，小题大做，江湖世仇，永无了日。侧映文化教育落后，人的心胸太小，目光短视。

乔章善良，受害时骨头不软，但到报复时便手软。末章叙他策划报仇，训练杀手，裸露社会混乱，使他变态。杀机留下身心双重顽疾，两岁幼童无辜毙命，愚昧残忍，嗜血红眼，真而不美。狭隘使我窒闷。三爷神龙见首不见尾，符合艺术规律，死后引出一系列麻烦，未起到振聋发聩的效应，死没有正面刻画，信口几句话分量太轻，对全书是软肋。一连多日，苦思冥想，无计可施，昨夜失眠至三时半，才乏极伏案，梦入一电影剧院看与本书同名影片，故事与小说无异，惟对三爷的处理另辟小径。

三爷云游倦而思妻，单骑返里，住入破庙，因患痢疾，几次上厕所，山道忽来蒙面三骑，入庙便使手枪朝三爷住房射击，策马而去。三爷逃出，几日后夜探乔章，定下一计，由乔章扶空棺还乡安葬，三爷云游天下。尾声中，仇杀将动手，千钧一发，三爷大喝一声，制止滥杀无辜，赠金双方，再次飘然隐遁。京中乔章正陷入不安，三爷突然来访，卸下乔章心头重压，乔章想出家，三爷教诲，他欲望仍在，出不了家，只能在矛盾中做畸零人。三爷了却世缘，将与老妻团聚，孙布筹已另有安排。结束前，乔章的思考不改。连日有所思，夜有所梦，荒诞无稽，录供作者参考驳议，也是一乐。这已跟批评作序出了五服，犹如老猫伸爪转动五分硬币，自己哄着自己开心，没准儿算破格。开心也要创作，否则怎能和它一晤？它的住处太高了！

　　　　　　　　　　　　本书由中州古籍出版社二〇一三年出书。

铁笛无孔流慧泉

——《菩提一叶》代序

一

铁笛无孔，无心取宠，携手澄怀，赠歌一桶。

铁笛无孔，羞称作俑，菩提一叶，慧泉微涌。

铁笛无孔，醒吾懵懂；茅塞初开，流汗惶悚。

由来无笛，何须按孔？会心破执，月光难捧。

二

有大尊者身高十丈，眉间广尺。身披金光，声如梵乐，沁人心脾："你一世坎坷，有何求索，立即赐予！"

"请保佑凡人一无所求！"

"一无所求是你自己的事，何用我保佑？"

"不能助我达于无求，您不惭愧吗？"

尊者周身祥光默然。

有一女菩萨容光照人，慈眉善目，所着天衣，七彩流辉，其声甘美，醉人似天池圣水："我奉送你黄金一屋，永用不竭；婵娟一人，仙女无匹；著作等膝，传诵天外；宫殿山水，供你将息！"

"要什么来换取吧？"

"抵押你的灵魂！"

"还能赎回么？"

"能，你将从一呼千诺变为一无所有。"

"我已是一无所有！您的厚赐只是累赘！"

女神高髻掉落，露出双角。正是：

魔佛同身不纪年，笑啼抱滚七重天。秋风摇得梦花落，方识无缘亦是缘。

三

神话退位，还是讲点人话：

鲁迅说过："人最大的痛苦是半夜醒来，无路可走。"

无路，其实即人路。此外哪有现成的康庄大道？

一位居士说过："人生大苦是走遍世界，无人对话！"

其实，最佳对话者是自我。有所待，每陷于空无。

当然，事情不应绝对化，认识自我，跳出自我，化我之一半为友，非慧人达不到。

与明白人谈心，让生命得到润滑，越过陷阱油锅，是巨大享受。而韵友畏友知友难逢，奈何？

不必犯愁！我为你介绍一位正直明白的朋友——本书作者家振兄。一位比我略具慧根的凡夫，一位刚入老境却历尽艰辛的好心人。他组织数十位年轻朋友，分成两个摊子利用计算机，为佛教文化做了集大成的数据库，可为出版家研究者提供文字图像数据，经费靠自己筹集，已支持十多年之久。这在追星晚会等流行文化热闹得十分单调的今天，堪称一大奇迹！国内外有能力者无此识；有此识者无此能力与机缘，使他得天独幸，形成这一道风景线！

四

本书将告诉您一些什么呢？

简要言之：

您想要找到一个立体的赵朴初先生，本书首辑虽非传记，却比传记作家视角更特殊，更亲密，更有人情味。从不同的场景，再现了护法老人慈祥好学的面影。每首诗词，一段回忆，几句警语，有味外味，但拒绝造神。赵朴老一点不神奇，是以可信。家振兄下笔似信手拈来，偶然中却有必然因缘。

您有人世烦恼，学佛中困惑。作者以过来人的热情赠您菩提一叶，与你平等商讨，无高头讲章的说教，声色俱厉的指责，无原则的迁就。倡正信破迷信，提供邻近禅宗又贴近生活的思维方式。段段句句，发自深心，落到实处，有什么比剖析平常人平常心的娓娓而谈更有回味呢？

作者练过文学底功，绝不卖弄文采，平朴自然，气韵酣畅，又留得笔住，藏锋含蓄。所述凡人细事，乱头粗服，不掩华瞻。如对农妇王大娘一生贫苦命运的思考，弦外有人子之爱，即慈悲心的照映。作者忏悔少年时出于功利心给麻成一家造成不幸，受到宽容后严厉的自我谴责，光明坦荡，激荡读者肺腑。

读完本书觉得家振兄六十年来写得太少，有些题目发表时受刊物篇幅所限，点到即戛然而止。如护生即护心说；丰子恺人生三层楼说；止恶即为善说，佛教不同于托尔斯泰的"非武力的拒绝"（"不抵抗主义"是误译，更非"勿抗恶"）；太虚大师人间佛教说等等。在成书之前以作者功力可以再作些增补。

本书主张爱国爱真理，生活态度积极，帮助我们自净其心，上报国恩，父母众生恩，放下我执，有一分热，发一分光。不存在成佛秘诀之类玄谈，所议乃人间事，寻常话。先向读者言明。

智慧者皆聪明；聪明人很少有大智慧。油浮于水面易见；盐溶于水无形。家振兄的智慧采自生活的教诲，故成大事得绝症皆淡然泰然坦然。他读史诗小说《司马迁》，一眼看出："此书主角是时间，汉武帝司马迁亦是配角。"与已发表的十几篇评论相比显然高出一头。拙著反映武侠乡土风情小说《盖世匹夫》排完字已十八年，总在等候着一朝有卓识照亮全稿再升华一步。他说："你等不到什么奇思妙想了！主人翁在死前可以梦见师父，悔恨凡夫做游侠成功；游侠做凡夫不及格，只有无能无奈。师父说：'你虽未变好，至少也没有变坏呀！'沧海横流，存人的本色就是成功！书里有了。盲目求高，力不从心，自讨苦吃，不如放下，随缘做些别的！"正从细微处见锋芒。但他也非惊人骇世的大慧——

长江大河，故妙泉仅可"微涌"。唯其不磅礴如昆仑如鲲鹏，乃得与吾辈"兄弟魂通忘絮语，同观万象戏玄黄"。他领着朋友后生们同登宝山，先行几步，获得菩提一叶，我们分享，不亦乐乎？

时红军的哲理诗

一

我幼而失学，又欠勤奋，对两行诗这种文学体裁尤其陌生。1958年纪念波斯古诗人鲁达基诞生千年时才初次接触它。毕竟年代久远，生活方式大异，印象不深，只看作"小儿科"，大诗人做的小游戏，如国产古人的断句。

首次读到当代人的两行诗，使我颇受震撼是刊于1958年3月号的《热风》。其一是《眉毛》："你有何德何能，／敢坐在明亮的眼睛上发号施令？"元末明初诗人杨孟载自号"眉庵"，即享高位大名而无实用的自谦之辞。此老被朱元璋捉去服劳役累死。新诗所咏形象不算特别新鲜。其二为《雪》："你无私地装点着大地，／又无怨地被踩成了污泥！"阅毕不觉悚然，为诗人能否逃过"右派分子"的铁冠而久久不安。其时我已落马接受劳动改造。那本刊物很破，诗人名字又被挖去，雪的形象太像心胸高洁的知识分子，虽然只读一遍，四十三年来没有忘记。也曾向福建友人如大剧作家陈仁鉴、老导演向增、剧评家陈维敏打听过诗人的消息，可惜一无所获。今天为红军序他大量两行诗的时候，又借宝贵篇幅问候《雪》的作者。红军兄弟，不笑老哥太痴太糊涂吗？

二

这二十年间听朋友们朗诵新诗一遍就能记住的只有红军的《牙齿》和《镜子》等五六首两行诗。合乎鲁迅翁要求的大体押韵，上口、易记的特点。这把尺子被我用了半个世纪，至今依旧珍藏脑海。

好诗的标准因人因时空而异。我重视丘良任先生的说法：一看就懂，百读不厌。这架天秤很残酷,算不上什么见解。近似的话前哲如丘良任先生等论之甚详,不敢贪天功为己有。

红军写诗很勤,大抵是"终身制",无悔,无倦,无苦,不时用灵感的网捞得劳作的大欢欣。在极短小的体积内放进了生动的意象,耐得品味的思想,几个平常的单词,用诗的魔杖一组合便闪射出可住可游的境界,经得起阅历的检验。给我的启示,一如久别的兄弟相逢在人生真理的小巷中,握手无言,已说完了千言万语。例如他信口念到《镜子》:"谁把你摔成一百块碎片,/你就在一百处暴露他的丑陋。"我把此诗放于心龛高层,跟《山海经》专家袁珂写的寓言《镜子》为邻。时时提示自己不要怕真话,不要文过饰非,拒绝批评。过失如墨污,愈描愈黑。不追求虚幻的自我陶醉,我永远是个渺小的俗子!

亲人挚友的忠告,有时不能改变我的固执,更难理解人世间并非随时可遇的善心。那时我就忆起《窗》的诤言:"我开得再大,/你的心里也未必亮堂。"红军强调内明的重要,精神修养的丰厚,器识的宏大,会让平淡无奇的岁月充盈,提高了生的质量。

唯有诗人能把习见的画面推到陌生的新鲜,达到布莱希特式的"间离效果",引发人的沉思。如"O":"在孙儿的试卷上成为羞耻,/在爷爷的笔下却获得尊严。"诗人渴望孙儿考得高分,等他成为爷爷时不再以画圈显示地位,走入大众,成为有业绩的公仆。《白杨树》说:"倘若没有严冬赋予我的气质,/怎能站成这春天的风景。"允许诗人与气象学家从不同角度去解释春天的成因。最差劲的植物学者也不会把春临大地的功劳记到白杨名下。诗用不合理的合理美化物象,又不留误会余地。诗人看竹笋,不是嘴尖皮厚的饭桶,乃虚心进取的典范,"为了钻破冻土顽石的封锢,/才把内心的劲儿一点点全部抽空!"蕴藉,扣题很紧。

保持中年童话般的诗心。也许被讥为幼稚,实不尽然:

星星自谦是一颗小小的充满阳光的水珠,

银河叹道:"没有你,我将一片虚无!"

萤火虫自吹是施舍光明的伟大天使,

小草嘲笑:"太阳出来,别向我腋下逃避!"

他颂扬喷泉："但愿世人都像我——/尽情地倾吐自己的内心世界。"

他自喻昙花："既然不能为生活添色彩，/还何必赖在世上……"

他阐明钢丝："这的确也是一条路，/但只能在舞台上供演员们走。"过日子那样平衡方可举步，活得过于小心翼翼，即使有人献上花束也太累。至于有人长于此道而大获成功，大而如苏联米高扬式的不倒翁，基辛格的等距离外交，小而在商场官场文坛各种势力之间进退自如，都不符合人的本性。训练有时是扭曲！何如告别华灯花环掌声，走在盲人也不会跌倒的康庄大道上？

书中佳句不能一一枚举。从几滴浪花中可以想象海水的全部元素。

一本集子统一于两种样式，读来不费劲。出书为了告别昨天，他要选择更高的峰峦，更险的小路，来养成脚力与智慧。愿晚霞不负苦耕人！

三

与红军相识二十多年了，他在我的记忆中只是个大龄青年，朝气蓬勃。我可以背出他的十来首诗，却从未把他看成诗人。只觉得诗和他的生命是一体，说话也不时冒出诗的火花。其他则与我的兄弟姐妹一样平平常常。或许这是他写出了好诗的重要原因之一。

春光不言，繁花万朵。天地无声，四时序而百物生。

即或一句诗不写，他看到诗的芽子，活得充实。爱读诗，把心灵诗化，竭诚去播种诗的灵苗。他便是无字诗人。其"诗"或高于文字甚多。

我喜欢红军身上那个长不大的孩子。也许是我的心态太老旧了，诗的情绪荡然无存，才羡慕他。

我怎能忘记：宿城上空细雨霏霏，我们在狭窄的小巷里踯躅。他说："为什么我们的爱情歌曲传唱不开？因为诗人写的分行散文不是献给自己情人妻子，而是献给一个虚拟的完美异性。诗未发自深心，只剩下花儿月儿之类浮辞，读者有权利拒绝！偶然也陪外地来的诗友到饭馆吃顿便饭，那些以'歌唱家'自居的人拿着麦克风唱个不停，一分钟也不让人安静！说不定人类文明提高了，破喉咙哑嗓子在大庭广众前唱歌要立法罚款，赔偿被强迫欣赏者的精神损失！你坦白告诉我：我写诗是否跟这些卡拉 OK 歌手犯同样的错误？"

我为这种自我批评所感动，握着他热得冒汗的手，比听他读作品还兴奋。

他又说："过去我看不懂《阿 Q 正传》。现在看到有些干部贪污受贿，徇私枉法。再次验证了鲁迅作品的不朽。原来阿 Q 式的农民革命，进了城就要腐化，他老人家太有预见，怎能不五体投地？……"

无声的回答一如春宵的和风，……我们立在雪枫烈士的雕像面前，雨顺着先烈的眼角滴下来，可惜我写不出一行诗。

他又喃喃地独白："我给报纸寄发过百十张照片，有的干部演员一年平均抬不上一筐土，我都拍下来。然而奶奶去世后，家里却找不到一张照片。我自命为爱奶奶的好孙儿！她老人家因儿子去抗日受过伪政权迫害，劳累一生，从不索取，慈祥勤奋。品德比那些新闻照片中人高得多。父亲在南方工作，'文革'受冲击，奶奶不知道往肚里咽过多少泪水！她去了，没有留下一丝痕迹！门前有棵杏树，果子熟了她亲手摘下，一个不留，送到集上去卖，买些盐与火柴回来，有时还送给邻人乡亲。在大饥荒中一点不自私，我能做得到吗？"

不能忏悔的民族是悲哀的民族。

红军以人之孙的激情，似对我更似对奶奶发出的忏悔真诚坦率，泪雨里不断划过路灯与闪电的小小亮火。应该说那是他最出色的心声，最感人的诗！

四

哲理易流于理性、概念，必须化为形象方能完成诗境的孕育。说教非诗歌所长。红军不忘把自己放到文学史特别是诗史里去浸洗。从他走出大学第一天就悟得背回家的几本讲义只是打火机，并需不断注入心血，方能点燃生活中的天然气。如果说普希金的精神财富有一条溪流来自乳母阿格林娜的教诲。红军不能和普希金并论，但祖母几十年贫苦清白的生活体验，从民间淘采的智慧，为他准备了丰甜的乳汁。他从奶奶肩上起步的读书，苦思，与诗友们切磋，发展了奶奶朴素的体悟与积累，帮助他把不容许有一个废字的两行诗——新诗中最精练的形式，运用得相当自由。摆脱了干枯的叫喊，熟练地运用比兴，概括不同人物不同感受的面愈宽，金字塔的底座也愈广大，诗的共振系数随之升高，终于倾吐出心中共有笔下皆无的结晶品。我不能说红军的诗都达到这种境界，可以说他正朝着这方向蒸馏生存体会，酿造诗的蜜，自悦悦人。

红军走的路越走越艰辛，近年产量明显减少，说明自律越严，标准渐高，也有好友担心：久而久之他是否放下自己的竖琴呢？

我以为：他不停地歌唱固然很好，如果某些艺术形式不能满足他的创作欲，便以沉默的思索深化自己，完全是他的选择，惋惜鲁迅未写成长篇，某些名家晚年留下失败的长诗，均是不可改变的事实，替自己松绑也替诗人松绑，尊重每个人特定的内外部世界，以及由此而来的多诗少诗乃至无诗，皆大欢喜，大解脱。何况红军年富力强，任重道远，一切猜测皆是无的放矢！艺术史上有终身灵感喷涌不息者；有前面充沛而后段枯涩者；更有《马赛曲》作者只具备一夜天才；还有黄宾虹、朱屺瞻那样晚成的大器。不该也不可能一律。朋友的关怀值得感动，顾虑是多余。写新诗大抵是青春的事业，真诗人永不迟暮。

古老的南宿州——我啄破蛋壳试飞的第一站，您虚掷年华的侄儿是无所作为地被淘汰了，您的儿子红军和别的兄弟正在上坡，他们会用新声来醉倒您——我亲爱的姨妈！

窗外飘着新世纪第一场瑞雪，如同桌上一行行红军的诗。我怀念不再挥泪的石像，城隍庙前鲜美可口的膆（音撒）汤（即鸡肉花生面，青红丝稀粥），深巷里未必健在的石板小路，城郊茅檐柳阴下香喷喷的豇豆面馍，绿豆面条，邻居华大娘为我补衣用的老花眼镜，"四清"时叶德超弟寄到乡下的两包书，那些质朴如淮北大地的大叔和兄弟们……为自己无诗的行为而愧悚不安，有负于故乡多矣！

隐忧与希冀
——《犁玹集》序

一

艺贵独创而忌陈言，此理尽人皆知。然在入门之前，难免要有所依傍，由顺向临摹而逆向临摹，从形似到反其道而行。学问有了积累，驾驭文字能力逐渐过了关，后一种倾向会更突出。很多人到此便举步维艰，不足为训。因为：

驱使古人句，已被古人驱。旧句全洗净，转眼对荒芜。空虚渐咬碎，墨海吐骊珠。磨去光与影，真我必昭苏。

故进入古人是为了走出古人，走出自己小天地，芥子能装须弥山。

卉娟女士的作品，给了我虽不十分强烈，却分明实实在在的希望。愿她在人类永恒情感的长弦上走出几步颤音，在我们心头袅袅回环，送入下几个世纪。

二

陆俨少先生在80年代之末，曾在京郊闭门谢客，全力投入《杜甫诗意图卷》的创作。组画写毕，他到首都宾馆住了几天，曾几次电话约我去观画，我心中很矛盾：想去看他和这批新作；又怕影响他休息，让老人久久兴奋是不明智的。结果还是诱惑占了上风，我拜读了一堆大册页，如饮醇酒，若游仙山，似与陌生的旧友促膝谈心，坐入长者春风浩荡的绛帐。经过久久沉默，说了些先生意料中的意外愚见。

"先生大作书卷味浓，在20世纪可排上前二十名。长处是风格显著，尤其在70年代前走到顶峰，后来的杜诗画册又打破凝固，不断发展，衰年变法，珍贵异常。但长处与不足往往孪生，云水画法为先生新创语汇，前无古人，可惜这一发明又捆住了先生手脚，出现程式化端倪。后生妄言，恭请斥正。"

先生不弃，清茶代酒，谬称知音。

停了良久，他转换了话题："有个女学生刘卉娟，学画具中人之资，但对音韵敏感，好些人多年把握不了的平仄声，她接受很快，出句清顺，染上古诗词的语言气息，比学画更有前途。"

"如果天赋在诗，能精一种艺术样式已是大好事。不必求兼众美，一只手想抓三四条鱼，不如抓牢一条易见效果。先生多多鼓励她！"

"我从未泼过凉水，但也不能盲目升温。怕迷陷过深，占去精力与思维空间过多，真成为诗人，牺牲再大也值得；只怕诗不惊人，离现实生活越来越远，活在艺术的海市蜃楼里，把凡人应得的东西也耽误了，那样宁非千古恨事？她太老实，对我很崇敬，几十年后的事未可逆料，怕愧对这孩子啊……"

"诗必惊人，一定要成功是另一种俗！谚语说：做过比错过好。高明的老师也不能担保弟子们个个成材，先生过虑！"

"你还不到我这一把年纪，人世还浅哪！哎……！"他不吭声，原来父爱对长辈来说也是生命的重荷！

一周后，友人了庐从上海来京要我介绍他拜陆老为师，他曾受业于张大壮唐云两先生门下，长于简笔花卉，想从陆老攻十年山水。由简变繁，再减到极致便不空泛。我伴了庐进谒陆翁，想不到此见竟成永别。先生忧郁的苦笑，硕学长才，关怀后进的大德永远是我们的典范。

三

2003年9月底到10月4日，我首次读到了卉娟的诗。

她具有梅花的净雅："洗尽铅华淡欲无，和云伴月两模糊。一从砚墨遗清韵，馀雪空山必不孤。""洗砚池边写旧枝，休嫌柔翰著花迟。墨痕圈出岁寒色，总是雪窗尘外姿。"洁似水晶,骨骼屈铁沉凝,铸入多少风霜冷露!似自林逋家走出,却分明又是我们同时代人。这样情操与拜金主义相去何止十万八千里!在举世无双的人口大国,留几个梅花儿女,即或寥若晨星,为大众化的追星趣味所不理解,而愚意窃以为有比没有好!稀有金属不一定可贵,毕竟难逢。碰壁在所不免,但享受单纯无所求的快乐:"飘去乌篷船亦轻,半江潋滟几回萦。一声欸乃随流水,便得琴弦古调成。"(《流水》)有此襟抱,可以梦对屈原:"漫言耽洁癖,新沐必弹冠。环佩非时俗,修娲自影单。深心比兰畹,余意入秋湍。沦谪灵崖客,忍教归去难。"

临写古碑《石门颂》,但见:"隶意草情任纵横,翩如野鹤御风轻;浑茫山谷开疏秀,留得碑林史上名。"末句称不上豹尾,胆识总继承了陆家眼目,才能从泰山经石峪金刚经上见到"大度雍容异俗尚","石残犹拟庄严相"。

她把画当诗来写,工拙毁誉等量齐观,均置之度外。劳动只听从心灵吩咐,空茫拌墨,何妨"白云一片剪裁得,流水高山韵尚存"。偶有壮语:"击开沧海是逍遥"兑不了现,则"一卷诗书可栖泊","情怀犹似在山泉",不违素心,积聚风格。她渴望化身为篱下一朵菊花去侍奉陶靖节,变只白鸥好游杜工部舍南舍北的春波。历史的悄悄话是:"陶公超脱悠然见南山也罢,老杜沉郁愁肠恨结诗也罢,靠炽热写悲凉才能打动后代!"

诗人最多的年代没有大诗人。卉娟不在乎丰歉的耕耘,过程已是生活目的。较之李清照等大才女,既乏破落贵族的负担与过剩的才华,物质欲望很低,温饱无虞。成就离大家尚远,过高评价是变相咒骂。文学上的轿夫令作家含羞,读者冷齿。她在中青年诗歌作者的小众化队伍里影响不大,知者欠多,正是成功的前提。诗,就站在纸外,欢迎评头论足,横挑鼻子竖挑眼。她已熟练地把握了形式,初步形成自身面貌,会被行家放在恰如其分的位置。至于怎样从深层接受遗产,拓宽心胸,化熟为生,任重道远,韧性与环境均甚重要!

外部经历平平淡淡的人,精神领域的寂寞和坎坷更多。她穿梭于古典仕女与红尘俗人之间,反差大得罕见,甘苦则她尝味无言,冷暖自知。我们相去太远,终隔几层。两股势力拿她做绳子拔河,企盼方家帮她在诗艺上更上层楼;不写诗的父老姐妹多多关心她！理解她！矛盾统一，协助时代塑好诗人。

  我是笨蛋，更不懂诗。如何抛开陆老师的隐忧只拥有亮色？愧无高着，不再发空论！

二〇〇三年十月五日于北京

抗病的壮歌
——栾枣儿长篇历史演义《两晋风云》序

一

栾枣儿原是业务水平和口碑都良好的工业会计。只因工作繁重，每周加班，彻夜不眠也是司空见惯，生命透支，两患肺结核。而立之年又有颈椎病，老视眼，骨膜炎。庸医误诊为神经衰弱，用药而外，要她锻炼。她仅打了一刻钟乒乓球就当场休克。改为散步，无奈两腿疲软，呼吸促迫。续而出现欲言牙关紧闭，全身肌肉僵硬，角弓反张。曾去济南求治，康复遥遥无期。体质如乘电梯迅降，心境落寞，昏昏沉沉，不辨朝暮饥饱寒热，呼吸艰涩。双亲怕她夭亡，又爱莫能助。午夜醒来，披衣对坐，喟然长叹达旦。她隔墙听得清晰，找不到片语劝慰二老。公司非养病的慈善机构，她不敢误事，只得下岗。由忙到闲，又不适应，再找活干，雇主见她弱不禁风，铁面冷对。家人百般慰解，收效甚微。赖从少年时便对史书情有独钟，除掉头痛睁不开眼，总是手不释卷。幸遇明医，对病施治，抑郁症好转。谦蔼寡言的父亲愁成绝症撒手而逝。她一恸昏迷五日，水米不进。父亲的正直平凡，对后代只给予从不索取的厚爱，对她的信赖与独特的理解，此生此世不可复得。沉重的分量会产生看不见的原动力。她自信不会白来地球走一遭，又如流星一样消逝，寸痕不留。

此时她才查出患了结核性脑膜炎。要活下去。怎么活？不唯是理念，而是行为。顽强地延长生机，抓住可以触摸的岁月，梦醒后又很渺茫的希望，闯出低谷，报答亲人和哺育了自己的大地。

新生命在呼唤牡丹乡的女儿，用无所不包的关怀摇醒她处于青春尾声的朝气。一支写过无数账目的笔是彩虹之桥帮她渡过艰险，走进两晋历史的古堡殿堂。

也许她采撷的珍宝还缺乏强劲的文学光泽,但可以肯定不会双手空捧月光回!

二

十五年前,我序长征出版社刊行的《历代通俗演义》,为蔡东藩先生写了传略,曾经指出:世界上任何国家任何年代乃至任何一位史学教授,都写不出蔡先生的巨著。只有中国一位小学教师能完成这部大书。

听说栾枣儿要写晋史演义,我内心疑虑颇多。像她这样的年轻人能读懂文言文史籍么?她的同辈人都是白话文喂大的。而今八十岁的人有多少能读懂《晋书》?何况晋朝人物千计,时间跨度为公元265—420年。比三国长三倍多,是元朝的一倍半。记得半世纪前初学赶马车,三匹牲口六根套绳,总有一两根被拉弯的时刻。驾驭如此博大的题材是太难了!

李世民很会读史,他从《史记·郑汲列传》里找到规律:凡皇帝与贤臣们一致为民而分权则国必安;偏听偏信国必亡。他杀兄弟上台,逼父让位,形象远非美男子。幸亏试用直言的魏徵做朱砂,把自己的脸染红了些,才有贞观之治。他一边纳谏,一边不服,三次下旨扑倒自己给魏徵写的墓碑,内心活动十分复杂!他指定房玄龄等大吏修晋史。还亲笔为王羲之立传,肯定懂得这一百五十五年的史鉴价值,可以总结出内忧外患、传位不当、清谈误国、军阀割据、名士多遭杀害……让后世受益。传记背后的妙理如何通过形象打动读者?她自知不可能继承东藩先生伟业,从无此类幻想。她又非李白,更不敢在崔颢诗下再题句。

后来她寄给我小部分打字稿,环诵三遍,方知她能挑多重担子。欣然复信嘉勉,又说了些刺耳忠言。请她立主干,去旁枝,凸出人物,提炼主题,对话向性格靠拢,删去了可有可无的赘笔七十二万言,呈献在专家读者面前。

最使我惊诧不已的非但全书竣稿,她身上多种顽病均已痊愈或好转,实乃当代奇迹。人的潜在美丽一朝闪亮,死神也退避三舍,真不可思议啊!

东藩老人去世后的将近七十年间,作为后继,只有陈稚常的《上古史演义》和本书,称不上双璧,也算得一对花篮,奉奠蔡师。道不孤,必有邻。让我们须眉小子羞愧！

病是大坏事，却变成好事。

十步之内，必有芳草。草的芳香将提升少量同辈青年人的道德情操与文化饥渴。她涌现在时下流行的言情武侠、帝王膜拜、明星公开的秘闻，众所周知的"内幕"传奇等诸多圈圈之外。生命脱险的长歌，春光返回脉管的狂喜。一如危崖小松，扬着碧巾，江上琵琶，回翔星际。别具一类美质。

全书语言晓畅，节奏舒徐，开阖有序。对人文道德的关注，寻找历史癖的寂寞，平常小儿女劳作收获后的欣悦，拖累亲长师友孩子的内疚，对人间大爱的惜护，构成了精神宴会。虽端不出山珍海货，但泪珠喂大的瘦果，古书里舀来的老汤，房檐下摘来的嫩豆，足以替代五味的人生阅历，烩一大锅，其乐如古贤佳句："莫放春秋佳日过，最难风雨故人来！"美哉妙哉！

书的篇幅会拒绝追星族，对枕头拳头的单恋者，被历史遗忘又忘却历史的拜金者跑官者，以致读者限于小众，不必悲哀。这是成功的另类形式。一部书能打动一个有头脑的鉴赏家便不算白印。何况天下太大，有缘有梦者伙颐。只要想到汶川大地震临危不惧的女孩，从高楼窗口"飞出来"，安全着陆又去抢救小伙伴，几回砸伤也不下火线，何等的卓越？嵇康、刘琨、王羲之、陶潜的后代没有丢失火种。"绝望之为虚妄，正与希望相同！"鲁迅警句，也是火把！

游山者不能一石一叶一草尽罗诗心。小说厚，人物多，不可能也不必要全都记住。只要会读，开卷有益。有司马衷那样白痴活宝皇帝，自相残杀的贵族……还不乏贤者、智者、仁者、勇者，听他们讲一堂课，养耳养目养心养志，镜头有远近长短，教会我们读人习史，为人为己，活得慈蔼、滋润、高洁、充盈。

人的质量决定一个民族在地球村里的处境。思索人在社会、大自然、历史、文明中的地位，强化对人的终极关怀，升华人的精神财富已刻不容缓，否则无力对付空气污染，人口爆炸，能源短缺，生物品种猛减，疾病沙漠横行。栾枣儿现象升出地平线，告知每个凡男俗女只需自强不息，就能放射出普通人的精光。调节得宜，硕果盈枝并非虚幻。

其次，艺术创造只有成为作者心灵不可克制的渴望，就可能开花。我不敢吹嘘本书如何了不起，要看到书的局限，如战线太长，华彩乐章略输饱满，通过人物言行暗喻的哲理欠深广，性格化对白与旁白变化稍觉单薄等等。帮助她再版时上两层台阶；更应见到全球会计百万，类似她的病人千万之多，却只有她写成一部书。她期待的是支持与理解，善意的批评，公正的评价，用不着怜悯，那是从高楼上扔下的糖果，损伤尊严！大师作品都有缺点，但是他要和自己的缺误拼搏到最后一息，决不护短或讳疾忌医，那一类大愚若智大怯若勇的喜剧"演员"只能是我这等次品！至于书中没有用一定篇幅来描述竹林七贤，陆机陆云，三张两潘，刘琨、左思，谢灵运，陶潜，是我怕作者驾驭不了这群作家，一带而过，再版时即或吃力，也要一试，不论这些缺陷，特向诸君作点解释！

栾枣儿深知，书里扣人心弦的场景源于历史人物行为和古代史家彤笔。她不过是记录与"转播者"，远远不是骄傲的资本，肯定会继续苦读苦练，一步一个脚印缓而不止地前行。

成就会增添一个人生存的艰辛。苦河可以泅渡，平地最易跌伤！人人下海，海在岸上。赚钱越多越嫌少，没赚到钱的折腾几年赚了个红眼病。尤其在小市民成堆的群体里，应该夹着尾巴做人，连老母丈夫孩子都莫说半句大话，招火焚身。当然，过分害怕树落叶打破头也无必要，妖烟昧火原是百炼成钢的燃料。何况她跟死神几度握手，生的意志多次动摇都挺过来了。祝福这个超级大孩子悄悄地从人海里消失，咀嚼渺小，直面更现实的画卷，扎扎实实地拥抱平平常常的明天。走稳做好人与过好日子矛盾的钢丝，愿辉煌伤痛和你都无缘！珍重啊，从未见过一面的小朋友！

本书问世，首席接生员是老作家孟青禾，历尽风涛，年近八旬，不改热情与善良，在酷暑天气，连续十几次到十几里外的印刷厂审读书稿，过问排版装帧等烦琐事务，找车把书送到物流公司，没运完的书觅地寄存，以苦为乐，让枣儿感激涕零，愿这样的好人，健康长寿，越活越年轻！

最后要说的是，著名书法家中国书法家协会副主席、北京市书法家协会主席林岫先生于百忙中挤出时间为《两晋风云》题写墨宝，使本书熠熠生辉。栾枣儿和我及孟青禾先生都很感动，一并在此表示衷心谢忱。我们共同祝愿林岫先生健康、快乐、万事如意！

龙套喜歌

自　序

没有龙套，光有龙套，都不成其为剧团。

龙套的歌往往只有一个"阿"字，开道、出征、助威、迎送，都需要这点胡椒面儿。低能的我在人生舞台上只接受命令从未发号施令，和四个无名人物代表千军万马又连自己也代表不了的龙套们异曲同工。好在少年时代也曾糊里糊涂地跑过几出文戏的仪仗小卒，用阿Q精神自诩好歹算登过台，至于武戏里的合唱《泣颜回》、《一江风》、《丑奴儿》我根本不会；那翻花叠浪的四十八种跑法，如《八大捶》里的"倒脱靴"上，岳飞败阵后的"倒卷帘"下，《樊江关》里的"夹饽饽"下，我连当龙二龙四也跟不上趟，这点自知之明尚存。作为看戏的最佳视角，学戏的好课堂，永远感激短暂的龙套生活教会我一丁点戏曲常识的恩德，老板的冷眼，角儿们的无名火气，文武总管没来由地揍一马鞭子全都淡忘了。尽管我跑的舞台已经扩大到半个中国，跑得欢天喜地，挺带劲儿。

七年前杂志约我为一位舞蹈导演写篇传略，找到资料室，方知许多人终身从艺却不曾留下有独立科学价值、能给读者以启迪与艺术享受的文字。怆然若失之余，想到我还写过少量说长道短的龙套之歌，便从旧报刊上剪辑一小册，敬献读者群。至于文字乏味，是我丹田欠缺学术底气，龙套当得不及格，文责自负，不会横眉冷对批评家，乱嚷嚷"高明的角儿谁不挑大梁而做什么龙套呢"？那样拉出泼皮架式就贻笑八方，咎由自取了。

原载海天出版社二〇〇八年三版《钓梦》

以实求意

——关于北京人艺风格的独白

一

在长期的舞台实践中,北京人艺形成了自己的艺术风格。如果一定要用几个字来标明这种风格,我以为大约可归纳为"以实求意"。

应该说明,每位理论家的概括,只能是他的卓见与局限对立统一的产物,我不是理论家,也不懂戏剧,因此,我对人艺风格的界定,可能有更多的局限性,然而,我还是不避谬误地对人艺风格作一番独白。

二

风格,应当有巨大的容量。

拥有几百人和四十年历史的北京人艺其艺术风格不能用几个字或几句话概括它的内涵。

然而,我们承认北京人艺有统一风格。

形成这一总体风格的基础,显然还包括着完全不同的个人风格。

同样以华美见长,朱琳与狄辛的雍容华贵有别。朱琳读词有吟诵的"花衫效果",古代知识女性,西方贵妇演来颇见功力;最有江南秀俊之气的鲁侍萍,带着长期贫苦生活不曾漂洗去的残存美质,使我们确信大少爷周朴园对她动过真情。在《推销员之死》中所扮的林达,演来似易而难,清冽真挚的一段安魂曲,体现了阿瑟·密勒式的思考,普通人爱的慧眼反衬出冷漠的商品社会对人的挤榨。狄辛的王昭君华贵中有一股淡淡的村姑般的淳朴,与宫廷生活强烈反差中有和谐。《智者千虑》中的女贵族揭示了俗气又不流于漫画化。

刁光覃在关汉卿、勾践身上体现了被压迫者、亡国之君不同的壮美情怀。吕齐饰的伊索同样闪现机智背后的壮烈之美。刁先生比吕齐更善于开拓民族文化遗产而得东方情韵。如仅归为一种壮美，将流于浮泛。

同样是素美，于是之的老马以深沉质厚见长，朱旭的查利则以滋润的枯涩，拘谨的自由而墨分七彩，将少胜多。林连昆的狗儿爷也极朴素，更具圆雕感，于是之的火候纯，朱的放松自如，林的举重若轻，各有千秋，绝不雷同。

同一演员林连昆，走路的步法也显示人物个性，充分说明演员对角色把握的自由程度和对舞台气氛的控制力。《末班车上的黄昏恋》是扛梁角儿，放步大脚走路，把歌颂对象由理念转化为生活色彩情绪，达到相对的成功，以类似放足女人的步子去演《茶馆》里的宋恩子，丑而不丑，绕过脸谱化危险的边缘，直达人物的心灵。至于狗儿爷与常贵，则无所谓大小脚，随心所欲，变化万千，交替用两个声部二重唱，映衬人物复调的心态，入木三分。我也曾追踪到排演场谛视，发现他对人物心理把握过程，即由小脚变为大脚坦步的历程。到角色演员如水银泻地，无孔不入地一体化之后，再加以调整，妙造第二自然，一斧无痕，而仍是一个林连昆风格。

要求风格定论囊括一切，很不实际，只能从大处着眼，找出近似的倾向。即使同一演员，在不同时期演同一角色也会出入很大。

所以，风格在内部机制中允许浮动。

观众的爱好、鼓励，帮助演员积淀、筛选自己的风格，这种助产作用过于强烈，又会给演员突破旧我带来麻烦。人，常常在成功处播下失败因素。

风格允许在一定范围中多变。例如于是之演王掌柜一角，十多次笑，从微笑，侥幸的笑，敷衍的笑，到绝望的狂笑，无一处重复。几十个人喊他"王掌柜"，他回答的声音也因呼唤对象而异，但"凤兮凤兮，仍是一凤"。

三

人类原始艺术，东西方惊人地相似，比较一下非洲，西班牙，澳大利亚，贺兰山的岩画，在造型上无大差别。交通不便的远古，不可能有交流机会。这是人们均处于类似的大自然条件下，认识水准相去未远的必然产物。

古希腊史诗，悲剧，具有命运的力量，手法也和东方的写意艺术较为相近。

中国在写实艺术达到第一个高峰的六朝及唐代，出现了抒情写意的水墨画，越过宋画更加写实的第二座高峰，元画转入音乐状态，强调笔歌墨舞，线条色块融入作者和时代的情绪，写意艺术便大为普及。又被元四家，明末诸大师，清初四画僧升华到极致。

写意意识，源于老庄哲学，是东方艺术的重要特征。

直到今天，所有工笔写实的中国画，也同样有写意成分。否则"意在笔先"便成为空言而对细笔画法不适用。

中国话本，是市民艺术，比较写实。宋人笔记中有关讽刺节目的记述（如嘲弄童贯等人的对话），也近于写实。

金人的"董西厢"以后，戏曲主持中国剧坛七百余年，写意成为中国戏剧的灵魂。

从宋人画牛能画出牛瞳仁中牧童的身影，魏学洢《核舟记》中对雕刻的描述，中国人的写实能力也是世界一流水准。

写意是东方艺术之长，为西方艺术家所难企及。预计下几个世纪，中国哲学与艺术将为西方意识形态打开更广阔的道路。因为东方哲学善于解决人与大自然关系，讲究人天合一。东方哲学是《太极图》圆通浑润，无始无终。这个图像本身也是一种写意艺术。不过，写意包罗虽广，并不意味写意艺术皆好；写实内容虽受"实"的限制，并不意味着写实的艺术都不好。

探求写实与写意的结合，实中有意，意从实来，早已见诸前人的艺术实践。

四

以实求意，即以写实手法达到写意的高度。

写实是写意的基础，不工写实而妄求意笔乃无源之水。而缺少概括提炼的抄袭自然，难以发掘内在美质。

写实，作为手段十分重要，离开手段写意便成空中楼阁。

写实不同于自然主义，可以理解为现实主义。

以中国之大，有几位自然主义大师如左拉、龚古尔也不全是坏事。福楼拜、莫泊桑的作品中也有自然主义成分，正如左拉的某些力作，因忠于生活而无意进入了现实主义一样。

现实主义应该是广泛的，多含义的，应包容着不同形式不同美感的佳作。

假若用恩格斯的"除了细节的真实之外，还要写出典型环境中的典型性格"去要求我国传统的古文与诗词，能入选者寥寥无几。这些缺少细节真实，未写出典型环境中典型性格的古典作品，自有其存在价值。东西方人审美趣味有别，时空条件不许我们把导师珍贵的遗教绝对化，庸俗化。

衡量作品的价值，还在于它是否提供了前人所没有发现的真善美，是否推动了人类历史的前进。至于用什么方法写成，那是次要的。非现实主义的《离骚》自有世界地位。《诗经》、陶渊明、李白的诗也少典型环境、典型性格，但却永垂不朽。尤其是陶诗，令罗曼·罗兰、瓦莱里亦为之倾倒。那种消散淡逸的风神为西方诗作所罕见。

五

以实求意，"意"是多义词。

意，有时是创作目的，主观意图。如姚最在《续画品录》中评谢赫的画是"点刷研精，意在切似"。"切似"即写实的形似。苏东坡说："我书意造本无法，点画信手烦推求。"这里说的"意"有随意性。徐渭说："山人写竹略形似，只取叶底潇潇意。壁如影里看竹梢，那得分明成个字？"

晋人顾恺之提出"以形写神"，神，即表现对象的内在本质，也是作者立意的准则。立意不是主题先行，图解生活，是有感受的创作冲动。

欧阳修说："萧条淡泊，此难画之意，画者得之，览者未必识也。故飞走迟速，意浅之物易见，而闲和严静，趣远之心难形。"话剧，缺少此境。唯于是之的语言有近似魅力。

宗白华说："诗和画各有它的具体的物质条件，局限着它的表现力和表现范围，不能相代，亦不必相代。但各自又可以把对方尽量吸进自己的艺术形式里来。诗和画的圆满结合，也就是所谓'艺术意境'。"此说源于苏轼评王维画：诗中有画，画中有诗。我以为以戏也必须有诗境画意，各种艺术形式有隔的一面，更有通的一面。

宗老谈画与诗，其理与戏不悖："以宇宙人生的具体为对象，赏玩它的色相、秩序、节奏、和谐，借以窥其自我的最深心灵的反映，肉体化，这就是'艺术意境'。"在一个艺术表现里，情和景交融互渗，因而发掘出最深的情，一层比一层更深的情，同时也渗入了深邃的景，一层比一层更晶莹的景，景中全是情，情具象而为景，因而涌现出一个独特的宇宙，崭新的意象，为人类增加了丰富的想象，替世界开辟了新境。正如恽南田所说："皆灵想它所独辟，总非人间所有！"

伍蠡甫老师说："意境是中国绘画艺术的实践与理论以及中国文艺创作与批评方面一个更重要的美学范畴，属于审美意识或美感的领域，是客观存在的审美对象对艺术家、文学家的思想、感情所唤起的能动反映。对一定事物形象激发一定的艺术想象以进行艺术创作时，反意味着艺术意境的产生及其体现的过程，或者说内容指导形式，形式为内容服务的过程。在我国文艺理论发展史上，意境作为观念很早就存在，而有关'意境'的论说则出现较晚。"

因为我国戏曲方面理论晚于绘画，话剧理论的产生又在二十世纪"五四"前后，关于意境一说，只能借画论来说明。画论中出现意境一词，始见于唐志契《绘事微言》："若使无题，则或意境两歧，而四时朝暮，风雨晦暝，直任笔之所之……"唐志契说的"意"是"意中之事"，境乃"眼前之景"，并非一事物。与我们今日理解有不同。与唐人张璪所说"外师造化，中得心源"并无大区别。即主客观世界的互相推动、深化，最后超出形似，得意忘形，达到"不似之似"。

意境，即可以感受得到的立体的诗的氛围，通过剧作、导演、表演、舞美的创造，把我们引入一片全新的天地，与我们平时多年积累的人生体会，书本感受心有灵犀，得到互相验证，把可视性的舞台生活，升华到更高更美的层次，再来帮助我们，悟出生命真谛。

艺术只是引出人生妙悟的桥梁，而不是目的地。但没有桥便到不了彼岸。

桥的长宽及空间有限，而彼岸浩茫无涯。当然，并非所有作品，都具有博大精深的高境。同样一台戏，每位观众开掘出的美也不相同。这种审美与本人的修养有关。看戏两小时，悟出一点什么，也是一生磨炼出的眼光在起作用。

演戏如写诗，看戏如读诗，有王国维说的"有我之境"与"无我之境"。意境是共同去完成的。

写意，是摄取事物最本质的精魂，用最经济的手法，邀请欣赏者走进诗境，共享创造妙趣，提高审美能力，净化襟怀，获得长时间的回味。戏尽意在，戏有尽而意无穷。

写意是东方艺术的强大武器。只要看看留学西方或东邻的画家，一过中年多挥洒水墨，表现客体，通过线条发出情感密码，和当代及后世欣赏家对话，这是何等诱人的美妙啊！

写意，使观众举一反三，强化舞台作用，把更多的社会生活加以提炼，增加戏的深度。"明一而现万千"！

写意，"意足不求颜色似"，能把古今中外各种学术流派的方法都用"拿来主义"抓过来为我所用，丰富表现力。

六

人艺前期的写实风格，在最近十几年来努力拓宽写意的实践中有了明显的发展。

《狗儿爷涅槃》是继《阿Q正传》之后，塑造农民形象最出色的佳作之一，导演打破第一人称与第三人称界限，时空界限，生死界限，利用了若干表现主义以至小说的叙事手法，以荒诞的真实催观众泪下。作者、表导演艺术针对农民性格的把握，打破了片面颂扬的老格局，含着发自胸臆的挚爱，批判了狗儿爷在现代化面前突现的弱点,也流露出强烈的现代意识。我们对剧中每个人物所付出的情感都不是很单一的,证明了写意手法为演出添了厚度。人应当为土地所主宰还是主宰土地?应当为命运所拨弄还是应该驾驭命运?今天看来可笑的喜剧,在现实生活中都是以正剧的形式来出现的。狗儿爷不能适应商品经济而将涅槃归于大化,可悲还是可喜?值得观众品味。狗儿爷与地主鬼魂对话,不是形式的卖弄,而是民族心理的浓缩。时代潜流的激荡,民族化也在传神处体现。把一些从演员身上看不到、听不见,但却能感觉其存在的意蕴传导给我们。仅仅写实,办不到这一切。

这种"以实求意"的艺术追求,在人艺排演的外国戏中也可以看到。《哗变》、《推销员之死》两台美国戏的演出,虽写实但又突破了写实的基调。人艺长期积聚的优良的市民文化,沟通了舞台上下。《上帝的宠儿》、《芭芭拉少校》等剧目与兄弟剧团相比是成功的。但作为体现外国文化,在厚度上就显得不足。以《哗变》为例,奎格舰长的官司打败了,有罪不当罚的悲剧性,如果打胜了呢?为捍卫祖国利益而夺权的人就要坐牢,同样是悲剧。无论成败,悲剧的命运不会改变,不仅不是舰长(朱旭演得非常成功!)一个人的遭遇,必然要体现出一个民族(哪怕是杂凑的也有共性)文化心理与历史地理上的长处与不足。在表现命运的力量时,就显得西方文化修养与生活修养的欠缺(这与长期封闭有关!),真正的戏剧不能拒绝命运的高度。能够选择,可以改变,便不是命运。命运是人生对时间地点和人际关系心理状态的必然归宿,不必委之于神的安排。任何伟大的人物,一朝脱离历史条件,无论出生太早或太迟的悲剧,都是命运。命运是唯物的,你生活于何时何地同什么人打交道都有偶然因素,也有必然因素,必然又往往通过偶然来体现,理解命运,才能理解希腊与中国古典的悲剧。《哗变》中的命运跟剧作者擦肩而过,没有完全认出她,抱住她,而演出也不可能全面来丰富她,我以为值得人艺的艺术家们去严肃思考。

《海鸥》的演出,导演在舞台构图方面未及深入到上世纪末的俄国油画中去发现意境,对契诃夫预感到必须变革又未找到完美的变革,及其所产生的压抑与朦胧希望,演员们也未做太多的补充,难体现无法摆脱的郁闷氛围。湖水声,蛙鸣鸥唱，流动的舞台，讽刺笔触外的抒情因素，可以看出叶甫列莫夫对东方写意情调的探寻，反过来也启示我们应当重视什么。

摹仿外国剧团，再现异国风情，没有自己的风格，打不动观众，尤其是外国观众。呈现另一个民族的灵魂，艺术家必须具有学者的积聚与诗人的思维，有法生无法，无法具万法。融入东方文化的底蕴，加强写意，才有令外国观众耳目一新，又与异邦现实相对和谐的作品问世。

走进去为了走出来。走出去才有自我。

演外国戏的最高追求或许在此。

七

我国古哲强调十年读书，十年养气，把求知与参与生活，创造生活，形成性格，言行合一，放在极重要的位置上。

读书与养气不能截然分开。读书时要养气，养气时仍在读书。

养得大自然生生不已充塞宇宙的浩气，个人与人类、民族利益完全一致，与古今中外积极向上的优秀文化一脉相承，对社会生活了如指掌，对不同人物的个性储存着大量的情绪的与动作的记忆，表演起来必然情、理、趣交融而达于气韵生动。

气韵生动，是中国文艺创作与批评的最佳境。

演员生活充实，功力深厚，读完剧本投入创作时，面对历史与社会，也面对自己的身心，去选取大量素材，取其精华，扬弃一般化的东西，进入心象的酝酿。

舞台上的一切，愈独特，愈新鲜，所造的境才有强烈的感染力，抒发的意才经得起反复推敲与回味。

然而求新不是猎奇，莫凡于奇。杜撰传奇远远不如开掘日常平凡生活的诗意，通过诗的慧眼，调换角度，找到似曾相识，便于心心相印，即人人心中所有口中所无的意象。同时又是万古常新的，可信的凡人悲欢。

荆浩说："气者，心随笔运，取象不惑；韵者，隐迹立形，备仪不俗。"这里说的"笔"，即舞台上演员的形体。用思维去主宰外形，如《淮南子》提出的"君形"说，君即主宰。荆浩把气和韵分开了，和前人学说不悖。方薰说："气韵生动，必以气为主，气盛则纵横挥洒无滞碍，其间韵自生动矣！"自我、社会、历史的反复寻求，把情感与理智的焦点反复移动、试炼，客体、素材、心源统一了，形成基调过程，即是"迁想"，尔后用艺术手段表现出来。长期积累的即兴发挥是为"妙得"。

有了"迁想妙得"，以形写神，以实写意就有了坚实的基础。气旺必流，流生韵律，以最精确的形体运动（包括静中之动）体现心灵的悸动，气韵自然鲜活。

八

现实主义本身是无限的。作为反对"假大空"的精神炸弹，还有巨大的潜力去发挥。高唱现实主义过时论，认为唯有在形式上大变现代戏法才能抓住观众的猎奇心理，在人艺演出史上是难以立足的。不能满足于比别人真实，对现实主义也不能浅尝辄止。在现实主义著名的代表作《茶馆》中，三老人扔纸钱自祭，是人性的归复与流露，也是浪漫主义的升华。浪漫手法出现在现实主义的剧作中，是很成功的。表演的老辣，命运的力量相得益彰。那三个人是平时自我的延续，又超越了平时的旧我。但不能说，《茶馆》已经饮饱了现实主义的甘露，再不能多喝一口。应该说还有较大的潜力。例如：第一幕几组戏的交替还有组织的痕迹，次要的背景式人物有召之即来，挥之即去的导演处理；落幕的警句："将，你完了！"从棋客口中说出是惊人语，前面铺垫不足，扎根不深，推敲起来，总有借景成图，隔靴搔痒之感。第三幕中革命者向王掌柜暴露身份有无必要？既然可以达到公开身份的深层关系又对他的生死大事不太关心，其中还有气不顺畅的地方。增强可信性，只有靠表导演艺术家去弥补，大剧作家来不及熨平这些细微的皱缝了。再者，一些次要的反面人物标签化、漫画化，符号性多于立体感，如果更真实更高的要求，也有加工余地，可以更完美地衬托其他人物,体现生活本身的复杂多变与完整性。目前,这样的要求只能是希望,实现它还要时间拨给剧院一批新的扎实的人才。老英雄们晚霞虽美,开拓性受着精力的制约,我们不能有脱离实际的苛求。

现实主义向现代派的转化,有二次世界大战,大工业发展造成物对人的排挤,生死无常,希望幻灭,才产生荒诞感,才有声嘶力竭的表现主义。中国的现实生活同 20 世纪的西方社会相比,共同性显然少于不同之点。没有西方具体的生活感受和近似的参照体系,从形式上去借用以至摹仿,想去超越西方现代派,甚至在国内广大观众中去扎根,也只是奢望。虽然我们绝不反对借鉴西方成功的经验,但不能失去主体。

九

西方的写实艺术长于表现,短于叙述,一叙述则矛盾松懈,人物静止,语言拖沓,剧情发展缓慢以至沉滞,所以只能在表现中叙述。

荒诞派似乎不写实,但从心理角度去看,仍是写实的。因而在巴黎和纽约,某些评论家把照相写实主义称之为抽象派;将抽象画算为具象之作,其依据也是心理的真实。

写意的东方戏剧擅长在叙述中表现。叙述是抒情躯壳,情是叙述的内核。叙述方式重意象而忌繁琐,"不着一点,尽得风流"。什么都没说透,但一切又都说清楚了才是艺术。

未来的写意剧着力于诗境的烘托,突出高潮,也可以从结尾切入,通过年轮,反映出大树全貌。

唐人绝句,会给写意剧许多启示。紧凑、短而精,余音袅袅,发人沉思。"去年今日此门中,人面桃花相映红,人面不知何处去,桃花依旧笑春风。"能把人去花存的惆怅美体现出来。去年人面与桃花的关系放在今年的春风中去渲染,使观众感觉到去年的事件大略和情感发展层次就行。这里要有情景交织的泼彩,还得有诗趣盎然的优美细节。没有好的细节,写意往往会失之空泛。

写意，要把戏的重点放到人物的身上。人戏一体，这样对表导演艺术家来说是更高的要求："繁冗削尽宜清瘦，画到生时是熟时。"我想，清是气息，瘦是刚劲婀娜，不是贫血；生乃熟后之生，熟往往流于甜俗，熟中有生，永远保存形象初登舞台的新鲜感，演久了，自由了，也不会臃肿，不添一点多余的笔墨。

一点不多，一点不少，把握准确火候，便是素质加勤奋冶炼出来的天才。到那阶段，动静、开合、疏密、虚实、巧拙、张凝，无不随心所欲，不失规矩。因为规矩是人立的，可立便可以破，破便是创格之始，光破不立是虚无，强调完美不思破则失之保守。

十

总结一下抗战前的电影话剧表演，过多摹仿西方，生活实感不足，程式化的舞台腔，文明戏的残余流弊，阻碍着艺术的前进。

抗战缩短了艺术家与人民生活之间的距离，艺术贴近了真实。延安、重庆、桂林出现了现实主义的戏剧艺术，形成了解放前中国话剧的鼎盛年华，造就了大批人才。由于未能从写意艺术吸收营养，妨碍着戏与人的提高，以及民族化的实现。

有识之士在寻求变革，导演中的黄佐临、焦菊隐，演员中的刁光罩等先生，在这方面具有代表性。

正是悟到写意艺术的蕴涵幽玄，使刁光罩在表演上独创一格，他的读词吸收了戏曲长白，快板的气口、呼吸、节律、色调，抑扬顿挫，长江出峡，黄河入海，一派壮美风格。激情的巨潮淹没剧场，不让观众有思考余地，情绪随着演员心头的炬火奔腾。即或有雕琢，也难听出来。因为有气摄情，大气磅礴，气吞一切。这种情势使带有理想化甚至概念成分的曹操焕发出光彩，令带有底层贫民傲气的大诗人关汉卿成为活生生的人。他扮演的卧薪尝胆的勾践，个中不无美化，但感染力极强，有鼓动家的效应。

这一实践证明以意拓实的表演追求，有巨大的发挥余地。一代名人如梅熹、袁牧之、陶金、乔奇……由于缺少这一追求而限制了才气的生发，令人为之遗憾！

提到人艺风格，尤其令人缅怀焦菊隐先生。焦先生对戏曲遗产的深入钻研，对不同风格剧作的广泛接受，赋予动作性不强，戏剧性不足的剧作以生命；作为演员的挚友，后辈的良师，使话剧努力从戏曲中吸收精神养料而不是生搬硬套，自觉地把一支艺术队伍拉到观众中去扎根等方面，他都是人艺功臣，也是中国戏剧史上罕与并肩的导演。国际文化交流中也有势利眼。随着中国真正地富强起来，中国人说话的嗓音提高到与人口历史相称的高度时，作为世界戏剧史上的一个流派，焦先生也是不朽的。由于干扰较多，他没有完成自己的体系并加以总结，是他的不幸和中国话剧史的不幸；然而他受的干扰又比同辈人少得多，有些才气并不比他低的学者，因为没有人艺，也没有遇到保护过焦先生免于打成右派的人艺领导如赵起扬等先生，以致无所作为地死去、老去，也大有人在。显然，焦先生又是幸运的。在我们热爱的中国，某些作家作品中的反现实主义和粉饰生活的倾向，人艺无法阻止，比起其他剧院，他们做出了更多的看不见的工作。他们不是先知，也要生活在广大作家同样的土壤之上和空气之中，做得比同辈人好，就值得崇敬，凌空要求任何一个艺术团体或个人都无补于事实。

在40年代，焦先生目击形式主义的表演远离现实，五十年代之初，他对西欧及斯坦尼斯拉夫斯基体系，尤其是契诃夫的剧作，有了独特的理解。斯氏一家独尊，使他提出舞台上要"一片生活"，打下人艺风格写实的奠基石。粉饰、虚伪的东西虽不能根除，但至少受到了限制。

正是焦先生指导得法，使于是之迅速获得了程疯子这一人物的"心象"，帮助于是之在创作上选择了健康向上的道路。"心象"，从个别到一般，再从大量素材中筛选符合剧作所需要的个性，保证舞台人物概括较广而达于含蓄的明朗化。同时，把一群人物，统一全局地纳入导演构思，体现立体感而非直奔主题，让颗颗明星光彩夺目，汇成艺术银河，是焦先生高出同辈处。前面说过的《茶馆》中三老掷纸钱自祭，可以作为典型的例证。三老的台词是诗化了的心态直剖，是血淋淋现实的浓缩，有丰富多彩的悲剧意象，而灯光、音响尤其是地方风韵的送丧喊唱声，都是心境的反映与生活的真实完美一致。舞台氛围的营造是实的，对演员来说又是虚的。人物形体活动是实的，精神状态又是写意的虚笔，虚实相生，互相易位，彼此推进，随意变幻，十分自由，以实写意才落到实处。这比《虎符》排练中加京剧锣鼓以明节奏，节奏既成再废锣鼓的做法，更向人的内心掘进了几步，意更幽邃、辽远、苍凉。你不能说王利发、秦仲义、庞太监、常四爷登台"亮相"时没有无形的锣鼓，但又贴近生活原来形态，取戏曲之神而脱其形。离形得不似之似，是潜力无穷的大矿藏。

焦先生懂得舞台形象要有圆雕效果的重要，对陆游"功夫在诗外"的教导别有会心。主张戏外求戏，重视诗的意境，来给演出插上想象的翅膀，以深化写实，使之作为起点与手段，达到意笔的目的。《武则天》一剧回廊内外虚虚实实的设计，采用了《浮生六记》作者沈三白提出的"借景"法，以浅见深广，《茶馆》一剧，街上楼上是看不见的，观众能感觉到有事件正在那里进行，都是例证。

北京人艺风格和焦先生导演学派的风格是一而二，二而一的整体。她奋斗的路启示来者：中华民族文化有强大的生命，她能借着古今中外各种外力，突破层层阻碍建树着自己，表现着自己，发展着自己。从不全自觉到完全自觉地追索。无情最有情的时光与历史，用悲壮沉厚的句号接受了她，并用以实求意的框架，去考试接力者的勇气和智慧。

重复老师是对老师残酷的背叛。

做人不能过河拆桥，治学必须过河拆桥。

年轻的造桥者啊！你们听到大地和父老的呼唤吗？

涩　进

涩与流是对立的，虽然涩仅仅是流得缓慢迂回，流也不等于全无阻力。皆是相对而言。

涩不是晦涩，是在矛盾中前进。

流畅不是很高的艺术境界，以文为例，是通顺，不等于内涵丰富。

涩是熟中有生，熟后之生，含蓄与明朗对立统一，有回味，近于浑茫、老辣、雄健。请看书法，你将发现成功之作，用笔皆涩到似有一股无形的力量抵住笔管，不许前行，每一笔画都要冲破阻力，方有底蕴。

也时而有快速运锋、边锋侧出的时候，行家叫"疾"，疾是为了衬托涩而存在。由于修养深厚，疾笔中也暗寓涩味，只是不易看出。否则便会一览无余。

弦乐大师运弓之理与书家运笔无异，同样追求疾、涩、沉。弓毛大上大下一次，必定包含着几十次上百次小的上下，音符才有翅膀。离开涩，疾则轻飘；沉必笨重，不是老拙。

演员的创造，将人物思维过程用形体和语言体现出来，似乎也可以从书家的用笔与乐师的运弓上找些启示。

从心理学的角度而言，人完成任何一件事，包括思维（婴儿、少年有时例外），都不是顺风顺水，很少"千里江陵一日还"，更多的是"山重水复疑无路，柳暗花明又一村"。

人是万物之灵，思想复杂，内心世界丰富，人际关系千头万绪，错节盘根，历史因袭下来的遗产与负担都有滞重因素。决定、完成一个重大行动，都非轻而易举。

回顾一下北京人艺演员表演上的得失，与演员能否找到、深化地表现自我矛盾有关。

演员在涩进中创造舞台形象，舞台形象要表现演员创作的涩进，但前提首先在于剧本，剧本要在人物心底埋下涩进的种子，演员才能找到用武之地。

先天不足，只好靠后天调养，但不能全部解决先天的弱点。

以《蔡文姬》为例。

战乱中被俘，日夜盼望重返中原，有朝一日得偿夙愿，可又难舍在对立情绪逐渐产生感情的丈夫，还有那一双无辜的儿女。蔡文姬的悲苦命运蕴含着涩进的矛盾。遗憾的是，剧情的叙述性多于人物关系上的纠葛，演员只得借助于情感漩涡中的自我矛盾来战胜概念。朱琳以饱满的热情诗化了人物命运，给形象以女诗人的气质，使我们看到了涩进中的蔡琰肯定能写出《胡笳十八拍》这样的好诗。朱琳用笔颇涩，为形象增添了光彩，但这个光彩仍受到剧作的局限。另外，刁光覃在该剧中创造的曹操，由于剧作不吝浓墨，给说明性和实证性的台词以文采，但角色内心涩进的种子不肥实，尽管刁老运用演员的技巧，充实角色的气度，使台词饱满恣肆，以急风暴雨填补空间，不给观众思索的空隙，但终难从根本上排除外部贴上的赞歌畅多涩少造成的厚度之不足。从深层看，浪漫主义感人的力量不在诗的语言，即使能唤得短暂的叹服，但不能持久弥恒。较真说，感染力还应出自作品与现实息息相通的生活真实。

《茶馆》剧作对秦仲义的刻画，较为深刻地体现了民族资产阶级的软弱和一定程度上的爱国思想，而这一切却又与秦仲义的狂妄刚愎、对人恩威并施的个性融为一体，应该说这是一个有涩进色彩的人物。对这一形象的创造，蓝天野尽展才华。尤其是在三老撒纸钱的一场戏中，落魄中仍有往日的风度，把现实与昨天的距离拉近，形象地雕出了"这一个"；但在电视剧《渴望》中蓝天野扮演的王子涛，由于作者对这个人物心灵的刻画流于空疏，不流更不涩，演员只能以说话代替行动，天野兄的才气找不到倾泻的闸门，这对演员和观众来说，都只能是一次遗憾。

莎士比亚把贪恋荣华富贵、意志薄弱、残存的良知和尚未消失的母爱，矛盾统一地赋予了哈姆雷特的母亲，这样的人物给演员以莫大的空间。她以虚伪的笑、真诚的泪、负疚的重压和随遇而安的自我安慰，在台词内外塑造了王后这个崭新的舞台形象。很难写成的平平之作《末班车上的黄昏恋》人物并不突出，徐秀林演个告状的农村老太太，形体活动展示了内心的恐惧和不太自信的希冀，扑扑跌跌，颠颠倒倒，形象乃由平面而达到立体。但在《回归》中饰演季阿娜老太太时，由于剧本未给这个人物以涩进之笔墨，只有当不上老新娘的焦急，而无老太太做新娘好事多磨的种种忧虑，尽管作者对人物赋予人情之美，但季阿娜形象本身的干瘪限制了演员在涩进中的创造，如果我们能体察到这一点，也许会对演员给些原谅。

演员做到涩进，最重要的是生活的积累。没有人反对体验生活，至于体验什么则见仁见智，各执一端。浅层观察停留在职业特征动作，尤其是手势行话的搜集，这些只是外在的，也重要，更突出的要找到人物在规定情景中情感发展的层次、章法与形体上的反映。演个司机学会把车开走一天足矣；职业积聚选择成的外部动作，一月足矣；修车则三年也不够，也无必要。找到每句话每个行为背后社会、历史、个性三方面的色彩，就要深入地研究人。图解生产及事件过程，不能使演员心里踏实。人对上号，清醒地与角色心心相抱，于是开口闭口举手投足，气旺不求枝节似，一气领先，必获成功。

涩进，还要找到掩盖人物言行本质的现象，二者时而一致，时而不尽相符，也允许背道而驰。找到二者对立因素，形成合理的对位，阴影重了，立体感增强。莽撞与勇敢，多思与犹疑，炫才与坦率，毫厘千里，一念之差满台被破坏。不如细细推敲，大暴若慈，大淫若贞，大伪若诚，大拙若巧，大愚若智，大贪若廉……一股力推进，一股力阻碍，灵活变化，服从时空及人际关系，涩味水到渠成。

聪明的演员从鼓掌声里找到自己的败笔；糊涂演员追逐掌声，才华易被掌声埋葬。生活中的人行动总有根据，没有理由也会杜撰几分来说服自己，减少事后的内心谴责。一边做事，一边明智地批判、丑化自己的人是罕见的。谭宗尧兄在《小井胡同》里演石掌柜，患得患失，勉勉强强随大流而怕人说落后，几种对比色统一于个性，涩笔时隐时现，都是"这一个"，有浮雕风味，而《田野啊，田野》里饰乡村干部，为老农计算收入凑万元户时，台下笑声不断，似有效果，假如舍弃这些，化甜为涩，以朴讷的调子刻画此公真诚相信自己的说法是执行政策而非相声式的调侃，思想方法有偏差，掌声将为不无沉痛的袒露所替代，或许另具一境。

　　狗儿爷这个人物是阿Q的长子，概括许多农民特点，一思一行都显示自我矛盾，殊见华彩。假如前半部同儿子、苏连玉有两句闲笔，坚信夫人会回来，等到妻子与李万江婚前回来请罪之际，让狗儿爷从疯癫状态醒来两分钟，向亲友自夸妻必归家的预见，再要她为万江婚事备一厚礼，不得小气。妻一跪倒，他又糊涂，以短暂不疯阻碍疯的过程，不知可能产生别的滋味？愿聪明的编导演艺术家教诲于我。

我看于是之

1992年之夏，北京人艺的元老们演出名剧《茶馆》，我在剧院侧门口碰到于是之兄，他恳切地握着我的手说："老柯，请你今晚上坐在我妻子的旁边看看，认真帮我掌掌眼，并且坦率地告诉我：我还能演戏吗？"

我深知这一重托的分量。

历尽沧桑的于是之懂得：吸引了无数艺术家这一恋而九死无悔的舞台，是熔铸真实和诗化了的新生命的竞技场，是天才纵横驰骋的大野，又是庸才们每行寸步都能触到无形地雷而身败名裂遗恨千秋的大祭坛。大幕一开，导演营造的历史氛围中，王掌柜与于是之从舞台两极跑到黄金表演区，一会儿拥抱，一会儿拳击。彼此都想做参天大树，让对方成为青藤缠绕在自己身心上。交手下去，王掌柜灵气上升，流辉冷目，矫健步态，熟练于经营的背影，或飘拂或抖动的手巾，精明内涵大巧若拙的语言处理，对是之展开鲸吞蚕食，终于在台上一匡天下，于是之逐步成为缺少血肉的干瘪灵魂，仅仅是偶然闪现出淡淡的影子。大半生阅历提炼出来的真善美达到比较和谐又不乏变幻的统一。当年，他初出茅庐，打破混沌，演员与角色的活力相对消长的搏斗，达到随心所欲地控制人物情绪、温度的自觉，曾在石挥等等前辈身上闪现过奇迹，他是那样地向往与眷恋。而今他也摸到了这把金钥匙，却又将放下它。他如何舍得这个看不见又摸不着的命根子呢？

征服角色、剧场、观众的大师，不能征服大自然规律和自己。这不也是一出朗润乐观的悲剧么？！被膜拜为文艺女神的维纳斯或缪斯，被誉之为梨园子弟祖师的优孟……谁能告诉是之呢？！贝多芬《命运交响曲》中的叩门声在我心扉之外擂响了……

北京人对演员的爱堪称举世罕匹。这晚演出的剧场效果达到白热化，观众们齐声大喊着：

"于老师，再见了！"

"于老师，再会……"

于是之热泪盈眶，他懂得场上观众澎湃的巨潮，有一半当之无愧；另一半是被激情放大了的狂热，不是冷静审美的结果。他的颚部神经病了二年，成天像嚼口香糖一样运动着，无法控制。他靠长期舞台经验，泡在人物心灵里的忘我状态，对观众由衷的敬意，方能胜任王掌柜这一重要角色。但好些地方力度有限，念错了四句台词。他从未曾像今宵这样被欣赏对象的掌声所震惊，便大喊一声："谢谢朋友们的宽容——！"

楼上，我身边一位大约是刚上初中的女孩，突然用童声回答道："王掌柜，永别了！"她的哭声发自肺腑，牵动几十人、几百人的神经，无形的指挥棒发出命令，于是一大群人用真挚的泪雨为孩子的纯情协奏，压倒了暴风雨般的掌声，形成回响于星际的惊雷。

此刻，人性中的弱点：自私、自大、嫉妒、爱恭维、渴望占有权力与金钱、贪婪，在很短的时间之内被艺术所净化。大家都像是兄弟姐妹。小而言之，一个演员诞生以来，大而言之，一个剧场自出世以后，以至世界大舞台上，这庄严奇丽的片刻都属于罕见。若是能变刹那为永恒，那该多么好啊！人人都想拥抱人类，艺术才会永葆青春！

直到我草写此文之际，三位老人在台上撒纸钱自祭的画面，也是中国话剧史巅峰的画面，依然在我心间演出，但舞台大了几十万倍，伸向了历史和命运：王利发、秦仲义（蓝天野饰）、常四爷（郑榕饰）的背后是长短高低不同的三条小路，角色与演员携手攀登而来，人生的体验使一切艺术次品、非艺术品、文字垃圾、消费文化、殖民地文化、小费文化都黯淡无色。天野兄一世精锐的帅气，郑榕兄以平易求深厚，不断进步，由英雄气概到闪现凡人内在的异彩，又何逊于是之兄？但谁都不夺别人的戏，才与德都生光！

谢幕之后，是之迈向后台的步子有点蹒跚、趔趄，眼光有点茫茫然，又似乎很明澈。他太累了！太累了！太累了……

第二天研讨人艺演出学派国际会议开幕式、剧院事务，各种纷繁的工作在后台等着他拿主意。他一阵头晕，两腿一软，一个趔趄，向一扇木门上撞过去，幸亏有人将他扶住，才免去重伤。稍事喘息，用右手拍拍脑门，又清醒过来。为了这演出和人艺四十大寿，他忙活了几十个寒暑，其中包含着多少戏中戏外的酸甜苦辣？！后来广西篆刻家雷动春为是之治一印，边款刻拙作一偈，即是此意：

台上是戏非戏，
台下非戏是戏。
幕前幕后人生，
庄谐俱含妙谛。

我约宏韬，还有新加坡戏剧家郭宝崑等兄，以糕点代菜肴，请是之兄喝一瓶啤酒解解乏。他又提出问题："我还能演戏吗？！"我坦然回答："聪明的厨师从不让顾客吃得太饱，收场要恰到好处。身体第一，退下来休息一阵，写写字，练练功，恢复健康。体力充沛，便可以演点短剧，不宜把弓拉得过满。照目前状态，自爱爱人，不演更好。丢名容易创名难，还是珍惜观众的理解，急流勇退吧！朋友们皆有同感！"

"兄弟！真话我听，这就退。想当初我水平虽低，演戏还算内行。可当领导，思考时光少，人求办事抹不开面子，都点头，又不能为大家办成更多的事，这样便由一个内行变成两个外行：戏没演好，除了《洋麻将》，没有自己相对满意的作品。莎翁名剧《请君入瓮》中，人物塑造得有立体感的是朱旭和李容，准确地反映了莎士比亚的精神，活脱、雍容，没有人为刀斧痕迹，达到应有的高度。可惜我的公爵演得太平庸。观众原谅我，自己不能原谅自己啊！"

"您曾出色地演过王掌柜，再拖几场要改为王掌柜演您了。您现在离开岗位值得庆贺，我们干一杯！"伙伴们坐到两点钟，没有人觉得疲倦。

1993年8月，我与是之等友人同去农村住了几天。我们一入农舍，房檐柱头上挂着一串串红辣椒和玉米，色彩浓艳、质朴。接待者是一个四岁的女孩，一点也不胆怯。是之抱起她，孩子偎着他的肩头，他轻轻地抚弄着她的乱发。

"爷爷喜欢小朋友！"他和蔼可亲，表情与村镇上的老汉没有差别。"真想到这样的农舍来住几天，跟小朋友作伴，孩子多可爱！人离开大自然和父老乡亲，才气就会萎缩、凋谢！"他笑弯了眉毛，好不轻松、安详，与王掌柜话别孙女儿的场面相比，又是一个世界，其真诚又大体一致。艺术家不能只爱一家人、少数人，对大众的泛爱是灵感重要源泉之一。他顺着孩子小手的指引，把她抱到她姥姥劳作的地方，临别还不断地回头、挥手，似乎是感谢女孩唤回了他久别的童心。孩子的光焰久久返照在他微红的面颊上。

我们联袂登上了古北口长城，舒眉四顾，长龙万里，出没腾舞于碧绿的群山怀抱里，气势雄伟。

"想过扮演修这段长城的戚继光么？"

"不成，气质不对，演不了，我没有那么宽的戏路子，也没有英雄气概和军旅生活。演戏就如同上这烽火台一样，差三步两步的劲头儿，就达不到上边的境界！"

这段话让我久久沉默，细细回味。

"我给焦菊隐先生论话剧民族化的提纲作了点注释，回到北京请您看两遍把把关！我对戏曲和中国画论都算不上内行。有些书说到什么后现代主义等等，真看不懂？能给我讲讲么？"

"我也看不懂，解释不清。你请个瞎子把关会出笑话，还是找童道明、何西来、顾骧等正牌批评家，免得我出丑！"由衷之言不是假谦虚。下了长城，在归途中，批评家杨景辉说：

"于大师，您为密云水库所题'醉碧'两字挺飘逸，能赐我一张墨宝么？"

"老柯，你听到了吧？！"他在回答过剧评家的请求之后对我说，"有几位记者喊我'大师'，拿小人物开心，我听了两夜睡不安稳。请告诉我何谓大师？"

"大师是以前无古人的审美内容和审美方法，在艺术史上开宗立派的不朽人物！"

"请你再写篇文章告诉大家，不能大师满街走，我不是大师，只是个普通演员，局限性很大。《雷雨》中的周萍，《青春之歌》里的余永泽都失败了。我写字缺少金石气，小时候练过赵之谦的隶书，那只是流而非源。麻烦你给我找一本方笔的汉碑，好从头学起，治治我的气息。草书最喜欢颜鲁公的《祭侄文稿》，原有精印本被人借去弄丢了，求你替我找一件高质量的印刷品，这是唐代抒情书法的杰作。我需要像小学生一样读帖临池，半习字半代体育。近来有好心人请我出山演电视片《张学良》中的张大千，看了剧本很犹豫，你能再讲句真话送给我吗？"

"张大千的戏不多，从青年时代演到老。以您现状演三十出头的人吃力也难成功。角色个性与您的气质、表演风格有距离。这距离可以突破，至少目前不具备突破的条件！"我又坦然呈现了一得之愚。他握着我的手，连连摇撼着，一切在不言中。知其所止，或许是他成功的"奥秘"之一。

一九九三年十一月十九日

补记：

是之兄不愿参与拍电影或电视剧，又严守规定服用各种药品不送剧院报销，手头有时拮据，有一回他拉我和宏韬兄上小店吃便饭，一共用去二十元。他忧虑地说："太贵了！来京干体力活的民工吃不起啊！"

"不贵，是你不宽裕。老柯那里有几刀宣纸，他不练字，改日我和他把纸和碑帖拓本给你送去，你练练手，有机会放到北京饭店卖几张，吃点补品很有必要！"宏韬兄恳切地说。

他点点头，淡然一笑。

五天后宏韬与我送上纸和《祭侄文稿》旧珂珞版印本。

"兄弟们盛情我领了，字要复习，但不能卖。领导前几天说要搞严肃艺术，补药可用可不用,卖字影响不好,请谅解。"是之紧握着我和宏韬的手,想不到一月之后住进了医院就再也没有完全康复,再过两年连熟人也不认识,直到辞世,无法交谈。

二〇一六年五月十日

赞美与惋惜

——关于刁光覃先生的沉思

时：冬夜，无始无终的瞬间

地：北京，普通木板床上的梦境里

对话者：作者肉体（我）

　　　　作者灵魂（灵）

灵：磨尽刀痕最善雕，龙吟狮吼各妖娆。群峦屏列青云上，不见峰高海拔高。

我：在中国话剧史上留下深深脚印的一流艺术家中，刁光覃先生很幸运。他所创造的形象虬辣俊爽，给北京人艺的大舞台增光，这光虹辐射到国内外。应当受到赞美！

灵：有些人才华足以与他抗衡，由于没有人艺式的工作条件，在同一大环境的不同小环境中，默默无闻以终者也不乏其人。

我：艺术夫妻少，精通这门艺术，知道生命短暂需要能源，减少多余的痛苦，争取于第三人无害的幸福，心灵上能互相激发能量，携手调整补充，升华者则更少。刁公与朱琳老大姐这对艺术夫妻彼此给予的内涵丰厚，可贵的是各自独立地走向成功，今当刁公多病之秋，朱姐体贴入微，还不断用新的创作来安慰他，继续相互创造一些内在的实质，不辜负外部世界的铸炼和自身耕耘中付出的脑汁与汗水，更是有幸！

刁公艺术成就高，又从不借助非艺术条件去索取不该得的名利地位，为后辈作则。在某些聪明人心目中说不定认为有点"傻"，我要大声疾呼：这种傻子精神万岁！

评论他的艺术，专家有宏文，不用我这戏外的小人物啰唆，我只表达对他那遒劲风格十分欣赏！

灵：人的内在空间浩淼无垠。壮美是刁派主调。然而豪放派巨人苏轼、辛弃疾的婉约之作，成就不比柳永、秦观、姜夔差；远非气象衰飒的草窗玉田可以望其项背。不懂这点会把壮美二字同剑拔弩张锋芒外露打等号，便不足与言刁公的艺术。他也有细腻抒情的精美笔触，画出隽永的工笔。

我：刁公表演是话剧中的麒派，他能胸有成竹、不动声色地跨越过表演的大浅滩，霸气、外张、片面求噱头等危险的暗礁。成功淡然，不成功（自然也会有，否则是神不是人）的时候怡然。在持久的恒温中宠辱不惊，作品达到炽烈、饱满、沉重、轩昂、朗润、气旺、神完。激情一泻万里，但又有节制，不让它泛滥，该流则流，该止必止。一笔不多，一笔不少，是他才华成熟的标志。尤其善于体现中国古代知识分子的雄健风骨，气度开张，心胸宽广，目光远大。使我们心灵的小船无暇接应思考沿途层出不穷的美景，"风正一帆悬"，"轻舟已过万重山"！

大凡过于流畅的笔墨，易流于浅、滑。暴风雨声势浩伟，水分流失也多，不如细雨有渗透力、滋润力。大中求细求实求深才不空。刁公深知个中三昧，如马援所说："大器晚成，良工不示人以朴。"朴是草坯子，未加工的初级成品。他苦苦打磨，不工不休，又怕过于工细流于纤柔尖脆，于是发挥他特有的风骨。一气先行，以气摄情，融情入声，金鼓齐鸣，飞瀑腾空喷射珠玉。"笔所未到气已吞。"他求意境的阔大，又讲究细节。他创造的勾践曹操既完成剧本政治要求，又没有现代化，标语口号化。把比较干涩的东西变作鲜灵，带着露珠的花。有生活基础，又不过于美化，在一般演员演来容易概念化的人物身上敷以血肉。在特定时空的格律中找到自由，是他高明之处。

灵：周信芳老人善从古典遗产、前辈风仪、市井文化中蒸馏出精品，是良性海派文化一代天骄。刁公的格局比他小，得到的创作空间也不及他大。但在形象的苍劲、厚实、飞动，由不易看出的夸张一斧无痕的雕琢，又有异曲同工之妙。周刁二家的声誉久而不衰。作为文化史上的现象但可研究，不能临摹。学者活，似者死，破者进，是微妙禁区。他们因此成功，别人这样做多数会失败。

"文革"前麟派居老生中十分之七，十年劫后，全国老版的麟派传人已成凤毛麟角。伟大艺术不可重复，成功中必有容易为他人歪曲、庸俗化，偏重形似的复制等弱点。结果派而难流。不充实新血液则趋于近亲繁殖而退化，新血液进来后又难保持纯度。

我：刁公的戏在话剧圈圈内可称一派，值得总结、提炼、发展。

灵：周、刁二老都要有创造性思维发达、知识渊博，气度恢宏的弟子去继承，不继承谈不上发展。死守一隅，盲人摸象，无从继承。我怕刁派缺少典型的继承人，以至于派而不流。

艺术民族化，艺术家学者化，是刁老从不自觉而自觉地走上这条路，走得比他人要远，成就很高。不是戏台下某些学者侈谈民族化，停留在表层的仿效，不会有神韵飞动的形象。他读书之多，观人处事之细，突破自己形体不高大的局限，都很惊人。很难想象，丰满高大的列宁、曹操、关汉卿同台下的刁公有何相似。

我：刁公在思想日益成熟之秋抱重病，有壮志健笔，我担心他写不成系统深刻的巨著了。如果病破坏了他条件完备后的最后冲刺，那真可惜。所以他那扎实却为数不多的著作，显得格外珍贵。因他卧病，我奉托编选他的经验时很乐于效微劳，但自知眼力不济，遗珠之憾在所难免。

灵：残缺、遗憾也是另一种美，你也太俗气，不全而全，全而不全，无所谓全。选者是一回事，善读是另一回事。

我：独树一帜的中国艺术家，负有丰富世界文化宝库的神圣使命。悠远的历史众多的人口，增添了完成这种使命的迫切感。只有深层开掘中华民族个性中特有的美，作为我们新的科学的大众的审美观的基础，才有主宰力量去吸收外来营养而不做他人附庸。大胆改革开放，防止殖民地意识的悄悄滋长，让民族自豪感高扬，又不陷入夜郎自大，平视世界。熟知遗产而不为遗产所捆住，更需要艺术家勇于探索，更新学术与实践。人，不必到死后再去恭维，允许他在生前收获恰如其分的光荣。这光荣中允许有不足之处，没有阴影画便失去立体感。今天我们比以往任何时候都感到刁光覃式的演员太少。传记作者也非万能，有一百本传记，就有一百个同中有异的形象。为中国话剧事业出过大力的刁公，无愧于在这本传记中留下不可能很全面的剪影。这是第一本，是起点，作者也是熟知舞台甘苦的艺术家，无须我这外行的废话去推荐。

至于体力和各种原因造成的值得惋惜之情你也有之，何妨亮出来？

灵：说出来未必合时宜，但我不隐瞒：若用更高的东方文化去苛求他，他的戏处在色彩富丽堂皇的峰巅，跨过了平正，善于造险破险，化精雕细刻为接近自然。最后十年的舞台生活，缺少化绚丽之极归于平淡的重大突破，做到无态而具众美，无为而无不为，无技巧而超越了最高技巧。他表演的人物有磅礴、大度、恢宏，书卷气浓而不伤于婉丽秀靡，但我觉得仍有很大潜力，在一些古代诗人身上，可以织进更多的庄周式的幽默感，屈原般的忧患意识，鲁仲连式的清冽之气，杀身成仁，舍生取义，贫贱不移，富贵不淫，威武不屈，俯仰天地间而无愧的民族气质，司马迁为之拜倒的气质；儒释道相反相成碰撞出来的魏晋南北朝诗文中健康向上的博大气象。在走向这片高原的探求者当中，刁老有过人的禀赋与脚力，而未尽其才。起点低于他的艺术家，走起来将更吃力。这条路又太重要，对于思想者学者型的艺术家尤其有魅惑力。下两个世纪，东方的艺术思想将照亮某些局部西方。只有写意文化方能打破西方写实文化的困境，这不是梦呓和自大狂！

我：每个民族的文化都由两极相辅相争而和谐统一：一端是哲人文化，另一端是世俗的民间的文化。前者是塔尖，后者是墙基下的碎石。学习戏曲遗产，还包括戏曲本身不断更新的这一传统，包括从大片沃土吸取文化原动力的开拓精神。表现泥土香味比馆阁味八股味要难百倍。我有幸看过山东柳子戏《陈州放粮》，剧中农民塑造的皇帝赵祯唱道：

> 包老爷陈州放粮转，
> 为俺赵家立大功。
> 孤王亲手给你烙大饼，
> 让你皇嫂给你卷大葱……

前两句点明封建政权本质，后两句是农民们想象中帝王宴会的"隆重"。史家考证起来是大笑话，从艺术角度而言是很亲切质朴的人情味，为书斋中学者所不能言。

西方的优秀文化一样有彼地的泥土味，近五十年的寻根热风靡一时绝非偶然。不土到骨髓便不能洋得天下惊叹！这样说不是贬低文化人加工提炼的价值。

刁公表演的勾践曹操都是统治阶级，对他们的歌颂有演出时的政治原因。这些人都有严重的阴暗面，用于强化民族凝聚力也好，借古颂今为曹操翻案也好，后者发生在彭德怀元帅冤案的同时，社会心理削弱了为曹阿瞒喝彩的同情，都没有为刁公提供表现东方文化源头，代表民族优秀品德情操的典型形象的机会，责任不在剧院与演员。遗憾也是浪费！

灵：《关汉卿》是田汉代表作，也是新中国文学史上的代表作之一，意境高于《胆剑篇》和《蔡文姬》。主角的社会地位不高，接近底层生活，刁公的创作可谓别具风标，是一粒打不烂、炒不熟、响当当的铜豌豆。忠于历史环境，（顺便指出，青艺这次复排，舞台设计师让关汉卿到清朝的大堂上去走一遭，未免失真！）爆发力与含蓄高度统一，也把市井文化中的美，与诗人气质作了可信的化合。关汉卿的个性，无疑是民族个性的一个重要侧面。但题材限制，也无法体现先秦及魏晋思想文化中最健朗的风骨，也不该如是要求。后来他更无缘表现此种风骨，总令我不满足，因为他有能力！由此联想到"五四"以后进口的艺术形式，西装之内，如何有机接受东方遗产。总有一天，油画、电影、雕塑、摄影、歌剧、话剧，会从中国文化的源头与重要支流，包括极为出色的文论、诗话、词话、画论、民间文艺的灵乳中，找到现代人必需、屹立于世界各民族文化之林所必需的一切，根深叶茂，前景宏伟。但又不走入复古的死胡同，不排斥外来文化积极多彩的表现手段。出现一批大学者型的大艺术家，为中国学派增光。

如果说，进口的文学形式散文诗可以与抒情辞赋嫁接而扎入神州沃土的深层，中国书法线条作为情绪密码而进入油画；民谣、戏曲作为血液进入歌剧；中国诗与绘画的神韵进入电影电视；话剧从戏曲与画论的写意中找到镜子，丰富了世界文化，岂非快事？刁老的成功先例，展示了这条路的前景。

我们好言凡·高绘画通过日本浮世绘间接吸取中国画营养，布莱希特通过梅兰芳的表演而推进了自身体系的建立，这是事实。但说句真话：凡·高、布莱希特对中国文化，哪怕是绘画与戏曲的知识是极有限的，不过沧海一粟！我们从两大师的作品中去吸收中国文化养料是舍本求末。就算他们的作品是肉，我们也不该忘记，养活猪羊牛的是植物。养活植物的是太阳大地。直接吸收太阳的热能，不是比通过二、三道贩子的转运更合理吗？这比喻并不精当，但可以站得住。

我：表现愚昧，需要演员的智慧；演出落后，同样需要演员先进的批判力。刁老演远离自身气质的李国瑞，为扩宽表现领域付出的顽强劳动，远非我们台下看客可以想象。自然，平易后的艰辛更值得开掘！

灵："五四"以来立在话剧舞台上丰满的农民形象不太多。作家演员同农民变成骨肉至亲，有漫长的过程。今天蓦地回首，洪琛先生的《香稻米》，人物还不够扎实；《原野》中的仇虎，有着命运的力度，原始的粗犷，但他身上流动着的西方文化的血液，占有一定比例，有一种从土窑里精密烧制出来的洋味儿。说到阿Q之后的农民群像的画廊，狗儿爷是极突出的一个，又是有幸在历史转折过程中冲上舞台的一个。我绝不是把《狗儿爷涅槃》的作者刘锦云兄同洪曹诸老列入一个层面，但我敢于承认学生有局部出蓝的地方。狗儿爷身上凝聚的历史沉淀物与大悲大喜，不是洪曹二老笔下的农人，甚至阿Q可以梦想的。根系宽而深，令我佩服！尽管作者离大师级还有很远的差距。此剧的出土是时代新光照射的结果。有它，林连昆才大器晚成。他那艺术创造的闸门一打开，关蓄四十年的巨流飞泻三千尺！这头功将载入话剧史。刁公与林兆华作为导演的再创造，丰富了中国话剧舞台的艺术语言，开辟了新的疆土，勇于肯定美，发现美，表现美，在指挥全局上，中国观众不会也不该忘却！兆华的导演艺术旭日正升，将不断有新面目，不可限量，有无翅膀，都是老虎，有翅更好些。比喻总不完善，此说无贬刁公之意，读者莫误会！我也不愿刁公此作是震惊剧坛的《天鹅之歌》。他应当和疾病相视而笑，蓄足气力，窥测到恶魔的弱点而打出绝招，重上导演席。

《狗儿爷涅槃》的导演过程中，刁公也会善于吸取兆华、连昆及每个演员的长处。不把兄弟姐妹之长化为自己的长处，不会是好导演。比刁公在具体艺术处理上所突破的一切都更有价值，其中最主导的还是他自身思想上的跨度，应当成为他舞台新生命第二次诞生的信号，为后来好戏敲出余音袅袅的催春闹台！真拥有诗人气质的艺术家不会衰老，心将永远拥抱青春！

我扯远了，请归正传谈谈本书读法。先提示一句：你不是金圣叹！何况金先生也有他自己讨厌的头巾气！

我：知道，可有时一糊涂又忘了！刁公从来不拒绝小角色，不想一飞冲天，一鸣惊世。始于龙套，终成大角儿。某些人得大奖，享大名，根基浅薄，说话靠配音，表演靠替身，离开屏幕一上舞台即成木偶的咄咄怪事；一戏成名天下知，演别的要无名演员现教现学方能达到一般水准的大演员；因文化品位过低反走大红的喜剧人物……恰好反证了刁公历程的严峻。天才赖勤奋积累，乐于在大寂寞中化弱点为特殊表现力，一息存而不能稍懈。

其次，要学会刁公创造新经验的韧性，去强化自身的创造性思维，这比背熟他的表演与文字更重要。套用大家彼时彼地彼事的感受，蹈袭其成果而不用成果为渐悟的桥梁，恰好阉割了大家同自己弱点终身较量的大智大勇，与不甘为平庸所淹没的历史责任感！经验成样板，立即变为绳子！

灵：打住！你又忘记自己是蠢材想教训别人了，谁不比你聪明？滚出梦的边疆，回到现实去读点书，多看几出戏吧！

我：你太粗鲁！干吗？

灵：不走我要教训教训你！老在梦里折腾，时光不早了！（当胸一拳。）

我带着受斥挨打的委屈被赶出梦之国，心里不服，想再进去说理，签证护照都不见。正坐在床上发怔，可那小子——灵魂老弟不知怎么回事也跟着跑出来。正要抓住他，他一闪从我口腔钻入心中，将我扔在愉快的平庸里。兄弟姐妹闹点分歧乃家常便饭；而我们对艺术，对刁公朱姐的尊敬和良好祝愿总是一致的。

——无幕可落。

凤巢拾翎

  不惊鸡唱，忘遥夜，喜读朱琳心语。世路悠悠晴复雨，挽得韶光如许。裙袖飘飘，剧魂脉脉，想作高丘女。情天艺海，唱随还有豪侣。泪塑烽火文姬，补瑕扬瑜，留此班门斧。幕后幕前磨意志，高处再思飞举。老凤回眸，琼枝毓秀，秋里残春驻。落花沉砚，笔为来者狂舞！

元宵节独对青灯，读完朱琳大姐的大部分著作，信口胡诌出上面那首《念奴娇》，余意未尽，在扑窗曙色中再摇曳几笔，以报编者嘱作跋文的盛意。

作者文字写于纸上，演员的"文字"写在舞台屏幕上。所用工具或血或墨，或神或形或声，或兼用几种，其理则异中有同。

写人为写己，写己为写人。

为己命笔，如心口交谈，无悦人取宠之心，又承受不写出来便心如油煎般的压力，无须作姿态，拉架势，就像小姑娘时代的朱琳初次排演《花木兰》时剑拔弩张，抖出箱底去亮相一样。

为己而写，真我出窍，跃动于字里行间。能稍加润色，精益求精，真益求真固好，乱头粗服，以气运笔，天马凌空，犹如美男子衣服上偶有补丁甚至小洞，也无伤大雅，更没有负担。

一心想写好，搜索枯肠，意在示人，辞肥意瘦，堆砌芜杂，干巴贫血，纸扎黄花……缺点必联袂接踵而来，反而写不好。

得者失之，失者得之。

工而不工，不工而工。

朱琳以在台上"写"为主，台下写乃其余事，若影随形，互相推动、发现、照映、补充。

台上能"写"的著作家，台下能写的演员都不多；台上台下都能写的夫妇就更少了。

夫妻共砚，古今无几，能享此情福者，便是人世"神仙"。

"神仙"不是没有痛苦。然而，其痛苦是凡人共有的常见事物，那仙气又是凡人所无或所少的罕见事物。珍惜值得珍惜的稀有金属，放弃不值得珍惜的繁琐俗事，不使进入灵台，干扰美梦与创造，便是善于做神仙者。

朱琳与刁光覃便是这样的神仙，平均上千万人口中未必有一对。读此书的喜悦就不仅仅是文字，怎能不为写出这本书的贤伉俪祝福？

历来人们多在舞台上歌颂青年男女。那种如花的爱情，是优美的序幕，还不是高潮，更未必有余韵。花变成果实，不仅仅需要时代、品德、物质基础的保证，也还需要一般人们未必重视的智慧。

没有智慧去更新、丰富心灵，爱就不能使人得到升华，而沦入厌倦的深渊。

生于战争，成长于运动，忙于孝顺儿女而没有来得及好好相爱的兄姐们，在白发衰颜之后补尝爱情的果实，把几十年的风雨浮沉得失，当作灯光布景，在人海之中，理解之岛，爱的沃野，重新发现自己，找到对方特有而他人不具备的美质。那是生活的本身，一切戏剧文学技巧，比起体验，表现出来的作品总觉得褪色、渺小、单薄。戏可以反复看，文字可以反复读，体验却不是他人可以代替的，也很难重复。

我愿人世男女，不要寻求不可及的海市蜃楼，在你身边找到一小片踏实的泥土，一台对他人很平凡，对另一个人或许很伟大的鼓风机，把热风吹向你的精神，你的创造性思维，你平平常常的岁月。

我也希望朱、刁二位老伶工以这本小书为起点，一发而不可收地写下去。慢笑我"人心不足蛇吞象"，1989年、1990年大体上是"书稿泡汤无奖赛"。即使在出版景气，一书动辄印几万册的前几年，中间也没有第二个艺术团体像北京人民艺术剧院那样为她的表导演艺术家编辑、奔走出一堆书来。明知绝大多数人无财可发，社会物质财富增长有限，又为爆炸的人口大势所抵消，仍然去忙财路。读戏剧著作，看戏，已变成少数书呆子戏迷的事。金钱的威力逼使大名鼎鼎的东方歌舞团一半靠唱通俗歌曲为生，消费文化甚至小费文化损害着严肃的学术著作的出版，描写拳头大腿的小说充斥书摊。由南而北，高层文化正在面临沙漠化危险，连传世的高档的通俗小说也难望出现，大西北的沙漠也因生态平衡失调向东南移动，可耕地每年被占用百万亩，森林覆盖面积达到历史上最低水平。一位大报的副主编无视娼妓、梅毒、按摩女、修坟、纳妾等沉渣泛起，认为是"中西文化，传统文化与现代文化的交汇、融合、碰撞成即将生成的、具有无限生机的绿洲"。很难指望，对不肯吃苦读书，对东西方文化都所知甚少仅仅羡慕西方物质的一群人能碰撞出什么新的高层学术来。香港、澳门碰撞了悠长岁月，不是一面镜子吗？出版社为了印一本像样的书，要印几本"俗版"书赚点钱赔上去。为人艺出表导演艺术家文集的中国戏剧出版社，不要作者付钱或自销几千册，已是功德无量，一已为甚，岂可再乎？但写不写与出不出是两码事，好书立即出更好，二十三世纪出也不损其价值。所以我才不合时宜地劝刁、朱二位懂得夫妻艺术的艺术夫妻去大写特写。二人相加九十年的舞台经验，世界罕见，国内无多，不写太可惜。中国比他俩文字好的人数以千计，具备他们这样实践与理解力的演员则为数甚少。耕耘、释放热能是自己良心的吩咐，收获则应当交给时代，个人不必考虑太多，想多了反而妨害创作力。时间不会偏爱暴力色情的重复嚼舌。

卧虎藏龙的北京人艺，即将离退的不下百人，除去教学，拍电影、电视，能做学问的做点学问，不至于"秋波浩渺失离骚"，这逆耳之言是苛求吗？一百年后读到此书的学者将作出回答！

我们在舞台上看到的形象越完美，艺术家们付出的劳动就越多。

形象诞生、成长、发展、升华的精神生产过程，坐在台下面的观众很难看到。

叙述与说理又往往矛盾，所以斯坦尼斯拉夫斯基把自己的艺术生活与对演员自我修养的论著分开来写。在读到《我的艺术生活》时，也感到学术论证少了，亲切而不浑厚。这样说或许要求太高。其实，洋、海、江、河、溪、井各有用处，求井为海，变海为井都是办不到的，量力而行，如本书作者做到的这样，已经部分地满足了我这样局外观众的好奇心。

戏像画一样，要看，很难说。

立体的舞台剧，拍成平面的影片，很难保持原作的感染力。根据影片的艺术成就和再创造去议论《茶馆》与《蔡文姬》，是不全面的。

《蔡文姬》、《武则天》（后者被吴晗先生尊之为"无一字无来历"），在郭老剧作中属于中等偏下之作。论戏剧性之强不如《孔雀胆》；形象高大主题深邃逊于《屈原》，气氛的活跃和情绪的诗化比不上《棠棣之花》。人物行动性不强较之《南冠草》并无提高而战斗性也弱得多，表演上的难度，《蔡文姬》几乎超过了《高渐离》。借古颂今，就要把古代统治者如曹操、武则天理想化。在事件的选择上偏重亮色，内心矛盾削弱，精神世界的复杂被淡化，势必逃不脱形象的概念与单薄。这与他的诗作在艺术上由《女神》而逐步下坡是一致的。（只有屈大夫的雷电独白是《女神》异峰突起的一次回光！是郭诗的中天丽日。相比之下如姬的独白只是一片淡淡的月华了。）本来，蔡文姬身上，爱故土归故土的欢悦，与别丈夫及胡地儿女的依恋，浸透了多情老诗人在抗战之初，抛妻别子自日本回国的离情别绪。由于忽略了蔡文姬与左贤王教养上民族心理上有冲突甚至仇恨的一面，（此种仇恨与爱情并存而又撞击，恰好体现了女诗人心灵的复杂和命运的悲惨，她并无饥寒之虞！）成功因素未得到良好的发掘。总之，剧本给予导演、演员的血肉，比演员导演付给剧作的形象贫乏得多。虽然，表导演艺术家们煞费苦心，其能动性也有限。所以全国其他兄弟剧院，很少演过这出戏。坦率地说，也演不了这出戏。朱琳出于对郭老的崇敬，体现一些为少数浅薄的外国人所嘲弄的谦虚美德，她只能选择目前的角度来谈蔡文姬的再创造。而在舞台形象上，我们可以看到远远超出演员札记的一些光彩，尤其在对古代女诗人和诗的理解上，流露出不寻常的禀赋和气质之美。她把身心中能表现出来的丰采，都献给了剧中人。

由于历史的原因，剧院不可避免地要演一些形象苍白的剧作。善于用感情与生活气息冲淡一些人所共知，有时候作者并不比观众知道得更多的说教，北京人艺比绝大多数兄弟单位有办法，而朱琳夫妇又是其中的佼佼者。在那些当年真诚地演出后来又同样被真诚地否定的剧目中，能比别人找到较多的艺术因素，作为感动观众的酵母。他俩既珍惜舞台实践，又尽量不被剧中的非艺术成分所牵制，努力摆脱束缚，积累经验，同自己较量，并且和艺友们协力同心，用这些剧目作为天平的一端，把一些古典的、当代的优秀作品放到另一端，达到平衡，以保护剧院的存在。就是在演图解性很强的戏，热爱剧院的观众们仍能心照不宣地热烈鼓掌，绝大多数演员都洞悉鼓掌的原因，只会得到激励，不会被掌声拍昏头脑。朱琳夫妻都是这样清醒的人。说到精力时间的支出，似乎感到收获较少；较之同行，尤其是外地同行，他们还是幸运的。

现在健在的人，要想到那一天，想到把前辈、同辈与杰出后生的艺术都加以总结，以献给今天与明天。有些文字，作者写来及读者看来都不太珍视，但等到百年、几百年后的专家研究起来，也是参考文献。

正是带着这样的心情，我读了这本书。

舞台语言是心灵动作的镜子，又是铸造、描写氛围，推进剧情的武器。

朱琳夫妇对台词的处理，都花过很多工夫。

比起生活中的语言，舞台语言应当富于造型力，比原始状态有提炼而保持其清新浓烈的生活气息，大概不会有人反对。

夸张离开内在的激情，必流于做作或干瘪，满足于摹拟自然的再现，忽视了艺术家应当加工并渗入自己智力与情绪的权利，只会削弱表现力，走入另一极端。

演员做到"太上忘情"，一点不觉得自己是在演戏，观众感受到姜白石论诗的最高境地：自然高妙，也就是妙到不觉其妙，不知其所以高妙，双方共同创造，同样都要厚积薄发，由渐悟到顿悟，再将妙悟凝为具体形象，都不是轻松活儿。否则曲高和寡，观众不解。反过来程式化的动作，舞台腔，怎能满足高层次的审美要求？做合格的演员、观众都要有丰厚的修养。艺术只有在看不见、听不到、说不出、摸不着，却又能清清楚楚地感觉到她的存在时，最有穿透力。见到人为用力不当或温或火的皱襞，就像一杯酒兑上了一瓶水。吴昌硕说："不鼓努以为力，不逞姿以为媚。"是理想火候。

素美、华美、壮美……或阳刚，或阴柔，都没有高低之分。尚阳刚，贬阴柔，是某一段历史时期留下的后遗症，应当公平对待。

在每一种美的范畴之内，质量可以相去甚远，能咀嚼出高低。

北京人艺艺术家们读词方法千变万化，因剧本风格及人物个性而异。勉强要加以归纳，可提出三位名家来谈谈。

于是之在《茶馆》里的台词处理以素美见长。素不是单调单薄，而是淡从腴出，朴自华来。绚烂之极归于平淡是苏东坡的梦想，孙过庭说的始于平正，入于险绝，复归平正。犹如倪云林的平远山水，无大丘壑，但余味无穷。于先生在某些神来之"笔"中，进入素美的自由王国，但是也还不能完全自由。例如某些配以眼神的反诘、哀叹、惊呼，一个词拖音很长，一波多折，每折都将力度送到饱和，又不着痕迹。目前他也还在继续探索，可惜行政工作占据他太多的精力。

刁光覃读词以情驱声，情景合一，他夸张，讲究节奏，用情统摄观众的理智与情感，使我们听来，没有分析出什么是舞台腔，什么是生活语言的功夫，如勾践的一系列"我听见……"无一相同，沉郁起伏，大开大阖。他在曹操一角中，反问别人时的语气与京戏韵白的"你待怎讲？"式句法，使你明知是舞台腔而仍觉得很真实。尽管生活中没有人那样设问。他的"行腔"风格是壮美的，犹如曹操的《短歌行》，苏轼《念奴娇·赤壁》，辛弃疾《贺新郎·绿树听鹈鴂》，豪气横流，寓雕琢于磅礴之内，于是黄河之水天上来，长江咆哮出夔门，闻者有迹可循，又很难觅出迹象，情的冲泻淹没了我们的思辨力。

朱琳在年龄、气度、火候上不同于上述二位舞台兄长，她的读词"行腔"可分为两类，现代人物如戏曲中的京白，雕琢不多，本色为主，接近生活，说到蔡文姬、武后这些历史人物的念白，她用力甚勤，以区别于近现代人物。蔡琰，武曌之间也有不同，都可以列入华美的范畴。后者比前者的艺术成就又略逊一筹。她能把文言读成比较活泼易懂的文体，长白有回旋的气势，起伏跌宕，尚非羚羊挂角，还有蛛丝马迹让我们发现。如果没有十年浩劫，她会达到更浑厚更内敛的境界。目前，她的探索还在继续突破，理解力的加深没有为体力的衰退所抵销，如果她健康长寿，在未来展览演出的新作中更上一层楼，作为话剧的青衣花衫，她的台词处理，完全有希望从派而不流达到流而成派：朱派！

人们往往受着自己成功条件（包括剧场内外，舞台上下）的制约，长处与局限有时是孪生的。对于跳不出这条规律的刁老夫妇不应当脱离时代和历史去苛求。只要你善于筛去一些少量的宣叙调，可以听出他们不写诗的诗心就在书中跃动，和舞台上投来的目光、声浪是统一的。我坚信采珠者用不着路标，不作何处是精彩的及重点所在的推荐，免得干扰读者诸公自己的欣赏思维。写出拙劣的"尾声"，欢送他们走出（不是脱离）表演舞台，进入理论舞台。

我真挚地为自己的无能向刁老夫妇和本书编者告罪！向不怕蚀本的出版家四鞠躬！

一九八八年九月

从周瑜到周萍

——谈濮存昕创造的两个人物

时：九十年代开始的子夜

地：未通斋

人：濮存昕（**客**）　　柯文辉（**主**）

主：演员大抵都经过局外的羡慕，进入局中后的混沌、朦胧、饱尝虚荣的大甘苦而相对地开朗，但对更高层次而言又是新混沌，从循环中螺旋上升，找到规律内的自由，她永无止境。把前人经验，如同衣服一样，层层从身上脱去，得意去形，积累出一人独有与众不同的艺术个性，角色如圆雕那样可以触摸，等到角色摆满一个长长的画廊。在历史与群众心目中，一个演员（不是没有缺点的万能者）便能获得独立的艺术生命。艺术生命和形体生命一样有孕育、诞生、壮大、衰老、死亡的过程。二者并不是携手向前，发展并不平衡，又因人而异。所不同者肉的生命死如灯灭，艺术生命死后遇到大的波澜，受到新的点化，仍可复活。最受观众欢迎的演员不一定是开创学派的艺术家。艺术成就高低受到环境、观众修养等非艺术原因的限制，"千古文章未尽才"很多。

客：我有过朦胧体会，修养与阅历还不能消化您的话。

主：有的人爱演戏，正是弥补自己生活中某些不能实现的幻想与缺陷。你呢？

客：一样。我还处在开朗前的朦胧中，文学、经历、思辨力所汇成的内涵还显著不足。渴望活得高尚、谦虚、富于求知欲，不等于业已获得穿透力坚劲的人格美。作为小学生试步，对自己刚刚有点认识。我条件不好，从小患小儿麻痹症，虽说不自我姑息，被迫用半条病腿跳着走路，毕竟有缺陷。别人的怜悯几乎和歧视一样伤我自尊心，我拼命读书，虚心向前辈与同辈请教，正是为了证明生命的价值。肉体上是战胜旧我而站起来了，精神上还要奋斗到最后一息方能下结论。直到最近我才通过各科考试拿到专科文凭，而在我说快板，参加大批判战斗队，在宣传队演小节目的时刻，仅仅是小学毕业。使我在混沌中初见朦胧的精神拔高者，是空政话剧团导演王贵，在排演《周郎拜帅》一剧时用双轨制，全体演员中唯有周郎未宣布谁是Ａ角。导演要我去掉嫩气，把自我化入角色，要从多思中得到顿悟与妙悟。我慢慢体会到一千多年前的人受到春秋以来生活方式的约束，不能生硬模仿汉画像砖（舍此又无形象依据），而是把画像砖中的情境演得日常生活化，无戏生真戏。三国上承百家争鸣与秦代焚书坑儒的双重遗产，下开魏晋六朝清谈风气，因果都要有所展现。周瑜是按历史写的，不同于演义及戏曲中所表现的少年气盛，心胸狭小，和元勋黄盖程普相比又的的确确是少年得志，"小乔初嫁了，雄姿英发"。他熟知兵书，善解音乐，临危受命，强敌压境，老将程普不服，看他笑话。他对弹筝女若玉是惜才的知音，也有一丝爱的潜流，只能以克制去微露作为人物立体感必要的阴影，又不能伤害他，或把他的活人之情磨掉。正因为难，才有诱惑力，才逼我提高自己的文化品位。

主：过去失败的教训此刻能化为动力么？

客：没有混沌便失去了朦胧。记得初排女作家霍达的《秦皇父子》，我演扶苏一角，和大将蒙恬的一场戏，我犯了形式主义脱离真实的毛病，片面模仿戏曲，明知生活中没有人端架势，只为内心太空，就不知不觉地用架子来掩饰，导演蓝天野一看，大叫："停——！"要我根据北京人艺的风格特征和生活逻辑提炼出的戏理去思考，从思想上解决问题，而不是简单地限制架子。我茫然若失，不是架子难舍，是苦于没有东西可以替代它。郑榕见我烦恼，把我喊到排演场舞台一角，热情地启迪我："演古人念台词不能带任何僵化的舞台腔，一染上凝固的调子，情绪闷在程式中出不来。"中央戏剧学院一位教授也开导我："不管演得成败，不要怕失败，要演对，不能演错，在台上台下都要说人话、办人事，失去人言行的规律，靠解释、理念都没用，都不是剧中的那个'我'。"我个人生活里缺少雄强的东西，上场怕过火，太讲规范化，便刻苦练剑，那剑很重，掂在手上有分量。慢慢养气以弥补缺陷。

主：以儒雅表现儒雅太难，要本色流露就有气度才能完成个性创造。以英武表现儒雅，文秀体现刚毅，反而比较容易成功。相反相成，无笔墨处见笔墨，都靠火候。比如诗人觅句，先要在情感的水库中积累情绪，等到"水库"几乎炸裂，再命灵感去探寻闸门，内外契机帮助抽启闸门，诗便像瀑布飞流直下……

客：初排时急于见功利，在劝说孙权不可降曹操时就想壮大周郎的气度，剑拔弩张，弱处强了，强处更弱，后来这段劝说以冷语表达，外冷内热，外松内紧，到后来在幻觉中斩了程咨，其父老将程普拔剑刺来，我在蓄足"水"的势头上抽剑还击，无意之间同时把"闸门"也抽掉了，强度一够，观众自然叫好。周瑜是我完成的第一个完整的角色，还欠深度。可以说周郎的"开朗"又进入了周萍的"混沌"。

主：可以谈得具体些。

客：戏剧是遗憾的艺术，刚有所悟就换戏了。这种遗憾也出现在《最后的贵族》这部影片拍完之后。外国生活的直接体验不足，戏中可以达到的文化品位，和必要的历史感、贵族感，由于多种原因而欠饱满，在遗憾中接到要我演《雷雨》中周萍的通知，十分愉快，我有足够自信来把握人物。如果说过去演任何小角色都是苦思冥想，这回演周萍的特点是尽量放松，并且融入最多的是自我感受。

主：周萍向四凤求爱是求生的挣扎，他们在一起的时候，周萍看到虚幻的希望和并不虚幻的美而表现出活气；与周家其他人物共处便出现不同角度的恹恹死气。两种气息的二重唱把握准了，才谈得上称职。至于好，那是天外有天。演员要飞得高，用诗人的眼看宇宙，用儿童的新鲜感和哲人的洞察力去看世界和人，又要匍匐在大地上，谛听大自然母亲的脉搏与心音。懂得自己如何生活，推己及于角色，让他也懂得"自己"如何生活，一切出之自然，也就是画论说的"妙造自然"。一见斧痕刀迹便陷入匠艺而难自拔。

客：我搜索自己在青春时代感受到的寂寞，追寻新生活又多少带点对原来世界的依恋，加上开拓新境的渺茫。时代不同了，人们感情也大变，但变中还有相通之处。我在雷雨后由花园走进客厅，有点吃力和迷茫，因为心有许多水洼，上台的呼吸就合槽对榫了。周萍虽是大少爷，他已经懂得男性的魅力还在于知识带来的美，不能有奶油味。我对四凤的追求也不是用嘴，而是用心去追求一种能摆脱困境又不太具体的新方式去生活，也就是找精神活路。我受到观众启示，把东方人的天伦之孝与弗洛伊德男孩恋母情绪作了综合，凡有人提到母亲，必看她的照片，竭力把她理想化，后来见到侍萍才从幻想的高台滚落到现实。

主：周大少爷的爱情有多少真诚，多少脱避忏悔自责的精神避难，在少女外貌美的吸引之下寻找编造了多少生的幻想，有没有玩弄丫头的成分，每段戏是有差别的，允许每位演员按照自身的理解在大范围之内自由发挥。他的死在观众心目中是否觉得合乎必然规律，在接受上不以为突然，你有什么体会？

客：尺有所短，寸有所长。前辈大家演这个角色的得失不难总结，但总结出来之后我并不能全部化短为长，因为无局限的演员是不存在的。

主：对，于是之是公认的大师级人物，但在《雷雨》的表演中没有达到他《茶馆》等剧的高度。依靠丰富学养，不无精彩笔墨，离他本人和观众的理想还远。虽然我极佩服他的博学和严谨……周萍的出走是糊涂的，在承受到外部压力与四凤的鼓励下作出的决定，比较被动，并不具体，甚至说不出任何去处，才是这一个！他看不起犯了罪的自己，这种犯罪与封建家庭有关，也和自己意志薄弱分不开的。他在死之前便有活够了的自我厌弃心理，只是被四凤的爱包藏起来一部分罢了，契机一到必然要死。

客：我用眼神，步态，袍襟的摆动，手势，想表达周萍从无理智的冲动，只是"跟着感觉走"。他向外面跑，是与自己较量，也还是被动的碰撞，至多是网中鱼死前的跳跃。这样人我见过。第四幕至此剧停演后仍感到生涩，气不旺不畅。我想用霹雳的气势喊出"你不该生我！"让天上月下都听到，力图饱满，但不过头。在"我"的眼前四面出现了墙的幻觉，仍旧无路可走，唯一打破颓废这一无形茧壳的东西只有死亡了。这儿的狂肆与前面的含蓄，给观众留下较多回味余地的模糊美，形成对峙。有一回，我的妻子悄悄跑到后排去看，听到好多议论，说化妆不好，大褂子颜色太蓝太飘，有些地方演"过了"，给我一盆凉水，非常及时。才演几场就油了。自鸣得意会使自己匡正失误的敏感完全丧失。我要继续琢磨！

主：长辈们夸你律己严、尊敬师长，读书肯花力气，是有才气的好苗子，我们希望你成为学者型的艺术家，不被夸奖陶醉。读书是为了进入社会深层与人民心灵底层，而不是越读越远离生活，最后被一大堆书压得半死不活，甚至变成活书橱！人生是一部永远读不完的巨著，年轻的朋友，愿你努力，不要像我这样垂老无知，虚掷岁月，只剩下悔恨！

原载一九九〇年《中国戏剧》第三期

《海鸥》随想

一 试测《海鸥》之谜

1992年六七月，为北京人艺建院四十周年的纪念演出中，将再次隆重推出苏联剧协第一书记、莫斯科艺术剧院总导演叶甫列莫夫去年来华排演的《海鸥》。作为一位从实践中发展斯坦尼斯拉夫斯基体系的大艺术家，每次重排《海鸥》都作了重新解释，并且广泛获得观众的理解而享有很高的声誉。他认为《海鸥》是一座内涵极为丰富的宝库，他到中国就为了和观众演员一道来猜测谜底。作为不甘交白卷的普通观众，我也试谈一点浅见。

艺术家想表现的东西与已经表现出来的东西总有差距。那些未被体现出来、不曾被人理解的稀有之美就是"海鸥"，作家导演演员观众心中，每个普通人的心中都有这种美。所以此剧方能在九十年间不断以崭新面貌出现于舞台，并且引起强烈共鸣，正是契诃夫深刻之处。剧本把俄国文化理解为三个层次：高层是托尔斯泰等一流大师巨匠，永垂不朽；中层是优缺点都不多，文字漂亮而注定为流光所冲淡，虽受观众（尤其是市民们）欢迎但毫无历史地位的艺术匠人特里果林之流，特里果林概括了文学界好些人物的特征，非常真实。他的情人阿尔卡季娜是个小气无才带点神经质的庸俗演员，她善于向历史订购的一批适合自己的看客，被这些莫名其妙的人莫名其妙地捧昏了头。以台上台下的善于"做戏"换得过头的荣誉和利益，显得比天才还像天才。情操低于特里果林却比他有行动力，结局则殊途同归于被遗忘的深渊；第三层人物的代表是一对青年情侣，在无名而又遭压制的时候有才识与潜力，不乏闯劲。一朝为艺坛所接受就趋于保守、平庸、僵化、自我封闭，为名利困扰而疲于奔命。希望与忧虑涌入契诃夫的笔尖，有时也感到希望的幻灭，于是他退回半步装出欢容，不是扮饰，是出于善良，以含泪的微笑来鼓舞我们。结果青年作家考斯佳用死去完成生命的探索，尼娜经过艰辛的世途，有可能找到属于她特有的成功之路。她在亭子形小舞台上的三次独白，前次是朦胧的向往，天真纯洁而缺少生活实感；落幕前的重复代表作家对未来的祝福。穿插在男主角自杀前，尼娜与他重逢时的第二次朗诵，旧情重燃，十分矛盾；失去了原先的质朴健旺的原始之美，有纯真，也有代表美的幻灭为考斯佳之死起到催化剂作用。任性的舞台腔，僵硬，过头的夸张，熟练显示出困惑与彷徨，还套上一层外省演员的语言厚茧。我们怕她变成阿尔卡季娜式的成功人物，又唯恐她在默默无闻中沉沦。契诃夫尖锐地指出：第二类人物吃香是靠后辈的无能与表现机会所造成的恶果。天才易于夭折，难以成长。台词外淡内浓，节奏中藏着沉思与情绪。这是继屠格涅夫《村居一月》所开掘他的静剧之后，最成熟的舞台散文诗。剧中每个人都在寻求爱，但除去得到无爱的痛苦之外，一无所有。

斯坦尼斯拉夫斯基研究过印度的瑜伽学说，在体系完成之后才看到梅兰芳先生诗味浓烈的写意表演。时间没有允许他去填补俄国艺术所缺少的写意深度。叶甫列莫夫有意上承斯氏遗愿，用无天幕裸露后墙的舞台拓展"空的空间"，使容量扩大，或多或少地荡漾着中国戏曲绘画擅长的意笔的清香。准确的细部刻画与大泼墨的浑沌淳厚之美相照映，从契诃夫身上找到了写意的意象。

舞台上流动的亭子是生活大海的浪尖，又是剧中人倾吐内心独白说出真话的奇妙所在。用叶氏的话来说"是友情、交流、忏悔、剧场与爱情的象征"。青年作家和演员倾吐出稚嫩的真诚憧憬，有改革戏剧老套子的激情；特里果林有短暂的清醒与一刹那的真诚，阿尔卡季娜在亭上同情人做戏又走到忘记做戏的片刻动情。于是，失败者到亭中梦想成功；成功者看到自己的危险，共同构成旧世纪末人际关系的大错位：你能给的人不要；人需要的你没有。当然，亭子也有过不当动而动的赘笔，那是导演为自己的发明所陶醉的小疵。此外，他对打破东方艺术在叙述里表现，西方艺术在表现中叙述的界线时，有出色处理，也有过犹豫而陷入说服性图解的片段。契诃夫几十个停顿被取消，无声的歌所展示的沉闷单调遭到淡化，传神、寄意、造境、抒情的笔触大为削弱，最好还保留几段突出对比及反差，叶氏还有更广的用武之地。他对中国特别留恋，所以诚恳地告诉我："真想带中国这批演员飞澳大利亚参加国际戏剧节啊！"可见国际文化交流是有广阔前景的。

二 评田冲创造的索林

初次看《海鸥》的彩排，七十八高龄的舞台老将田冲，在阔别剧场十年后的回眸似乎平平淡淡，缺少惊人之笔；看了两回正式公演之后，我们仍然说不清出格的成功在何处，他那打太极拳般的软功夫，举重若轻，泡进了契诃夫剧作中的天地，看不到费力的笔触，将活生生的这一个索林呈献给了观众。可以说：全台人物中他最放松；也最像俄国十九世纪文学传统中塑造得极好的"多余的人"，他表演的如果说是一出戏剧，不如说是露出俄罗斯文化的鳞爪则更为确切。

田冲是严肃的艺术家，在台上以悠闲的淡墨闪出潜在的灵光，谁知到了后台，竟累得气喘吁吁，步履沉重。年岁不饶人，美向美的创造者索取的代价是很高的。

索林的"武功"是长期积累的结果。田冲兄平时阅读过果戈理、屠格涅夫、托尔斯泰、契诃夫等巨匠的力作，研究过俄国古典名著的插图与苏里柯夫、列宾及巡回展览派的油画，咀嚼过文学名著改编的电影，在有意无意之间去求索，积选素材。他把四次鼾声作为不同时空条件下的心灵独白来运用，真真假假，似透而隔，角色的善良、孤独、寂寞，于人无害，尊重人的隐秘，无所事事的悲剧色彩，结合成一体。

表现一个独院小地主想当作家想结婚，受命运作弄当了二十几年四等文官，向往城市生活都不难，把这些愿望当作回旋曲的主旋律，与周围人物（应当指出有的人感应力稍差妨害了效果！）在不同环境与心情下碰撞出性格的火星来就很难；

表演一个病人很容易，体现一个在生理上病情日趋严重而心理上仍有向往生活的幻想，不肯承认有病就难得多；

田冲善于通过语言的造型力，将对外甥爱中的不安，对妹妹爱中的讨厌与忍耐，对陷入绝望爱情中的总管夫人和女儿的同情又无能为力，分寸感极强。

索林坐在轮椅上频频吻着尼娜的手，后来又与姑娘在舞蹈中享受一下青春的气息，田冲能用极干净的笔墨，将长者的慈祥，终生未恋爱过、渴望弥补失去可能的遗憾，活跃的思想与年龄强迫塞给老年人的自我约束力，不着痕迹的擦边球打得美极了。那渐趋于僵直的步伐，带点微喘的声音，不服老又怕死，妒忌大夫、特里果林又在乐天知命中沉沦的意识，都在无声的台词里刻入我们的心扉。

　　最后一幕他僵卧一旁，外甥与昔日的爱人尼娜就在他身旁久别重逢，他没有台词，是作家增添悬念使气氛复杂化的活道具，田冲努力让观众忘掉自己，甘心隐没于黑暗中，又隐隐起到衬戏的作用，有"化作春泥更护花"（龚自珍句）的情趣。作为剥削为生的小地主，索林应当使人厌恶；作为人的一生不应当那样度过，一如鲁迅先生指出的"几乎无事的悲剧"人物，他又引人同情，是封建农奴制度吞噬掉的高级废物。田冲把握得准确，称得上是"用汉语说活了俄语"。若说十年前他演曹禺《王昭君》中的苦伶仃，还在躲着莎士比亚《李尔王》里的疯子汤姆，松秀中尚有僵直的线条，而丰富了他所创造的人物画廊的索林，真是回眸一笑十年新，着墨收笔的痕迹更淡，更有丰神。尽管他还在打磨，并不满意。

三　关于尼娜

　　契诃夫心目中的海鸥，广义而言，代表人类未得到理解而白白毁灭了的美，代表难以实现的理想，狭义地说，确实代表尼娜忧虑中的希望，挣扎出庸俗的泥泞去完成舞台上下的新自我。这角色与四凤鸣凤一样容易用纯情打动观众；然而，她在四幕戏中走过的人生道路又比由爱走向死的四凤鸣凤要复杂得多。演员的青春力量是成功因素，又是阻碍体现比一般成功更深刻而发人猛省的玻璃罩子；对外部世界看得清晰却走不出来的境界。与脆弱而又未找到自己历史位置的特里波列夫相比，契诃夫在严肃的绝望边缘停下了脚步而涂上一片晨曦，让曲折艰辛的人生小路尽头，闪动着暖人心魂的灯火。不知这样解释可曾触摸到《海鸥》光圈的外围？

尼娜的三段独白似乎有三层用意：

第一次小舞台上的独白是契诃夫给观众的见面礼物，优美、单纯、奇特、清新。在嘲弄创新的形式同时，又注入了散文诗的意象，尼娜尚未入世，仅仅是契诃夫与青年作家的代言人，有浪漫主义情调。尼娜是有潜在才华又比较肤浅的璞玉，可塑性大，也易入摹仿别人表演的形式主义歧途。

第二次独白，她已有了一番阅历，被特里果林抛弃，孩子死去，挤上了外省戏剧舞台，直面人生真实，带着流血的伤口去回忆往昔的爱情，非梦之梦，非诗之诗的倾诉，不自觉地打上了外省女演员职业病态的烙印，有些自己也无从发觉的舞台腔，程式化语调，误将失败与小市民趣味当作高雅艺术去追求，从而给观众的美在成长中毁坏，又在毁坏中成长的哀痛。这是现实主义的本色流露，看不出雕琢痕迹。有点拿腔拿调，嗲声嗲气的世俗味精，反而愈见自然。犹如书法的败笔转化为浑涵的锋芒。

第三次再念开幕后的长白，尼娜是希望的路标，又是剧作家送给人类闭幕前的花环，应当有诗的畅想与丰富的生活积累，代表相对成熟的美，宣布新戏剧观的诞生与艺术的无限。犹如钢琴家在合上琴盖之前用全部生命力弹出的最后和弦，绝不粉饰又高于现实，表白出高尔基强调的"激动人心和深思熟虑的象征"。那是何等诱人的创造性劳动啊！

我不能说徐帆业已完成尼娜这尊白玉雕像的创造，具有源于契诃夫又独特理解的穿透力。只能说她正在动员身心的力量，向高峰冲刺。

尼娜带有背叛青年作家与事业上尚未成功的羞愧，虽遭特里果林弃绝仍不能忘怀，又没有怨尤的宽容，侧面映衬出美被不美（阿尔卡季娜）击败，是当时熟视无奇、今天已经能使我们震惊的悲剧感染力，我们害怕尼娜重复走上阿尔卡季娜的旧路，加上三段独白各具面目的处理，徐帆必定能找到打开《海鸥》内在宝库的金钥匙，而这番功夫又不仅仅是一个尼娜的塑造……

《哗变》随想

感谢包柏漪女士来一次"清醒的发疯",使得中国的观众们能够通过法庭的大门,到魁格舰长的内心作一次探险旅行,然后带着旅途中未完成的思考,到自己的生活中再去验证、体味,结晶出若干可以鼓舞人们去行动的启示和勇气。

对于外交工作,我一无所知。估计世界上的大使夫人总有数千之众,如果她们当中有三分之一是无衔的自觉的"文化大使",把她们本国的杰作搬到驻在国的舞台银幕和书架上,世界上的文化交流工作,将会出现新的繁荣。凡是为促进各国人民之间互助了解而献身于真善美的斗士,都应当受到历史的青睐。包女士的努力很成功。宁静的剧场秩序,中国观众特有的微笑,已足以说明。这种成功并非偶然,因为她的脉管里流的是炎黄儿女的热血,所以她理解中国;她又是个地地道道的美国人,女性的敏感,作家的目光,又使她了解美国。听到剧中人说着流畅纯正的北京话,能享受这类幸运的人为数寥寥,我们乐于分享她的喜悦,愿她继续笔耕的同时,也继续垦殖文化交流这片沃野,不但把美国的佳作搬到中国,也把中国的杰作搬到美国;不但请美国名家来中国导演名剧,也请中国导演去导演美国的好戏,对等交流。这一工作的意义或许大于她自己的小说创作。

我虽然很喜欢惠特曼的诗歌,爱伦·坡、霍桑、马克·吐温、奥·亨利、德莱塞、福克纳的小说,奥尼尔的剧本,卓别林的影片,爱默生的论著,并不理解美国文学。对于沃克先生,仅仅读过《战争风云》和续篇《战争与回忆》,他另外的七部小说都无缘一读,自然没有评论的学养。从上述两部小说而言,他参加了第二次世界大战之后才出现的一种新的艺术合唱:即力图缩小世界各国间的距离，想以地球为舞台、人类为主角的艺术品，正在探索中出现。作品的规模与深度是两码事。这种努力成功多少，还需要时间来回答，需要新作来证明。我们不能苛求于任何一位作家，包括苏联的伊利亚·爱伦堡和沃克先生。沃克先生提高了畅销小说的文学性，拓宽了这类著作的背景。他还在写作，如何体现生活本身的哲理深度，塑造丰满的典型人物，使作品的流行与永久达到和谐统一，他还有许多时间去努力。比如一位作曲家，无论他的流行歌曲写得多么精美，他总渴望着写出宏伟深刻的史诗，能概括一个时代的交响乐。我想贡献很突出的沃克先生也不会例外。

《哗变》一剧无疑比他的上述两部小说更有深度。九年前我在上海看过亨弗莱·鲍嘉主演的影片，这次看了话剧，觉得更耐咀嚼。

读了剧本，我仿佛看到美国、美国人的心灵深处，都有两条船：一条是华盛顿、富兰克林、爱迪生、爱因斯坦、惠特曼、奥尼尔、卓别林等人身上向上的灵魂为船长的船；另一条船则是魁格统治下的凯恩号。后者拖着前者的思维与动力。两条船都在更换船长，但变中有不变，不变中有变。可以预料，一两个世纪以后，魁格式的舰长，还会以新的"版本"再现于美国大地上。这正是剧作概括力的生动体现。魁格的弱点不是魁格一人所独有，作为阻碍生活前进的力量，它在地球的每个角落以不同的面目重复出现。处于改革中的中国人，对魁格其人会感到熟悉。作为一位普通读者，我也勇于承认：在自己心灵深处，也有类似魁格的幽灵时而出现，正如我是阿Q的同乡，我无法洗净沁入部分皮肉的阿Q性格一样。当然，就笔力和开掘深度而言，魁格比阿Q就单薄得多。说出这样的话并没有减少对沃克先生的敬意。

《哗变》的作者对于魁格的胆小怕死、无事生非，以善于发现别人的小缺点而自豪，甚至不惜制造别人的"缺点"来满足自我欣赏的强烈要求，既自命不凡，渴望迁升；又兢兢业业力求保住既得地位；他的无能与作威作福；他的刚愎自用与毫无自信；他的文过饰非与沾沾自喜等等，都是令人厌憎的。但作为一个普通的小人物，作家对他又有若干同情。因为个人性格上的缺陷，除去对于假丑恶的社会势力缺少抗菌免疫能力之外，社会对个人毕竟还有一分不可开脱的责任。正是这种同情使作品流露出厌恨战争对人的扭曲而达到的人道主义的高度。同情与厌憎的复杂结合，作家所表现出的矛盾心理，不仅赋予魁格以立体感，而且感染了舞台上下的众生，使魁格能从战舰走上影剧院，又走出书本和影剧院而进入我们的思维空间。离开那一点同情，作品就会滑到图解观念的泥淖中去。这种滑行是太方便了，把握艺术分寸，正是作家成熟的标志，也是对他才华的无情检验。以我国伟大作家曹雪芹为例：他憎恨凤姐的刻薄，也欣赏她外形之美和聪明，对于她没有变成王夫人，上升为贾母，多少有些惋惜，才出现挽歌情绪，从而使凤姐儿永生了；在薛宝钗身上存在着同样的矛盾情感。鲁迅对阿Q，塞万提斯对堂吉诃德也都不例外。沃克先生通过二幕二场（其实是尾声）中格林渥上尉的嘴说出"是他抵挡了戈林将军，没叫他用我妈妈当肥皂洗他的胖屁股"来肯定魁格历史上的作用，不能仅仅看到沃克先生与格林渥同为犹太后裔，也正是深化主题的必需。

奥尼尔的出现，增加了美国作家写剧本的困难和乐趣；魁格的出现，也增加了沃克先生写作上超越自我的难度。沃克剧作在博大精深方面比奥尼尔逊色。幸运的是他能站在奥尼尔用毕生精力所建立起来的艺术之塔的顶尖上，看到前辈巨匠来不及观察到的一切。困难是美的诱惑，对沃克先生还可以有更高的期待。

在《哗变》一剧中，美国人的法律、海军、道德观向我们展示了一个新鲜的窗口。但是金无足赤，格林渥与坐在证人席上的角色展示性格的机会，是在法官们、记录员、传令兵，甚至查理、玛瑞克都被剥夺了艺术个性的前提下所获得的。扮演后一类角色的演员受到巨大的限制，也多多少少地会感到委屈。消除这些委屈，与其说是作家有意弄险弄巧，不如说是题材、场景给作家带来的局限无法克服而造成的必然牺牲。有胜利必有牺牲。扩大胜利，减少牺牲，是导演再创造的巨大空间。查尔顿·赫斯顿先生担起了沉重的任务。他说："奖励应该视为一种虚荣，真正有价值的是自己切实的工作，这才是应该引以为荣的。""我重视失败，它可以成为推动自己上进的极大动力。这要比教师、医生的嘱咐或法律命令更有效力。"一连几夜，他手捧剧本，立于观众席右侧安全门内，注视着舞台，手不停地写着札记，那认真的神情，令我们肃然敛容。他牢牢地抓着两条平行的线：一条是魁格为代表的线，由似非而是变成似是而非；另一条以格林渥为代表的一条线则反之，由是少非多发展为似非而是。在双方的较量中，处境有利者转化为不利；不利者化为有利。法官检察官及多数证人们按理说应当实事求是，但有一定倾向。十分微妙，不绝如缕。导演会打擦边球，好多段戏都是欲擒故纵，讲究严谨的技巧，并不逗弄观众。使我们似乎发现了正，其实已陷入奇；似乎陷入了虚，很快又回到实。平行双线都牵动我们的理智与情绪。末了来了奥·亨利小说式的结尾，笔锋一转，以合理的意外结束画卷，引我们深思。在导演与中国评论家们座谈的时候，亲切，谦虚，善于理解，表现出艺术家的气度，给我们很深的印象。我提倡平视世界，力求杜绝闭关自守所造成的夜郎自大，也防止开放之后由于文化不高而形成的崇洋媚外意识——殖民地意识。对一切外国东西都作如是观。《哗变》中国版的诞生，并没有结束赫斯顿先生的探索，如何赋予无生命舞台人物以生命，弥补题材的局限，他还可以到异邦剧场去继续创造。

　　《哗变》的翻译显示了英若诚先生掌握沃克风格与北京话剧艺术魅力的火候，整个格局很像中国的行书，畅而不滑，求回味而不晦涩。

　　北京人艺以现实主义的精雕细刻见长，也探索过诗意盎然但戏剧性不足的浪漫主义风格，但仅仅是一种辅助手段。保持主流的纯度，与突破原有格局、拓宽视野之间的对立统一，在蜕旧变新中求精纯，是北京人艺艺术家们要遇到的难题。《哗变》演出成功，保持了十足京味儿，又没有把美国海军制服当作长袍马褂来穿，缺少异国生活与军人气质，不是靠勤奋便能全部克服的。演员们的创造，既没有对传统京味（在表现外国题材时，同时可以成为异样美味和赘瘤）的哗变，又在保纯的前提下有变异，送来了令人欣慰的消息。

　　演员们对人物的刻画很准确。剧中并没有十恶不赦的阴谋家，每人的言行都不是自己选择的结果。连格林渥的辩护也是被动的，吉弗要玛瑞克去哗变，也有合理的成分，魁格当舰长不是吉弗的挑选。如果舰长称职，他也未必要挑动哗变。这一笔抹得很丰富，可信。反战情绪，对法律的崇敬，对生活中阴暗面的乐观的隐忧，三位一体地笼罩着每个人，使他们能从不同的层次与角度完成自我塑造。这样，首席法官勃雷克里对格林渥的忠告才落到了实处："如果说有所谴责的话，那只能由你的良心作出决定。"这句话构成深化主题的尾声的胚胎。

刚刚洗去末代皇帝的油彩，又涂上魁格阴影的朱旭演得很成功。

作为表现真善美的艺术，不能和假丑恶的事物绝缘。即使是表现后者，其手段也应当是真善美的，否则即步入歧路。只要看看白石老人画败柳残荷时用的是何等精美的笔墨；吴敬梓讽刺儒林群丑时用了多么准确的语言；就不难理解朱旭在魁格一角上的努力，他无愧为有潜力有想法的表演艺术家。

魁格不像末代皇帝的命运那样惹人注目；更不似阿Q那样家喻户晓。缺少国外、军人、海上生活体验的朱旭只能从书本、影片、导演启示等间接生活中去补充素材，还要动用多年积存的储备，包括从人的思想感情发展的规律中寻找心理活动，挖出"种子"，再用动作语言有效地揭示出来。他把对魁格的缺点——人类弱点的"这一个"的憎恨，与对失败中小暴君的人性方面的同情，生动地结合在一起。基本上做到脚踩两个房间当中的门槛，因时因地而有不同的侧重。他懂得魁格之流做坏事时也绝不自我丑化，总要以堂皇理由去执行。

两幕戏的处理，犹如方向相背的两列火车，在休息时交会。第一幕是欲抑先扬，利用资历、法官检察官们有利的倾向，造成不可动摇的假象。他一出场便很自负，对同情者彬彬有礼（点头、微笑极有分寸，是人物的"私有财产"），对被告及辩护者尽量掩饰着无法忍住的蔑视。宣誓时动作庄重，有一定阅历，头微侧，犹如受到极大委屈。在证人席前小立两秒钟，显出气度，"变相"不生硬。坐得坦然，病态埋得极深，只有微颤的双手偶尔流露出来，眼神的抬起、微笑、自得，台词的节奏和造型力表明此公一爱假定；二是迅速肯定自己的假定；三是遇小胜则自我崇拜；四是在逆境中矢口抵赖，矛盾百出而不自觉。种种自私、专横、无知、琐碎、固执、无事生非，都在一系列自我颂扬过程中暴露，演员深入了解角色内心，故能以"第一人称"本色表现。自嘲油滑是肤浅的"第三人称"，朱旭不屑一顾。下场步态潇洒中略有僵硬的顿号，颇具胜诉信心。二幕之始，他双脚不动；处境下降才有所动；大不利时，动作频繁；对全局失控之后，腿盲目摆动,找不到舒服姿势了。眼睛的功能也趋于复杂,估计形势;寻求支持者;期待意外的胜利;努力想使自己镇定。每次移动,都有目的,丝丝入扣,不火不温。手势比腿和眼的运动有更为丰富的"语言",如:突然朝下一挥,表示停顿;画小半个圆圈表示:就那么一回事,加上耸肩又近于不值一提;在双膀附近的摆动,表现心绪不宁;手指交叠朝下一放表示句号;摆手是否定,又突然中止表示对否定的犹豫,接着又再摆下去是死不认错,孤注一掷;球的旋动是竭力自控情绪,愈转愈快意味着难以控制内心的混乱,对语汇的搜索近于艰涩,也对法庭的形势失去了扭转的能力。弱点全面暴露之后,转球成了惯性的机械动作。朱旭对动作的运用是随心所欲,一箭双雕以至数雕。穿凿附会等于把字母当词汇使用,也许会闹出笑话。

  败局既成,朱旭开始利用前面的铺垫,手忙脚乱,并表现出具有一定尊严(无此不是老军官魁格)的乞怜目光;对奇迹般胜诉的企望。这时,观众的宽恕,善意嘲弄(没有人想置他死地,假如去当个事务主任肯定很出色),逐渐深化到对战争的非常环境的痛恨,对道德、良心、法律的复杂情感。到尾声中格林渥点题的长白一念完,憎恨、某种程度上的敬意和歉意都被同情的火种点燃,魁格不在台上,却又成为异峰突起的推进力量。

  任宝贤的戏很吃力,他能以泼墨交代全景,工笔处理细部,做到了舒卷自如。我们设身处地为他着想,才知道把北京小市民的油滑,变成美国式的洒脱要付出多少劳动。尾声中的长白念来有情感有节奏,也有理智。

  证人席面积不过一平米,是舞台中的舞台。修宗迪演的吉弗,李光复饰的厄本,丛木饰的凯斯,米铁增的萨德,李廷栋的伦丁,杨立新演的伯德,各见功力,他们出场时间短,只有进门、出门、坐、立、答问,全部故事又都在幕外发生,演员们动用储备的知识,或爽朗,或拘谨,或恨中有怕,或内有隐衷,或过分自信,陷入困境而不自觉,可谓各有千秋。这条人物画廊是戏剧的脊梁。演来难不伤神,苦不丧气,细而不琐碎,用尽全力而不见雕琢之痕,都使我们很佩服。

  《哗变》,也无妨看作美国作家导演向中国同行们发动的一次挑战。我多么希望中国的同行们把手套扔过去，拔出"剑"来，用自己创造性劳动去征服美国的观众读者。在竞赛中超过朋友，对于竞赛的双方来讲都是妙境！

我还不能想象美国有了中国今天这么长的历史之后，会出现什么样的文化，作为中国的普通观众，一方面为目前我们还缺少雷霆万钧之力的巨著去博得世界读者而不安；但我又生而有幸做了一个中国末流作家而自豪。我不愿引用阿Q的话，说自己祖上比别人祖上伟大得多，或者用"古已有之"的套话空言去否定西方客观存在的文化成就。今天，我们能为一个美国戏而请来许多专家畅所欲言，却很少有人想到为一出国产的传统戏剧来开一个同等规格的会议。虽然，我相信大家都乐于参加。

今年6月初，我在北京看了王金璐先生主演《走麦城》，演法是近随王鸿寿先生的北京弟子李洪春老师。王先生年过古稀，演来虽无惊人创造，总不失前哲风范，功架尤为高贵壮美。坦白承认，观众很老化，配角也不尽理想。看到京剧的垂暮衰飒之气，对比一些服饰艳奇，文化层次不高，个别忸怩作态者离开话筒便不能唱歌，一些与歌无关的流行动作，令人不得其解的××××大奖赛充斥电视荧屏，"常赛常新"，主持者不厌其多，报名者不惜重金，推荐者不辞其劳，内容形式都陈陈相因，谈不上创造性思维的东西大行其道。想到全国能《走麦城》的演员已是凤毛麟角，电视电影迎合利润与某些欣赏层次趣味而不屑一顾，想到许多伟大的东西都要消亡，虽不悲哀，又怎能不惆怅？

自宣统上台至民国初年，中国戏剧文学不是丰收季节，也没有出现关汉卿、汤显祖式的大师。但是有《走麦城》。这出戏和《哗变》一样没有女角。没有一唱三叹文采斐然挂在观众嘴上的著名唱段，也算不上流行剧目。但这是一出伟大的作品。剧中的关羽是人情化了的神，又是神化了的普通人。就意识而言是封建的，就风格而言是浪漫主义的。作者斗胆让主角犯下一系列错误，步步被迫进入死境，但是他越犯错误越伟大，越使人同情，觉得可爱、可敬、可亲、可信，这就是大手笔。今天谁能用同样笔法写出伟大人物？这出戏里关羽也哭，哭得震撼人心，格局博大。他一面在失误（骄傲、刚愎自用）中愈陷愈深，一面在死亡面前由被动而主动，终于完成自觉选择而达到极壮美的境地。作者让他先中药箭，又写了阴谋者的卑劣，努力减轻关羽造成失误的责任，又能结合战斗，饱蘸浓墨，渲染关平接受父爱的鼓舞，由不无畏惧到蔑视死亡的心理过程，只用四五分钟时间。关羽决定走麦城（不走也未必能活），周仓、关平、赵累等众将反复哀求："父王去不得！"越是不能走越要走，达到了贝多芬《命运交响乐》所未达到的立体高度。"父王去不得"这句话与"命运"的叩门声从东西两方展现人类对悲剧的深刻意识，一种不可改变的命运的高度。如果说西方剧圣莎士比亚在《安东尼与克莉奥佩屈拉》用性爱去渲染落日飞霞的悲剧美，在杨小楼、梅兰芳两位大师的《霸王别姬》中表现得同等完美的话，以父爱来把《走麦城》超度到崇高的壮伟天地，莎剧中拿不出这样作品。而《麦克佩斯》相同的主题，在舞台形象之美也比不上剧本文学性平平的《伐子都》。《走麦城》中对龙套的描写，体现人心向背，在军事、政治方面的启示，远远超出了艺术。当然，艺人们文化水平低，这些一流作品的唱词并不是一流诗歌，甚至是水词、套话，这也是中国文化史上的独特现象。我说这话，目的只有一个：西方学者只有懂得东方艺术，才能议论中国艺术；中国人应当有民族自尊心。中国的画家能画出洋人未必能画成的油画，能在中国舞台上比较完美地演出《哗变》等洋戏；洋画家用起毛笔、宣纸来难免洋相百出；任何洋演员都无法在世界任何一座舞台上演好《走麦城》，何必气馁呢？我不能请包柏漪、赫斯顿、沃克、杜立图等先生看看《走麦城》，只能是终生的遗憾。我也坚信：这种遗憾能感染每一位热爱中国文化的人，不管他是否炎黄后代！

凡以平等待我们的一切外国朋友，我们是真诚的，也乐于接受他们的指正，哪怕是严峻的。

今天的中国文化并不是世界文化的珠穆朗玛峰，我也无需讳言。比起同辈作家，我是微不足道的门外汉。我也勇敢地欢迎外国朋友的批评，外国评论家在我心目中将享受到国产评论家们同样的崇敬。

狂与妄并不是一回事。妄很讨厌，因为不切实际；狂，杜甫说的"漫卷诗书喜欲狂"，还是有点可爱的成分。过头的谦虚近于虚伪，我的话可能有点狂，但是真诚坦率，不管听着是刺耳还是悦耳，对我来讲都是一样。

《李白》随想

一 读启宏兄新作《李白》

"浪漫诗才少并肩,山川空待百千年。新人谁坐昆仑上?重理江河好管弦。"二十年前我在翠螺山李白衣冠墓前吟此短句呼唤具有李白同样光焰的大诗人。今夜喜读启宏兄新作《李白》,昔日情境重上心头,禁不住对才宏学富的作者表示由衷的感谢!

这是一部饶有散文诗趣,同时对李白形象给以新诠释的好戏。既忠于历史,又有丰富的想象,努力再现唐代风韵,又将李白诗魂通过戏剧化达到相对和谐的境地,只有理解了诗和诗人的作家,才能作出如是尝试。

百年前,恩格斯曾指出歌德既是大诗人,又是庸俗小市民的双重人格。启宏用洞幽烛微的目光,钻探了李白诗魂的内核,一反飘然来去,似乎不食人间烟火的形象,把这位大诗人的复杂性格,入木三分地凸现在我们面前。李白有兼济天下的大志,自负甚高,未必有多大的政治才能。他天真直率,但功名心切,且不合实际。对皇帝老子时有幻想,甚至不惜向韩朝宗之流丧失尊严:"生不愿封万户侯,但愿一识韩荆州。"当然,这并非是诗人个性和作品的主流,不过也不应该像某些好古家那样加以美化或讳莫如深,这类缺点必须用李白的独特方式、可信地加以表现。李白曾慧眼认识郭子仪,却未必能看清永王璘的贪权短视。从规劝永王璘报效国家的善良动机出发,不仅仅是想做东山的谢安。但事与愿违,李璘的无知专横,量小拒谏等统治阶级很难避免的"职业病"逐渐暴露无遗,最后祸及李白,诗人也是咎由自取。启宏设置的这段戏起点较高且有伸展余地,反衬出李白的坦荡博大,以及门客们的谄媚无耻。作家以沉着的笔意告诉我们:伟大诗人是渺小皇室兄弟争位的牺牲品。而李白是在不断清醒中不断地糊涂；在糊涂中不断地清醒。他找不到也不可能找到理想的出路，个人悲剧与悲剧时代息息相通，一切都不是孤立偶然的结果。

剧中人物在李白长流夜郎的前后过程中，各自留下了比较丰满的面影。道士吴筠独善其身的通达；宗琰夫人百折不回的坚贞，宋康祥的谋略，惠仲明的两面三刀，孙二的仗义，永王男宠栾泰的卑劣，腾空女道士的义情，这一切错综得井然有序。山光、江流、月色、纤歌，启宏也是用诗人的眼光去寻求李白的视角，去验证李白的感受，达到无生有，有化无，虚中实、实中虚的境地，从而融合于唐诗天地的大文化中。

戏的结尾将民间传说与史实作了诗的糅合，余音袅袅，令人流连品味。浪漫主义的激情与冷隽的思考相辅相成，致使此剧的空间性颇大，同时也成为导演和演员探索的难题。同样的话，出自李白之口是美好动情的诗；出自他人之口则是浮夸的空言。是金是石，全由艺术家来赋予。此外，也略作些挑剔；启幕曲是宋词风味，去恢弘浑涵的唐音稍远；幕间的独唱绝句少点"仙气"，尤其是第五场的幕间曲。四句皆起于平声，为璧中微疵。以启宏的文才和素养，并不难熨平此类小皱纹。

二 浑灵淡逸出风神

曹禺同志在年轻的时候，曾想把李白搬上话剧舞台，可惜未曾找到适当的情节突破口来开幕而落空。"江山代有才人出"，北京人民艺术剧院艺术家们以辛勤的劳动演出了饶有新意的《李白》，虽然不能弥补曹禺的遗憾，也给首都观众吹来一阵清风。

表现李白，要有乐于冒险的胆识和浑灵淡逸出风神的才华。这位继屈原之后最伟大的浪漫主义诗人，有着被他自己放大而仍然显得可爱的纵横家抱负，游侠的豪逸。思兼济天下而不得，每回碰壁欲遁世入道而不甘。在这两"不"之间矛盾地寻找着并不存在的出路。他对环境与自我的认识时而入木三分，时而又自慰慰人地陷入云山雾海，吐出诗的飞瀑长河。于是不断地在迷茫后清醒，又在清醒后迷茫。他懂得语言的灵气，同样的话他说"白发三千丈"是名句，他人说白发一丈长也是夸张失真。他痛斥叛乱的胡兵在洛川道上烧杀掠夺，也要选特殊视角从云头往下看。诗人对并不信任他的皇帝时有幻想。《清平调》堪称唐代宫廷文学之冠而不免涉嫌帮闲。"生不愿封万户侯，但愿一识韩荆州"，向韩朝宗之流讨金献媚，"笑入胡姬酒肆中"的享乐意识，都打着时代烙印，透明的性格特征。这些暗影不是诗人及作品主流，有经验的作家郭启宏也不为贤者讳，让诗人现身说法对观众作李白式的自我表白，使形象更加丰满飞动。浓墨重彩的雕刻与泼墨泼彩的传神写意，把人格诗化，诗歌人格化。天马行空，仍落到实处。剧本避开现代语汇，又选古今通用上口易懂的语言，情采风骨，苦追唐诗格调，体现民族戏曲的写意手段。对剧作家郭启宏个人风格有可喜的突破。

戏的前四场是宣叙调，大起大落，急管繁弦，介绍安禄山造反，玄宗逃蜀，肃宗在灵武登极，五十六岁的李白杀贼报国心切，受聘入永王李璘幕，很想做东山谢安石，"为君谈笑靖胡沙"，谁知李璘任用乌合小人与哥哥争位，迅速兵败身亡，李白半醉中作为牺牲品而锒铛入狱。夫人宗琰闯进公堂辩解，主审的御史中丞宋康祥想为之开脱，而诏书突至，李白长流夜郎。紧凑但略嫌抒情不足的笔墨，颇为成功地介绍了道士吴筠的旷达，腾空子的侠气柔肠，宋康祥的明达干练，惠仲明的外耿内奸。后五场戏写得一唱三叹，意象活脱，境界朗润恢宏。诗人拜别长江的独白是忧愤的散文诗。接下去是宋康祥飞马讨来诏书，"赦李白"，原来是郭子仪元帅的全家百口性命作保的结果。于是轻舟过万重山，来到当涂翠螺山下，与渔父交杯，和社日的村民同乐。郭子仪意外来访，李白花甲从军，异峰突起，夫人宗琰纵论诗歌性灵，悟得聚即是散散即是聚的妙道，欣然别夫人归于自然。月光如水，诗人抛却锦袍，横揽江流作巨杯，走入醉眼看到的广寒宫——永恒的诗国。山岚，波影，树声，天光，月色，诗笔，一朵青莲，从自古不生莲的长江上涌出，追寻的是唐音天籁。

最动人的笔墨是村妇纪婶误闻李白在湖南翻船随屈原而去，在江滨立幡招魂，老人一碗酒酹江涛，孙儿便诵一首太白佳篇，恰好李白途经此处，面对

枫林拾翠

场景老泪横流地痛剖自身弱点，纪婶认为他不该攻击诗仙，几乎动武，公差说明实情，纪婶敬以家酿玉浮梁，又与诗人共奠亡夫纪叟。几分钟过场小插曲，演出诗人与百姓的血肉关系，千秋爱憎，史笔诗味争辉。如果苛求，剧作对李白诗歌的源泉，当时全国人口由六千多万减至一千七百万的社会生活，似乎还可以织进更多的横断面；吴筠与腾空子的作用有些相近而使两者飞腾的空间受限。

整个演出很严肃，导演苏民用了大半年时间与作者一道反复推敲，克服了许多困难，始终贯穿了北京人艺演剧学派的独特风格——以实求意。实，是人物言行动静，都要有生活基础，反映出角色在演员心头久久酝酿而出现并且经过反复筛选提炼出的心象，使内心活动外在化，外部动作透视思维。意，即造境能力，意在剧先，溢出剧外，剧尽意存，余味无穷。以写实手段达到写意目的，借以表现中华民族文化传统特色。实得扎实；意仍空灵。有了前者，方能双峰对峙，互相生发掩映。在表演上更是藏龙卧虎，各有千秋。濮存昕演李白骨气洞达，凡中求奇。一吟一饮一舞，开掘较深，对纪婶孙二乳娘等小人物的由衷敬爱，用忘却自身伟大来表现伟大，在看不出用力的地方用力，说明演员的可塑性，如果他不断丰富自己，不难走向博大壮美的境界。童弟饰惠仲明，用美的手段揭示利禄小人丑的灵魂，大奸若忠，大谄似直，可见努力保持尊严比自我丑化更有笔力墨韵。吕齐饰吴筠张中有敛，严敏求演腾空子敛中寻张，相反相成，都用逸笔，并不草草。道士出世者的冷眼热肠，道姑兼奸相李林甫女儿的贵族仪态，或藏或露，各尽其妙。顾威演宋康祥身份贴切，庄重中还可以碰出两三次情感的火花，当李白闻知惠仲明升官后莫名其妙地被杀时，顾威欠身拈须一笑，向观众暗示是他所为，是小处落墨的惊人之笔。龚丽君演宗琰略显稚嫩，但已展现出大青衣的才具，在舞台及屏幕上花旦多青衣少的今天，尤其惹人注目。全戏的服饰有唐画遗韵，有观剧如读画的效果。布景设计近实远虚，除尾声造境力还可以强化之外，各场都很生动准确。

三 试评《李白》的表导演

北京人艺的新作《李白》是有追求有诗味也有潜力的九场话剧。此剧在表导演方面，秉承人艺演剧学派长期积累成的风格——以实求意，在新时代又有新的发展。

"以实求意"是北京人艺二度创造的特征。犹如中国绘画的以形写神，强调传神寄意。无形则神无所依托；无神而机械地摹形，没有艺术魅力。

"以实求意"，即以写实手段达到写意的高度。实，人的一思一行一言，一物一景，都要有严格的生活真实作为基础。经过演员的酝酿、丰富、提炼、升华，角色的立体形象便凸现于演员心中，共同生活，趋于完美。再把明朗含蓄的心象通过形体动作，映入观众视觉与思维空间。意，即意境，丰厚宏深。耐得反复咀嚼，引起无限联想。

老导演苏民排戏向以严谨求实著名。《李白》就风格而言近于浪漫主义。所有浪漫主义作品的感染力都来源于和现实生活息息相通部分。愈是天马行空，愈要贴近生活。苏民深知个中三昧，与作者一起反复推敲李白的著作，研究李白生存的环境，逐段逐句开掘剧作的意境，做了大量的案头工作。先实后意，逐步提高。按照常规，五六两场戏可能被合并为一场，七八两场戏也可能合为一折，由于苏民体会到作者苦心，出于对郭启宏兄的尊重，处理成目前的样子，也很有美感。苏民把前四场的节奏加快，意在介绍人物关系，在宣叙调中通过一些夹缝扎进抒情因素，把大量时间与气力用于后五场咏叹调，多少弥补了剧本的局限。除首场缺少展开的明晰度，尾声写意的力度还可以强化之外，衔接得很紧凑。导演功力见之于演员无词部分，以及人物之间的呼应交流，称得起酣畅和谐。贯穿着同一条道路上走过不同人生的意蕴。导演善于通过一小群人物迅速上下场而编织气氛，又擅长在两组人物中，一轻一重，虚实对映，轮流突出，穿插过渡不见雕痕。第五场李白江滨逢纪大婶时，情绪的对流、撞击、合流，十分自然。加上演员的创造，把过场小插曲变为体现诗人与人民，花与泥土、流与源的重要画卷。

演员的阵容很整齐，保证了《李白》的演出质量越过了人艺保留剧目的水平线。

首先要表彰七十七岁高龄专演小角色而获得很大成功的吴淑昆。她那无技巧的技巧，带着泥土的芳香，江水的淳朴，将唐代离乱中的贫苦村妪，举重若轻地表现出来；眼神的凝滞与流盼，呼吸的深浅，步履的快慢，白发的飘闪，具有母性美的强大征服力。五分钟小角色，千秋爱憎，百代是非，活脱沉着，达于高境。

童弟演的惠仲明吸收了萧长华等前辈大丑的气度，把批判的解剖刀锋扎进貌似耿介庄重而实为狡诈无耻的深层，亦工笔、亦写意，意境优美、浑涵老辣，不是脸谱化漫画化演员可以企及的。

二年前我发表拙文《从周瑜到周萍》，勉励有才华而又勤奋的青年演员濮存昕，我怕他演的主角过多，生活储备来不及补充，《海鸥》中考斯佳一角未尽如人愿，最近演的和尚也有人说方外气不足，把栗原小卷中等水准的表演衬托得超过了应得的好感。李白的登台才达到可喜的进展。这是个色彩繁丰多面统一的人物，存昕让他在永王面前天真，在惠仲明面前忠厚，在宋康祥面前表现傲骨并有些可爱的迂阔，在纪大婶面前坦诚，在长江浊浪前真挚，在妻子跟前的耿介，在吴筠面前的豪逸，在孙二乳娘面前的谦恭。总之，他塑造的李白是一个在封建大唐帝国欲兼济天下而不准，遁世入道而不甘，"世人皆欲杀，吾意独怜才。"（杜甫句）历史并未给他安排出路的矛盾形象。演员的气度恢宏，当腾空子入狱安慰他的时候，他把抓在手里的铁链一松，"当啷"一声，好一个惊叹号，峻拔傲岸中有人间烟火的冤屈感，不浑身飘逸。白帝城头醉卧石凳，江边举碗奠江涛遥寄纪叟，襟袖飞动。当年为演好周郎而苦练的剑舞，为"十三学击剑"的李白添色，可贵的是不为观众掌声迷惑，尊重剧中人年龄特征，一再缩短舞剑时间又结束在衰老的动作上，大方健美，令人击节。显示诗人永不老，风雨莲更青的个性。即使在饮酒的细小动作上，每饮不同，或如鱼得水，或细品其味，或苦浇诗怀，极具匠心。于是之兄说在同辈人中能把李白演到现有火候已属难能稀有。相信荣誉不会压倒勇于更新旧我的艺术家。他正在训练李白特有的眼神，从古画《李白行吟图》找到起点，把历史感，对现实的穿透力，饱满的热情，热情得不到回报而故作旷达飘逸背后的沉痛，儿童的纯洁，渴望为帝王重用的紧迫感，对妻子带有父爱的透明性……苦攻李白诗，诗中寻"眼语"，狂喜总自艰辛出，汗水由来不白流。愿峨眉月，翠螺潮，长安酒，庐山云，当涂柳，与他相视而笑，共证诗人生命真谛，丰富当代舞台。他大有希望！顾威饰宋康祥干净威严，风仪切合身份。刚正与偶然露出狡黠、热衷权势的表情，相辅相成，犹如素描的明暗两面。可惜他没有更多的抒情机会。当栾泰告知李白惠仲明糊里糊涂地升为州官又为什么案子砍了头，顾威捋须一笑，暗示是他所为，恰到好处，再减些笔墨则观众不解，添加一分则轻浮炫功有失练达。

吕齐兄演吴筠虽是配角，用功不比过去演的主角少。以大块面的写意文章来表现闲云野鹤，开拓了他的视野。洗净洋味，放达悠闲内寓沉痛感，拂尘酒葫芦丝缘大袖宽袍髯口，都为此服务，让这些"零件"驯服，一声长吟咏出一番境界，全仗他失眠病中的苦思苦练。他对这一形象并不满意，还在磨光。

陈小艺是全院最小的演员，一口四川话流畅入耳，她塑造的儿童不乏童心，形象朗润松秀，比她从前演过的人物要鲜明生动得多。

严敏求演腾空子，登台前曾去道观听道长讲经，认真学过参拜仪式，表演中要躲开吴筠以免重复，厚积薄发，无戏处出戏。偶然还要显示相国女儿的仪态，小题大做，扎实、生动。

龚丽君演李白妻宗琰，努力在格律中找自由，凝重的青衣风采，妻子兼有女儿学生妹妹多重身份皆有准确体现，戏到末场，俨然被苦难烧炼为丈夫同辈人，谈诗论道，精神大飞跃，稍嫌书卷气不足，还算出色。

戏求诗境，限制了安史之乱对人民造成巨大灾难的侧面表现，尾声太实，能否空灵些？不仅是良友赠剑，好心反而加速了诗人的羽化，而且舞台语言不全是李白式的。仙风醉意两不足。吴筠、腾空、宗琰，若舞台美术允许，可否全从月亮中显影，让诗人醉眼看到，大斗笠可以变为明月，诗人用理想之笔蘸酒画月，于是月上澄空，月影横江江水急，被他用现实的剑搅碎，再画，再搅再碎，寻月思往广寒宫，走入永恒的诗国。这更靠近民间传说，又不与正史李白病故相悖，或者更浪漫，更有李白式的情味风神。当然，这是苛求，也太出格，显得可笑了。

四 淡处最高华

若问北京人艺演出的话剧《李白》中谁是最佳演员？愚见是吴淑昆。她的演技炉火纯青，用不表演的真表演、无技巧的高技巧，本色地塑造了一个唐代乡村老妇，映衬了李白，深化了主题，化过场插曲为异峰耸拔的诗境。可见好演员身上没有渺小的角色。

剧中的纪婶误信李白长流夜郎在湖南翻船随屈原而逝，在江滨悬幡招魂。七十七高龄的吴淑昆在这场戏中把纪婶演得可敬可亲。她能控制鬓边白发的一飘一落，步履的蹒跚、急缓、整碎，举杖点探扶倚，落地音响的大小轻重自如，极生活化地驾驭了古装衣裙。尤其难得的是一口四川乡音经过艺术提炼，很具造型力，声中有人，以情帅声，显示出丰富的生活积累。

吴淑昆忠于人艺以实求意的总体风格，一行一止，一字一句，落到实处，没有演剧家的习气，播散着孕育诗人李白的川中沃土之香。等到人物下场，我们心中又留下了泼墨大写意的酣畅、含蓄，戏有尽而意无穷。在舞台屏幕上演员们书卷味及生活底子不足而出现的逞姿为媚，华而不实，剑拔弩张，得华美壮美皮毛的偏向并非罕见。淑昆的表演堪称程（砚秋）派话剧老旦，轻灵如水仙凌波，高标近老梅吟雪。天籁无痕，余音袅袅，超越色相，达素美之极致，给人启悟很多。可以说她与赵蕴如、吴茵并列鼎足而无愧。

淑昆在小角色身上有折射时代及主角光彩的能力。当年她在《蔡文姬》中演赵四姨娘，不唯慈和敦朴，有春秋战国悲剧人物风神，还能展现女诗人蔡琰对她潜移默化多面熏陶的痕迹，这是缺乏素养的青年演员无法达到的境界。一台完美的演出，总是由完美的个体去汇合而成。甘心垫路，不骛声华，耐得寂寞，是淑昆漫长的"捷径"，这捷径是一歌几万元的时髦人物所不屑一顾的。我们为卧虎藏龙的中国剧界骄傲，虽然淑昆展示给我们的龙鳞虎毛是太少了！虔诚的敬意无法掩饰这篇小文的空洞，愿名家倾吐出长腔大调的鸿辞，来勉慰在花坛边缘的奇花异草吧！

五 宗琰的塑造

龚丽君在《雷雨》、《北京人》中取得了令人注目的成绩；但在《海鸥》一剧中由于对人物所处的时代与环境理解未深，没有上一层楼。这次演李白夫人宗琰，我以为有新的突破，展示了勤奋、才气与希望。

大幕拉开，史书上无多少记载的宗琰便处于矛盾的交叉点：她知道丈夫是杰出诗人，并无多少政治才干，入世必受打击，甚至性命难全；伴他入道归隐是深心夙愿，又知他不甘。丽君一进戏，思想上拉锯战便渐炽烈。她听吴筠的话似乎有理；对李白报国热忱又有些鼓励。这种对立统一形成雕像的底座。

李白蒙冤，她挺身而出，入狱相慰，几番欲言又止，右腕当胸，可以看出人物克制着自己的抱怨，对诗人由衷同情。法堂上为丈夫辩白一段戏，她的思想脉络交代得很清楚：大胆中有畏怯，畏怯终为大勇所战胜的过程，使她隐藏在穷诗人妻室外表下的相国孙女——大家风范层层展现。声音动作由内凝而适当外张，但张中有敛，不失囚犯妻与大家闺秀的两重奏，和谐，生动，她决定伴夫长流夜郎的过程微嫌局促；但夺过丈夫手上包袱这一动作十分自然。上半场戏由这个动作谢幕，也是后五场戏的序曲。

后面的戏由宣叙调转入咏叹调，宗琰在台上播下一片山峦，其中有两个突出的高峰：

一是与李白转道南行前夜：诗人为了宽慰夫人，胡说出夜郎并不存在的"美"，真诚的假话，听来辛酸，她并未流泪，叹息，顿足，而是自比为杨玉环到黔中大吃荔枝。丽君用比较轻松的口吻吟出沉痛的台词，相濡以沫，亦喜亦悲，非真非梦，人生苦味，夫妻间的理解和盘托出。当然，如果苛求情绪发展的层次章法还可以理得更清晰。笑里皱眉，转身中发颤的手等等，还能在大起落的块面里找到更多标点符号式的小"零件"。

二是夫妻论诗，她已从监狱中认清了世界和丈夫，突然长大了，年龄介乎妻子女儿之间的少夫人，舍弃了"女儿"的成分，合理而又可信地成为诗人的对话者。她谈诗是大鉴赏家的气质，(如果书卷味更浓些就更自由，从有法入无法而生万法的高境，可惜丽君及同辈人中都差这点睛的笔墨!)悟得聚即是散，散即是聚的哲理，佛道意识被生活化、爱情化。她的外部动作少，眉宇开朗，犹如大青衣处理中心重头"唱段"，气度不弱。导演的细细加工，使她同意丈夫去从军，不是欲擒故纵的权术；又有大哀痛，半年间形影相守深化爱情一段岁月的险恶；唯恐这个老孩子再出事的心有预悸(源于余悸)，那顺从中的谅解与哀怨，自己也真假难分，不无留得住的幻想(几番淡淡的眼珠绽出的微笑……)，又有留不住的难处。在进退自如中显现进退难舍，我以为基本是称职的。

无人能说清李白夫人的笑貌身姿，情操和经历。只能从李白诗的人格化中，去想象她的倩影。丽君的妻女之间，敬爱之间到夫妇齐眉并肩，让我们得出感谢编剧导演与丽君的结论：李白的夫人或许就是这样！这刚中见柔，柔中有刚，诗情洋溢的人物，无愧是大诗人的伴侣！我们把诗人的生活交给她去照顾是可以放心的！虽然她还可以更平凡、更有魅力。

宏伟酣畅

——《虎符》的导演创造

《虎符》歌颂了中国历史上一群品格高尚乐于舍生取义的人物，诗情磅礴，气象庄严。虽然不可能成为抗御拜金思潮的灵丹，今天重排演出，总能引起有心人的深思，起到一定的美育作用，在民族化上较焦菊隐先生有突破，给我们以北京人艺后继有人的喜悦。

一贯严谨勤奋、敢于突破的苏民同中央戏剧学院马惠田教授珠联璧合，后者1988年精排此剧赴新加坡演出轰动狮城，基础扎实。他们删节了剧本中次要的场面与对白，以工笔重彩添了无言的序幕，交代时代氛围，动用雕塑效果，并在尾声时加以呼应，构成强烈的回光，把场面容易流于单调的如姬之死推向壮美高境。

导演把全剧人物性格分成外张与内敛两类。老谋深算隐于小吏能轻生一诺的侯嬴，曾经不辱君命久历人世风尘的唐雎，基本上只敛不张，飞扬跋扈阴险忌才目光短浅的魏王则只扬不抑，突出重围求救的平原君夫人张多敛少；主角如姬、太妃、信陵君则刚柔随意，自由出入，甚至用复合叠印，以抑映扬，以浓见淡，正反互补互衬。笔触老辣中见清秀。

送别及尾声中的群众画面，层次多，穿插妙，调度活，以少见多，有千军万马的气势。导演要龙套式的角色演人，演情，飘散出教养、爱憎、力度的美。那丰碑底座式的台阶运用得极成功，是大梁城郊古道，又是如姬父亲墓地。现代转台同古典的意境浑然一体，外在装置内在化了，加快节奏，有助于人物情绪的升降浮沉。

三个主角皆用阳刚基调，同中求异。太妃突出母性之美，大义凛然，尽管通过琴来宣泄内心独白的想法未能圆满体现，生动鳞爪仍见端倪。在魏王面前取架上短剑是凤头，赠匕首给如姬是决心赴死的熊腰，捧剑上台阶自刎是豹尾。激情的沸腾，使实的台阶，虚悬白布代替的帷幕梁柱被点铁成金而立体化。黄钟大吕，天钧正声，善的化身，使观众们皆羡慕：人生当有此母。

信陵君救赵行为在幕后，前台只能通过人际关系的冲突与联系，来表现精神世界。导演调用各种手段来强化比较浅白的主角。他俩用先秦文化的乳汁，去启导演员，帮助有才能的青年演员李洪涛涵养大气，以静制动，动静相生，演出贤公子兵法家的恢宏度量，国家长城的历史地位，语气、眼神、步势一一落到实处。男性之美，真为特色。诀别如姬，心潮奔腾。戛然而止，飞动而凝重。

如姬身上强调女性之美，是透明的月光，闷夏的凉冰，隆冬的火盆，是郭老笔下最活的女性，虽说剧作赋予的文化内涵逊于太妃；如姬就是美。几段重要台词，尤其是同太妃谈心时自剖心迹，被唐雎催眠后的心灵呼喊；生命大幕降落前情瀑怒涌的大和弦，导演都蓄足了势，情潮汪汇、骤然揭示，一泻千里，雪涛扑天。

起用一代新演员。在舞台及屏幕上花旦多、大青衣很少的今天，青年演员陈小艺正在尝试这种突破。就气象博大而言，她只是处于花衫式的过渡阶段，潜力较大，如果坚持在戏内戏外来一番苦耕，前景令我们乐观。她的形体动作稳重雍容，台词读来恳切，声到情生，追逐着朴素的华彩。她的步态、双肩、两臂都能放松。通过腰功在裙袖上闪现丰采还稍逊火候。受催眠术时与唐雎老人的交流；自尽前后情绪变异的章法，可以多些层次，以唤起观众心潮节节上升。对太妃的情感起点稍高，后部便成强弩之末。希望和信陵君同台的时刻，多多注意无台词部分，表情上强化三五处细节（并且削减其他场面的外部动作来使之突出），不难更上一层楼。

较之《李白》中的李璘，李洪涛的造型能力大有发展。信陵君的行为动作多在幕后，比较难演。一进入演员对角色的崇拜势必概念化。洪涛注意到此点，把人物放到矛盾焦点上去刻画心理活动，使英气勃勃的台步、眼神、在粗笔触交代事件、工笔写意表现心灵上有用武之地。

梁冠华的魏王演得沉鸷阴峻，残暴内敛，过于自负的无能，处于权力高峰的多疑忌才好色，融汇得相当完整，没抄脸谱化的"近路"。他对激情的控制很适度，初现由圆熟趋于老辣的才气。如果衬托粗野而略为显示一些细腻柔和的对比色，将更令人回味。

导演懂得演奇必凡。奇从凡出，方是大奇。除去生死重大转折的瞬间，总是把传奇人物普通化，生活化，废除用力过头的架势，把真实做底色，托出华彩乐章，完整、和谐、充实。经过舞台实践和反复重排，层层深化，大有可为。个别地方的皱纹是不难熨平的，如对虎符的渲染不足，形象的处理不够合理，对魏王的无赖也淡化了一笔，可以再考虑；如姬手上的匕首烘托不足，她说出的"棉花"，在战国未必有人种植；次要人物也要到聚光灯下亮亮相；主要人物的自我矛盾也明显较弱，大勇者的临事而惧，求死者对生的依恋；专横者刹那的柔情；为国事而杀无辜老将晋鄙的负疚感等等，值得开掘再开掘。

原载一九九三年十二月十二日《人民日报》

关于《推销员之死》的通讯

朱琳大姐：您好！

在光覃先生辞世前后的繁忙一结束，必然陷入痛定思痛的沉默。这哀伤甚于痛哭，人人都要经历，一切劝慰反是多余。相信您对观众与亲友，后辈的巨大责任感，会使您节哀，调整心态，使极累的身体较速康复。

这种心境未必适合演戏，然而视舞台为生命的您演出了《推销员之死》的女主角林达，创造了不太惹人注目，但却是一座让您很难再跨越的高峰。

林达是全剧中最理解威利·罗曼这位睁眼梦想家的女性。长期受他感染，在安慰他的同时也变成了半个或三分之一的梦游病人。她爱丈夫，不能改变他必然自杀的命运，体现美国社会不公正中的公正与温暖。您把情绪融入声音、举止、眼神、步态，以真代奇，真中求深。把平淡的日常琐事演得极为细腻，增添了人物的立体感，概括了同类人物的精神面貌，代表性很广。使枯燥的哲理思辨让位于形象。您用热情反衬出男主角不为他人理解是冷漠社会的必然产物。

演员个性不死或全死，角色必无个性。尾声的表演炉火纯青，忘了技巧而技巧无意流露，表现了时代、美国、角色、艺术本身的四重困惑。推销员死了，他的不幸仍活在妻子身上；林达活着，幻想正在死去。未亡人疲惫困顿，朱琳式的雍容与清而不寒，组合得妙趣盎然。可能有您追忆刁老的潜流在空间激荡，又被约束在长期舞台经验积累而成的清醒的自我控制力之内，两位女性丧失亲人的真诚合为一体，水乳交融。

开幕后的插曲唱得自然、轻松，有爱的内涵，内在的节奏丰富。对两个儿子的训斥是高山大瀑，略带深沉母爱的涩笔，似不经心，更见素养——自我控制之美。

您的台词洗去铅华，与蔡文姬式的吟诵不同（也不该雷同），显得质实明快，衰疲中有关切，奔放时有克制。速度音色也贴近其他同台演员，减少了反差与刻意求工。您一点不突出自己，只让感受装进林达的身躯，使自身血液中的六味汩汩涌出胸臆，酸味被送进观众鼻腔，咸味注入泪囊，涩味抹在大家舌尖，苦味涂入喉咙管变成沉重的叹息，辣味进入人们思维，甜味润湿着听众心花，花被理解力扎成花束回敬给您。您视无所见，听无所闻，无求无得无失，我们又都得到很多。尽管有些人走出剧场故我依然地追逐名利，林达的哀愁会逐渐淡去，而有审美力的人却不会忘却。那心曲我和观众们都替光罩先生听到了！替大西洋彼岸白发苍苍的剧作家阿瑟·密勒听到了！也代似无而有，若有又无的威利·罗曼听到了。气旺不求枝节似。个别的小疵必然让位于大醇。在您辛勤一世构建的华美殿堂上，涌出一股涤荡力颇强的素美喷泉，慈母情人只一味奉献，无私的诚恳，坚忍，为您往昔作品中所未见。我们乐于为这种突破而狂喜！

年过古稀而高峰涌现，说明艺海无涯，苦练几十年，偶然得天籁。剧情，环境、演员心情统一，演而不演，不演而演。本色角色，无色大色。平易深层的艰辛只有您自己明白，我们只能朦胧地感觉到，说不清楚。

真艺术家永不衰老与急流勇退的和谐，说明聪明人会找到自己恰到好处的"落幕"时刻。当然，"落幕"之后还可以著书教学，做些示范性的演出，接受王昆的建议，把几出戏里代表性的独白、长白、歌唱、朗诵，录制成磁带，供戏剧新秀参考。总之，"幕"罩不住灵感的冲击波。

华美，素美，壮美，各有千秋，本无高下。林达的魅力启示我们：淡从浓出，朴自华生。

散戏随笔而书，未及思考。班门弄斧，只有让大姐哂正了。

敬祝

更上层楼

柯文辉　呈

文辉老弟：

　　由于我回到了阔别六十三年的故乡连云港，所有来信都躺在剧院里，你的信也刚刚读到。我熄去灯光，在书房中徘徊，倾听着莫扎特的《安魂曲》，似乎在和老刁商量：该怎么回信呢？此刻我才想起：五十年间我和他在舞台上各走一条路，用你的说法，我追求华美深沉，他追求壮美，很少讨论艺术问题。也许在消除彼此依赖方面的成功，又付出了牺牲好些切磋机会的代价，其中得失，从何说起，又说什么？这好像是我与他筹划我们的金婚纪念时由你提出的问题，让我们老两口儿回答。然而他等不到那一天就抛开同甘共苦的我先行了一步。虽说至今我也在骗自己！他到边城导戏去了，总有一天会提着朴素的旅行袋破门而入，爆发出一串爽朗的大笑……你四海为家，才吟出"风愁多梦偏寻梦，人痛无家更恋家"的妙句，但毕竟没有体会过我与老刁共建一个和睦，求知欲颇强的大家庭，是何等的幸福与艰辛，这绝非很多人可以轻易享受到的。我会永远珍藏在心灵深处！多谢你这位好友，在我晚年丧偶之际寄来的慰藉与赞美，不安的是你对老大姐艺术创作的偏爱过誉了。

　　演员在他漫长的舞台生涯中能碰上几个自己深爱的角色是莫大幸运。林达恰好是我非常喜爱的人物。从1983年我接触到她，便以我全部生活经历与表演经验去充实她。初排、演出、复排，再演出，我一步步贴近她的心身，逐渐丰富了这个艺术形象。

　　导演剧作家阿瑟·密勒不懂中文，却能听出我在什么地方使用了欠妥的重音。排到"训子"那段戏，我总是老泪纵横。他反复强调："不要流泪！控制、控制！控制便是美！"坦白说流泪的原因不完全为了剧作的需要，而是生活中我有一位出色的母亲，想起她平凡的伟大，靠做针线活儿养家糊口的勤劳，近乎文盲却能一眼看出绝大多数来访者的善恶，能把最后一碗米，身外仅有的一件衣服送给比我们更贫苦不幸的逃荒者。无论遭到多少白眼与困难，从来没打过我一下，没有用厉色指责过一声。我有缺点，只用慈祥的语调，心平气和地说清道理要我认识、改正，显得异常的宽厚、坚韧。我在舞台上塑造过几位颇得观众好评（当然也有溢美)的母亲形象,源泉便在于此(现在,我正以激动的心情在写关于母亲的回忆录,可惜心笨笔拙,力不从心)。其次,十载浩劫中儿子蒙冤入狱(无非说了林彪、江青几句稍欠恭维的实话),我骑自行车带着大包食品去探监,隔着五寸见方的小窗,看到骨瘦如柴随时可以枪毙的孩子,我经历了做母亲的最大痛苦。我的一生还算顺利,比起坎坷的同辈人尤其知足。就"文革"这点体验也没齿难忘。这些帮助我理解母亲的心,所以"训子"时泪流如雨。

戏排完后,密勒邀请了十几位朋友从大西洋彼岸飞到北京,其中包括了一位不太富裕而挺有才气的作曲家,专程来看了演出,又满意地飞回美国。那天晚上我念"训子"台词的时候,竭力抑制着泪水,直到在亡夫墓前说完安魂曲式的独白才放声大哭,获得意外的效果。密勒说:"你不流泪,观众流着泪听你说,该是多么成功啊!你是少数几个能把林达演活的艺术家之一!当你说流泪有理的时候,我甚至害怕你的创造智慧超过了我——阿瑟·密勒!"他也流泪了!后来又将这段话的大意写入了他的创作札记,在美国出版。说真的,我的智慧既不深更不广,步入老境才悟到过去读书太少,学识太浅,没有达到一个学者型演员的境地。

我是个不知老之已至的人,并不甘心关闭我的舞台帷幕。可这年头谁还愿意费尽心思去为一个老太太写戏呢?我多么向往能演一出中国式的《金色池塘》啊!

大　姐　朱　琳
一九九三年一月一日
原载一九九三年《中国戏剧》第三期

"心象"说一源

焦菊隐先生在话剧表演艺术上倡导心象说，为后代理论家及表演艺术家指出一片开阔天地，日益受到重视。此说最初揭示者是清末北京著名票友苗子久，山东临淄人，曾在京师大学堂习英语，与汪笑侬有八拜之交，擅长大面，声震屋瓦，尤善演白脸末，演来穷凶极恶，使观众愤极而投掷果壳杯碟，他饰《逍遥津》一剧中的曹操，张牙舞爪、阴险毒辣，使观众们激愤而退场。此老后来回到故乡山东，做过威海卫政长，是个沉湎酒色的昏官，入狱后读《新约》、《旧约》，改恶劝善，但不入教堂。任教齐鲁大学五年，在烟台创修道院，并去朝鲜日本讲《圣经》，用以经解经的东方治学方式，著述颇多，已全散失。七十后病麻痹，殁于抗战初期，晚年甚受后学崇敬。他的"心象"学说，源于中国古书，从孟子《观其眸子》、《礼记·宫人》篇，《吕氏春秋》（论人篇及观表篇）、刘劭的《人物志》，观察分析社会生活，了解形形色色的人物，总结出内心活动在表情声音动作上的体现。

他有一段精彩的话："言为心声，声亦当为心曲。聆其声而不能察其人之是非邪正者，无耳者也。然发声亦有道：自丹田而上，达之口鼻，要在回肠荡气，操纵有法。每发一声必先乞灵脑府，盘旋于圆颅之际，始称其情意以达出，而喉唇齿之间，亦需妙为运用，抑扬疾徐，各如其意；轻重清浊，各如其人，然后是非邪正之心曲，生旦净丑之身份，各随其声音以达。""夫声为心曲，而表情乃心象也。诚于中者形于外，虽黠者无以掩其迹。是必深体乎剧中人之性格，或处常，或处变，为静为动，为颦为笑，凡现于面而达于体者，必恰然有当于心象而后已。"这种理论是从他读书和研究人，加上吸收前辈表演经验，反复实践中独到心得，才说得出，做得到。

心象，即不同人物心灵的形象，通过形体声音深入细致地表现出来，升华为艺术，不是简单的摹拟，而是经过提炼，找出本质。有时候一个准确的动作比千言万语更有力。语言也只有作为心象的细胞才有力度。

寻找心象要有独到的观察力。

体现心象不能全是直线的，表层的。本质常常为现象所掩盖。我想在某些城府极深的人物身上，演得表里似相反又统一，大讷若辩，既不模糊形象的内核，又有复杂的色彩，体现多变的大千世界，总是表演艺术家们的追求。

苗子久是个不出名的历史人物，有很多弱点，留下不少笑柄，大都被人们忘却，我们不能因人废言，合理地加以运用，有助于表演艺术的发展。戏曲、话剧、表演方式不同，对真善美的渴求总是相通的。

我不知道焦先生是否读过苗氏心象说，也许并不知道，仅是无意的偶合，这在学术史上也屡见不鲜。焦说更科学，更完整，更现代，更具体，给话剧艺术的指导也更直接，二说不应混为一体，本文也仅供热爱戏曲的话剧工作者参考而已。

《北京人》十难

《北京人》是一出流泪的沉重喜剧。曹禺以对寄生者的厌弃，把一群该死的人送进棺材。和契诃夫不令人发笑的《樱桃园》异曲同工。曹禺不像曹雪芹那样，在批判腐朽势力时带着难以割断的依恋之情，所以《北京人》注定不是挽歌。

今天，剧中十七岁的曾霆业已超过了乃祖曾皓的年龄，当年的北京人离我们更远了，因此，排演此剧的难度也就更大，分寸掌握不当即会曲解曹禺。

排《北京人》之难，窃以为有十。

不肖子孙的首席代表曾皓，对愫方的索取十九出自自私，而"关心"作为逃避谴责的自欺欺人应占几成？第三幕以后，带几分中风后遗症上场为宜？

思懿太专横，成了女周朴园，势必造成观者对曾皓的同情。要演出思懿的难处，又不掩饰其毒狠狭隘，分寸如何掌握？

袁任敢代表离北京人更近的人，然而，如何不变成观念的化身，又不让人误以为是新生活方式的理想化典型？

袁园以最强的活力成为父亲的接力者，野性的自然美如何区别于周冲的单纯美？如何反映其教养与世界观的差异，使我们获得自然的联想，从而看到曹禺对人的希望？

瑞贞拿到离婚书之后，即使不反悔，是否也该有昔日幻想建立爱情幸福的刹那回潮？这种微妙的感情，如何从呼吸、语气、自制的动态中流露出来？

对文清仅是同情而无憎厌，对江泰仅是憎厌而无同情，都是表演的失败，有的话，到什么火候恰当？

陈奶奶身上的质朴与传统的奴性既浑然一体，又怎样剖现？

愫方出走，如破笼之鸟，出了笼之后能飞得高飞得远吗？如果去了延安，三查三整，反右派斗争中她能安然无恙吗？舞台上虽不便回答，肯定中当有否定，否定中并不绝望，如何暗示出这一切？她对姨父的敬爱与怨厌如何冰炭同炉又自然可信？

在这个家庭中，文采有几分客居感，又有几分主人感？对江泰的怕出于爱，其中又有多少怨？

几位要账的，如何区别其身份？

……

朋友戏言："今年人艺是夏淳年。"

夏老老而弥健，用丰富阅历经验形成的导演风格，对上述问题一一作了解答。我们看到了一组北京人的剪影，在归途中品味着艺术的余香，不断想到愫方、瑞贞、袁园近四十年来在舞台之外各种悲欢场面的可能性，一种参与创造的快乐，间或也是此剧的喜剧品格之一吧？

夏淳排戏畅涩相间，二弦轮奏，一组音符从另一组音符的余音中生发出来，连环叠套、回旋飘逝。文清的一去一归；一张沙发先后由文清、江泰、曾皓轮坐的同中见异；瑞贞倾听愫方心底残春组成诗梦的自我圣化与外部悲剧环境的冲突；都在流畅的书写中笔有藏锋。同时还看出他在协调几辈艺龄不同的演员矛盾方面所作的艰辛努力。假若苛求的话，还可以有较多含蓄的留白与停顿；多几笔大写意来强调具体中的抽象，以清楚的笔触色阶勾勒出朦胧之美；以悲写喜，在长卷上加深某些肖像的色块和线条，也许能在更远离曹禺的地方接近曹禺的诗意。

谨用外行的空言，向人艺艺术家们略表寸心。希望他们当中有更多的袁园飞向二十一世纪的舞台，刷新愫方、瑞贞的形象。曹禺的火种是永恒不熄的！

跋《机遇加奋斗》

一

没有冒险，就没有记忆。

事业、发明、创造、爱情、求知，都是冒险与客观世界拼搏、同自己意志较量的产物。

人总要有一点安全的冒险，来打破生活的平稳凝滞，咀嚼出一丝紧张后的余甜。而最安全的冒险，莫过于稳坐银幕荧屏面前，欣赏举世闻名的影星横冲直撞，绝处逢生，然后夺得荣誉、友谊、爱情与财富……

阿兰·德隆的表演，很能在这些方面满足观众的好奇，从而获得电影史上虽说不高、却应有的位置。（二流偏高，三流偏矮，如此罢了。）

二

中华民族需要一点敢于冒险的开拓精神！用以发展科学文化，创造经济上的奇迹。

长期以来，我们习惯于听话，不惯于思考。

听正确的好话完全是应该的，今后还应当听下去。但人处在具体的历史漩涡中，听到的话未必都正确。检验好话坏话，也需要实践的时间，不能匆忙定论。

有的老同志以听话为选择接班人的唯一条件，结果吃了很大的亏。因为被选中的，有些是缺少创造性思维，只会照抄照转说套话的庸人；另一种是善于察言观色、投上所好，装作俯首帖耳，实则阴谋取而代之的危险角色。

在首都，一位老首长埋怨我好提意见，太不听话而无法提拔，白白吃了许多苦头。

在上海，一位长者说："当年我反对你的诗词写得峭拔孤寒，你太听话，结果浩劫一过，你交了十几年的白卷；我自己也太听古人的话，习字被二王限制了九十年，缺少冒险精神，悔之晚矣！"

两种责难，出于同样爱护，听来都有些苦涩之味。

孩子上初中时问我："农民战争未必是社会发展的唯一动力。您说过：中国全境安享太平，三千年来不过五分之一的时光，其中农民战争很多，动力必然很大，为什么旧中国反而沦为半殖民地？美国、挪威很少农民战争，必然缺少动力，为什么反而进入了资本主义社会？"我怕孩子在浩劫中惹祸，将她抽了几皮带，结果求得了安全，孩子对历史书全然丧失趣味，高中毕业时，这门课考得最差。我向她道歉，她早已将这件事忘却。只是在我的心中，留下时光永远冲不走的愧疚。

要适当地提倡一点支持冒险的舆论，不要对胜利者报以嫉妒的冷嘲，对失败者夸耀自己的高明。游泳者喝几口水并不可笑，至少，站在岸上的人没有嘲弄实践者的权利。当然，作为改革者，创新者，不应因失败而放弃时代赋予他的使命和责任。错了就改，对的就坚持。刘海粟先生写字跳出乃师康有为体，王遽常先生变老师沈寐叟的方笔为圆笔去写章草，张君秋先生广泛吸收其他流派唱腔发展梅派艺术，不论三位大家是否青出于蓝，也比死守师法，让老师的艺术萎缩为好。

我想，用阿兰·德隆所演的佐罗式的闯劲，为人民的利益去作百折不回的努力，总具有积极的意义。个人也必然从中享受到极大的愉快。我们并不劝人做苦行僧，作出无休止的牺牲，但是世界上没有离开祖国前途人民幸福而存在的个人幸福，二者不应当对立。幸福是广义的，创造与享受、利人与合理的利己、贡献与获得、长远利益与眼前利益，尽可能做到统一。

在西方，英雄业绩，流氓行为，常常因为某位艺术家思想上的局限而混淆不清。我们会唱《国际歌》，未必懂得不靠救世主、神仙、皇帝，全靠自己救自己的真理。我们无权也不应当去干预欧美人的生活，却有权利去反对盲目仿效西方名人的生活方式，去追求不符合中华民族高尚情操的东西。

对待一切外国的文化，都要保持高度的民族自尊心。最近，有位印染厂厂长，颇为神秘地告诉我："我们产品的花纹图案，是直接由日本商人送来的，所以畅销国外！日本的图案真漂亮！"事后我在车间里看到的所谓"日本图案"，却是标准国货，贵州蜡染，冷汗冒出了我的背脊。

三

一位表演艺术家的成功，除去个人的奋斗精神之外，还有历史条件。

文化是积累的。我们欣赏一个人的杰作，不应当忘记有很多前辈和同辈，为他垫过路。牛顿说过，他是站在前人的肩膀上，所以才比前人看得远一些。前辈名家从翩翩少年郎演到白发苍苍的老风流，在正反两方面都给阿兰·德隆敲着警钟。小胜常常是大败的序幕，奶油小生可以风靡一部分市民观众，并不能取得牢固的历史地位。许多人以漂亮外形成功，又受漂亮外形的制约，不能达到较高的境界。阿兰·德隆懂得：漂亮的脸孔固然罕见，只有不依靠躯壳，提高修养，有了丰富的知识和经验，才能把外形之美加以深化，产生更有内涵的魅力，得到更大的发挥。后来，他取得了镇定的沉默，神秘的冷峻，从容华贵的贵族骑士风度，富于磁性的历史感，以静写动的技巧，形成一种含有隐痛的潜流，硬派的男子汉风采，在打斗冒险的情节中对立统一，脱颖而出。以较多的内涵，击败了那些只会演戏的对手，勤奋与机遇一朝结为伉俪，宁馨儿也就应运而生了。

只要我们平视历史，不亢不卑，也不难看到阿兰·德隆成功的因素中，尤其是作品的题材与包围着他的市民观众，也给他带来难以躲避和突破的暗影，使他成为一支技术高超为人们狂热喜爱的流行歌曲，而不是一部浑涵浩茫概括一个时代的史诗性的交响曲。作为一位大演员，他也没有在莎士比亚、莫里哀、拉辛、高乃依以至萨特的剧作中找到灵感，创造出一条丰富了文学史艺术史的人物画廊，把艺术升华到经典性的高度。

未来的岁月中，如何跳过自己往昔的高度，也将成为阿兰·德隆亟待解决的课题。商业、爱情上的成功，声誉的发扬光大，王侯般的物质生活，都不能代替这个答案。我们怀着深深的爱护，期待着意外的惊人的成果。因为历史不会仅仅是王子式的贵族、传奇的游侠、勇敢的警察们活动的成果。娱乐中获得的快感，不能代替普通人有限岁月在现实面前的冷静思索。我们相信阿兰·德隆的才华不至于枯涸，他为法兰西，为欧洲，为世界贡献些什么新东西，势必变成一把金锤，来代替刀光剑影、车轮声、辔铃声来弹响他的灵感，百尺竿头，再跳一级。

演员长期受到观众热爱，从个人来讲是幸运；从艺术发展史的角度来看，则反映了后继者贫弱的不幸。早在古罗马时代，演员就受到过崇拜，那些使星辰颤动万众欢呼的风流人物，已经被时间的长河冲上了被遗忘的沙滩。今天，录音录像技术的普及，为一些划时代的优秀艺人留下不朽的资料。阿兰·德隆也许不会像古代的大艺人那样完全被人遗忘！这是时代的赐予，也是对他的鞭策。

四

鲁迅在晚年，常常躺在藤椅上看画册，作为休息。看画册比看电影电视方便，可以反复看，既能松弛神经，又能获得启迪。近年，好心的叔叔阿姨们给中学生们编印了几百本大同小异、改头换面的数理化参考用书，老师们为了提高升学率，也强调题海战术，孩子们脑力视力负担过重，决不能简单地理解为某些出版社追求利润的副产品。当局也正在纠正此类偏差，设法让孩子们学好玩好吃好。我希望家长们买点类似本书的画册，调节小读者们的生活，丰富他们的想象力和知识，奖励那些成绩良好的小朋友们。无节制地看电影电视画报，妨害正课的领会，家长当然要加以引导才好。

十年浩劫中，阿兰·德隆的艺术不能为十多亿中国观众欣赏，是个小小的不幸；如果不帮助孩子们健全审美能力，让他们吃下一些"带毛的"读物，片面地模仿阿兰·德隆式的人物,那就不是小小的悲剧了。

  我与编者罗新璋兄同住,同吃,同笔耕,同游富于梦幻美的桂林山水,两家的女孩又都是阿兰·德隆的小影迷,使我有幸成为本书第一位读者。今天上午,在他冒险跳过芦笛岩一条水沟的时候,我说出了本文开场的那句话,他大为赏识,称之为"名言",要我写这篇蛇足式的后记。出于对孩子的爱,一气草成此文,自知很不合适,狗尾续貂之讥,也就是顺理成章的事情了。

一九八六年国庆节

莫喜忠谈艺录

名师出高徒，这话大体上没错，可也不能一概而论。我打1908年进科班，启蒙老师是萧长华，他是表演艺术大师，可我却很惭愧，没能继承多少珍珠玛瑙，谈艺术就很不够格。

现在年轻人学习条件挺好，但有些人怕苦，有的老师教的不在点子上，这样很难出高才、大才，我看了干急无汗，只能冒昧地说出一点零星的想法。

我先从我演"贾桂"谈起。

我演贾桂

记得萧老师要我上演贾桂，我心里挺高兴，起初盼望老师能一句句教我念，一招招教我做，掏点绝招给我。哪知不是这样，他只叫我没日没夜地背台词，脸对着墙一背"状纸"就是十遍。我偷偷地赶到别的戏院，看当时名角演太监。偷一点，记一点，确实吃了苦头。戏上演了，一连三晚都满座。这戏，侯喜瑞师兄演刘瑾，谭富英演赵廉，就我一个人差劲。

完戏后，我曾到观众当中去听，有人说我念得像萧老，有人说我甩起云帚像王长林，我听了心里美滋滋的。这时候，喜瑞哥对我耳边说："萧先生在后台等你，老爷子正生气哪！"我弄得晕头转向，糊里糊涂地到了后台。萧老师脸色铁青，见到我抓起鞭子就在我背脊上抽了三下，我委屈得直流泪水。他带着气对我说："别人的衣服再好，不问高矮借过来就穿能行吗？一个人头戴礼帽，身扎大靠，腰系丝绦，脚登皮鞋，岂不成了疯子？你不能唱桂儿，花上半年功夫，去看看太监们是怎样过日子的。脑子不开开窍，躺在地上等过路鸟儿嘴里掉下一块肉来，能吃饱肚子吗？"

我跑到北长安街万寿寺门口小茶馆里一坐半天，有些年老体衰无家可归的老太监，常常来喝茶。我看了三天，回去告诉老师："小茶馆老板脸拉得长长的，我坐不住！"萧老说："你要记住他怎么拉的长脸，将来你演《连升店》的老板挺有用。再去，别占座位，帮着扫地打水，他就不会烦你了。"这话使我悟到：原来萧先生演店主很成功，他真研究过这种人圆脸怎么拉长，长脸怎么变圆，不是胡造的。从那，我天天上午练完功就去，隔几天又上鼓楼东宏恩观去看，把两处的养老太监一对比，才知道他们说的京腔并不流畅，大都带有浓重的京南乡土口音，多数是河间、任丘、衡水、肃宁等地人氏。他们光哈着腰答应"是啦"，就不下十种姿势。

后来，我重新演贾桂，台下掌声雷动，心想这回总算对路了，谁知萧老还是不满地说："这回你扮的角色，倒活脱儿是个刚刚当上总管的小太监头儿；可是离贾桂还有千把里地哪！你不该扔掉向前辈们借来的衣帽，又去找太监借了一套来。你得把两种衣帽，拆成丝纺成绸子，比画着贾桂的脾性，你的身材，重新找准尺码再做！"

几天以后，萧老要我住在一位太监门口的小屋里，替太监看门扫院子，不收房租。我干了半个多月活，慢慢看出这个老太监专横跋扈，性情暴躁，脑子糊涂，却自命非凡。有个小太监是他侄儿，进宫两三年就赶上民国成立，只好待在他家里替他放驴打滚的印子钱。叔侄两太监老的见到他就冷笑。他是一心一意想得老太监的家产，嘴上抹了蜜。我在那住半年时间，从他们身上找到了演贾桂的钥匙。

以后我演了几场《法门寺》，萧老看了很高兴，叫他儿子喊我回家吃饭，萧老师挺动感情地说："喜忠！上回打你三鞭子我太莽撞了，今儿我叫你师娘炖了老母鸡汤赔情，看起来你是肯下苦功夫的，我心里挺高兴。"还说："这回上正道儿了。学戏，浮面上的油好撤掉，想弄通戏理很不容易。桂儿是个不折不扣的奴才坯子，他对刘瑾表面恭顺，心里老念道：要是太后老佛爷让我当九千岁，不比你刘瑾强一百倍才怪呢！记得你们小时候，我带你们去看袁大头当上皇帝去祭天，那些护兵认为能跟随袁大头，打心眼里感到舒服、荣耀。这和戏里一样，太监跟太后一起祭祀，你手绕拂尘，干干净净几下子，眼看着天，那股小快活劲，正是奴才得意的模样。没有奴才认为自己是奴才的。你想想，戏里刘瑾下令要杀宋巧姣，贾桂立即耀武扬威地传令；太后不让杀，刘瑾不认账，他却加油添醋地教训校尉们："大雄宝殿岂是杀人的地方？"好像刚才传令的不是贾桂，而是与他无关的另一个人。一般的人思想拐个弯要有个时辰，他这种人就完全不用拐弯。跟着主子总没错儿，这副面皮厚得那么自信，变得快又不失奴才身份。他奉命念状纸，先是斜看刘瑾一眼，又朝宋巧姣一耸右肩，一面看刘瑾是识字不多的糊涂虫，一面怨宋姑娘给他添麻烦，但心里又痒痒，想露一手。云帚插进领口，假委屈，真高兴，很是味道。等状纸念到"哀哀上告"，一个尖尖的半女人腔拖得又长又脆，但马上又一收，这个聪明的小奴才想起来了：想揽权显露本领的念头叫大太监看出来，不死也去一层皮，猛一收音，垂手而立，十分恭顺，很有回味。赵廉巴结贾桂，贾桂却冷冰冰地傲气十足，在知县面前越搭架子，在刘瑾面前越恭顺，才显出是双料的奴才。演戏要像一杯好茶，后劲大，经泡，有品头。

我演了不少戏。通过名师萧老的教诲，还有一些师兄弟名演员的指拨，在舞台上生活了将近七十年。对演"丑"戏虽有体会，只是我文化不高，没有什么理论，谈得很肤浅。

厚与薄

演戏最重要的是深厚，千万不能浅薄。

什么叫浅薄？表演表演，表面化去演就叫浅薄。

每个人都有个性，世上很难找到没有个性的人，也找不到完全个性相同的人。浅薄的表演，往往是演员拿自己的个性去代替剧中人的个性，弄得千人一面，换汤不换药。好演员上台，让自己的个性"死掉"，用不同的动作、语调、神情，把戏里的人演活。

我年轻时演戏，像小学生描红，比画着罗百岁、王长林、萧老师他们，照葫芦画瓢，谈不上什么艺术创造。因为对要演的角色，自己心里没有数，演出来不是太温就是过火。回想起来，最主要的表现，就是对人物的自我丑化和嘲笑。其实，反面人物最爱装腔作势，最爱维护自己的尊严，决不会自己丑化自己。袁世凯把自己的"福相"铸在银圆上。我们说袁大头骄横狡诈，觉得丑，是因为我们对美、丑和他有不同的看法。

"文革"期间，我请一位打小报告的专家一道看电影《卖花姑娘》。此人做尽坏事，今天把张三打成叛徒，明天将李四揪成走资派，很会根据造反派头头们的需要炮制假材料，可是他既不是獐头鼠目，歪鼻斜嘴，更不是胁肩谄笑，阿谀逢迎。衣服穿得挺朴素，态度挺稳重老成，真正是仪态堂堂，人才一表。平时他从不和人开玩笑，一贯以正人君子自居。尽管他是制造别人眼泪的能手，但在电影院里却哭湿了两条手绢，他对地主和狗腿子也破口大骂，你很难想象他是个双料坏蛋。

名丑茹富惠扮演《武松杀嫂》一剧中的王婆，举止庄重，慈眉善目，一丝儿也不丑化自己。她明明是拿年轻美貌的潘金莲当钓饵，去赚取恶霸西门庆的银子，却以长辈的口气和身份称赞潘的手艺和容貌，"同情"她婚姻上的不幸，决不像见钱眼开的妓院鸨母。这样，有一定生活阅历的潘金莲上钩才可信。假如光从神态上或外形上去模仿三姑六婆的凶悍，戏就没有回味，连潘金莲的形象也使观众感到假了。

"丑"戏最容易演得表面化，因为人们总认为丑角鼻上抹个豆腐块是"丑"的。把戏里的人物想得太简单了。

和浅薄相反就是深厚，深和厚都是说要演到角色的心里头。用现在的新词说就是把角色的精神状态演出来，品德脾性演出来，首先要对角色品深品透，要研究他平时怎么样，在戏里又怎么样，越品得细越好，做到心里有底，还要把人物感情发展的层次弄清楚。不是训练到炉火纯青，你就什么都看不着。要真正摸清了什么时候是什么情感，又是怎么样变化的？要扎扎实实地仔细揣摩、品味，一点也不能含混。

摸清以后，还有一个怎样演得像的问题，就是装龙像龙，装虎像虎。那就需要演员平时下功夫了。我认为：

首先要有历史知识与文学知识，否则无法理解戏内所写的历史环境，人物的情操教养。像唐人吟宋诗，古人用现代人语气说话等等，都是缺少历史知识造成的常识性错误。

还要有丰富的见闻，天南海北，各种事物见多了，什么人，什么事，心里就有了草稿，心胸阔大，气度也就不一般了。同样是扇扇子，哈尔滨人的扇法与海南岛人的扇法就不一样。同一地方，方巾丑扇得轻雅；黑店老板扇得麻利。同一人物，不仅年少年老动作不同，喜怒哀乐不同时动作也不一样的。要多看多记，仓库里"货"多了，说不定哪一天能派上用场。

要认真学习前辈、同辈、后辈的表演，好的是加油站，孬的是"此路不通"的路标。多看，多听，多问，多记，多学，多想，反复比较，按照剧情需要和本人条件（身材，嗓子，功夫等等）合理挑选，再三实验，才能出鲜招儿，名丑陆金桂是著名昆曲旦角陆长林儿子，身体很胖，绰号叫陆大肚子。我看他陪老三麻子演《跑城》，他的丑院子身段漂亮极了。那黑帽子上的黑球，杏黄大带，黑袍，白吊搭跑起来真够迷人的。我问他跟谁学的，他说是跟余叔岩学的。我说："余先生不演丑角呀？"金桂哥狡黠地笑了："不能'偷'吗？他演《南天门》中的曹升，除了戴的是白满与老院子不一样，别的穿戴不是一个样吗？特别是他那股子焦急劲儿，我按丑行路子揣摩个百儿八十遍，一改不就化成自个儿的鲜招儿了吗？"这件事对我很有触动。

研究人的特点，以感情活动为最难。体验生活这种说法，我以为主要是指思想感情的理解与体会。生理上职业上的仿效虽很重要，但是毕竟是第二位的。譬如说：两句台词之间的空隙，两个动作之间的停顿，人家忙活儿你没有词儿的时候，都应当用感情来填满。这全靠你自己体会。我看过《夺印》中名丑马富禄演的家人，当穆桂英要他去绑杨文广上朝时，他手持丝带，微微发抖，表现了老仆人的正义感，对国家安危与杨家将命运的关心。这个角色从头到尾没有一句台词，而对剧情却起到很大的烘托作用。事过五十年，他演的这个人物，在我头脑里还有很深刻的印象。

至于反话正说，正话反说；明明生气，偏偏客气；本来悲痛，却来个哈哈；这些复杂的情感、动作，尺寸更难掌握。要想把握火候，使动作大小得体，声音快慢强弱适宜，全靠对角色感情活动理解得深、透、全，表演得恰到好处才行。

对"丑"角的认识

我演了这些年的"丑"戏，看了这些年社会形形色色的变化，常常把生活中的一些道理，放到戏里来考究。我演的是丑角，也就更注意历史和生活中的"丑"角。我觉得这些丑角，生前都是赫赫权势，受尽别人的恭维。像明朝的魏忠贤坏事做尽，生前还有那些无耻之徒给皇帝上本，请求将他的长生牌位供进孔庙去。我认为：大奸若忠，大贪若廉，大暴若慈，大伪若真，大淫若贞。他们都要做点好事给人看，说几句好话给人听，可是他们的本质是奸、贪、暴、伪、淫。在表演上如何能剥去他们的伪装，显出他们的本色，是演丑角戏最要重视的地方。

我先谈智和愚的关系：

人，总是满足于自己的聪明，很难满足于自己的享受。发现自己愚蠢是很难的。历史上不少愚人，在聪明人的挑动和玩弄下做出蠢事，不足为奇；可是，也有些自认为聪明的人，明知恭维他的人是骗子，可是他却有喜听恭维的毛病，结果却吃了大亏，甚至不可收拾。可见鞋底虽厚，一样会扎伤脚。

蒋干其人，大愚若智，他对自己估计过高，做了一些蠢事，才留下了"曹操倒霉遇蒋干"的笑柄。他对劝降周郎充满盲目自信，所以他的外形是轻挥白扇，彬彬有礼，高视阔步，洋洋自得。他和周郎见面时周越客套，他越自负，越装得洒脱亲切，就越产生喜剧效果。他抓住周瑜伪造的蔡瑁、张允求降信，两手轻扑案上，轻轻嘘出一口长气，眼珠一转，暗暗点头，认为这下自己是曹操的救命恩人了。这些喜剧味要埋深一些。

在蒋干和周郎同时装睡觉的"斗法"中，蒋干越装得成熟老练，便越显得天真、幼稚而愚蠢；越以胜利者自居，越使观众觉得可笑。等到箭被诸葛亮"借"去，蔡瑁、张允被杀，他再三邀功，被曹操拂袖拒绝之后，他还说："这曹营之事真是难办得很哪！"这个人物的喜剧味才算全出来了，这句台词只要念得好，就一定得到一个满堂彩。自从萧老去世，精通此剧三昧的只有刘斌昆同志。他饰此角，追求谋士风度，有点酸腐，又带些天真，拘谨中时而忘形，把慎重与笨拙两种颜色调得特够火候，就像中药处方中的搭配，很难随便更改。舞台不是银幕，没有特写镜头，刘斌昆通过两肩与胸部呼吸的调节与夸张，把人物的情绪传达给观众。特别是"盗书"一场，他见书时是由惊异而恐惧，书拿到手了，又充满侥幸心理。在速度上先是骤然一停，屏住气息几秒钟，逐渐加快，后来自我安慰地恢复了常态。真正是层次分明，丝丝入扣。黄盖谎报军情时，他头微微侧着，两眼上视，描绘出偷听的神情，听完后，双肩一落，仿佛吐出一口长气，放下了心里的石块。他的表演，既可以看到前人的规范，又可以看出，他是从他自身的身材、嗓音、功底出发，去创造角色的。当年在上海，我也向他掏问过，他真诚地说出他自己的体会，他说"愚笨，令人同情，嘲弄愚笨，有些刻薄。这是个智慧问题，不是品德上缺陷。但是，愚者一卖弄智慧，立即显得可笑，用不着去抓耳挠腮，挤眉弄眼，寻找廉价笑料。那样做反而庸俗！"

那些牛头不对马嘴乱引用书文的丑公子，明明是饭桶，却冒充名医等等的人物，都是大愚若智的类型，演他们是配方比例有别，就不一一赘述了。

再谈善与恶：

丑角应工的人物，外形都不美，但有的人心灵很美。

《炼印》中的二公差，《乔老爷上轿》中的乔溪，审诰命夫人的唐知县，心地都很善良，品质很美，把他们演得活一些，可爱一些，符合剧中人身份，也符合观众欣赏习惯。《秦香莲》中的门官，《锁麟囊》中的胡婆，都是下层人物，富于同情心，应当演得恳切，决不能让观众感到滑稽可笑。

外形丑内心恶的人，如《三上轿》中的千岁是个大恶霸，《十五贯》中的娄阿鼠是流氓赌棍，前者狐假虎威，后者狡诈残忍，但是都有愚蠢的一面。有的演员演娄阿鼠过分在老鼠的形象上去模拟，就把这个市井地痞演浅了。

另一类人物就更复杂。

例如《相梁、刺梁》一剧中的万家春，他本质是善良的，但是迫于生活，流落江湖，以看相骗人过日子。从职业上表现，他有一张利口，可以天花乱坠地胡吹；有一双看风使舵的眼睛，见什么人说什么话。随着剧情的发展，他身上善良的成分逐渐增加，那种江湖术士的浮华气慢慢减少，最后，帮助刺杀梁冀的渔家姑娘邬飞霞脱险。他对姑娘由同情、理解、尊敬而达到不计个人安危去保护她，对梁王的仇恨也同时上升，要演得叫人相信，这就很难。

华传浩同志对这个角色处理很好。他在戏的上半场，偶尔强调一下这个人物善良的一面，作为伏笔。如以打背躬的方式，用摇头以及眼睛转动表示对梁王思索、怀疑和不满等。后面江湖气完全消失，但在落幕之前，他扑哧一笑，又美又善，又带点江湖气，唤醒观众回忆，把角色前后统一起来。这个人物他演得极有个性。

再谈谈大家熟悉的崇公道。他同狱官对话不多，十分流畅，一副老衙门面目。他劝苏三的五段白，不仅是让旦角休息，也表示出老头子洞察人情世态，看惯了人世悲欢和不公正。这种人多数自私残忍，而崇公道却有公差很难具有的同情心，这就需要在演出时，强调这个老解差孤苦伶仃，晚景萧条的方面，才能使从猫鼠关系变成父女关系叫人相信。他听到"洪洞县内就无有好人"要苏三重戴刑具时，又露出公差本色，要演出他的职业特征，而不要叫人觉得他很凶恶。萧老演此角，强调慈和的笑容，豁达洒脱。叫苏三戴枷时两臂的举动熟练、夸张，想法子时转动的眼珠，弹须微皱眉头的神态，都很耐我们寻味。

再说大俗若雅。

《宋十回》中的张文远，《审头刺汤》中的汤勤，都是灵魂丑恶的坏东西。但是这些家伙，因为认得几个字，还故意装出儒雅。在表演这类方巾丑时，把他们罩上雅的外衣，能更好地揭露他们丑恶的本质。

张文远是刀笔小吏，见了阎氏母女，有矜持的官气，两眼微微仰视。单独同情妇在一起时，摇头晃脑，偶露轻佻与油滑酸腐之气。走路时，臀部用暗劲摆动，使衣服前襟和帽后带子略带晃动，貌似潇洒，实为做作。一把扇子缓扇时表现沉思，快扇时表示焦急，快扇急停时表示思有所得，快扇渐慢时表示犹豫，颤动轻扇时略带畏惧，快扇猛收时表示狠毒，举扇过耳轻轻扇动时表示自满情绪。这一切要量体裁衣，灵活运用，不可死板。

萧老演汤勤举止斯文，对陆炳作揖很拘束，一落座就两眼望天，仗势欺人。见到雪艳娘，双袖对桌上一扑，伸颈一看，两眼发直，纱帽翅微微晃动几下，把此人的狠、狡、伪、馋，得意忘形和盘托出。听到陆炳问话，才举起右袖半遮面孔，色眯眯地一笑，对自己阴谋才干的陶醉，揭示无余，前后故作风雅之态，反而衬托出其人的鄙俗，加倍可恨。

再说大怯若勇。

《打渔杀家》中的教师爷这个"好吃好喝又好搅，听说打架我先跑"的无能打手，是大怯若勇的活"宝贝"。在他身上，勇是做作，怯是真实。他的出场，把一出严峻的戏，弄得波澜迭起，色彩丰富。

旧社会，流氓地痞有着共性，他们具有一双势利的狗眼，却没有狗不嫌家贫的义气，有着鼠胆又缺少老鼠的精明。他们在羊面前是狼，在真狼面前又装尽羊相。

教师爷出场，要拉点架势，两肩微耸，双手握拳，胳膊拿着劲，平胸端好，不能轻易看出此人是猪八戒的耙子——出手不高。要是一览无余，意境便出不来。"丑"戏也要抓意境，只不过用的工具是哈哈镜、放大镜而已。

他在逼萧恩时，要步步升级，火气越来越大，后面才能达到越捣越松的效果，他捋袖子的动作一次比一次夸张，越来越硬。等到花招耍尽，承认自己是"马杓上苍蝇——混饭吃的"，头向右微扭，眼睛窥探萧恩反应，把这句台词念得像是自我嘲弄，实则想逃之夭夭，才合乎道理。不能把重要话扔在观众不注意的空当。

几个小打手也要配合着做戏。他们知道教师爷能吃几碗饭，但他们更无能，所以只一齐起哄，想吓唬人，几个人互相用眼光手势交流感觉，虚张声势，戏才能活。这些顺吃流喝的社会渣滓都很狡猾，要强调他们的不同反应，千万不要演成站在旁边看戏的。

我提出反角正演，用相反的颜色衬托性格的本质，是在一定环境和性格前提下进行的。不能绝对化，更不能背离剧情片面地去寻找色彩，被反面人物的复杂性所迷惑，把假丑恶演成真善美。

我学戏七十年，年轻时体力好，但要忙着糊口，空有名师，无机会深造；解放后有饭吃，但失去了老师指点，自己乱摸索，不成体统。所以，自己虽是"喜"字辈老艺人，但师承不多，更谈不上成就，这里所谈的不过是一些零星的感受而已。

六十岁的人演十六岁的少女，体现了演员艺术青春常在，但也存在一个青黄不接的大问题。新社会的确优越，使老有所养，不会被一脚踢上街头，这是旧社会很难办到的。金少山死了棺木也是梅先生他们送的。但对待事实，要有勇气承认两点，第一，有的人确有成就，超越前人，李少春的文武老生，杜近芳的花旦，关肃霜的文武花旦，刘斌昆、艾世菊的丑角，袁世海的表演艺术，都有相当的成就，可以算上个流派；第二，要承认确实有危机，不要光强调第一，掩盖第二。葆玖学梅兰芳，少麟学周信芳，张剑鸣学盖叫天，蔡正仁学俞振飞，学到什么成色？如果说，充其量也只能学到一半或六成、七成，再传到他们的学生，还能剩几成？三代之后，何陈可推，何新可出？如果不下苦功夫，有所师承，更有所创造，就会失去人民的支持、失去观众，怎么办？戏剧的确面临电影电视的挑战，不培养新人新流派，不随时代的发展而发展，故步自封，不求长进，那是要进博物馆的。我们这一行不会种地吃好米，不会织布穿好衣，不给好戏给人民看，弄些噱头低级的东西哗众取宠，岂非对衣食父母忘恩负义？

京剧是一个大剧种，不花很大力气，想人才辈出，恢复青春是很难的。马马虎虎，拖拖拉拉办不成事。真话总是不大好听，但是难得。乱扯一通，就给新一辈同行们参考吧。

刘斌昆回忆谭鑫培

1911年，我刚满十一岁，跟随父亲刘燕云自四川返回上海，住在大庆里。房子是周信芳所租，很宽敞，两层楼，上面住着他的双亲，下面他自己住，另有四个亭子间，我跟父亲住了一间。家里有餐厅和他母亲念经的佛堂，雇用两部黄包车，每天擦得锃亮，屋里也打扫得一尘不染。

上海的茶园逐渐落伍，继宣统元年潘月樵、夏月润、夏月珊与沪南绅士在十六铺创立新舞台之后，当时的名票友江子丞（人称"江四爷"）在二马路创办了新新舞台，即后来的天蟾舞台，从日本购得大量布景，日、月、风、云、雷、雨、闪电、星星，惟妙惟肖，雇用日本技师坪田虎太郎操作，观众称之为"魔术化"，十分新鲜，夜夜客满。但是不到半年就失去了吸引力，江子丞便以重金从北京请来一批名角，由"伶界大王"谭鑫培挂头牌，花旦赵君玉、花脸冯志奎、做工老生麒麟童（周信芳）、武生张桂轩都在被邀之列。与此同时三马路大舞台也自北京搬请来刘鸿声等名角，对台演出，好不热闹。

新新舞台请的鼓师名叫牛相（真名张阿牛）。谭老下车第二天，后台负责人名演员夏月润先生去找牛相，正好我和父亲也在牛家。

"老爷子请牛老板对对戏，您要是没空，叫我走给您老看一看，免得场上合不上辙。"月润先生很谦和。

牛相五十岁上下，听到这话淡然一笑说："他会唱么？会唱我就会打，对个啥劲儿？心放在肚里吧，没错儿。"

"那就全仗您老啦！"月润先生并不生气，告辞而去。

牛相艺高人胆大，给部下鼓足了劲，点子出得干净准确，丝丝入扣，前后台人员，包括谭老在内，都很佩服。牛相并未享大名，可见能人到处有。

谭老在扮戏之前先要用鼻烟，然后洗鼻孔，我在后台目不转睛地望着他打喷嚏流鼻涕的模样，觉得新鲜。他年过花甲，眉目清秀，举止洒脱。

那时，赶上剧团里的娃娃生李长山倒了仓，不能发声，周信芳见我嗓子挺好，又上过台，胆子挺大，就叫我补缺。这样，谭老挂出《桑园寄子》，自然只能让我去配戏。

管事的来到我家，先和我对对台词，我连唱带做，一点也不在乎，这种盲目大胆使大人们都很不放心。

开戏之前，谭老轻轻地拍拍我的肩膀，和蔼地说："上了台可别害怕！你唱你的，不要迁就我，那样我反而不安，我照应你倒挺方便，台下热也好，冷也好，你沉住气往下唱！"

父亲带笑躬下身来对我说："还不谢谢爷爷！"

"谢谢爷爷！"我已经学会鞠躬。

在台上，他唱得淳厚苍凉，嗓音极有韵味，在每位演员与听众周围旋转，使得上海一向习惯于昂头细看的观众也大都垂头侧身，池子里没有一点杂音，非常安静。他一面认真表演，一面通过手势眼神向我陆续发出信号，在台下又看不到雕饰痕迹，真是妙造自然，当他背对观众的时刻，眼中流露出慈祥和欣赏的情绪。事过将近八十年，还历历在目，真正的艺术家台风纯净，有一种道德力量，迫使同台演员的精神得到升华。

第二天晚上，冯志奎先生勾好了曹操的大白脸，带着奸笑，特别传神。他把我拉到身边悄悄地说："写字，笔画越少越难安排；演戏，台词越少越见功夫。咱们净角勾脸唱做都要干净，要比花旦还漂亮。"我问到谭老表演有什么高招，冯先生接着说："您听过刘鸿声老兄的戏吧？他仗着嗓子亮、冲，《三斩·一碰》挺卖座。谭老爷子天生是'云遮月'的嗓门，不脆炸，也能高处再翻高，可要跟着剧情走，不乱讨好。听他老人家唱几句，韵味非凡，比如品茶，要慢慢咂摸，才能尝出一点妙味。谭戏百听不厌，越听越奇，集前人大成，别树一帜。后辈可以学得很像，就是唱不出他的神、韵、情、味。有戏你在台上学，没戏到台边上学,眼看心记,这种机会太少,也许不会再有,用功吧!"这些话使我感激。他本人就是一位大艺术家,我站在三楼上看他演《司马昭逼宫》,咬牙之声清清楚楚,这种人物,后来也不曾再遇到。

谭老对人诚恳。有天在后台,周信芳陪姜梦华唱了一出《御碑亭》,请老先生批评。老人皱着秀眉说:"梦华!我看你别再唱了。上了岁数,扮上戏不好看,开戏园一样能给穷苦同行们办点好事呀,何必惹台下人烦呢?上海的年轻人看花旦戏讲究扮相,懂味儿的人少啊!"

有一回,姜梦华、冯志奎领着我与周信芳去看谭老,我和信芳都叫"爷爷"!然后三鞠躬,垂手而立。

"都坐下。"谭老指着信芳说,"这孩子不错,身上挺顺溜,能做戏,就是嗓子差点,还没开窍!"

冯先生答道:"刚倒过仓,还没好过来。老爷子一向栽培后辈,打算给他说点什么呢?"

谭老面露笑容说:"你嗓不够用,就奔做派老生,那一路活儿也挺多,一样能走红,明儿我给你说《打棍出箱》。"

老爷子边说着撩起长衫就做,信芳跟着做,不断点头,领悟极快,老先生特别高兴。

次日准备了茶点和烟,信芳带着包车到旅馆去接谭老,一进门,信芳父母诚挚相迎。后来周老太说,简直不敢相信那是真的,"小叫天"会来教她的儿子!

几天后谭老演出《打棍出箱》。到底是武生出身,功夫到家,唱做都绝。当公差打开箱子盖时,他双手一按箱底,全身腾空一跳,挺得笔直,横落在箱口上,观众已经叫好;谁知公差的棍子拦腰打下去,他一松气,棍子打在箱子口上,人陷了下去,头脚不动,棍子抽掉,人又弹起,在箱口上凭空一个转身,来个三百六十度圆圈,第三棍落下,他又跳入箱底躲过去,全部过程,几秒钟内做毕,掌声雷动,不愧为一代大师。当时上海观众有偏见,称某些京朝派演员为"京棒槌",讥为"《三斩·一探》[1],唱完滚蛋!"谭老的表演,把这些窃窃私议全压下去了。

演出结束,谭老用一只红绸包袱,包了二百块银圆,来到后台,双手捧过胸口,递给牛相说:"牡丹还要绿叶扶持,我还算不上牡丹,一点小小的敬意。"

牛相接过包袱一抖,银圆流落满地,末了连包袱也扔在地上哈哈大笑说:"钱是浮财,去了又来,没少见过。咱从来不是财迷,不稀罕!再多也可以送给穷哥儿们!"

"不!请别误会,还有哪!"谭老并不动气,又从口袋里掏出一个鼻烟壶,翡翠雕成,精美绝伦,双手递给牛相:"兄弟!谭某人怎敢用钱来酬答知音,那不成了雇人家吗?那是送您吃点心的。这儿有太后老佛爷(慈禧)当年用的鼻烟壶,她使过,老皇帝咸丰也使过。送您留着玩儿。'老佛爷'是前清的叫法,叫惯了,别见笑!"

谭老南下,据闻得的包银为六百元,三分之一分给琴师和配角,只拿三分之一,还给梨园公会捐了款,用于周济贫苦同行,也够慷慨了。

原载一九九三年《中国京剧》第七期

---

[1] 注:《三斩》为《失空斩·辕门斩子·斩黄袍》,《一探》为《四郎探母》。

金少山轶事

1935年，著名京剧艺术家金少山到杭州演出时，与一位颇有名气的女演员合演《霸王别姬》。那女演员有些娇气，仗着好嗓门、好扮相，不与金少山好好配合，使他演得很吃力。

第二天，金少山向戏院老板提出：他情愿唱中间戏，并要一个不出名的女孩子张慧聪给他演虞姬；而让那位颇有名气的女演员唱《玉堂春》压台。

老板很惊诧："慧聪才十九岁，爸爸是演文明戏出身，她自己原先学的老生，改学花旦并不久；再说个头也矮，扮相并不漂亮，能行吗？"

"行。这孩子肯卖力，在观众当中会有人缘儿的。就这么一言为定吧！"金少山爽快地说。

老板惴惴不安：怕张慧聪不能胜任，让他赚不到钱，又丢了名声。

女孩子和她的母亲比老板还要不安：梨园界谁不知道"金霸王"的鼎鼎大名，戏砸了咋办？

下午四点，娘儿俩做了一些菜请金少山吃饭。金少山走进张家，脱帽向母女俩鞠躬，和蔼可亲地笑着说："大嫂！你们很困难，平时不可能吃这么多菜，承你们看得起金二叔，我特地来领情。"他倒下一杯酒，一口喝干；又吃了两口菜说："现在酒喝过了，菜也吃过了。这天气挺凉，搁三两天菜也坏不了，留着自己慢慢吃吧。我这就算领过情了，谢谢！谢谢！"

娘儿俩劝他再喝几盅。

金少山呵呵大笑："我不来你们不会安心，来了一扫光我就能安心么？我比你们经济条件好多了，不要客气。我长孩子一辈，应当拉巴不出名的人。今晚在台上请姑娘大胆唱,不要怕,别当我是金少山,就当我是个混饭吃的老班底,比你还寒伧。我决不会让你难看。"

"孩子不懂事,二叔要多多包涵!"

"大嫂放心!"

在长辈的鼓励之下,张慧聪的虞姬演得很认真。从第二场之后,她紧张的情绪逐渐消失,剑舞也博得了长时间的掌声。

奇怪的是金少山这天晚上并没有用金嗓子来换取满堂彩。他演得稳重,富于内心感情。过去每当虞姬念完"待妾妃曼舞一回,聊以解忧如何?"之后,霸王那一声"有劳妃子"能让屋瓦震得嗡嗡叫,可这晚金少山没有这样做。但当虞姬自杀殉情之后,金少山一连拉了四个架子,那真是功底深厚,炉火纯青,充分表现了这位刚愎自用的末路英雄失去妻子的悲痛,以及对整个局势失去信心的绝望情绪,使观众爆发出经久不息的掌声。老戏迷说:"金霸王伴梅兰芳博士唱《别姬》,到这火候也没出过这么大的力!"

戏演完,金少山一到后台,老板便跑来祝贺,母女俩也跑来道谢。金少山很欣慰,并感慨地说:"霸王和虞姬都是主角,我亮开嗓门一咋呼,人家净拍巴掌,小姑娘在台上一慌,戏就砸了;孩子一砸,老辈的脸上也无光。虞姬垮了,光杆霸王越唱越害自己。我少要几声好儿,还是金少山,我能吃几个馒头看戏的都明白,所以我得给孩子留个路儿。可是观众花了钱来看我的玩艺儿,我不出一身汗,就成了骗子。虞姬一死,她没事儿了,我来几下子,才对得起大家戏票钱,也对得起老板、孩子和我自己,四方面全都要过得去呀!"

演出合同结束,娘儿俩送金少山回北方。金少山恳切地说:"孩子戏路子宽,可嗓子扮相挺平常,想出人头地挺困难。可是,当个二路花旦是上等材料,可以去上海卡尔登大戏院伴周信芳先生演个配角。当个好配角不光难,也并不跌人身份。"

后来,张慧聪真的跟周信芳配了好几年戏。

我想:一位艺术家留给后辈的,除了艺术美之外,也应当包括品格的美。

原载一九八〇十月《中国戏剧》

无名剧作家王慧明

40年代末，安庆周围活动着许多半职业性的农闲草台戏班。每班十多人，兼擅文武场，食宿分散在村民家，配角龙套就地培养青年充任。各家皆有一张粗腿厚板制成的"台桌"，傍晚，观众将它们扛到祠堂门前的广场上，一拼合便是舞台，倒也方便。

这些戏班当中，以王慧明领头的岳西高腔班最负盛名。他们原本原汤原汁演出青阳腔、弋阳腔、高腔、徽调、明清传奇。不大识字的农人们为何能对典雅的古戏曲活化石看得入迷？至今也是不解的"谜"。我在该班跑龙套，写海报，自然而然地兼做班主的义务"秘书"，喊他王大叔。班内有两句口头禅："不怕戏班没路走，单怕王叔喝盅酒。"只要他端着酒往戏台上一坐，准是又要改动一些从兄弟剧种学过来的戏，大家只好奉陪着记新台词，走场子。他改的戏每多神来妙笔，十分叫座，因而同僚们对他又烦又爱。他说："改古戏要得罪祖师爷，不敢出丑；皮黄和地方小戏我照改不误！"凡遇唱词，由我起草，他改定后必斥为"狗屁吹灰，伤牙裹舌的捞什子废话！"但是边骂边唱，天天改动，永难定稿。至于报酬则是请我去洗澡，每下大水池，他先用手巾在我后背擦几下，每回我都得加十倍力气回报。他说："一个人洗澡要找人搓背太不仁义，搓背的个个又黄又瘦，但咱们爷儿俩互相帮忙，是善哉善哉！"

他给京戏《白蛇传》添了个"戏帽子"，法海上台便唱：

任红袈裟上金丝儿扭动，
任头上莲花瓣帽儿高耸。

> 心头日夜十万情虫儿拱，
> 咬得它麻酥酥千疮百孔。
> 妙法莲花经越念越不懂，
> 念到四更眼皮合不拢。
> 多少回梦里枉把女菩萨宠，
> 抱枕头麦糠扎得我下巴肿。
> 叹气声一天落地三两桶，
> 悄悄话心肝私藏十来捧。
> 若能得妻儿同把如来拜，
> 要什么信女前呼善男后拥！

然后白蛇登场，老僧长跪求爱，白娘子怫然而去。法海发誓要破坏她的婚事。王叔说："佛门慈悲为本。法海逼得白氏水漫金山，伤害生灵，她有过，法海岂能无过？我改动一笔，法海的行为才有根据。"

他把《铡美案》的前半部作了压缩，腾出一小时来加强《韩琦杀庙》这场戏。改戏的方式很特别，他身系大带，挂黑三髯口，跟秦香莲娘儿仨即兴连演十多遍，边演边口授唱词，让围观的同人挑毛病，同时肯定下若干小片段。然后他再冥想一两天，以惊人的记忆力，口述初稿让我笔录；他教导我说："改戏一要少动或不动老本子之长，二要用心、口、身段当笔，把文字之外的东西，有棱有角地在台上找出来。一个人爱吃偏食，品味掌眼全靠众家好汉，各路看官！"他改的《杀庙》的定本是：

一、韩入庙便刺死香莲之女，变老本杀人未遂为构成人命案。

二、母子哭死者，苦苦求生无用，又争着先死，渲染骨肉至情，使韩忆起老家八十岁的母亲。香莲述清原委，韩脱袍裹女尸放走母子，正拟埋尸逃命，忽而想到救人要彻底，便用凄切、短脆、带点闷音的"叫头"："大嫂请转来——"

三、母子闻声回庙、惊惧不安，韩倾囊赠银，珍重道别。

四、韩唱四句"散板"，自责如此处理欠妥，第二次高叫："大嫂请转——"

表演时声音由微哑转为亮堂巨响，刚到嘎调又突然以手掩口，四望无人，才甩掉额头冷汗。母子归来，深恐恩公反悔，战战兢兢。韩告知沿途狗官大多向陈世美献媚，回到家乡也难活命。他写下路单，要母子回他故里代为侍奉老母，埋名避灾，教子务农莫做官。香莲命儿拜韩为义父，自己拜韩为兄。正义、同情，大放华彩。惜别时绝无儿女态，笔墨清纯。

五、韩欲埋尸后自刎，忽而悟得赴死之人无所畏惧，第三次放嗓高呼："贤妹请转——"演员此时显示必死意志，其声穿云裂帛，倾吐哀愤。香莲三见恩兄，韩要携她到开封包公那里上告。她怕恩兄受累，分银一半要他远逃天涯海角，五年之后回乡一见。韩不由分辩，即解带背起义子、抱着女尸，疾步奔东京。行路时提供机会让青衣走蹉步，韩耍髯口、翻滚，演员脸色由揉红变深红（至于如何变脸，他未作介绍）。

六、韩琦在大堂控告驸马，陈世美诬他为"偷携宫中宝物潜逃的恶仆"，令校尉们乱棍打死。包拯挺身下位相护，宣布收留义士为带刀侍卫。此时韩爆发大段长白，以大江出峡之势，痛斥陈世美，恳求包公秉公执法，然后自刎而亡。戏再接旧本演毕。

王叔曾多次自演韩琦，把一个受蒙蔽的莽夫，升华为侠肝烈胆的义士，个性发展分六个台阶，层层推进，情理交融。人物由平面而成圆雕。此剧记录稿一直保存到1957年夏末，毁于反右派斗争。拙文问世后，若碰上有心有情有缘的艺术家想在舞台上再现王慧明创造的韩琦形象，在下愿与之一起切磋，再写个稿本。

王叔改戏达到如醉如痴的境地。他在浴池里邂逅徐碧云先生，谈得很投机。询知北京某女士藏有雪艳琴演出的全本《法门寺》，系王瑶卿先生亲授，比常见本多三场戏。描写宋巧姣先去拜访傅朋之母，再入监探望傅朋，定计将刘媒婆请到巧姣家，用酒灌醉老太太，让她酒后吐出真实案情，然后再按普通本演完。1936年在吉祥戏院义务演出此戏时，雪艳琴饰巧姣，侯喜瑞饰刘瑾，言菊朋饰赵廉，慈瑞泉前媒婆后贾桂。徐先生绘形绘声，说得活灵活现。

王叔听完后，要先父蔚青公担保，向我表叔家借得一口肥猪，杀肉三百斤，用卖肉所得取道南京径上北京。持着徐先生名片找到某女士,坐在客厅抄完剧本。当夜即扒运炭货车南归,连车票钱也舍不得花,到安庆后又当掉一套箭衣,还清欠账。

1953年他到我工作的学校住了五天,口述改定本《拾玉镯·法门寺》要我笔录。他对原剧枝蔓宋国士宋巧姣父女的一条线索包括王瑶卿秘本独有的情节皆删削净尽。戏被改成五场,近乎话剧结构。半个月之后,他要我往返步行二百公里到贵池农村去看他们的演出,王叔饰前刘媒婆、后贾桂,戏演得确很完整。场次是:

一、在孙玉姣门前,刘彪要母亲刘媒婆为他娶玉姣。媒婆风趣善良而略带自私,她年轻时婚姻不幸,故乐于成人之美。但她反对鲜花插在牛粪上,勉励儿子戒酒戒赌,日后会娶上满意媳妇。刘彪蛮横,母子不欢而散。下面接演《拾玉镯》原本毕,褚生贾氏来孙家探亲,当夜,刘彪刀伤二命,将人头抛入刘公道家朱砂井。

二、傅朋在监中受过大刑,定成死罪。刘媒婆伴同孙玉姣来探望,老太太借故离开,让情侣互诉衷曲。傅劝孙另嫁高门,孙愿殉情同死。刘闻声入室苦劝孙玉姣去法门寺上告鸣冤。傅朋爱护玉姣,不愿她遭殃,甘心饮刑。玉姣被激,决计舍身去呼冤。刘估计凶手是自己的儿子刘彪,此时略有犹豫。出监后在归途上小憩,刘自扮太后、刘瑾,教玉姣如何告状,等于作一回排演。

三、法门寺将宋巧姣的戏按孙玉姣小家碧玉的性格作了改动。她一走近庙门就后悔,想打退堂鼓,刘给以鼓励,替她叫屈,惊动校尉们。玉姣已无退路,只好冒死入庙。刘瑾、太后、赵廉台词保存原貌。

四、赵廉在行路时的慢板,刘公道、刘媒婆由江南名丑刘斌昆、北京名丑慈瑞泉唱出了名的那两段"流水"不改,让戏迷们过足戏瘾。

五、大审前,贾桂拦门而坐,赵廉入宫求见九千岁,小太监求贾让路,赵未献进门礼,贾说:"咱家坐惯了!"与这只小爬虫在太后及刘瑾面前自称"奴辈站惯了"一语遥遥呼应,对照出一个奴才的两副面孔,使之更加典型。

作为无名剧作家,王叔一生不知改了多少戏,有多少成败的甘苦。"文革"

之初，他把七百多本戏文，包括形形色色改本全都付之一炬。而今岳西高腔已人亡艺绝，风流云散。仅老友班友书兄保存了两册资料。其损失永远无法弥补，言之沉痛。

说到戏曲大家，关汉卿、王实甫、白朴、马致远、汤显祖、徐渭、孔尚任、洪升……名单可以开到几米长，而更多的戏曲佳作，则出自民间无名剧人之手。如今仍在舞台上焕发异彩的多少戏文，是几百年、几十年演出中积长去短逐步完善的成果，而且不限于平面的文字。全无文采的《伐子都》，演出来比莎士比亚的《马克白》动人得多，深刻得多。名家和无名作家共同构成我们戏剧文学的两大源头，体现了中华地母永不衰竭的创造力！

读《侯玉山昆曲谱》

在出书极难的今天，中国戏剧出版社出版了侯老玉山唱昆曲的简谱，是一件很有意义的事。

昆曲像一位百岁美女，度过了繁花似锦的年代，在大寂寞中挣扎过很久，而今坐在博物馆门前，期待着有缘有志有情有心的儿女给她更新血液，并不诚心进馆当陈列品。而商品大潮滚滚，发财欲横流。有力者未必欣赏昆曲；识货者未必不是寒士。俞振飞先生辞世之前忧心忡忡，唯恐古老剧种失传，但愿是杞人忧天！

侯老的昆曲谱和俞老的曲谱在我国当代戏曲史上堪称双璧，南北辉映各有千秋。以关汉卿名作《刀会》为例，俞曲豪中寓秀爽之气；侯谱老辣，苍凉沉着，更近于稼轩词格调。二者共同映衬出昆曲的博雅典丽。读侯谱神游明清歌台舞榭，汤显祖、沈璟、李渔、李玉等名作风神依稀可以会意。当然，谱是演唱的忠实记录，关德权、侯菊两位记谱者立了大功劳。而演唱者渗入感情体验之后，化平面谱为立体歌，另有一番发展丰富过程。把戏曲唱成歌曲是演唱者修养不足，与谱无关。目前昆曲演出少，案头有曲谱，利用业余时间翻翻哼哼，是平淡生活中一大趣事，这种艺术享受有益身心，何乐不为？

侯谱是一本大书，凝聚着四百年来较多大家（包括名家在内）心血。一个剧种由诞生、成长、壮大、衰微，都在谱中留下轨迹。其传播原因中就包罗着萎缩的基因。按谱拍歌，久久便能神契而得妙悟，对忠于前贤的玉山老人及录谱者编辑者苦心逐渐了然。

此谱保存了不少文学资料，如解放前梅兰芳先生擅长的《刺虎》1949年停演，基本面目如何？《芦花荡》一折取自大戏《鼎峙春秋》，与流行的《草庐记》有何不同？《三闯》、《偷鸡》、《功勋会》、《兴龙会》等折子戏全本已失传多年，《甲马河》、《嫁妹》与古本亦有出入……对研究古剧版本及戏曲文学史家将有些启示。

侯老从十二岁登台，从艺八十八年，这在人类戏剧史上也是罕见的盛事。老人敬业爱徒，生活简朴，襟怀淡泊，平易近人，至今谈锋甚健，讲到表演，连说带做，全无倦色，真乃剧坛祥瑞也。

许思言临终的请求

1987年岁末,我在桂林接到许思言（号铁生）兄癌症扩散生命垂危的加急电报,便乘当日下午末班机飞回上海。晚八时赶到他家,他正卧床闭目养神,骨瘦如柴,脸色灰暗,双眉紧锁,从精神到肉体都承担着巨大的痛苦。

听到我的脚步声,他推开盖在胸口的毛毯,咬着牙吃力地坐起。大概有约在前,他一挥左手,夫人和孩子们都悄悄离去。他要我坐在榻前,一番哽咽,久久无言。

"医院不收,退票回家。'戏'到尾声了……"

"老哥要我来是为了香港某电影厂侵了大作《海瑞上疏》的版权一事吗?"其时,有位仗义执言的律师正多方辛苦奔走,替他申诉。

"官司打胜也算输,对死人来讲都没意思……"

"是不是要我替你编本剧作集?海瑞、汉文帝、武帝这三个戏都发表过,只要校勘两遍就成,你还打算添些什么?"

"添仨去俩都同样没人演。没有出版社甘心赔钱印读者不看的书,出也没意思。你还有八年前的稿子躺在出版社,多多关心自己吧,兄弟!没几个人替你着想,管许多闲事,杂活无功,累死长工啊!"见他喉头像堵着一团棉花,便替他倒上一杯水,他呷了一口又吐了出来,接着哈哈苦笑两声:"我要走了,想走得干净点儿,不留遗憾在人间,更不能欠债……"

"你在'文革'中守口如瓶,会欠谁的?"

"你忘了我在牛棚里当过三个月'牛头'——牛鬼蛇神的组长?兄弟姐妹们认为我不打小报告。他们平时尽量不出岔子,怕让我为难,堪称'爱戴'。但我是凡人，经不起工宣队催逼，末了还是做了一件愧对长者朋友的丑事……给我一支烟！"

"大夫禁止你抽！"

"再听大夫的话也得死，允许我'暴动'一回吧，就一回！"他那青筋隆起的手哆嗦不止，

我掐下半支烟递给他，他微笑地点着，刚吸一口就扔进痰盂，连连摇头说："太苦啊……"

"老哥休息，明天再来看你！"

"没几个明儿啦！我该死，向工宣队汇报说刘斌昆老师和童芷苓大姐贪图'资产阶级生活方式'，居然在休息时间上小店各人吃了一碗馄饨……"他咻咻地喘着气。

"这算个屁事，不要折磨自己，好好养息……"我很惊愕地拉了个要走的架势，可是他急忙抓住我的袖口。

"而今只要你肚皮能装，吃一百碗也不犯法。可当时真开了两场批斗会。刘老是条汉子，一口承认，还说汇报的人包庇他，他吃了两碗，案情要严重一倍！同桌就餐的是一位过路的大嫂，背影挺像童芷苓，可人家童芷苓改造得挺好，根本不吃肉！她没有去。老爷子一气给自己戴了十几顶大帽子，才勉强过关。我在一旁羞愧得无地缝可钻。事后想给老师道歉，张不开口啊！心里一直揣着一块砖头，是平生最大污点，再也洗不去！我知道老爷子最相信你，想求你当一任'特使'，替我登门负荆请罪，他老人家可以来打我骂我，只求说一声宽恕了小人许铁生，便安心去死了……兄弟！你看不起我吧？快朝我脸上吐唾沫……这样心里舒服些！"思言捶胸哑然大哭，我反复摆手，含泪向他深深鞠躬，表示全无鄙视之意，不知该用什么话来慰劝这位饱受冲击的著名剧作家。君子之过，如日月之蚀。许兄为人堪称光明磊落！

电话拨通刘宅，我把思言临终的请求禀告刘先生。不想对方的回答异常平静："请铁生听电话！我是老刘！你说的事我怎么一点印象也没有？"

"老师，您忘了我忘不了！确有其事。批斗时光是1974年5月20日和第二天。

口号是'决不许资产阶级抗拒改造……'学生吃人饭做了牛马不如的事……"

"铁生！哭什么？批斗了一百多回，真记不得哪回批斗些什么。就算有这么档子芝麻大的小事，第一是事实，你没造谣；第二我自动戴一串帽子半为蒙混过关，半为同窗们开心一乐，让大伙儿在肚子里笑一笑，是有功德的善事，到头来什么罪名也没定成，生活费没减一大毛钱，不为损失；第三，我三番五次动员你找点小事儿汇报些鸡毛蒜皮好保住'牛头'的大印！大伙儿特别怕造谣大师×××阴谋篡你的位，那家伙就想在牛棚里过一回官瘾！他上台，非整死人不收摊儿！国家主席、元帅们被整死，没有人上公安部去自首请罪，你何必耿耿于怀，念念不忘？孩子，我了解你是好人，要自信。你要忍痛活下来写两台好戏，老百姓需要替他们说真话的真作家。过去批《海瑞上疏》我一言不发，这回雨过天晴，捧场文章出现在报上，是善良的精神安慰。戏还有浅露的一面，外在东西多了些。经过十年雷打火烧，你刚刚懂点生活，一定熬过来！别再道歉！该道歉的是我，为几分钟口福让你十来年良心不安，我直抱愧……"老人泣不成声，只好挂上电话。

几天之后，1987年11月10日，思言兄安详地长眠了，脸上洗净了痛苦的残痕……

原载一九九一年《剧本》月刊

《铁弓缘》的改编与表演

——给关肃霜的一封信

  一个优秀的保留剧目，拍成电影后已被亿万观众欣赏，再谈一些不成熟的意见，可能是多此一举。但想到你们精益求精的优良作风，觉得多此一举的文章毕竟太少。故不揣浅陋，或可有补于"陈秀英"的见地。

  《大英杰烈》这一剧名很费解，前辈武旦刘祥云（艺名九仙旦）、郭际湘（艺名老水仙花）均善演此剧。因为难度较大，要兼通花旦、青衣、小生、长靠武生等行当，必须有较强的体力，方能胜任。

  《铁弓缘》经过贵团的改编和长期演出，面目一新，删去了匡父秀英妹妹等多余角色，剪除了石须龙串通关伯夺取匡忠所押运的饷银等枝蔓情节，添了《待嫁》及《长亭别》两场文戏，人物感情发展脉络比较清楚，表演大为丰富。以陈母一角为例，削去了一些格调很低的台词，自称"青菜豆腐汤"之类打诨，减去为讨茶资而剥掉石伦衣服这样庸俗不可信的细节，从一个小市民，变成了正义感很强，不辞艰危与女儿相依为命的母亲形象。保留了喜剧色彩，情调是健康的。这些突出的成就，是观众引起共鸣的主要原因。

  离奇，怪诞，甚至包括惊险，都不是构成世界名剧的条件。只有写出个性突出的人物，概括了深广的社会生活，发掘出深刻的哲理与历史精神，在表现手法上富于独创，中国戏曲还要考虑到唱做念打组合得法，才能为观众开拓出宽广的想象空间。您作为一个成熟的表演艺术家，一是不看重传奇色彩，尽量用感情和细节充实人物，追求真实与深度；二是不炫耀那副浑朴灵动的好身手，运用程式也不离开人物具体处境去玩弄技巧，去找俏头噱头。以《待嫁》中抓披叠披这一特技性很强的动作，只用两秒钟，使人感到秀英手脚勤快利索，性情爽朗，觉得有生活气息，是提炼过的舞蹈。夫妇战场重逢的哑剧表演中，努力把刀马旦武生小生的技巧，用以解释秀英的内在情绪。由于把精气神当作纯钢来用于刀刃上，《待嫁》《长亭》的唱，奔放凝蓄，喜悲有别，情思表达得准确，用嗓经济，不要长腔高调。面向全剧，起承转合，周密计划，细致铺排。您在陈秀英一角所展示的精神世界中，多少可以看出您尊重前辈，淡于荣誉，爱护同志，平易近人，不厌探索的侧影，人物才那样丰满厚实。

开茶馆一场是原作中流传最广的一折，是戏的种子，也是精华。编导演主观上很想突出秀英对匡忠人品武艺的爱，而具体形象上却突出了匡忠外貌英俊的作用。一见钟情古今皆有，将来永远会有，古人在封建势力的重压下敢这样做，多少有些反抗礼教的进步作用。荒淫无耻的统治阶级一向把人民要吃饱饭要有纯洁向上的爱情看作大逆不道，自己越是纵欲无度，越是千方百计要群众禁欲。所以对自由恋爱的追求带有个性解放的色彩，即使对封建势力冲击作用很微弱，也会曲曲折折地反映一些人民的理想。在开茶馆一场戏内，稍添几句台词，来加强秀英爱匡忠人品的思想基础，对提高人物精神境界会有好处。匡忠可以不是初次来到的顾客，秀英即使未见过面，也可以对他很尊重。此剧非历史剧，并无具体朝代年月，匡忠可否发出浩叹，陈母询问，他略述北方强敌日夜练兵，石须龙贪生怕死，阴险无能，难以抗敌。可叹关伯被冤多年，幸亏女儿相救，被迫落草，报国无门，他想招安这批好汉助镇边关，没有机会，这样可为后面剧情发展，留下伏笔。

比武过程中秀英性格爆出绚丽火花，表演洒脱中见雍容，多处有神来之笔。约有同去观摩的刘斌昆老人在休息时对我说："肃霜侄女在台上的活文章写得很好，可惜标点符号未打清楚。她打匡忠一掌不过一两秒钟时间，却要表达极多的内涵：头一层是秀英吃了小伙子的亏，她对他有好感，让他几分；他却不解，这种不解固然有可爱之处，也窝着好心不得好报的怒火，火气上升过程要从表情动作呼吸里，细针密线精心绣出来；匡忠拳法有破绽，姑娘有报复机会，怒气仍在，高兴的感情交叉进来，第二层复杂些了；高举拳头，重重落下，一逗为快，四目对射，转念之间，力气被怜爱削减百分之八十，易拳为掌，教训了对方，又不让他吃大亏，怕弄僵了不好提婚事，第三层深入了一步；胜了男方很得意，但女孩子心胸不宽，委屈未消，不能解恨是第四层；这一切表现瞒过了妈妈，使姑娘很欣赏自己的聪明麻利，是为第五层；向妈妈炫耀自己的本领来安慰寡母，让她信赖女儿，要显示尊严，对男方可以发泄一点火气，但又怕过了头，惹得妈妈也恨他，亲事就告吹，娇憨狡黠，这是第六层……"这段话包含着无限爱护之情。

石伦的表演很重行当，可以看出演员经验丰富，只是缺少总镇衙内的矜持和官府气。生活中的丑角多是道貌岸然，甚至以"圣人"自诩。越是缺德少才，越会装模作样地勒索别人的尊敬，丑恶的本质总要披上漂亮外衣，只有忘形时才让尾巴露出。坏蛋内心极丑恶，但描绘丑恶时要用很美的艺术手法。一览无余，缺少含蓄的回味，不利于衬戏，甚至要破坏全局的真实感。

石须龙串通土匪劫银情节不新，使匡忠很窝囊。给人的感受，仿佛是他全部的英雄气概都留在茶馆里不曾带出来，一直被动挨打，没有展现机会，更谈不上发展。这种性格上的停滞中断使观众不满足。

《长亭》中二公差，可以一个凶，一个伪善而会敲竹杠，也可以有一个老于世故而良心未泯，尊敬英雄，把另一个坏蛋玩弄于股掌之间。路是很宽的。秀英也许想到过武力解救亲人，匡忠自信冤可昭雪，不给石贼以攻击的缺口，可以阻止她，他对官府不可能绝望，而秀英勇武一面，可以脱颖而出。

石伦被陈母哄出真情，过于简单，他是酒色之徒，不易弄醉。放跑打手们，对准备逃走的母女不利，娘儿俩不会那样粗心。应当是双方都很顽强，以减少母女们在全剧中的顺利场面。石伦逼到最后，陈母提出同意，就怕儿子不答应。石伦询问哪来的儿子？秀英男装上场，石伦以为是小舅子，大模大样，秀英仗剑将爪牙们捆好，让陈母押锁进无窗户的柴房，再逼得石伦招认实情，留下笔据，杀了他再走，秀英可显得机智些。

第一场是抒情喜剧，改扮男装起，进入情节剧，而姑娘当未婚夫等孟丽君式的东西又不太新鲜，尽管表演很吸引人，秀英性格的弦松了。如何处置，则需认真研究。匡忠的长胡子，假得令观众好笑，可不用，保留夫妇阵前重会喜剧色彩与哑剧手法，基础是夫不识妻，想不到变女为"男"，妻虽识夫，两军对垒，相认不便。也可在其他方面另做点文章。秀英可以命关氏父女与匡忠交锋，诈败，诱匡追赶，自己另带精兵直袭大营，抓住王大人，跪呈石贼父子供词，半求半逼，要王做主，王较为爱国，与石又有矛盾，便作了公正处理，收下秀英及关氏父女，即日完婚，准备北征。

在尊重原著及改编成就前提下，发扬表演精华，凸显人物性格，把情节喜剧统一到第一折抒情性格喜剧的基调上来。透过表演带来的热烈掌声，提高一出已经是成功的好戏，需要毅力。我这番诚恳的外行话，若能弹响编导演艺术家的灵感，生发出一些与谬见无关的好东西，作为一个普通观众，也是莫大的荣幸！请为祖国的艺术事业珍重，珍重！

最成功的演出

1947年，在安庆市湖南会馆的旧剧场，看了一出使我终生难忘的悲剧：《李十娘三上轿》，故事表现的是：明末书生李公子，娶十娘为妻，生下一子才数月。一日，夫妇园中闲谈，不幸被伏在墙头的邻居朱王爷偷偷看见，这个倚仗封建势力无恶不作的色鬼闯入了李宅，硬要与李公子结拜为金兰之好，旋即拉李回宅小饮，将李当场毒死。遗体才送回家中，便差媒婆携带花轿逼娶李十娘。十娘考虑到公婆及幼子安全，佯允了婚事，三次上轿，三次哭下轿来，最后携剪刀嫁到朱府，在洞房中灌醉王爷，然后将他刺死，再自刎身亡。全剧歌颂了不畏强暴、坚贞不屈的精神，是一出精华颇多的剧目。

饰李十娘的女主角华慧凤年已四十，在那时她已是人老珠黄，加上久病新愈，气力不佳，行头又典当一空，哪来的精力和情绪做戏？演完第一场，她的嗓子出现了荒腔，前后台同人谁不为她捏一把冷汗？

戏演到丈夫的尸体从王爷府邸抬回，刚刚成殓，摆上棺木孝帏，胡琴拉起曲牌《哭皇天》，我不知道大自然是为这场演出增添效果，还是成心跟演员们为难，一场大雨，倾盆而下，霎时间池座里也滴滴答答，值得庆幸的是没有什么人抽签子，观众还是为表演所吸引，各自寻找一些漏得不太厉害的地方坚持着看下去。

大自然的启示，观众热情的支持，还有一些当时我弄不清楚的原因，使华慧凤的演技突然得到了灵感，情绪饱满，精力旺盛，如同听到战马嘶鸣的沙场老将恢复了当年的勇气一样，奇迹就这样诞生。

当李十娘辞别公婆第一次上了轿子的时候，观众中有不少人在抽泣，演员几个大幅度的动作，悲愤的眼神，颤动的水袖，传达出复杂的情感，表演达到第一座高峰；

当李十娘从轿上跑下来，用哭丧棒狠狠捶打着亲人的棺材盖，高唱哭头"儿的夫呀"的时候，只见剧场里五百多观众的头同时向前伸去，人们的眼睛向舞台近一寸一分也感到巨大的满足，形成第二个奇峰；

再一次上轿后，李十娘手掀轿帘，自轿中膝行扑到婆母身边，接过孩子，干叫一声"我的儿"时，艺术境界更上一层楼，达到全部演出的顶峰，女演员的嗓子完全嘶哑了，只听得一点哀音细若游丝，仿佛从舞台的深深的地下缓缓抽出，沁人肺腑，更惊人的奇特效果随之出现：不仅仅是全体演员出神兀立，琴师的琴弓推到底竟然拉不回来，鼓佬举起鼓条子忘记了打鼓，打锣的伸着颈脖扬起槌子纹丝不动……全体乐师顿时变成了一组雕塑，雅寂无声。全体观众忘记了哭泣和哀叹，一个个低下头去，仿佛地球也停止旋转，只有悲剧的艺术美在高扬，连雷电风雨都全部被人忘却。

戏是什么时候结束的？谁也说不上来。

然而，戏又确确实实是结束了，虽然池座里观众一个不动，也无人鼓掌，全部陷入沉思之中。

女演员薄敷铅粉，全身素服，绾着一朵雪莲姗姗来到舞台当中，深深拜了下去，无声无息，只见双肩抽搐，哽咽难言，达两分钟之久。当她抬起头来时，脸上的铅粉又被泪水洗过了。她喃喃地说："谢谢爷爷们、哥哥姐姐们的捧场！谢谢！"

这时，人们想起该鼓掌了。于是持久不息的掌声压倒了暴风雨的声音，一直在城市上空回荡，我的朋友们看完戏回去都彻夜难眠，我也感到余音袅袅一直在我心中萦回，形象刻骨铭心，一天比一天凸出。

两年之后，我和几位同志出发到了新中国成立后的上海，在天蟾舞台门口，看到了华慧凤演这出戏的海报与剧照，急忙向同志们推荐，说这出戏不看要成为永久的遗憾，我起劲地跑去排队买票，饭也没顾得吃，便匆匆进入剧场。

新油漆过的舞台，全新的行头，出色的配角，整齐卖力的乐队，戏一场场地演下去，使你挑不出毛病，也没有异常突起的惊人之笔。同伴们再三用怀疑的眼光向我探询，我劝他们耐心等待，保证后面有绝招出现。然而，直到第三次上轿，观众也及时报以掌声，但是，却不曾出现在安庆那个风雨之夜的奇丽效果。

这时，我感到饥肠辘辘，未到拉大幕，便悄悄溜出了剧院，到邻近的小巷中去等吃汤团。

二十分钟之后，一位中年妇女坐到我的对面，我看出她准是华慧凤，但两颊已泛出桃红，眉宇间有些喜色，显得年轻多了。我也分享了艺术家生活改善的喜悦。

"请问：今儿晚上《三上轿》里的李十娘是您表演的？"

"是呀，挺差劲儿，请您多提宝贵意见！"

"请原谅我的冒昧，戏演得没有超越您往日达到过的水平。"我尽量把语气说得挺缓和。

"往日？在哪儿？"她那端庄的眼珠在长长的睫毛丛中一转，像画了个大问号。

"比如在安庆大风大雨那夜演出的一场，不论什么时刻，不用闭上眼睛，李十娘痛心疾首的模样儿就站在我的面前，真打心眼儿里佩服。"

按照惯例，这样的话不会触犯任何一位有经验的老演员。然而，筷子从她突然变得僵直的手指之间掉落在桌子上，她默默站起，向我略一欠身，将服务员刚端来的汤团倒入锅中，然后朝大街蹒跚地走去。

我愕然地追到街上，反复向她表示了追悔的歉意。

出乎意外的是，她很不自然地笑了一笑，晶亮的泪珠带着路灯的反光滚落到她胸前："不！您并没有得罪我，说的全是很正确的实话。那夜的演出，在我二十九年的艺龄当中，是绝无仅有的一回。谁又知道唱好那出戏我付出多么高昂而又辛酸的代价？我在台上抱着布孩子痛哭的时刻，我唯一的儿子因为得了病没有钱住医院，躺在后台的大板凳上咽气了。人心本是肉做的，何况妈妈的心呢？我唱着'好一似万把刀把我心剜'，心里感觉到儿子的小手在抓，在撕，唱的就不是一句水词儿，而是……呵……"哽咽半晌，她方才又说道：

"演戏的人一生总有一个高峰，高峰不仅很难以超越，连有意识去重复也不大可能。某一场戏演得很成功，天天照样演下去，只能成为俗套，除非艺术上有大突破，生活中有大波澜。

"那晚的演出，我的眼里已经看不到几百位观众，听不到狂风骤雨，电闪雷鸣，只看到儿子的小尸首躺在我的面前，我唱每声哭头，嗓子虽哑，感情却是真的！

"演员自己感动了只是奠定唱好戏的基础，把自己的感受传导给观众，让他们受到感染，与剧中人一起喜怒哀惧，还要技巧。儿子惨死给了我七分真情，长期舞台生涯积累下来一整套传导感情给观众的手段，在锣鼓胡琴、同台演员唱做念的互动之下，忘了演戏，这比故意想演好戏更有动人心弦的力量。惊人的演出是不易见到的，它是演员生活阅历、环境条件、剧情、音乐，还包括广大观众在特定历史条件下的特殊情绪和感受，各方面的配合，才能形成。"

三十年过去，我还说不清华慧凤大姐的话到底可曾说清楚。只好有待于美学家与文艺评论家去研究，我没有权利站在门外饶舌。

原载一九八三年九月《江苏戏曲》

提高与拔高

解放初期，有一个剧团在我的故乡演出，打泡戏是全本《棒打薄情郎》，由我少年时代为她跑过龙套的一位老大姐扮演金玉奴。她对这出身贫苦的女性寄予深深的同情，演得细致而不烦琐，颇能刻画少女的内心波澜，观众每晚都报以热烈的掌声。

我连看了三晚上，对于这出戏的结尾感到异常的不满足。金玉奴太缺少反抗性了，她为什么甘心地第二次嫁给曾经是害死自己的凶手莫稽呢？这时，我正在读易卜生的《玩偶之家》，娜拉在第三幕后半幕的每一句话，都打动着我。

一天下午，我母亲请这位大姐吃饭，感谢她当年对我的照顾。饭后，我便把娜拉的故事对她讲了一遍，并且对第三幕进行了朗读。大姐听了，说《棒打薄情郎》一剧的结尾要进行修改。金玉奴在洞房中认出了这位莫大人乃自己原来丈夫之后，我添了大段痛斥莫稽的台词，大揭他的丑行，最后摔了凤冠，扔了霞帔，像娜拉那样冲出了家门。大姐为落幕前的大段唱词设计了动听的板式。

这出新《棒打薄情郎》卖了五场客满，赢得了不少掌声。

最后一场结束，大姐为答谢我对这出古老戏剧"拔高"之功，邀请我夜餐。我有点沾沾自喜，踌躇满志。我们在江万春饺面馆一间小屋里坐下来，同去的还有鼓佬琴师等几位中年人。小屋里早就坐了一位老先生，我认识他是三湘小学的刘樾初老先生。见到我们，他很客气地打招呼，看来今晚他的兴致特别好。我们请他坐过来，他也没有客套，就走过来和我们谈开了。

"戏很热闹，巴掌也拍得哗哗响，本来我不想说了。可是看到你们这样谦虚，想了一想，还是应当表里如一，把实话掏出来，心里才安泰。"我记得，他那一席谈话的大意如下：

人们看了好戏都会拍巴掌，拍巴掌的不一定是好戏。你们心肠太好，要给金玉奴出气，年轻人的想法很大胆，可是这样做太浅了，你们想，在明朝末年，政治腐败，官僚们无恶不作，对农民、对妇女都是敲骨吸髓，百般压迫。假如金玉奴出走之后会有好出路，那便美化了封建社会。我年轻时赶上五四运动，"打倒孔家店"喊得很响，就在省会安庆一个讨厌丈夫的新娘要出走，都是不可思议的事，何况三百多年前？这一套要到十九世纪资产阶级追求个性解放时代，在易卜生笔下才能解决。妇女出走之后，如果经济上不能独立，人格上就谈不上独立，不是走进另一个海尔茂家中充当玩偶，便是死亡、犯罪、发疯，不会有多好的命运。

金玉奴救莫稽，先是出于怜悯，由怜生爱。因为她是要饭花子头儿之女，择婿也很困难，即使她有想捞凤冠霞帔的幻想，也无可厚非。莫稽是个一心向上爬的官迷，饥寒中要求不高，中进士后便觉得出身微贱的妻子不能登大雅之堂，是升官发财的严重阻碍，才将她推入江中。他娶林大人之女，是因为林的官比他大，扯上裙带关系可以更好地爬上去。金玉奴过去不能打他骂他，因为爸爸是花子头儿，在第二次新婚的花烛夜可以棒打无情郎，也完全仗着义父的乌纱帽撑腰。她还是原来的人，父亲的地位变了，她的身价就变了。这非常真实地写出了封建社会中人与人之间的关系。莫稽对昨天的她唯恐不早死而狠心杀害，对今日之她唯恐求不到手而百依百顺，摇尾乞怜，这都是乌纱帽的威力。莫稽之所以怕她，怕她义父一怒，自己的乌纱帽便完了。作家本意是警世，宣扬好人有好报，客观上却画出一幅世态炎凉图，点出了上层关系中金钱权势主宰一切的威力，这种暴露，是很有意义的。

作家忠于生活，没有拔高人物思想境界去做当时也不可能发生的举动。金玉奴可以打丈夫，这不稀罕；打了丈夫之后仍然服服帖帖地要做莫稽的妻子，这便是封建社会真实生活的写照。金玉奴虽然挤进了小姐的行列，依然没有别的出路。在那种社会里，金玉奴即使不是出走，而是去告状，莫稽因此垮台，她也要受人谴责；林大人也未必同意家丑外扬，只会拼命和稀泥，来维持假体面。

换一个丈夫不仅舆论不允许，而且很可能换到一个比莫稽更坏的混蛋。金玉奴只好同杀害过自己的刽子手毫无爱情地度过一生，蒙受一生的屈辱。这样的结尾，固然使看戏的人感到压抑、感到义愤，然而这种压抑和义愤，便是现实主义力量的所在。

将光明的尾巴赠予古人，要慎之又慎，不能失去真实。酿酒难，会评酒也不容易。排斥自己不懂的东西，抛弃自己不喜欢的东西，往往会把孩子和洗澡水一齐倒掉。改古典戏允许失败，但最好比古人高明，不允许没有看懂就改！

刘老先生的一席话说得我们冷汗浃背。我欣然地将改稿烧掉了。

原载一九八三年九月《剧本》

黄天霸与窦尔敦

乍看不美，细看不丑，原始图案包蕴着勇猛憨厚爽快的农民性格，这是脸谱化了的窦尔敦；

乍看不丑，细看不美，英雄义士的标签，俊俏的扮相，华丽的行头都不能掩饰品质的卑劣，这是美化了的奴才黄天霸。

正统的封建意识，使作家把这两个人物，沿着方向相反的路子作了处理。希望观众莫做就地正法的陪衬人物窦尔敦，而要做升官发财的黄天霸。可是，历史常常同人开玩笑，本来是想到这个房间的，却往往走到了另一个房间。

千百年来，我国庶民从特务政治中不知吃了多少亏，锦衣卫、东厂以至中统、军统，老百姓无不恨之入骨，除了这些特务之外，还有具备特务灵魂的奴才，更是叫人既恨又怕，所以尽管作者替黄天霸如何搽脂抹粉，观众心中还是有数的，君不见作家理想中的这位"大英雄"，见到御马便拜，意在颂其忠，我们看到的则是奴才相。在恶虎村，他杀了义兄武天虬和濮天雕满门老少，作者意在颂其大义灭亲，我们看到的却是凶恶残忍的刽子手本色；这个刽子手杀了亲人，报功之前，还大哭一通兄嫂。作者本意在颂其义，我们看到了却是虚伪透顶的感情，掩饰着其内心极其肮脏的灵魂，其间似乎也闪现了一点儿内心的矛盾，但那只是一刹那，显示了人性的复杂。这样，人物立体感加强，观众看得更清楚。窦尔敦双钩被盗，甘愿就擒赴死，作者本想颂天霸的智慧和对朱光祖的影响，使窦寨主折服；而我们除为窦尔敦惋惜之外，还从中看出了天霸的狡诈。这一拜、一杀、一哭、一抓，所暴露出来的丑恶灵魂，是作者所未料到的。

窦尔敦盗马和嘲笑黄天霸拜马的情节，作者本意是斥责窦尔敦目无王法，但它给观众的感觉反而是体现了他藐视朝廷的反抗精神；作者本意想揭露窦尔敦心胸狭隘不忘私仇，以衬托黄天霸单人拜山的大勇，反而突出了窦寨主爱英雄讲义气，不以多胜少，不使阴谋诡计的磊落襟怀；在戏结尾时，他更有重诺言而轻生命的豪气，虽然是受骗上当，过分单纯，心地仍然是美好的。作者决无美化之意，结果对他是欲贬得褒。这也许是生活中农民英雄的形象感染过作者，使他下笔时违反了主观愿望而无意间唱出了窦尔敦的赞歌。

作者对人物写得较为准确，不能随便改动。如果把天霸改成小丑，把窦尔敦改成农民起义的英雄，也许又出现了另一种结果。当年有人出于好心，要写黄天霸抓住窦尔敦后如何后悔，天霸自杀……这样一来只是另外一出戏，而不是《连环套》了。

这两个人物的存在，不仅为研究公案戏作家的世界观提供了活的史料，同时也告诉我们现实主义的力量是巨大无比的。

生活不是一团面粉，可以随意捏扁搓圆。离开真实，没有艺术。抑扬不当，适得其反。

古代作家在宣扬封建伦理，褒贬人物时，无意间却透露出一些生活的真实，就说教而言是败笔，就艺术而言，反而为苍白的作品留下了一点盎然的生机。

原载一九八一年《艺谭》第三期

《华容道》发微

少年时代读《三国演义》，对于关云长义释曹操一段感到是个闷葫芦。后来，有幸看到了林树森、金少山两位名家合演的《华容道》，林先生饰的关羽嗓音苍劲，工架壮美，把一个略带儒雅和骄气的虎将刻画得丝丝入扣；金先生饰的曹操，声震屋瓦，身处绝境，不失奸雄本色。下场前唱的《西皮散板》："打开玉笼飞彩凤，二次里领人马再下江东。"一面拱手向关云长告别，一面侧视残部，半露笑颜，半藏野心，表演精细入微。我对他的演技佩服的同时，闷葫芦仍未打开；诸葛亮在人民心目中是智慧的化身，明知联合东吴劳民伤财去浴血苦战，目的是消灭曹操，统一中原。曹操败走华容，正是千载一时的良机。云长和曹操的关系，孔明不是不知道，云长请战时已脱口说出："某若请不来曹操，甘当军令！"一个"请"字孔明听来能不刺耳？派他挡曹，岂非失策？

十四岁那年，戏院老板见我个头矮小，嗓子有点生净之间的炸音，便打着义演救灾的名目，让我下乡演《华容道》的红生。以"神童"鼓吹，还涨了票价。我用鹦鹉学舌的方法，磨平了唱片而仿唱的童音，还有猫学老虎似是而非的架势，出乎意料，竟博得了大量喝彩声。几年后才了解这是老板雇了不少职业"鼓掌大师"的帮忙，而义演的所谓"实惠"实际是归那位坐轿车带姨太太兜风的戏院老板。可是对于孔明为什么要派关羽去挡曹，心中仍是一盆糨糊。

抗战胜利后不久，我曾陪同一位老中医去看唐韵笙和裘盛戎合演的《华容道》，老中医无限感慨地说："前台红脸追白脸，杀得难解难分；到了后台，他们在一张桌上喝酒猜拳，还是一家人。只是看客们白白地被骗去几张金圆券而已。而今台下戏看不尽，谁还有心绪看台上戏呢？"这段话的弦外之音，给我的那个闷葫芦似乎揭开了一条缝儿。

直到最近，我偶然听到厉慧良童年时代录制的《华容道》唱片，由于这些年多少学了一点哲学历史，知道故事出于文学虚构，闷葫芦总算打开了！

其一，治兵先治将，治将先治骄将。蜀营诸将中勇武有谋而又刚愎自用者首推关羽。他与刘备、张飞三人结义的关系是众所周知。诸葛亮自知资历短浅，过去又没有什么汗马功劳，他来发号施令，关羽未必服气。让关云长去犯一次重大的立场错误，正好抓住他的小辫子，打掉他一点娇气。关羽制服，众将俯首，军师的令箭才有威力；其二，关云长放走曹操，就有杀头之罪。义结生死的刘备、张飞定要求情，而不至于红头、白头、黑头一齐高挂号令，借此机会孔明不但可以讨价还价，也可升高自己威信；其三，比韩信小四百来岁的诸葛亮，熟知韩信灭了项羽后的悲惨结局，对于刘家皇帝们祖传的伪装与狠毒，他们成事前用才、成事后杀才的庐山真面，有一定认识。如果派燕人张翼德去捉住曹孟德，孔明在刘备眼中的实用价值也就大为降低。从最好方面设想也不过是当一名看守大印而并无实权的伴食宰相，陪万岁下棋的宫廷弄臣。他借关羽为曹操解围，给刘备留下了对立面，也就为自己奠定三分大业的基础。

毛宗岗父子冒充金圣叹评点《三国演义》时，曾指出三国志实为三杰志，三杰者：孔明、关羽、曹操也。一出折子戏，把三杰组织到一起，明写关氏之义，曹氏之狡，实写孔明之智。虽然孔明仅在序幕中登场，有时演出中还整个删掉，但他驱使不可一世的风云人物犹如高手拨动棋子。这种以少胜多的布局，以实映虚，以静制动，尽管没有文采，还是有其高明之处。

一九八一年九月号《艺谭》

谢黛林歌余漫语

我出身戏剧世家,祖父在北京、天津的小剧团当了一生鼓佬,子女多,入不敷出,便将我的大姑母嫁与一位京梆子演员。姑父艺名"金镶玉",工花旦,嗓子既亮堂又挂味,表演颇有些才气,可惜当时社会黑暗,艺人缺少高尚情操的教育,沾染了一些不良嗜好,三十岁左右就病故了。家小生计主要赖姑母做针线维持。

我的父亲谢开云,为了家庭生活,只好拉着胡琴,带领三位表姐到茶楼酒肆去卖唱,靠有闲阶级赏几个钱过日子,难免受茶馆老板们的闲气,不敢言,甚至也不敢怒。几年后,表姐们逐渐长大,显露出一些才华,开始给军阀们演唱些不用男演员参加的"髦儿戏"。有时太太们一高兴,偶然也塞几张钞票在姐姐们的袄子口袋中,使我们全家人除了维持粗茶淡饭之外,尚可省出少量钱来聘请教师,教三位表姐唱戏。后来,她们都成了名。大表姐筱月红工老生,三表姐筱香红和四表姐筱菊红工花旦,筱菊红多次伴金少山演戏,有唱片流传至今。

父亲的操琴技术不高,只好另聘琴师。父亲便为表姐们签订合同,添置行头。当时不少观众附庸风雅,喜欢向名演员索取书画,前辈著名小生朱素云擅长书法,四大名旦均能绘画,表姐们没有文化,也由父亲利用业余时间学点皮毛,替她们应付。我的母亲是湖北人,从小父母双亡,姑母便将她娶为弟媳。

我的祖母是个守旧而又迷信的老太太。我出生的时候,正好赶上她生病,便认为我来得太不吉利,放声哭了几天,发誓要把我哭死。母亲把我放在过道上哺养,天天对着我的竹床,流了不少泪水。

我从四岁开始接触京剧，表姐们学戏的时候，我留心倾听，暗暗跟着哼上几句，当然是只具雏形，谈不上板眼和韵味，只是培养了一点兴趣。

八岁，我在哈尔滨市开始用三红小表妹的名义泡戏，演出《贺后骂殿》，《起解、会审》，观众认为小孩唱戏很好玩，跟艺术创造是沾不上边的。

父亲思想陈腐，又被生活压得喘不过气来。他公然宣称"女子无才便是德"，我和两位姐姐都不给上学，只许哥哥读书，但对我还是很偏爱的，常常带着我和表姐们一起到各大城市去演出，使我有机会看到更多名演员的演技。儿童时代的记忆力很强，又善于摹仿，虽然对别人演法不大理解，却扩大了视野。

十一岁那年，三位表姐相继出嫁。当时的风习，婚后女性是不大允许在舞台上露面的。家中一点积蓄很快用完，姑母只好下定决心培养我当演员，来养家糊口。

我跟几位无名的老艺人苦学了三年，十四岁正式在上海黄金大戏院演出，因为三位表姐名字都带上了红字，我便取名小玲红。五十年代我来安徽仍用这个名字，六十年代之后，年龄一大，再用"小"字感到欠妥，海报上就改用真名谢黛林了。

从我第一次登台到现在，漫长的半个世纪过去了。我的同时代女演员已绝大部分走下舞台，我虽然还在演戏，由于自己努力不够，作为梅兰芳老师的弟子，是深感惭愧的。口述此文之前，还犹豫了很久，因为谈不出什么道理来，只能说点肤浅的体会，向专家与广大读者请教。

我的艺术青春能维持得比较长，除了归功于梅老师等长辈的辛勤教育之外，还在于我对艺术有深厚的感情。

想在艺术上有一点成就，必须要有鲁迅先生说的"韧"劲，也就是对艺术要发迷。越迷越钻，越钻越能发现自己的不足之处。几十年来我的基本训练没有停止过。有一回梅老师看了我的戏说："你嗓子不错，但是唱起来味道不淳厚；扮相也好，可以卖座走红，但是演技还早得很。想要有点成就，必须闭门苦练，才有出息。"那年月世道很坏，年轻女人唱戏，难免受到各种恶势力的摧残迫害，加上我对梅老师一向佩服，便决心谢迹歌坛，闭门苦学，在1950年之前，整整六年，都不曾上过舞台。

  我长期看梅老师的演出，这位国际驰名的艺术大师十分谦虚，演过新戏，他跟着儿子葆玖喊我"谢姐姐"，要我们这些后辈提意见。每当散戏之后，他就开始总结当天表演上各个方面的得失。当时有许姬传等专门秘书四人，评论演出时继续作记录，一招一式，灯光服装，无不精益求精。我永远不会忘记那些美好的夜晚，我和言慧珠等舞台姐妹被梅老师的讲话所陶醉，除了白天吊嗓练功之外，从不放弃听讲的机会。从梅老师的谈话中，我逐渐体会到他的艺术成就之所以前胜古人后启来者，除了苦练之外，还因为他学识渊博，对各种艺术领域都有广泛的兴趣。他的很多话因为我没有专门知识而听不懂。我便请了一位老师，跟他读《古文观止》《唐诗》等古典诗文，从古代文化中吸取营养，培养演好古代知识妇女所必须具备的气质。后来，我演蔡文姬等人物，这点浅薄的文学知识却帮助了我理解角色，塑造形象，推动了我的工作，并使我建立了一种良好的读书习惯。

  我见到四十年代的外国女演员狄安娜·德宾在银幕上的歌唱艺术极为广大观众所喜爱，连口哨也吹得感情丰满，动人心弦。我受到启发之后，除了用传统的形式学习丹田发声之外，还向一位犹太音乐家学习弹钢琴，培养较为敏锐的听觉，把半音、全音都唱准确。我与老师用手势和很少的英语交谈，学习西洋人唱歌的发声方法，使自己唱起来呼吸舒畅，肌肉舒展，能合理地驾驭嗓子，用巧劲处理好节奏与气口，努力学到以情带声，情声并茂，并且能腾出更多的精力把戏演细致。可惜我没有学好，限制了自己的表现能力。

  十年前，我失去了演戏的"资格"，担任教学工作。我曾经试用中西结合的发声方法来教学生，也初步取得了一些成果。起初，我听到孩子们喊嗓子只有"啊""咦"两种声音，感到极不满足。便改用十三辙各选一字来练嗓，根据学员各人的生理条件，让她们发现自己之长，纠正自己之短，尽量找到合理使用发声器官（包括口、舌、唇、齿、喉和脑后）的规律。这项工作，由于难以避免的干扰，加上自己不能坚持原则，试验半途而废，不曾总结出一套成熟的东西，对于学员们，至今仍感到惭愧。

梅老师多次告诫我："好戏要多看、细看，不同演员的演出，同一个演员不同时间不同舞台条件的表演，都应当对比着看，把人家表演的针线拆散看，总体看，多多体会好在那里，来丰富自己；对于演得不好的戏也要认真看，找出失败教训，尽量让自己避免。但人总有局限性，做到这一点似易而难。对待成了名的人也要有分析，不能盲目照抄，比如某前辈武生晚年金鸡独立站得不太稳当，总要摇晃两下，以取得平衡，因为他演技特别好，做得很自然，不损大将风度。但初学者不能学这样站法，还是把脚底下功夫练好才比较合适，你看看高盛麟脚底下功夫多磁实？"

梅老师戏路极宽，懂得极多。中年还试演过《丁甲山》中的李逵，《大溪皇庄》中的天霸，他能够把《林冲夜奔》走给我们看，把其中舞蹈化入《天女散花》等戏之中。我听了老师忠告，决心把戏路子拓宽，我学过小生，演出过《白门楼》的吕布，又跟著名武生王金璐先生学过《八大锤》中的陆文龙，演出反映尚可。这样，我演起女扮男装的戏，如《英台抗婚》、《木兰从军》、《铁弓缘》，穿箭衣、扎大靠都还不至于手足无措。五八年梅老师来合肥，指名要我唱全本《铁弓缘》，看看我在花旦、青衣、小生、武生方面的基本训练可还在坚持。演完戏后，他还在合肥剧场作了专门讲话，这对我是莫大鞭策。讲话的照片至今还珍藏在我家。

我还跟余叔岩先生的好友、著名剧作家苏雪安学唱谭派余派老生，由梅老师的琴师倪秋萍为我操琴，在上海唱过《失空斩》、《借东风》，得到过夏山楼主好评。六五年我在安庆市先演《起解》，后面唱《失空斩》，就是当年打下的基础。学习表演永远没有止境，人生有限，艺海无边。我多么希望有观摩学习的机会来提高自己啊！学戏和写字一样，仅仅临摹一家的法帖不行。除了以一家为基础之外，还要吸收各家之长，加以变化，才能形成自己的风格。

我特别佩服梅老师表演上由于含蓄所达到的境界。

含蓄和明朗是对立统一，有别于艰深、晦涩。非明朗不能达到含蓄的效果，仅仅是明朗必然浅露失真。同时，含蓄还要避免温吞水，更不能拖沓。可惜我至今不能掌握恰如其分的火候。梅老师演《贩马记》中的李桂枝一角，几十年叫座不衰，成功秘诀多在于含蓄。他用一点娇气来描绘这位新婚不久的知县夫人，如同彩墨画涂上一点阴影，显得立体感更强。例如她听到犯人说出有一女儿小字桂枝时，她兀坐案前，不露声色地轻叫一句"禁声"；眼珠一转，表示一个极短的思索过程，水袖轻拂，让丫环下场，免得泄露真情。接着背过身去，肩头稍稍地抽搐，就悄悄地拭泪了，没有大幅度动作，却把一个新婚少妇的一举一动，一颦一笑，描绘得惟妙惟肖，令人叫绝。另一处是桂枝请丈夫赵宠替父写状申冤，赵宠问道："你叫什么？"桂枝答得很轻："桂枝呀！"真是半似娇嗔半似痴，小名不愿丈夫知。梅老师身子一侧，雍容中又显得有点小小的不愉快，但仍是恩爱的新婚夫妻，只是怪责亲人不该明知故问。下边赵宠故意问了一句："啊——？"梅老师答声稍大，仍是"桂枝呀"三个字，稳重大方，微作羞态，眉半敛，头稍低，感到丈夫逗趣不是时候，刻画入微，真正是入木三分。三十年后我演《望江亭》时，便从其中受到启发，获益匪浅，使我深深体会到静中含动，以静胜动，人不动而情动的道理。

我演谭记儿，一刻也没有忘记她是一个寡妇，而且亡夫有着学士头衔。她生活在封建社会中，喜怒哀乐均有一定的规矩，否则，不加控制，过火夸张，就会在表演上造成虚假失真的感觉。演到老，学到老，直到如今我还一直在寻找含而不露的表现手法。

在唱腔上我是全宗张派，未敢擅自改动。当我唱到"到此时不由我芳心缭乱，羞得我低下头暗弄罗衫"这两句"南梆子"时，我全身不动，背对白士中，皱眉而笑。笑，表示内心的喜悦；皱眉，表现出学士夫人的矜持。貌似遗憾，实已动情。笑得很浅，笑不启齿，为的是不忘"寡妇门前是非多"，不失之轻佻。暗弄罗衫之前，我看白士中，一手举着水袖，半遮面，半遮羞，等到弄罗衫时，微微示意，切不可表示出内心春潮汹涌，那样便将人物现代化了。

唱到"见此情不由我心中思念，看君子可算得才貌双全。三年来我何曾动过此念，却为何今日里意惹情牵"。这里的"看"，并不能直眉瞪眼地去瞅着白士中，而是用心去看，去分析，去衡量。我唱到"看"时眼睛却不看对方，只是夸他"才貌双全"时，使珠花微微颤动，低头略呈羞态。后二句是内心独白，反躬自问。一则表示女主人公一向坚贞自守，二则表示连自己也感到意外，这节戏是下面定情的思想基础,我用背唱处理,唱完"情牵",还用水袖将脸一遮,效果是比较好的。

谭在第一场快结束时,吟了四句诗:"愿将春情变落花,随风冉冉到天涯;君能识破凤兮句,归去当垆卖酒家。"每句的第一个字合起来念便是"愿随君去",我在朗诵时异常庄重,目的在考考白士中。然而在那"男女授受不亲"的封建社会里,一个妇女,在旧礼教束缚下,是不大可能过分放浪形骸的。她虽自矜持,却又紧张,心跳加快,半羞半窘,都是通过眉目传神来加以表现,大的形体动作没有,全身也几乎是不动的。等到白士中点破"好一首藏头诗"并且沉吟相和时,白立于台口,我说完"愿闻",反而退后三步,全神细听,不看对方。这样既不抢白士中的戏,让观众听清诗句,在后面我也便于做戏。这时白念一句,我只是把角度略略移动,既表示了谭记儿心有所动,而又不愿急切地表示出来的羞怯神态。

白士中第二次盟誓表示忠贞,我轻轻说了声:"哎,怎么又来了?"水袖抖动一下,淡淡一指,脸转了过去,表示她心中矛盾:既为誓言感动,又装作不喜欢对方带有迂腐固执色彩的言行。动作是反对,心中是喜欢,太喜欢失去了知识分子气质和学士夫人身份。

初读此剧第二场时,谭见白士中手拿书信时,认为白家中有了妻子,欺骗了自己,生气地唱道"她(误指其前妻)若来时我便去,也免得你恩爱的夫妻两分离"。但后来仔细一想,很不妥当。结缡未久,感情正浓,岂会如此不信任?白士中若真是有妻再娶的纨绔子弟,谭记儿才识过人,怎么会看中他?基调一定,唱这儿段"流水"时,始终面带笑容,是故意试探白士中是否聪明和对亲人的关心,激他说出实话,一场戏就这样弄活了。

有的戏演了几十年,越能深挖下去,越能出新,可以说是常演常新。《断桥》这折戏我看过几十次,演过十多场,直到最近才理解这出戏写的是爱情与友情的冲突。许仙动摇的爱情,战胜了小青生死与共的友谊,显露出白娘子性格中的悲剧因素,她对小青恋恋不舍而终于留不住;对许仙又爱又恨,终于尽可能地把仇恨推到法海身上。然而许仙的动摇又怎能原谅?白娘子上台前的一声长哭头"官人哪！"不仅是对演员嗓音表情的一次检验，同时把白娘子这时又爱又恨，欲罢不能，又悲又愤，热情换得冰霜的复杂感情全部倾泻而出。我练了多年，不是太露，就是火候不足，可见其难。

  纵观京剧近百年历史，一个演员的成熟，一个流派的独立，需要多方面条件配合，但剧本创作是根本。梅、程、荀、尚都有自己的私房笔杆子，根据演员的条件来写戏，演来才能如鱼得水，花叶并茂，星月交辉。我在长沙、武汉都演出过京剧、汉剧混合在一起唱的《宇宙锋》，将梅老师的创作和陈伯华大姐的唱腔交织起来，颇为观众喜爱。但剧本没有综合好，终究难以传下来，一番劳动，化作昙花。希望剧作家多给演员们写戏。对新戏不能要求太高，科学家发明一样东西，可以失败几百次，为什么写戏、演戏的人就要一次一定成功呢？这点恳求放在这篇漫谈后面，就算谢幕。

山月映诗魂

——评川剧《峨眉山月》

四川川剧院以严肃的激情，整齐的阵容，青春的活力，尚有潜力可挖的诗境，先后在京、穗公演了《峨眉山月》，替屈原以后最伟大的浪漫主义诗人李白立碑。三地（巴蜀为主、江南、长安）风情一样月，照得诗仙白了头。观众分享了他们劳动的喜悦，舞台上下灵犀相通。演出者献身艺术的奋进精神，在戏曲举步艰辛的今天尤其可贵。为李白立传费劲不讨好，一万个观众心目中有几千个李白。没有盛唐诗歌的磅礴之气，祖国山川的灵秀之气，以凡见奇的仙气，百折不挠的痴气，准会交白卷。

误谪人间六十二载的生活如何剪裁？从兴盛顶峰到哀鸿遍野的背景如何体现？诗人是具七情六欲的矛盾活体，向往、讴歌大自然本身，就是对封建束缚的反抗。他憎恨权贵与不义战争，渴求报国济世。即或吟唱痛苦灾难有时也从云头上看下来；同一李白写帮闲的《清平调》，盼望"君王赐颜色，声价浇烟虹"，写"但愿一识韩荆州"而使庸官韩朝宗不朽。他几度娶妻生儿养女并不全力抚养。"笑入胡姬酒肆中"又想任侠升仙，当东山谢安。他的政治才干未经实践验证，李隆基"俳优蓄之"固然无雅量；真用他治国未必是姚崇式贤相。直面诗人，皇帝也难当啊！诗人入世则是高为玩具，低当囚徒；出世则贫苦一事无成。历史还不曾为他安排好与才华相称的出路，悲剧性便属必然。剧本写李白亮色，也未放过让观众不讨厌的局限；入京前夕的狂与盲目自喜；拥舞胡姬；接受"礼品"荷花；误信李璘等阴影，使诗仙凡人化，淡去理想光圈。热爱家乡的四川人对李白老死当涂葬于青山装点糊涂，强调峨眉山月伴诗魂结束全剧是合理的，他们有此权利。替李白作诗是苦差事，我们多多谅解作者的苦心。剧作视野开阔，波澜起伏。让李白到帝、妃、商、友、船夫、村姑、知音者、太监、奸官等人面前接受考验，多角度打出明灯去照诗心。

领衔主演者陈智林曾获第七届梅花奖，并在东欧、新加坡及中国港台地区演出中受到观众爱戴。本行是文武小生。演李白由青年而垂暮，刻画年龄、心态、身份，节奏明确，颇善营造气氛，虚实相生，积与发照映，显示较大可塑性。

他的歌喉追求心理造型，每一情绪出淡入浓，层层积声（借用黄宾虹大师"积墨"语意），不因"亮堂"而损害"挂味"。收放得宜，能自控，不炫耀，不惜力。服从剧情，抑扬顿挫，隐蔽气口，游刃有余。唱则以情领声，凡遇大压抑大跌宕，一声长啸冲破阻碍，余味甘美，注意到再衰三竭的预防。一般宣叙性唱词则寻找良友促膝雨夜话巴山式的倾诉。或引而不发，或蓄势待发，或发则有节，或滔滔扬扬，主观迸泄与叙事者的客观似出已入，似入而出，出而未出，自由度较大。举凡歌、啸，诉之不足，辅之以吟，表达诗人腹稿未成，跟自己尚在商量的犹疑；言及一半，新火花出现跳跃。快慢高低调节细致入微，我概括出的歌、啸、诉吟是整体，随需要而有所侧重。截然割裂，胶柱鼓瑟。这些处理对智林来说还不能完全自觉选择，主体是唱，又各有发展余地。

李白的台步分为捷、稳、衰三大段，过渡自然，在"渐"字上下过功夫。稳是中心，捷和衰是两极，方向相反的夸张。轻、快、健、颠、慢、颤，各有其用。

李白的眼语分为露、敛、澄三大段，显示环境时间对诗人的塑造。露，是英气、才子气、傲气；敛是深度，以逸待劳，沉静、悲愤；澄是苦难净化，认清自己与外部世界，相对无语的宁静。其中的逼、觑、睥睨、悲悯、回眸、自负、失望、蒙冤抑郁，用得灵活。从急于自我推销，到不解脱的解脱，似解脱的流连，是心灵历程的外化。智林会不断琢磨，稳步前行的。

运用程式演出心理活动，主宰程式而不流于公式，变死为活，变前的基本功极为重要。智林走的圆场，脱袍换胡须，舞剑，醉步，动作有心理前提，又是勤学苦练的积累。四川观众对他的综合条件作过反复思量，期待他"梅开二度",是希望他补充同辈人共同缺乏的书卷气,向学者型演员的高度攀登。把技艺上升为道。(道路,道理,法则,自然……)

何伯杰演韦雄尽量摆脱外在的脸谱化,但未能消除剧作上先天的浅露。李白出于天真、善良、迂阔,急于自售才能,相信坏人可被感化,才同韦打交道。若韦雄道貌岸然,奸险内藏,李白的识别力会强些,否则诗人欠睿智了。

布景虚多实少,大月圆缺暗示李白命运,又是立足峨眉之巅看到的山月,对服饰起到烘托作用。

黄世涛、熊冀皋设计的唱腔响遏行云,又见心声。传统味足,扬高腔之长,亲切动听。李天鑫的音乐有些现代味,川江号子,剖心呈献给观众的伴唱,结合得锦上添花。

倡导试验"写意诗境剧"

一

中国人兼有逻辑思维和形象思维优点。哲人们既和光同尘，活得极平凡；同时又"独与天地精神往来"而极不平凡。久久形成写意文化，理论名著中跳动着诗的境界；文豪们的著作逻辑性很强。

诗人庞德从英译的中国古诗词里抓住若干吉光片羽，在西方树起意象派大势，声名显赫。据懂英文的友人见告，洋诗较之中国诗人原作，则境味俱浅。

中国艺术家，颇善于在作品中提供有限又无限的立体诗国，可吟，可思，可居。民族大悲欢，人生小体验，结合得天衣无缝。包括戏剧、绘画、雕塑、多种民间艺术在内，概括幅员广袤，略去次要内容，将现实主义"上升为激动人心和深思熟虑的象征"（高尔基语）"不着一点"；又贴近现实，抓住必不可少的细节，浓墨重彩反复渲染，"尽得风流"。大笔泼墨与工笔都强调"意在笔先"，言有尽而意无穷。意，不是主题先行；不是席勒主义，借作品中人物之口宣讲时代精神。意，是作品受孕起点，又是最终体现出的诗胆。最本质的感受，迫使作者非写出则不得安宁的原动力。它饱含弦外妙音，以明朗的含蓄，单纯的复杂，平淡的绚丽，寄托东方人的憧憬。形成磁场，让欣赏者不断投入阅历和素养，以丰富作品中巨大的艺术空间；艺术品又反弹回去强化欣赏者已被更新的感受。双方的内在储存越宽厚，循环往来的回合愈多，审美过程愈繁丰，作品愈成功。文化底蕴稍浅者也能在不同层面获得所需。

西方戏剧，史诗，岩画、雕塑，在诞生之初为希腊人类黎明时期的杰作，写意成分很浓。尔后科技发达，实证风气统治思维方式，再现、描摹现实的艺术品渐占主导地位。他们也有象征派、印象派、表现主义等手法，只是"包袱"

过重。不懂艺术的政治家和资本家，为转移社会矛盾，将万花筒朝夕摇动，非艺术因素主宰了艺术家与艺术品。

从格列柯经印象派、塞尚到康定斯基，从浪漫主义到荒诞派戏剧，各领风骚几十年，留下名作如林。作者欣赏者都不乏严肃人物。后人应作具体分析。简单地肯定，全盘否定都不合适。这些作品又对形的束缚不满，从不同侧面冲刺，追求比写实艺术更加真善美的境地。这些变形艺术品所刻画的心态仍是写实的，即感动读者的基因。他们队伍中的某些人自称"写实派"，而把照相现实主义的画称之为"抽象作品"。固然是讽刺，也出人意料。

向东方哲学写意艺术寻找解脱，告别物质排挤人奴役人的病态现象，西方少数有识者刚刚从百年来的不自觉状态开始走向自觉。未来两三个世纪，随着中国经济地位的提高，缓步小量又逐渐发展。艺术品价值仍离不开国家经济实力，西方也多势利眼。他们真懂艺术，凡·高怎会穷苦一生？不同哲学体系指导下诞生的两大文化可以彼此影响、照映、补充，但不能相互替代。

中国人的哲学、艺术，有时比西方人高明。西方没有老庄式人物和文字；没有《断桥》、《伐子都》式的表演；也没有董源、倪云林、黄公望、八大、渐江、髡残、石涛式的画家。把石涛《画语录》与尼古拉·车尔尼雪夫斯基的著作一比，高低自明，不必气馁。

鸦片战争后，中国的肠胃失去了汉唐鼎盛时期对外来文化强大的吸收消化力。闭关则夜郎自大；门户开放，殖民地意识抬头。东西方平起平坐对话的客观条件欠成熟。中文艰深，西人难懂。中国精通古文的人比识外文的还少。派出国习艺术的留学生中，几乎没有贯通儒释道的学者，连写作文言散文、诗词的高手也难以枚举。他们到西方后不可能深入民间找到凡·高式的老师，只能进入美术学院，学得的是技而非上通希腊罗马文化的道。其中某些人物即以院体末技改造有几千年传统的国画，用中国画工具画出一些素描，难入文人画堂奥。中西结合第一代名人之路已不能重走。

西人习国画，三百年来无一人画出文人画。因为他们不懂中国文化，技离开大道必萎缩。国人百年来习西画的成绩比郎世宁们高得多，但无一人是重复西方任何一位大师而走入美术史；结合中国美学而征服世界的大师也未出世。

总结外来艺术民族化的历史，将发现一大批名气很大的人，上不入先秦；下不入民间宝库。重技法而轻道。传世之作少得与人口历史不相称，值得沉思。

通古不泥古，有批判精神而不超过民族承受力，不搞虚无主义为殖民地文化开道，重建科学的民族的审美观，整理遗产，面向世界与未来，使中国的学术与艺术能对人类作出较大贡献，是下几个世纪首要任务。学术、道德伦理建设的偏枯，将阻碍经济发展。

二

以中国之大，有一个写意诗境剧的实验场地，与少数高雅观众共同完成一件艺术课题，纳入某一个国家剧院的运转轨道之内，接受社会贤达的支持，该不是挟泰山以超北海的大难题。

黄佐临大师在去世前的三十多年间，对写意戏剧的倡导不遗余力。晚年重视中国画论，眼光远大。由于条件不成熟，他还没有遇到一批具有写意功力与戏剧观的剧作家，表导演艺术家和舞台美术家。宏伟画面与高级活报仅是一墙之隔。他留下的路很艰辛，也必然很漫长。

美学家王朝闻先生一再勉励我把戏曲与话剧的隔膜捅穿，最近又指示："由写实而写意，再上升为虚拟，随心所欲，无往而不美。写作像蒲松龄创作《聊斋志异》那样自由，深沉。"可惜我没有才能去实践，十年后如还活着，即古稀之年，能否虚拟出一组戏剧作品绝无把握，有负长者殷切厚望，十分愧悚。

人生之路，艺术之路，无一相同。

我同戏打交道的时光短，除幼年站在琴师身边，看过几百出京戏，十五岁后极少看戏机会。到话剧研究单位后主要精力仍在写评论、传记、散文诗、打杂。对戏极热爱，不得其门而入。过去写过戏曲、话剧，无独特戏剧观。所谈话剧，百分之九十几为写实之作。

70年代写的童话诗剧和戏曲，部分已结集为《爱之弦》一书由漓江出版社在80年代后期出版，仅印三千册，追求散文诗意，有的小戏受过希腊悲剧影响，也试用过象征派表现主义手法，但未运用古代画论作为指导，自觉地去探索一番，在外来艺术形式民族化上踏出几步。

1987年中秋前两个夜晚，多谢好友吴小昌教授热情"劝进"，并开玩笑说："每晚不写一个小戏第二天就关禁闭，不开饭。"这样，作了《关羽貂蝉》、《秋梦》二剧又搁笔。小昌说："两剧有写意之美！"评价令我惊奇。后来黄宗江、王宏韬两兄也看了稿本。七年后，老王还拿其中之一送《新剧本》刊出。他们看法与小昌略同。

1992年9月在恭王府木板棚子门前的树荫下，伏在女儿熨衣板上又当了一周剧作家，学者型作家母国政兄，演员高惠斌兄不断鼓励，写完《斩子亭》、《诗人蒲宁》、《云水操》、《债》、《卖画》、《生死情》。《斩子亭》在深圳改二遍。

1995年春节前，足疾甚苦，住309医院，为时十天，写了十个小戏，便是习作的全部经历。

写后两组戏，我多少调动了有关中国画论戏曲的一点常识，自觉地提出"写意诗境剧"，这个很拗口的说法。其特点：

第一，现代人太忙，阅剧本、看话剧演出的人渐少。应当在最短的时间内给读者观众一些"干货"。我把所有的故事写成一个场景，"戏从第五幕写起"，即此意。小戏实等于大戏的结尾，只展示年轮，一个横断面，让接受者去想象大树全貌，由结局倒映事件起因，矛盾激化经过。甚至开幕前结局已形成，仅在高潮中切入，体现人的情操作为。

事件少，情感发展层次多，通过合理的意外突变，用生命重大转折来演人。

角色三两人，多则四人（唯独《斩子亭》多至六人），他们不轻易见面，见面必有事。落幕时纠葛不一定了结。甚至在高潮中戛然而止。

第二，主题明确：生、死、爱的最后选择。

第三，题材，古今中外，从现实到历史、艺术大师、普通人的悲喜。

第四，戏在人身上，要求演员以形写神，传情寄意，善于造境，平易放松其外，绚烂内秀其中。戏尽味不尽。无布景，一桌二椅，一二件必不可少的道具，不许物妨害人的活动，不拆舞台框框，也不拒绝现代感。这样演出成本低，小剧场、学校工厂礼堂都能上戏。大学生可以自导自演自看，方便业余演出。

第五，边演边交代历史背景，具体环境。这"交代"努力避开叙述，编织入事件进程人物矛盾之中。否则成为皮外肉，阻挠冲突的激化。

短短几句对话营造出氛围，即转入内心独白，演员嘴里无格律诗，对话靠近普通生活，强调真实与语言造型力，文学表达功底，如黄宾虹老人的层层积墨，化零为整，以整映照局部，渐入浮雕式佳境，让一股诗泉在观众心头喷涌，看不见，说不出，听不到，又感觉到诗无所不在为上乘。有些台词全靠演员弥补进生活气息，而使之飞腾，兼有诗的散文美与散文的诗意。诗剧让观众听出是诗，不如让人们听到的是有浓烈诗味的心象。讲究节奏、韵味、凝蓄是必要，在意不在形。否则铿锵有力，反有安上假腿走路的不自然之感。全剧总会有两三段长白，显示演员才华，让观众陶醉、沉思，完成诗歌冲击波的播撒，一连几个台阶，提升到合理的意外境界，双峰点点比高，大瀑飞泻，一株杨柳一株桃，穿插点睛，一咏三叹！

中国诗剧要有戏曲的风神，又与戏曲保持"间离效果"。重在民族气质，写意精神的沟通，不是心念锣鼓经，从架势上去因袭遗产。机械克隆不可能打动人的思想与情感。演古人，台词可以吟诵，但不能形成套路，作茧自缚。对武术、舞蹈的引进也和对戏曲一样，更强调真实生活基础。

吸收中国画之长，还在于：

国画线条是情感密码，诗剧动作台词近之；

国画以泼墨泼彩形成大开大阖，大起大落，突出气氛。但仅有"水泥"还盖不成"建筑物"，线条则是必不可少的"钢筋"。到需要密不通风的细部，则工笔重彩，急管繁弦，尽兴方休，又留有后劲。读好画，看好戏都是一见钟情，终身怀念。

国画家讲究留白，空白似天似地似水。什么都是；什么都不是。画外有画，无画处出画。调节重心，造险破险，以少胜多，无无得有。

话剧也要气韵生动。气，活气，泱泱大国气象，浩然正气，书卷气，生活气息，气节:"意足不求颜色似,笔所未到气已吞。"(东坡语);韵即节律、神韵、余韵,可险可平。"运用之妙,存乎一心。"(岳飞语)享得大自在而不失规范;生即生命力,生生不已的原始力;动,运动感,静中有动,情动于衷,人被诗化,手舞足蹈,不失持重。

话剧也要师造化,得心源。(可参考《阔海长天小布衣》一文卫老讲书法如何体验生活的一段话。)

人物创造,导演处理,设计装置,话剧与国画一样离不开"迁想妙得"。

前无古人的千秋难题,不可能短期内一蹴而就,需要好几代人,十几代人去发挥主观能动性,贡献勇气、智慧与力量。

每种艺术样式皆在自身历史形成过程中积存了独特个性。只有爱她,理解她,实践她,思考她,方能达到学、会、精、通、化。

不化,谈不上相互交流吸收、丰富。

话剧出现中国学派,走出市井文化,流露出东方人人格美、知识美、伦理美,在弘扬东方美学中成为一支主力走向世界,我充满希望。外来艺术只有达到写意高度,与西方保持差别,才具生机。这和吸收精华并不对立。吸收也是为了突出个性,而不是同化、毁灭个性。

应该说这条路十分宽阔,但不能框成一个模式。我想倡导的仅仅是大树的一枝一叶一花,大河的一条小溪流。别人走什么路,怎么走?概不干预,并由衷尊重。记得"一边倒"的年代,全国美术院校只用一个契斯嘉柯夫体系,后果是没有造就出来大师。历史的教训十分惨重,不允许再重复了。

作为一个渺小的观众,我不自量力地为实现佐临老人遗愿献上一点赤忱。我对西方文学(包括剧作)的学习方向是:临遍百家,不似一家,终成自家。在写意话剧草创之初(前修佳作,不乏写意韵味,从戏剧史而言,百年几何,故今日仍是"初级阶段"),阻力必大,有识有缘的支持者也许会逐步增多,表示淡漠,乐于追星看"戏说"者悉听尊便。强扭的瓜必苦涩,片面热情必从冰上撞回烫焦我们的皮肉!祈盼专家读者斥正我的梦呓,点铁成金的表导演艺术家大胆一试,于愿足矣!

多年前,王亚民先生表示愿出我的戏剧集,只因不忍让他们白白赔上老本。钱可以赞助,谁肯赞助时间精力来读一本让导演演员嗤之以鼻的书呢?总不能站在车站或王府井街头逢人奉送一册吧？我只好默然，愧对俞振飞曹禺二老题词，吴祖光、何满子、郭汉城（郭文不幸为某出版社丢失，对郭翁非常抱歉！）、黄宗江诸名公写的序文。眼睁睁老之已至，该对戏剧告别了！热情还能复活吗？难说。发现自己的无能，难免沉重。我是凡夫，弱点太多，奈何！其实我已是幸运者！

一九九六年三月十七日薄暮

悼念黄友葵先生

黄友葵是我国"五四"以来第一代女高音歌唱家，是执教六十四年的音乐教育家，曾任中国音协常务理事、江苏省音协主席、南京艺术学院副院长。学生分布在各地的教学、舞台、科研岗位上，扬名海内外的有张权、臧玉琰、魏启贤、王萃年、刘淑芳、孙家馨、王福增等一代英才，堪称桃李满天下。

黄老出生在科举世家，祖父是翰林，工书法，父亲中过秀才，擅长拉京胡，家族中不乏喜爱音乐的人，她耳濡目染，七岁便会弹月琴、扬琴，吹奏箫笛，还随父学会谭派京剧《四郎探母》。被送入光道女子小学后，偶在美国医生家中见到钢琴，仅仅抚弄半小时就弹出了单音古曲《梅花三弄》，医生夫人诧为奇才，主动教她弹钢琴及识五线谱，断断续续学习三载，考入长沙福湘女子中学，随美籍教师继续习钢琴。当时在长沙第一师范就读的贺绿汀就专门去福湘女中听过她的独奏会。她还在课余读了大量西方古典音乐家的曲谱，巴哈赋格曲中运用倒置、紧接、扩大、压缩、卡农、复对位、三对位的熟练技巧使她陶醉；贝多芬《月光奏鸣曲》给她以月夜荡舟瑞士琉森湖上的幻境，而肖邦听雨怀乡的《雨点前奏曲》、痛恨俄军占领华沙的《革命练习曲》，几乎伴随着她度过了丰富漫长的一生。二十年代之初，她习小提琴二年，心仪捷克大师德沃夏克的诙谐曲。考入金陵女子大学后不久，军阀之战爆发，她又转入苏州东吴大学研读生物。为避战乱，加上青年人的好奇，应朋友之荐去爪哇岛布利达中学教书一载，所采集的带翅壁虎标本至今仍完好地保存在南京师范学院生物系。1930年，美国亨亭顿大学给东吴大学一名女生留美学习陶瓷图案设计的奖学金，成绩优良还略通绘画的黄友葵被选中赴美受业。适逢音乐系主任阿尔弗·波尔撒斯召考合唱队员，听她弹了几曲钢琴后，代她办了手续，转入音乐系主修声乐，陶瓷设计作为副科。她留美时，暑假到夏令营去教孩子们画画，也为电台画广告并吹弹中国乐器，每年春季全系到各地巡回演出，使她有很多独唱及钢琴独奏机会。毕业时学业突出，被选为该校荣誉学会会员。当年芝加哥举办世界博览会音乐会，黄友葵任领唱演员，深受碧眼黄发的同学们羡慕。一位七十岁的老处女有不少财产，要友葵留在美国与她结伴并继承财产，为她拒绝。1933年她返母校创建音乐系，组织合唱队，由她兼指挥，一年后成功地演出吉伯特·苏利文的轻歌剧《杏眼》，她自知功力不足，又自费投师苏联籍的苏石林教授，奔走上海苏州之间进修。

上海工部局意大利籍指挥百器称黄友葵为中国第一女高音，约她主演清唱剧《创世纪》、歌剧《茶花女》、《蝴蝶夫人》，1938年她主演《聊斋》题材歌剧《柳娘》(D. Luca 作曲)。抗战后去重庆执教于国立音专，任声乐系主任。在艰苦岁月排演了歌剧《弄臣》第一幕。她保护了几位思想进步的学生，多次抗议训育处搞黑名单抓人。1942年她主持排演臧云远写的歌剧《秋子》，由张权、莫桂新任男女主角。周总理连看两场，作了指示，后来连演四十九场，轰动山城。

新中国成立后国立音专自南京迁北京扩展为中央音乐学院，黄友葵留在南京师范学院，后调南艺主持音乐系。她钻研京戏、京韵大鼓、评弹唱法，向民族化努力。1970年到江苏戏校教京剧，她虚心向老艺人请教，探索民族唱法，颇有心得。后来唱歌时就参考了京剧的咬字法，追随时代，不断耕耘。1987年欢庆她的八十大寿，学生们从各地赶到南京、无锡举办了欢庆音乐会，她登台演唱，豪情未减。黄老去年不幸去世，她的苦学精神，仍在鼓舞着后人去完成她未竟之业——为创建中华民族的声乐演唱和教学体系而奋斗不息。谨以五年前赠她的二绝结束此文：

难得寸心常有歌，不因风雨叹蹉跎！
穿云裂帛寻常事，唱到忘情吐彩河。

善美真情凝妙歌，春风未坐惜蹉跎。
此身愿作窗边柳，歌洗尘心绽雪荷。

原载上海《文汇报》

童心彩梦小诗溪

一

丰子恺先生把物质、精神、灵魂三种生活喻之为三层楼,生动准确。

此说源于佛典所述器世界、有情世界、正觉世界。

电影刚庆过期颐。早期"剧本"仅是供导演备忘的表格。中国电影剧本的正式成形,从洪浅哉教授的《劫后桃花》伊始,不足七十载。作为文学体裁之一,在各国文学史上的座位尚在争取中。

兼诸姐妹艺术之长又不能取代任何一门艺术的电影也有自己的三层楼,即用镜头代替说书人的嘴;发展为观众的眼,乃至带有望远显微和X光的某些功能;最后升华为透明的人生思考。

简言之是叙述、表现、沉思。

叙述的低级层次为图解、交代、远离艺术的理念宣叙。人、事、场景多,心理分析、情感波澜、咏叹、警句、悬念少。

表现中的叙述,引发哲理的冲击波,不是废除叙述。全无叙说,表现哲理缺乏载体,失去用武空间。

但手段不是目的。重视形式不是形式主义。

禅宗倡导不立文字,轻视口头禅、文字禅。在初学阶段仍需文字语言作为渡船。

理,只有化为形象的血肉,尊重自然,方具潜移默化功能。

艺术,只有看不见、听不着,去感觉到她活生生地存在时,最有震撼力。

正是本书作者的追求。

因为她看不起一层楼,在二楼求索登上三楼的梯子。

找到很幸运。找不着，或得而复失，是另一种幸福。

标杆过高偏矮，造就不出重量级选手。

光想当元帅、不想当元帅，未必皆是好兵。

二

西方电影缺少写意手法，动画片亦然。

这恰好是中国电影征服观众的有利条件。

为数不少的外来艺术，上不接中国学术思想的先秦源头；下不入民间艺术，偶然猎奇或搜集素材，缺乏寻根归宗的虔诚。

重技术教育，诗外功夫欠缺，学者型艺术家为数不太多。往往忘了技术如人体，艺术是呼吸，大道是思维能力。

道，道路，规律，对人类命运的关怀，对宇宙、地球、环境、历史、文化的独创性理解。

跟在洋人后面跑难超过洋人。

学会新腔，已成旧调。

构成外国艺术家风格手段的立体环境大都消失，中国人未必均能具体深入地再去体验。

精通希腊罗马源头，在西方人也是攀登险峰，李约瑟、高罗佩而外，如愿者寥寥。他们弄懂老庄百家，诗词歌赋，琴棋书画的人，更是亿中选一，三百年来成就平平，低于中国人习油画拍影片的成就。同胞们应当有民族自信。

写意为东方艺术的灵魂。即用骨气洞达的笔法、线条，写出诗歌的意象与境界。

纯搬西方的学制，难以造就写意艺术大师。

中国三千年教育史上岂无一点积极遗产？果真如此，历史上许多杰出人物，灿烂文化是天上掉下来的？我反对复古，那是死路。但主张知古、出古。

取中西之长，重建科学的民族的审美观，造就写意的老师，再培植大批出蓝的弟子。

段佳的父亲纯麟翁，母亲华丽群先生两教授都受过西式美术教育，是学有专长的老艺术家。在他们垂暮之年，都悟到自身写意的功底欠扎实，限制了他们飞翔的高度。段佳从亲人和父执张光宇、张正宇、吴冠中诸彦那里耳濡目染，古代绘画插图绣像的遗产对她的动画艺术有一定影响。本书的思维方式、表达方法，显示出她的身心拥有写意艺术的基因，如何发扬培植自己的优势，是今后求索的首要内容。

一切乔木，始于小树；并非所有幼树皆能成乔木。

生命与艺术的选择都异常严峻。

三

音乐书法没有再现物象的负担与能力，成为容量巨大的情感密码。

音乐教育，没有把段佳训练成作曲家，却给了她观察世界、感知生活的特殊角度。剧作、童话，影片中的境地音乐化了。

跳跃式的、情绪化旋律化的灵感思维，使她用诗人和孩子的眼去写作，远离现实的幻想，唯美的构思方法带来艺术个性，又妨害她对身旁的平凡之美作深层的钻探。天真的理想化让她的精神历程受到坎坷的锻砸。但她仍旧拥抱浪漫主义和追求美的顽强性。

所有现代为数几打之多的种种主义，其感人的原动力，仍是和现实息息相关的部分。此外的一切仅仅是包装。所谓相关，不全是直射，折射也重要。

段佳爱读霍甫特曼、梅特林克、斯特林堡、奥尼尔的剧作，泰戈尔、王尔德、纪伯伦的散文诗，闻一多的楚辞论著，鲁迅、冯至的诗，爱罗先柯、安徒生的童话。她把大师的遗产筛选得极为单纯，又在动画童话之间架起小桥。无妨说：她的童话是动画；动画也大抵是成人的童话。两种形式又都近于散文诗。女性的敏感，细节的绚丽，寓言般的粗骨架，不耐烦于精雕细刻，格局不大，波澜层出，一如小溪，澄澈而浅近。母性的小星不时投下一段追光，有时又悄然飞去。

她不靠戏剧悬念打动人。

她靠音乐的回旋、节奏、诗意的纱幕裹住剧情去感动人，让观众多思。

再现典型性的生活细节，不如说作者对故事灵幻点的揭示，对人物的抒情态度，是作品主要支点。

孩子的独白，关注的圈圈小，但如真切的呓语，成功和局限同根。孩子长大了，独白便会戛然而止。

重心是诗心，不利于入世。人世波涛要吹送它到远方，挽留是无用的。

善意地要求心灵游客走出自我去表现广博的大画卷，未必实际。李煜、李清照遭遇过人生巨变，也没有变成辛弃疾或罗贯中、施耐庵，脱离个性变成任何他人都是悲哀！

四

《夸父逐日》把一个不自量力的讽刺传闻，改造为奋不顾身以求光明的新影片。各种幽灵魔怪，想象得云谲波诡，瑰丽丰盈。展示主题过程即人物升华闪光的经历。夸父有阳刚之气与悲剧性，似乎是出生过早的先知追踪普罗米修斯的赞歌。在全书中为出格的压卷之作。如果苛求，在母子关系，夸父与鹰的情感上还可以强化几笔，使之更具浮雕味。

尤利斯·伏契克曾指出：不会游泳的人见到他人掉下大河，跳下去同归于尽不是英雄行为。迅速找到船助人脱险，自己也安然无恙方是英雄。

《英雄》中的好汉不是救世主和神仙，他把剑扔在地上便离开了纸糊的国王所统治的苦难小村，不曾包办一切，只让青年们从逆来顺受到为民除害，主题与《国际歌》有相通处。

《春江花月夜》江水、春风、月、月魂、花瓣的彩雨、流云无一非琴弦，诗人张若虚是怀才不遇的箜篌，三十六句诗，二百五十二个字，九个韵，包罗宏富，讴吟万里，大江入海，月共潮生，花香抱浪，月魂翩翩而舞，作者想到月与人的来历，祝福远人归兮，满树摇情。段佳用交响乐的乐章，开阖自如，变幻无定，乐随画流，掬摘渺思奇感，珍惜韶光，余响袅袅。

《少女与仙鹤》写了人与动物和睦相亲，共同享受天上太阳和人间沃土。人与鹤都是孩子，小鹤扑火救孩子，不惜烧尽羽毛的大无畏精神与夸父无异，于是灾害之火点燃了品格之光。孩子变鸟的梦幻也变得可信。没有以形让意的灵气，直书其事，便失去了光泽。孩子是戏剧诗人心中与人类最美好的情操一致的燃烧点。关怀生态环境不流于说教。仙鹤是自由、爱与美的象征。

女儿将梦的落英扔在地上跟孩子们一道去玩了，母亲拾起来种在心里，发芽生根，成为《蝴蝶岛》。童心成蝶，游历蝴蝶国，看了幼儿园、学校、博物馆，结尾回到现实，带回的一群蝶儿一一飞去，只有一黄一蓝伏在枕边，但语言不通，难以继续交流。将蝴蝶想象成艺术家，蝴蝶岛是其成长的摇篮和归宿，出童话新意。失落的梦成为失落童年与幻想的惆怅，味外有味。故事本身很美，人与蝶们内心独语几乎听不到，读完仍很满足。《蹦蹦床》以不变的孩子不停地跳，背景的蓝空、白云、月、船，蹦蹦床来回变异，没有悬念与戏剧性情节，抒情散文小品一样有可拍性。《生命之恋》将上述特征向诗靠近一步，可见的诗歌意象用蒙太奇语言组合出新的审美内核。这类尝试不可能全部成熟，稚拙是另一种美。

名诗《长恨歌》有戏曲《长生殿》在前，如何抽筋存骨，力求单纯朗润，又突出动画特征，显现驾驭大题材的努力。许多宫室、器皿服饰的考订非常麻烦，又不可失真。寓大于小，见华于朴，都难能费力。鲁迅打算写这一故事，指出"七月七日长生殿"是爱情低潮的反映，比翼鸟连理枝皆非爱情高潮中所思，殊有见地。段剧起伏清晰，仍用画与音乐支撑，略输大气象，而婉秀可观。

她的童话是剧本的后备军。美学内容略同，表达的情节和人物各异。

散文是剧本童话的副产品，剪裁抒发方式更简单，跟作者的心理活动更接近。其中《风云漫步》颇有深意，与其说抒发的是曾经有过的事，不如说是她渴望见到的理想化场景：一对精通爱情艺术的艺术家，心灵息息相通，不用语言就达到妙契；但又各自独立，集中思维进行创造。摆脱琐事干扰似沉浸于一阕天籁的古琴乐曲里。诗性岁月，正因为离自身太远而魅力无穷，但不等于海市蜃楼，把蓝图配上过来人旁白，清灵缥缈，余韵悠悠。

在全书之中，感染力最强的首推《春夜》。那是近似幻想的故事，却比她任何作品都真实。笔尖上几乎蘸着自己的血绘出的一段心路历程。坦率的委婉，急于倾诉和欲言还休的矛盾，细于毫发的心理独白，有珍惜，有马失前蹄的悔恨，有依恋的回旋，奇幻的追逐者，浑然一体，转调无痕。抒情叙事诗化得质实自然。熟视无睹的灵魂絮语，漂白、蒸馏，升腾，回归于凄美但不绝望的沉吟，告别梦魇，剪断压在她脚底的裙裾，款款而飞！连影子也甩给了炼狱。生生不已的风萦绕翅下，泥丸闪耀着珠光是艺术的凯旋！最苦涩的泪洒在大路上，绽放出最欢欣的花！

形成风格，是为了突破它。突破是痛苦的欢乐，适应熟悉的陌生，容易新鞋旧路，不断回潮。靠段佳未必大量具有的坚忍跟自己去比武。

我们期待她从新起点扬鞭驰马！但不必急于求成。尽管生命有限，艺海无涯！

作序本是名人承包的活儿。我无名无学问，当轿夫又不在行。算聊备一格，填补空白。读者可以不看，权当废话翻了过去。

附：

凝重空灵电影诗——评三维动画：《荷》

《荷》是一首瑰丽浓郁的抒情诗，深层又隐含着叙事的潜流，归结到并不抽象的哲理。提出道德选择与生命历程的思考，是空前的全数字三维动画电影。深邃又透明，单纯更复杂，二者辩证统一，显示了中国动画影片的文化身高与诗性的体重，突兀如高楼从地下长出，矗立在广大观众面前。迫使我们放下旧影评中的种种套话，教科书赠送给我们似乎万能又不着边际的尺度，揭去美靓的面纱，直指作品，把千头万绪的观感，勉强理出一个眉目。

用我拙劣的散文去转述一部电影诗的内容，是让一只鸟儿去给载重马车驾辕。描红不成为艺术。鉴于见到原片的人不多，只能提供褪了色的脚印，作为您想象的酵母。

夜用蔚蓝色的大氅裹着世界，哼起了催眠曲。

碧影浮动的荷塘，亭亭荷叶探头仰眺星空。

一枝粉雕玉琢的小荷蓓蕾伸出水面。由淡转浓的云块迎来月光，又悄悄把她推送到远方，隐没。

闪烁的群星下，大大小小的莲花苞倚着绿叶。叶心水珠映着星火流动。花轻轻地开放，怕惊扰了月的梦……

蜻蜓旋舞，岸柳折腰，远山点头。

流星雨拖着亮艳的尾巴沉落，变成萤火虫穿梭于荷间。

弹响了瓣蕊灵感，个个技痒而献舞。陆离碎焰诱惑一朵粉荷离茎腾空，与萤火虫们嬉戏。去而复回的蜻蜓加快了花与星的转速。白荷欣然绽放。萤火汇成微型银河，花在光晕中醒来……

几朵粉荷入画。月光银环裂成许多萤火，参与狂流。

争艳花丛受制于欲望，纷乱的高蹈，化蝶，变凤，碰撞出簇簇烈焰。花朵虫儿聚散闪烁，密集为火，点燃瓣蕊绿叶与夜色本体，噼啪作响。悲壮的火海，活的火舌，升空，下降，坠落，挣扎，哀伤，引出绝望的歌。被火摇撼的塘水，寂灭吞噬了的灰烬，欲望的残魂。

月亮再度升上天幕，光虹似箭，射在依旧鲜活、超越了光芒的白荷新蕾上。天音不绝如缕，浸润着莲心。无瑕的花瓣再生，痛饮着光之雨。茎骤然托起。雪荷飘升……月放出磁电，将她吸入广寒宫。再俯窥下界，满塘红莲。月华怒涌，诱导她返回故土，通体淬上火色。水中月倾吐暖光，采莲曲声渐遥，水乡荷国，与拓展月影交融为无分别境界，流辉的莲瓣飘出广寒，返回蓝涛……

雪蕾如银，皎月依旧，消失在净化后的白色光袍里……

云谲波诡，仪态万方，灵奇超度了实有，朦胧点化了虚和，有限稽首于无涯。襟抱朗照，万有澄澈，陶醉生命大欢喜。

净化心灵，艺术天职。具象体躯表现抽象内核，梦幻心旅，自成神品天籁，较之一般说教、图解要难得多。此类电影只有赋予诗的意境才坚实而不流于空泛。习惯于看说话的连环画，对《荷》的理解有局限。包括一位著名的编剧观后，赞誉形式惊人完美的同时也以没有人物与完整故事为遗憾。我只能对他的遗憾抱憾。艺术是多元的，本无边界，有没有人物故事已非电影优劣唯一依据。智者也非万能，别人看懂的东西，应当允许我看不懂。

现在纯艺术的精品少，杀儒生四百六十人的秦始皇，杀四千六百人的朱元璋，杀四万六千的清初三帝，被捧得热度之高，超过清代及民国。开边四十年，后宫养女一万八千人的汉武帝，制法律万条不够用，还加上"腹诽"之罪杀人，也有后来居上的呼声。加上武侠，戏说，言情，追星，一些与原创无缘的书籍潮涌而至。仙岛琼鹤，雪峰白莲的《荷》不会拥有热忱的炒作家，也无能力去炒，引不起轰动效应，是另一类成功。作为一部里程碑的佳篇，在电影史上会享有无人替代的平常的一席之地，让百年后明白的观众刮目惊诧，其精粹的东方美学精神，中国作风，民族气魄，童话寓言般的简练浑朴，诗的内秀，中国电影一向冷落也无力表现的唐诗宋词格调，禅宗雅韵，都不用翻译，将会给祖国带来荣誉。响箭宣告中国拥有若干忘我的电影人，百折不悔，一往无前。当投资者的审美水准升华到能发现电影诗的能力，藏龙卧虎的神州大地会产生传世的奇葩，媚俗颂帝之作"不废江河万古流"！（杜甫句）

除去写意的东方艺术观，还没有一种力量可以与西方艺术平起平坐对话论道，平视世界，不卑不亢。希望足以踏碎艰辛，对人类做出贡献。

首映结束。我在影院门口倾听观众评价。一位观者说："此片父亲是读佛经的感悟，母亲是读童话的收获。神奇的结合才有这般灵胎降世！"

一位法国看客说："法国蒙恬散文，中国陶渊明王维的诗境，又加上了现代人的理解与趣味。首次走上银幕，美得有禅意，却和宗教不沾边。我看完只嫌太短。久久的沉思和回味！"

有位南美洲人观后说："我将此片当作但丁《神曲》的、一个独创性很强烈的、支流的浓缩袖珍本；月下平凡之夜是人间；欲火烧荷塘是炼狱和地狱的写照。结尾是天堂。编导者太善良，对被火扭曲、痉挛、毁灭或赎罪过程略伤于简约，个别段落，后景的三维感欠突出，削弱了力度。其他地方优秀得出乎我们意料！"

所论缺失，很有穿透力，深得我心。问及编导，她说："我虽读过《神曲》与佛经，从无演绎经典的念头，篇幅能力有限制。别人用东西方宗教意识和《荷》对比，作出诠释，一切溢美有害无益，我都谢绝！"短暂陶醉乃人性弱点，迅速清醒是自胜的序曲。

有位大学老师说："此片有点唯美主义倾向，但还算不上唯美主义作品。以中国之大，人口之多，有三两个唯美派作家更能体现宽容。内容真实健康，越美越好！《荷》清空淡雅，工笔重彩，流妍壁画。用活了古哲们的诗赋。音乐借用德彪西的音画《海》，十分佩服。其辉煌不可摹仿，效颦者准会失败。而今阳春白雪太少！影片能开四季荷！"

一位大学生说："在电影让人躁动的年月。此片让我们宁静、平和、透亮、振奋！为祖国文化传统而自豪！悟得只有把握民族艺术精髓，主体宏伟，再去消化外来的东西，才主动、积极。不被外来文化牵着鼻子走，现代感也油然而生！"

看客英男留下短笺："十分钟乃十年功，绝非等闲之作。一辈子仅一段佳话。亦是性情中人。感谢世间有你！"

作者费时七百多天，夜以继日，三次修改，遇到资金（只占同类作品三分之一）技术等困难，难以尽述。迄今尚未得到分文报酬。她很乐观，感激考验为自己补了严峻的一课，珍惜一起闯过困境的友谊，将推动了新片的耕耘。

有学生问《荷》的编导：主题是什么？

答曰："一切都藏在影片里。答案允许多义和歧解，因人而异。电影学院，上海美影厂，技术力量丰厚的华龙公司，朋友和学生，都功不可没。影片不足之处则应由我负责。我相信观众和评论家比我聪明，毋庸饶舌。"

含蓄的谦逊或可充当虹桥之墩，此岸与彼岸两边知音会公正评价。